ULRICH WICKERT

Das achte Paradies

ULRICH
WICKERT

Das achte Paradies

Ein Fall für Jacques Ricou

Piper München Zürich

Mehr über unsere Autoren und Bücher:
www.piper.de

Von Ulrich Wickert liegen im Piper Verlag vor:
Der nützliche Freund
Der Richter aus Paris
Das Buch der Tugenden
Der Ehrliche ist der Dumme
Gauner muss man Gauner nennen
Die Wüstenkönigin
Die Zeichen unserer Zeit

ISBN 978-3-492-05022-7

Gesetzt aus der Bembo
Satz: Kösel, Krugzell
Druck und Bindung: CPI – Clausen & Bosse, Leck
Printed in Germany

Für Adrienne

Urlaubsträume

Nun lass doch die Spatzen!«, sagte Gaston. Er stand an der Tür zum »Aux Folies« nicht weit von Jacques entfernt, der an seinem angestammten Bistrotisch à la terrasse saß, einen Café crème trank, Zeitung las und, ohne hinzuschauen, in ein Croissant biss.

Immer wieder hüpfte ein Spatz auf die Lehne des Stuhles ihm gegenüber und wartete auf die Chance, ein paar Krümel aufzupicken.

Halb neun am Morgen. Und dazu noch Montag. Über Nacht war die Luft ein wenig abgekühlt und das sehr früh mit Wasser sauber gespritzte Trottoir noch nicht ganz trocken.

»Mich nerven Spatzen«, antwortete Jacques und wedelte mit der Zeitung, sodass der kleine Spatz davonflatterte, um sich ein paar Meter entfernt auf seinen nächsten Anflug vorzubereiten.

Gaston stieg langsam die drei Treppenstufen hinunter auf die Straße und warf dem Vogel einige Brösel zu. »Das Normale verschwindet. Der Hering wird teuer wie Kaviar, in der Straße der Ölsardinen schwimmen keine Fische mehr, der billige Kabeljau steigt zur seltenen Delikatesse auf. Und jetzt sterben auch noch die Spatzen aus. Und weißt du, warum?«

Jacques schaute kurz auf und knurrte, statt eine Antwort zu geben.

»Die Reichen renovieren die immer teurer werdenden Häuser mit viel Geld und lassen alle Löcher zumauern. Deshalb finden die Spatzen keine Nistplätze mehr. Wirklich wahr! Und keine Krümel, weil die Leute so lumpig sind wie du.« Gaston lachte. »Vor ein paar Jahren hätten hier noch zehn Spatzen rumgezwitschert und wären wirklich lästig gewesen. Aber jetzt?«

»Bring mir noch einen Café«, sagte Jacques, der von der sentimentalen Vogelstudie des Wirts genervt war.

Er fühlte sich gestresst.

Auch dieses Wochenende hatte er in seinem Büro im Palais de Justice gesessen und bis spätabends gearbeitet.

Die letzten beiden Jahre hatte er, der Untersuchungsrichter Jacques Ricou, mithilfe von Kommissar Jean Mahons Truppe damit verbracht, einen Casinobesitzer zu überführen, der sich mit großzügigen Geldgeschenken politische Protektion gekauft hatte. Wie blöd sich doch manchmal würdevoll auftretende Politiker benehmen! Genauso blöd wie ehrbar erscheinende Gauner, die Leute in Ämtern bestechen. Der eine hält die Hand auf, der andere schiebt was rein. Wahrscheinlich kommen beide aus dem gleichen Milieu und haben das gleiche Ziel: es weit zu bringen.

Die einen streben nach Geld, die anderen nach Macht.

Es ist ein altes Spiel. Weil die an der Macht Genehmigungen erteilen, zum Beispiel zum Betrieb eines Spielcasinos, und so bestimmen, wer Geld scheffeln darf, können sie sich ihr Leben ein wenig vergolden lassen.

So wird der Mächtige seit eh und je korrumpiert.

Jetzt war die Untersuchung abgeschlossen, drei Politiker, der Casinobetreiber und vier seiner Handlanger saßen in Untersuchungshaft. Die Anklageschrift lag fast fertig in der linken Schublade seines Schreibtischs. Nach den Justizferien würde er sie noch einmal überarbeiten und dann an seine Chefin, Gerichtspräsidentin Marie Gastaud, weiterleiten, mit der Empfehlung, das Verfahren zu eröffnen. Alles Weitere wäre Sache der Strafkammer.

Er ditschte die Spitze seines zweiten Croissants in den Café crème, beugte sich vor, damit nicht gleich ein brauner

Tropfen auf sein Hemd kleckerte, biss ein Stück ab und wischte sich die buttrigen Krümel aus dem Mundwinkel.

Er wusste, dass sein Gesicht bleich war, dass er an den Wangen und um die Taille ein wenig zugenommen hatte. Wann hatte er eigentlich zum letzten Mal Urlaub gemacht? Letztes Jahr, im September.

Lebte er nur noch für die Arbeit?

Ja, warum auch nicht! Paris, der Stress und Margaux. Daraus bestand sein Leben. In dem fühlte er sich wohl. Wer Fälle wie seine zu untersuchen hatte, dessen Uhr raste wie ein Rennwagen.

Sein Mobilfone klingelte.

Es steckte in der rechten Tasche seiner Jacke.

Jacques hatte keine Lust nachzuschauen.

Der Tag hatte noch nicht angefangen, da war er schon zweimal aufgeschreckt worden. Einmal hatte er sich darüber gefreut:

»Ganz Cannes ist ein russischer Puff«, hatte in der SMS von Eric gestanden, die auf Jacques' Mobilfone aufpoppte, während er seinen ersten Café getrunken hatte, »es ist zum Kotzen. Komm runter, und wir genießen ein paar sonnige Tage auf meinem Boot.«

Eric gehörte zu Jacques' ältesten Freunden. Und er war so vermögend, dass er auf dem Meer herumschippern konnte, so lange er wollte.

Jetzt, Ende Juli, konnte man auf Erics Motorjacht herrlich entspannen. Jacques blätterte durch die Zeitung auf der Suche nach dem stets an einer anderen Stelle versteckten Wetterbericht. Für die kommende Woche lag ganz Frankreich unter einem Azorenhoch. Wenigstens eine gute Nachricht, sagte er sich, denn der andere Anruf am frühen Morgen war nicht so angenehm gewesen.

Er hatte gerade unter der eiskalten Dusche gestanden, mit der er sich morgens immer wach schockte, als Margaux anrief und in den Hörer schrie: »Ginas Kahn ist heute Nacht auf der Seine abgebrannt, und sie ist verschwunden. Du musst uns sofort helfen!«

Margaux war nicht nur eine angesehene Journalistin, sondern auch seine Freundin. Wenigstens meistens. Und Gina, ein Model, war ihre Cousine, die in einem umgebauten Kahn auf der Seine lebte.

Jacques hatte versucht, Margaux zu beruhigen, und Jean Mahon angerufen. Der Kommissar der Police judiciaire würde den Fall übernehmen, und er, Jacques, hatte erst einmal gemütlich frühstücken und Zeitung lesen wollen.

Als er dann seine drei Tageszeitungen kaufte, hatte ihn Nicolas, der Kioskbesitzer, mit der Bemerkung überrascht: »Da war 'ne Frau, die hat nach deinen Gewohnheiten gefragt, tat so, als erkundigte sie sich nur nebenbei. Sah nett aus, na ja, fast elegant.«

Nicolas betrieb seit mehr als zwanzig Jahren den Zeitungskiosk am Anfang der Rue de Belleville, und seine Kunden riefen ihn bei seinem Vornamen, den er mit »Sarko«, dem in diesem Viertel wenig geschätzten Präsidenten Sarkozy, teilte. Hier wählte man links, weshalb sich die Kirchenzeitung der katholischen Kirche ähnlich klassenkämpferisch las wie das Blatt der Kommunistischen Partei. Die gab es hier noch.

Sein Telefon klingelte wieder. Er griff in seine Jackentasche und holte es heraus.

Der Name Margaux stand auf dem Display.

Jacques überlegte kurz, ob er das Gespräch wegdrücken sollte, dann aber siegte seine Neugier: »Ja, Margaux. Gibt's was Neues?«

»Sitzt du immer noch beim Café im Bistro?«, fragte sie aufgeregt. »Mich lässt niemand auf Ginas Kahn. Deine Leute haben alles abgesperrt.«

»Reg dich nicht auf. Ich kann da wirklich nichts machen.«

»Doch«, schrie sie in das Telefon, »ich rege mich auf! Es geht um das Leben meiner Cousine.«

»Hat man sie denn gefunden?«

»Nein, Gott sei Dank nicht, also gibt es noch Hoffnung«, Margaux sprach ein wenig ruhiger, »aber der Kahn ist völlig ausgebrannt.«

»Ich habe den Kommissar mit seinen Leuten zur Spurensuche geschickt, mehr kann ich jetzt auch nicht tun. Ich melde mich, sobald ich etwas erfahre.«

Sie verabschiedete sich nicht. Jacques lehnte sich zurück und nahm noch einen Schluck von seinem Café.

Spätestens am Freitag könnte er Urlaub nehmen, sich in einen Flieger nach Nizza setzen, was billiger sein konnte als der superschnelle TGV, und während der zwei Wochen dauernden Justizferien auf Erics Boot faulenzen.

Vielleicht würde Margaux mitkommen.

Er nahm sein Handy, suchte die SMS von Eric, drückte auf Antworten und tippte das Symbol für »Zwinkern«: Semikolon, Bindestrich, Klammer zu: ;-), dazu schrieb er: Ich komme, sobald ich kann.

Urlaub mit Eric bedeutete, dem Alltag zu entrinnen. Ringsherum nur Wasser und Einsamkeit. Vor dem Frühstück splitternackt ins Meer springen, eine Regel, an die sich inzwischen auch Marie, Erics neue Frau, gewöhnt hatte. Jacques sah das Wasser vor sich, klar und sauber. Er verspürte Lust, sofort loszufahren.

Auf dem Display seines Telefons leuchtete plötzlich der Name Jean Mahon auf, noch bevor es auch nur einmal geläutet hatte. Merkwürdige Technik. Jacques schüttelte den Kopf und nahm das Gespräch an.

»Oui, Jean?«

Seit Jahren arbeitete Jacques mit Jean Mahon zusammen.

»Jacques, wir haben den Kahn jetzt grob untersucht. Das sieht ziemlich eindeutig nach Brandstiftung aus. Hast du Zeit, eben mal vorbeizukommen? Wir haben auch eine verkohlte Leiche gefunden.«

Vor Schreck ließ ein Adrenalinschock Jacques' Herz so heftig schlagen, dass er ein Klopfen im Hals spürte.

»Gina?«

»Nein, nein«, die beiden Worte klangen wie kurze, trockene Lacher, »sieht eher aus wie ein haariger Köter.«

Jacques' Dienstwagen stand wie meist in der Nacht auf seinem festen Platz in der Tiefgarage des Palais de Justice auf der Ile de la Cité. In der Nähe seiner Wohnung in der Rue de Belleville gab es ohnehin keine Lücke zum Parken. Selbst dort nicht, wo es verboten war. Dabei schreckte der Untersuchungsrichter vor Knöllchen nicht zurück, denn Strafzettel, von denen er viele einsammelte, reichte er ungerührt an Kommissar Jean Mahon weiter. Der erledigte die Sache mit einem Anruf bei der richtigen Stelle in der Polizeipräfektur. Niemand käme auf den Gedanken, ihm, der für seine Strenge gefürchtet war, vorzuwerfen, er messe mit zweierlei Maß. Ein Knöllchen platzen zu lassen gehört zum Alltag von Paris.

Jetzt musste er sich entscheiden: Metro oder Taxi?

»Ich bin noch im Bistro ›Aux Folies‹. Wenn ich ein Taxi finde, bin ich in zehn Minuten bei dir. Ich melde mich noch mal.«

Am Taxistand vor dem Kiosk von Nicolas stritten drei Taxifahrer heftig darüber, ob die Ankündigung von Sarko je umgesetzt würde, die Zahl der fünftausend Taxen in Paris zu verdoppeln. Denn immer wenn man ein Taxi brauche, finde man keines.

»Was ist denn Ihre Meinung?«, fragte der Senegalese hinter dem Steuer, als Jacques eingestiegen war.

»Es gibt wirklich nie ein freies Taxi morgens zwischen acht und neun und abends zwischen fünf und acht«, sagte Jacques.

Der Senegalese lachte. »Es ist zehn vor neun, und Sie konnten sogar zwischen drei Taxis wählen!«

»Das war Zufall. Meistens steht keines da. Ich wünsche mir manchmal schon mehr Taxis.«

»Es sind keine da, nicht etwa weil es zu wenig Taxis gibt, sondern weil um diese Zeit alle im Stau stehen! Und fünftausend Autos mehr bedeutet einfach nur einen noch längeren Stau, Monsieur le Juge.«

Monsieur le Juge.

Ja, man kannte ihn nicht nur in der Rue de Belleville, nicht nur in Paris, nein, in ganz Frankreich stand der Name des »unerbittlichen« Untersuchungsrichters immer wieder in den Zeitungen. Seine besonders pikanten Fälle, die er selbst gegen große Widerstände durchzog, sorgten für Schlagzeilen. Schließlich hatte er sogar schon den Staatspräsidenten, den letzten, vorgeladen. Gut, der war dann nicht erschienen. Aber allein die Tatsache, dass er die Vorladung vom Gerichtsvollzieher im Élyséepalast hatte überbringen lassen, fanden alle ganz schön mutig. Außer ihm. Das war doch selbstverständlich für einen Untersuchungsrichter.

Jacques holte sein Telefon aus der Tasche, bat den Fahrer, die Trommelmusik leiser zu drehen, und wählte Kommissar Jean Mahon an.

»Wo genau liegt denn der Kahn?«

»Auf dem rechten Seineufer bei den Tuilerien, zwischen dem Pont de la Concorde und der Passerelle Senghor.«

»O Gott, wie fahre ich dann am besten? Der Quai des Tuileries geht in die falsche Richtung. Da müsste ich über die Place de la Concorde, und die wird verstopft sein.«

»Fahr doch auf der linken Seineseite bis zum Musée d'Orsay, und komm zu Fuß über die Passerelle. Du siehst uns schon.«

»Bis gleich also.« Jacques lehnte sich zurück und dachte nach. Wer war bloß die Frau, die sich am Kiosk nach ihm erkundigt hatte?

Belleville war kein Viertel, in dem »fast elegante« Frauen zu Hause waren. Und gestandene Frauen, die ihn erreichen wollten, waren gescheit genug, seine Büroadresse im Palais de Justice herauszufinden. Nun gut, es gab immer wieder Verrückte. Aber die zogen sich nicht elegant an. Vielleicht war es die Frau, die ihm nachts mit einem Sashimimesser aufgelauert hatte, die ihn umbringen wollte und bis heute abgetaucht war? Die brauchte sich nur zu verkleiden. Sie war eine professionelle Mörderin und hatte für Leute gearbeitet, die nachtragend waren. Nachtragend, nicht nur, weil Jacques sie wegen ihrer Mordaufträge für Jahre ins Gefängnis geschickt hatte, sondern auch, weil ihr ganzes Vermögen eingezogen worden war. Auch aus der Zelle heraus kann man den Auftrag für einen Mord geben.

Vielleicht wäre es am klügsten, dachte Jacques, Jean Mahon zu fragen, wie er sich wegen der Frau am Kiosk verhalten sollte. Man weiß ja nie.

Der Senegalese schlängelte sich geschickt durch den Verkehr. Es gab nur einen kleinen Stau, als das Taxi aus der Unterführung auf den Pont Neuf fahren wollte, aber die Kreuzung auf dem Quai blockiert war.

Plötzlich fiel ihm ein, dass er Margaux sein Kommen ankündigen sollte. Er ließ es fünfmal klingeln. Als die Mailbox ansprang, schaltete er aus.

Wenige Sekunden später rief sie zurück. »Warst du das eben?«

»Ja. Ich bin jetzt auf dem Weg zu Ginas Kahn. Bist du noch dort in der Gegend?«

»Ich fahr gerade in die Redaktion, aber ich drehe sofort um. Wir treffen uns dort!«

Sie schaltete aus, bevor er widersprechen konnte.

Wolod

Hatte er noch was mit anderen Models?«

»Mit Gina, das wusste jeder. Aber kann sein, dass er noch weiter in dem Hühnerstall gewildert hat.«

»Und wen?«

»Das werden wir rausfinden.«

»Und wenn er nicht redet?«

Der gut aussehende Muskelmann lachte: »Ich war doch nicht umsonst in Grosny. In Tschetschenien haben wir noch jeden zum Reden gebracht.«

»Erst einmal müssen wir ihn finden und unbedingt verhindern, dass er noch mehr Mist macht. Sonst gefährdet er unser ganzes Unternehmen.«

»Unser ganzes System!«

»Sage ich doch, unser Unternehmen. Besteht doch hauptsächlich aus einem System, oder?«

»Wenn Michail noch in Paris ist, was ich vermute, dann haben wir ihn bald.«

»Und wenn er nicht mehr hier ist?«

»Dann auch!« Wolod, der ehemalige russische Soldat aus Grosny, saß mit geradem Rücken an einem eleganten Konferenztisch und schaute die anderen drei aufmerksam an. Der Raum war geschmackvoll in dunklem Holz getäfelt, ein dicker violetter Teppich schluckte jedes Geräusch.

Das Treffen fand im Besprechungszimmer in der vierten Etage des Hauses 14, Rue Duphot statt. Zur Treppe hin riegelte eine holzverkleidete Panzertür den Zugang zu diesem Stockwerk ab. Selbst von innen konnte sie nur mit einem doppelten Code geöffnet werden.

Die Rue Duphot war eine unauffällige kleine Stichstraße zwischen dem christlichen Tempel Madeleine und der Rue Saint-Honoré mit ihren teuren Konsumtempeln. In den Jahren, als russische Milliardäre mit Koffern voller Geld nach London und Paris flogen, um den Kapitalismus nachzuholen, hatte der Prinz, Gründer der Pariser Niederlassung, diese im amtlichen Register als Handels- und Finanzunternehmen eintragen lassen. Das Gebäude war zwar für einige Millionen zu teuer erworben, aber – wie er lachend spottete – es war immer noch viel billiger gewesen als seine Villa auf Cap Ferrat. Seit dem Zusammenbruch des kommunistischen Ostreiches ließ er sich wieder als Prinz anreden. Er behauptete, der letzte König von Georgien, der 1804 seinen Thron verlor, sei sein direkter Vorfahre gewesen.

Neben der großen schweren Eingangspforte des Gebäudes beschäftigte sich ein Coiffeur in seinem Salon mit den Köpfen gelangweilter Ehefrauen und der Maitressen ihrer Männer, färbte Haare, zupfte Augenbrauen, schminkte Krähenfüße zu. Und in einem der hinteren Räume wurden auch Frisuren an intimen Körperstellen gestaltet. Deshalb kamen auch viele Models zu ihm.

Die arbeiteten hinter den hohen Bogenfenstern der ersten und zweiten Etage für »Régine«, eine weltweit agierende Agentur für Fotomodels. Und nachdem der neue Hausbesitzer dort ebenfalls einen Koffer voller Dollar geöffnet hatte, stand auf der neuen Website der Firma, sie vermittle jetzt auch »promising new faces from Russia«.

Der Älteste der vier Russen stand auf, er wirkte wegen seiner krummen Schultern noch kleiner, als er war. Die kurzen grauen Haare standen wie Stacheln über den Ohren ab. Er trat ans Fenster – schusssichere Scheiben filterten alle Geräusche –, schaute auf die enge Straße und drehte sich nach einem kurzen Moment wieder zu Wolod.

»In seinem Zimmer ist Michail offensichtlich seit gestern Abend nicht mehr aufgetaucht. Wolod, wie willst du ihn denn in dieser Riesenstadt finden? Vielleicht ist er wieder nach Nizza geflogen und geht seiner Arbeit an den Servern nach?«

Die Computer des Unternehmens waren an Server bei einer Internetfirma in Sophia-Antipolis, dem französischen Versuch, Silicon Valley zu imitieren, angeschlossen, und Michail war ihr Verbindungsmann zwischen beiden Orten.

»Er hat noch eine Wohnung an der Porte d'Italie, die er für private Zwecke nutzt. Aber wo immer er ist, mit Aka-Aki werden wir ihn schnell finden. Damit kontrollieren wir auch jedes Model, schon aus Angst, unsere kostbaren Schönheiten könnten sich mit Leuten einlassen, die ihnen Drogen aufschwatzen.«

»Dieses Kontrollieren scheint eine Berufskrankheit zu sein«, warf einer der beiden am Tisch ein. Sie ähnelten sich mit ihren runden Köpfen so, als wären sie Brüder. »Wie funktioniert denn dein System?«

»Die Idee haben wir aus Berlin. Ein paar Studenten haben dort das System Aka-Aki entwickelt. Der Name bedeutet nichts. Unter Studenten läuft dieses Aka-Aki als Kontaktbörse. Für uns aber geht das so: Jedes Handy unserer Models ist in das System eingeloggt. Und wir wissen immer, wo sie sind, wo sie waren, mit wem sie sich getroffen haben.«

Der Alte schüttelte den Kopf: »Dazu brauchst du doch einen irren Aufwand.«

»Überhaupt nicht. Die eingeloggten Handys melden über Bluetooth anderen Handys in der Nähe, wer wo ist. Damit hast du unglaublich viele Informationen über Begegnungen von Personen. Klappt bestens. Über die Bewegung jedes unserer Models können wir so ein tägliches Factsheet vorlegen, so etwas wie ein Bewegungstagebuch.«

»Das klappt wirklich?«

»Ja, und zwar ohne dass sie es wissen.«

»Genial. Aber Michail ist kein Model.«

»Jeder unserer Mitarbeiter erhält ein Google Phone als

Geschenk. Und natürlich habe ich jedes vorher eingeloggt. Auch Michails. Ich finde ihn noch heute!«

Die vier Russen schauten sich an. In ihren Köpfen rumorte ein Gedanke, den der Älteste schließlich aussprach.

»Ich habe mein Handy auch von dir. Ist das etwa auch eingeloggt?«

Wolod schwieg einen Augenblick. Dann sagte er: »Natürlich nicht.« Diese Technikidioten würden die Wahrheit selbst nie herausfinden.

Er nickte, als wollte er sich verabschieden, aber einer der Rundköpfe hielt ihn auf: »Hat Michail auch Zugang zu dem Prinzen, so wie du?«

Der georgische Millionär, dem sie dienten, gab sich geheimnisvoll. Häufig wusste niemand, wo er sich aufhielt. Selbst in Georgien, wo er als einer der reichsten Leute des Landes galt, kursierten mehrere Varianten seiner Biografie, die er selber immer wieder umzuschreiben schien. Wolod war der Einzige von denen, die hier am Tisch saßen, der ihn persönlich kannte.

»Nein«, sagte Wolod, »Michail hat ihn noch nie getroffen. Er erhält seine Anordnungen über mich.«

Der Rundkopf zögerte kurz, doch dann sagte er kichernd: »Ich frage mich immer, warum der Prinz Geld für ›Régine‹ ausgegeben hat. Lässt er sich manchmal Mädchen kommen?«

Der Alte ging auf ihn zu und sagte: »Jetzt reicht's!«

Wolod antwortete nicht, aber er stellte sich selbst die Frage, ob der Prinz sich für Mädchen interessierte. Er hatte ihn nie mit irgendetwas in dieser Richtung beauftragt. In der letzten Zeit allerdings hatte er ihm manchmal Fragen nach dem einen oder anderen Model gestellt. Nach Gina. Aber das hing wohl mit Michail zusammen.

Brandstiftung

Pass auf und mach dich nicht schmutzig«, sagte Kommissar Jean Mahon, als er Jacques durch das verrußte Steuerhaus in den Maschinenraum des alten Treidelkahns führte. »Wenn du dich etwas bückst, dann siehst du gleich rechts in der Ecke einen Generator. Von dem ist das Feuer ausgegangen.«

»Sieht ja ziemlich alt aus, soweit ich das noch erkennen kann. Wieso kommst du denn auf Brandstiftung?«

»Unter anderem, weil der Generator gar nicht mehr in Betrieb war. Der Kahn hatte per Kabel einen Anschluss ans Netz.«

»Ich habe draußen keinen einzigen Anschluss gesehen: weder Elektrizität noch Wasser oder Telefon«, sagte Jacques, stolz auf seine Beobachtungen.

»Das Boot lag ursprünglich auch gar nicht hier, sondern flussaufwärts in der Höhe des Pont des Arts.«

»Das sind keine hundert Meter bis zur Flussbrigade der Feuerwehr.«

Straftaten auf der Seine fielen in Jacques' Aufgabengebiet, aber die wenigsten waren so schwerwiegend, dass der Untersuchungsrichter den Fall hätte aufnehmen müssen.

Verstöße gegen die Regeln des Wasserverkehrs, unerlaubtes Baden und Unfälle reichte er meist schnell an die Strafkammern weiter.

Fast jedes Bateaux-Mouche nahm an heißen Sommertagen zu viele Touristen auf, manch betrunkener Kapitän verfehlte Brückenbögen und schrammte gegen die Pfeiler. Früher, als der Schiffsverkehr auf der Seine noch stärker war, stießen so viele Kähne an die engen gusseisernen Pfeiler des Pont de Solférino, dass die Brücke abgerissen werden musste. Sie wurde schließlich durch eine Fußgängerbrücke ersetzt. Heute führt an dieser Stelle die moderne Passerelle Senghor vom Musée d'Orsay, dem zum Tempel der Impressionisten umgebauten alten Bahnhof, über die Seine in die Tuilerien zum Musée de l'Orangerie, wo Claude Monets Seerosenbilder hängen.

Jacques war erstaunt, als er im Steuerhaus einen alten Sextanten und einen antiken Oktanten liegen sah. Dann warf er einen Blick in den fast vierzig mal fünf Meter großen Raum im Bauch des Kahns.

Es roch streng nach Rauch.

Am Eingang zum Schiffsbauch, wo er mit Kommissar Mahon jetzt stand, war die Decke sehr niedrig. Jean Mahon konnte gerade noch aufrecht stehen, er war einen Kopf kleiner als Jacques. Doch die Stufen führten fast drei Meter nach unten.

»Keine Spur von der Bewohnerin?«, fragte Jacques.

»Keine. Sag mir, was du über sie weißt«, sagte Jean.

»Ein Model. Gina. Eine Cousine von Margaux, wie ich dir schon am Telefon gesagt habe. Ziemlich verrücktes Huhn.« Jacques zog die Augenbrauen hoch, machte eine Handbewegung, die besagen sollte: Na, du weißt schon!, und fragte: »Was ist eigentlich mit dem Hund, den du vorhin erwähnt hast?«

Jean Mahon zeigte mit dem rechten Arm in die Tiefe des verkohlten Raumes: »Dort hinten haben wir ihn gefunden, zusammengekauert unter der Kommode. Ein ziemlich großes Ding«, Jean hielt seine Hände einen Meter auseinander: »Zuerst haben wir gedacht, das wäre ein verkohltes Spielzeugtier. Meine Leute haben den Kadaver mitgenommen und lassen ihn untersuchen. Er wird im Rauch erstickt sein. Aber wer weiß.«

Die Leute in Kommissar Jean Mahons Truppe galten als

die besten Spurenanalytiker der Police judiciaire in Paris. Mahon, der kurz vor seiner Pensionierung stand, aber drahtig war, als wäre er fünfzehn Jahre jünger, hatte seine Leute über die Jahre hinweg handverlesen. Den einen holte er wegen seiner barocken Phantasie, den anderen wegen seiner Gabe zur messerscharfen Analyse, den Dritten wegen seiner ans Peinliche grenzenden Gründlichkeit.

Jacques hatte Kommissar Jean Mahon nicht bei Gericht, sondern beim Skifahren in Meribel kennengelernt. Und weil Jacques' damalige Frau Jacqueline sich mit Jeans Frau Isabelle befreundete – beide hatten den gleichen Hang zu Shopping, Botox und Bling-bling, wie man Chichi seit einiger Zeit in Paris nennt –, verstanden sich auch die Männer gut. Sie rasten die Pisten runter, während Jacqueline und Isabelle sich fürs Après aufbrezelten.

Inzwischen war Jacques längst geschieden, Jacqueline wiederverheiratet, doch die beiden Frauen gingen immer noch gemeinsam auf Streifzüge, weshalb Kommissar Jean Mahon und Untersuchungsrichter Jacques Ricou manchen frühen Abend im Bistro »Aux Folies« in der Rue de Belleville einen oder auch zwei Absacker tranken und nicht nur über ihre Fälle redeten.

Jacques schaute sich auf dem Deck des Kahns um. Die Rückseite des Steuerhauses war mit einer Registriernummer gekennzeichnet. P 15790 F. Auf dem flachen Motorhaus hinten lag eine große, schwere Messingschraube.

Am Heck hing ein hölzernes Ruderboot an zwei kleinen Kränen, und auf einer Bretterveranda auf einem kleinen Teil des Vorderdecks standen ein Tisch und vier Gartenstühle aus Teakholz. Eine Hecke aus Buchsbäumen in Töpfen diente als Sichtschutz.

»Irgendwelche Spuren, die auf ihr Verschwinden hindeuten?«, fragte Jacques.

»Noch haben wir nicht alles gründlich untersucht. Aber was das Model betrifft, kein Hinweis, nix.«

Das Handy von Jacques klingelte. Margaux.

»Wo bist du?«, fragte er, ohne sie zu begrüßen.

»Verdammt! Merde!« Margaux fluchte. »Seit zwanzig Minuten stehe ich in der Rue de Rivoli, und nix bewegt sich. Und du ahnst es nicht, warum.«

»Nämlich?« Jacques drehte sich mit dem Rücken zu Jean, sodass er vom Kahn auf die Seine schaute.

Ihm bot sich ein unerwarteter Anblick: Ein alter Zweimastkahn fuhr langsam vorbei, auf dem Deck standen fünf Leute, die neugierig herüberschauten.

»Staatsbesuch«, sagte Margaux, »im ›Hotel Crillon‹ wohnt irgend so ein afrikanischer Potentat, der wahrscheinlich wieder Hunderte von Millionen als Entwicklungsgelder für seine Privatschatulle abholt, und jetzt stehen dort einundzwanzig Motorräder der Garde républicaine, um den Fürsten die gesperrte Champs-Élysées hinaufzueskortieren, damit er am Arc de Triomphe einen Kranz am Grab des Unbekannten Soldaten niederlegen kann. Und warum? Weil seine Landsleute in einer Negerkompanie der französischen Armee im Zweiten Weltkrieg geholfen haben, die Deutschen niederzuwerfen. Ich sag dir, ich platze gleich vor Wut.«

»Na na, darf man das denn sagen: Negerkompanie?«

»Ich schon! Hör mir auf mit deiner sauberen Sprache. Man muss doch mal sagen können, was man meint!«

»Wenn du meinst!« Jacques wollte sich jetzt nicht mit Margaux streiten. »Wir sind hier fertig. Lass uns telefonieren, wenn wir beide in unseren Büros sind.«

»Habt ihr noch was gefunden? Wegen Gina?«

»Nichts. Weißt du, wer uns was über Gina erzählen kann?«

»Frag nicht so scheinheilig! Ich natürlich. Und ich habe ein ganz schlechtes Gewissen.«

»Wieso?«

»Weil ich sie vielleicht in eine blöde Geschichte hineingezogen habe, die nicht ungefährlich war. Erzähl ich dir später. Sehen wir uns heute Nachmittag? Vielleicht komme ich in dein Büro, wenn ich Zeit habe.«

Als Jacques sein Mobilfone wieder in seine Jacke gesteckt hatte, rief ihm Kommissar Jean Mahon vom Ufer aus zu: »Komm, lass uns zum ursprünglichen Liegeplatz des Kahns fahren.«

»Möchtest du auf so einem Kahn wohnen und dafür auch noch eine hohe Liegegebühr bezahlen?«, fragte Jacques, als sie am Ufer entlangfuhren.

»So ein Kahn gibt einem vielleicht ein Gefühl von Freiheit. Du kannst jederzeit abfahren, und zwar mit deinem ganzen Haushalt.«

»Theoretisch.« Jacques lachte.

»Na ja, jeder, der so ein Boot besitzt, muss auch über einen Wasserführerschein verfügen. Selbst Gina besaß einen, das habe ich schon überprüft.«

Als sie am Quai de Conti ankamen, zeigte ihnen der Kommandant der Flussfeuerwehrbrigade die Stelle, an der Ginas Kahn bis gestern Nacht vertäut gewesen war.

»Nur zweihundert Meter flussabwärts von unserer Station lag das Boot. Es war übrigens ein gut erhaltenes Freycinet.«

»Ein was?«, fragte Jacques.

»Freycinet. So heißen die Kähne, die nach dem traditionellen Schleusenmaß gebaut wurden«, sagte der Feuerwehrmann.

»Und was wisst ihr über das Model?«

»Bei uns bewundert jeder die hübsche Gina. Sie ist zu jedem freundlich. Lacht ständig. Selbst mit dem untersten Dienstgrad hält sie einen kleinen Plausch, ist groß im Flirten! Fast jeder hat ihr berühmtes Bikinifoto aus dem Pirelli-Kalender im Spind hängen.«

Mehr oder weniger Bikini, dachte Jacques, der das aufreizende Foto Ginas in einem Teich mit Seerosen aus dem balinesischen Ubud kannte. Der Feuerwehroffizier verzog keine

Miene. Er fuhr sich mit der Hand über seine stoppelkurzen Haare.

»Wann ist das Feuer denn ausgebrochen?«, fragte Jacques.

»Das wissen wir nicht genau. Bemerkt haben es Ginas Nachbarn gegen vier Uhr morgens. Es war noch stockdunkel. Aber die Leute wurden wach, als die Bullaugen platzten. Das knallte wie Kanonenschüsse. Die Flammen schlugen meterhoch aus dem Boot. Ein Mann ist zu uns gelaufen, wir waren innerhalb von zwei Minuten im Einsatzboot, aber inzwischen waren alle Bewohner der umliegenden Kähne dabei, die Leinen von Ginas Boot zu kappen, weil sie Angst hatten, das Feuer könnte auf ihre Kähne überspringen. Die Strömung der Seine drehte Ginas Kahn auch gleich ab, was es uns wieder schwer machte ranzukommen. Wir haben dann mit Wasserkanonen vom Schnellboot aus gelöscht. Gleichzeitig haben wir den Schlepper angeworfen. Mit dem haben wir den brennenden Kahn, nachdem das Feuer zumindest von außen unter Kontrolle war, stabilisiert und dort ans Ufer geschoben, wo er jetzt liegt. Am Quai des Tuileries.«

»Hat irgendjemand Gina gesehen?«, fragte Jacques und beobachtete, wie der alte Zweimaster, der vorhin an dem ausgebrannten Kahn vorbeigefahren war, zehn Meter vor ihnen festmachte. Die Messingteile blitzten, sie wurden sorgsam gepflegt.

»Nein. Niemand.« Der Feuerwehrmann drehte sich um und zeigte auf einen kleinen grünen Wagen, der zwischen zwei alten Bäumen auf dem Quai parkte. »Dahinten steht ihr Auto. Aber das bedeutet nicht, dass sie hier war. Sie wurde häufig abgeholt.«

Jacques wandte sich an Jean Mahon: »Kannst du jemanden von deinen Leuten bitten, die Bewohner der anderen Kähne zu befragen?«

»Ist schon veranlasst.«

»Es war Brandstiftung«, sagte der Kommandant der Feuerwehr, »meinen zumindest meine Leute. Was denken Sie, Kommissar?«

»Sieht so aus«, antwortete Jean Mahon, »aber hundertprozentig wissen wir es erst, wenn wir die Spuren ausgewertet haben.«

Margaux

»Das Feuerchen hat es ja noch nicht mal in die Agenturen geschafft!«, lachte Jean-Marc Real und strich sich mit der Hand über seinen angegrauten Dreitagebart.

»Eben!«, rief Margaux. Sie hatte es wegen des Staus nicht rechtzeitig zur Morgenkonferenz geschafft, in der die Themen für das Blatt des nächsten Tages verteilt wurden. Deshalb war sie, kaum in der Redaktion angekommen, sofort in das Büro des Chefredakteurs gestürzt, um sich einen Platz für ihren Bericht über den Brand auf Ginas Kahn in der morgigen Ausgabe zu sichern.

»Was heißt: eben?«, fragte ihr Chefredakteur Real.

»Dann werden wir eben eine Geschichte daraus machen, die es in die Agenturen schafft!«

»Heute schafft es höchstens ein Massenmord beim Papst noch ins Blatt.« Ein Massenmord beim Papst. So redeten inzwischen alle in der Redaktion. Wahrscheinlich hätte noch jemand mit dem Satz nachgelegt: Aber dann muss das Blut auch ins Weihwasser spritzen!

Nein, zynisch sind wir nicht. Nein, keineswegs!, dachte sie, auch nicht abgebrüht.

»Was willst du«, hatte sie einmal zu Jacques gesagt, als sie von einer Völlerei mit einigen ihrer Kollegen im Restaurant »L'Ami Louis« müde zu ihrem Appartement fuhren und er sich über deren schnodderige Redeweise wunderte. »Heute BSE, morgen Vogel- oder Schweinegrippe, Anschlag auf das World Trade Center oder ein Dutzend Tote in einer Metrostation in Madrid, London oder auch in Paris. Zwei

Flugzeuge stoßen über dem Bodensee zusammen, und Internatsschüler suchen in der Nacht verstreut herumliegende Körperteile zusammen. Jeden Tag werden sensibel geschriebene Artikel aus dem Blatt geschmissen, und Blut schafft's auf die erste Seite.«

Diesem täglichen Chaos entsprach auch das Büro ihres Chefredakteurs.

»Solch eine Szenerie kann nur ein Bühnenbildner schaffen«, hatte Margaux mal über die Unordnung in Reals Zimmer gelästert. Der riss jeden Artikel einer Zeitung oder Zeitschrift heraus, von dem er meinte, er könnte ihn eventuell irgendwann zu irgendetwas nutzen, und das ganz gleich, ob er beim Zahnarzt saß oder im Flugzeug. Er faltete das Stück Papier, nahm es mit und legte es, wieder glatt gestrichen, auf einen der immer mächtiger anwachsenden Haufen auf einem Stuhl, einem Regal, einer Ablage über dem nicht mehr funktionierenden Kamin. Die unteren Papiere waren bereits vergilbt, nach oben wurden sie immer heller. Aber Jean-Marc Real wusste noch Jahre später, wo welche Idee vergraben war. Er griff nur selten darauf zurück. Es passierte eben täglich zu viel Neues.

Aus einer eckigen blauen Pappschachtel zog er jetzt eine Gitanes und zündete sie an.

Vor ihm stand ein großer Aschenbecher voller gelber Kippen. Maispapier.

»Ouach. Muss das denn sein?« Margaux ging zum Fenster und riss es auf. »Das Zeug rauchst du doch nur, um anzugeben.«

Jean-Marc lachte, wobei er seine gelben Zähne zeigte, während die Zigarette wippend an seiner Unterlippe hing.

»Die rauche ich seit vierzig Jahren!«

»Man kann sich so was auch abgewöhnen.«

»Warum?«

»Weil es nicht schmeckt.«

»Mir schmeckt's.«

»Dein Mundgeruch muss doch jede Frau abschrecken. Dich küsst sicher keine mehr.«

»Ach, ich darbe nicht. Du ahnst gar nicht, was Frauen alles lieben. Sind ja nicht alle so grün wie du.«

Er nahm einen tiefen Zug, hielt den Rauch einen Augenblick in seiner Lunge und blies gekonnt drei Rauchringe in ihre Richtung.

Margaux wedelte mit der Hand, zog den Besucherstuhl vor dem überladenen Schreibtisch etwas zurück und sagte: »Ich habe Angst, dass Gina etwas zugestoßen ist.« Sie setzte sich.

»Wer ist Gina?«

»Das Model, das in dem abgebrannten Kahn gewohnt hat. Und ich fürchte, dass ich vielleicht Schuld an dem Unglück habe. Hör dir die Geschichte an. Danach wirst du mir mindestens drei Spalten für morgen geben!«

»Schieß los!« Jean-Marc lehnte sich vor, wühlte einen Bleistift aus dem Wust vor ihm hervor, zog einen Strich auf dem neben ihm liegenden Block und schaute sie gespannt an.

»Gina gehört zu der oberen Kategorie in ihrem Geschäft. Vor drei Jahren hat sie es immerhin auf den Pirelli-Kalender geschafft.«

»Dann hat sie eine tolle Figur, und wir haben schon ein gutes Bild für den Aufmacher der ersten Seite!« Jean-Marc riss seine buschigen Brauen hoch und schaute ihr in die Augen, machte mit den wulstigen Lippen spielerische Bewegungen, und als sie ihre Stirn runzelte, setzte er eine nüchterne Miene auf und krakelte eine Notiz auf den vor ihm liegenden Block.

»Unterbrich mich nicht immer!«, bat Margaux. »Mir ist es wirklich ernst. Gina ist meine Cousine. Sie ist gut zehn Jahre jünger als ich und kommt allmählich in das Alter, in dem sie den Druck der ganz Jungen merkt. Mit ihrer Superfigur passt sie für Jeans, für Bikinimode und so etwas, nur für die Haute Couture ist sie nicht klapprig genug. Seit einem Jahr gehört sie zu dem exklusiven Kreis der Models, die ein supertolles Label vertreten. Mit denen hat sie im letzten Monat einen Drei-Jahres-Vertrag abgeschlossen, der ihr ein paar Millionen einbringt. Deshalb wollte sie langsam aus dem kleinen Geschäft aussteigen. Sie ist eben ziemlich klug, obwohl ihr Männer schöne Frauen ja automatisch für dumm haltet.«

»Sind sie's nicht?« Real lachte.

»Gina hat in ihrer Schule beim Abschluss sogar den Preis für Exzellenz in Mathematik bekommen. Dann wurde sie durch Zufall beim Skifahren von ›Régine‹ entdeckt und erhielt ein so großzügiges Angebot für ein paar Fotoaufnahmen, dass sie zugesagt hat. Aus Spaß. Na, und nachdem erst einmal Stylistin und Visagistin sie für den Topfotografen Michel Comte zurechtgemacht hatten und er ihr den knappsten aller Minibikinis anzog, gehörte sie sofort zur Weltliga!«

»Da muss mir was entgangen sein. Für mich sehen die meisten Models gleich aus.«

»Blinder Macho!«

»Und wie bist du mit ihr verwandt?«

»Sie ist die Tochter meines Onkels, des Bruders meiner Mutter. Also ist sie immerhin eine Cousine ersten Grades. Sie wollte Mathe studieren und hat sich jetzt tatsächlich um einen Studienplatz beworben. Und aus Zeitvertreib arbeitete sie an verschiedenen Softwareprogrammen!«

»Chapeau! Damit kann sie langfristig mehr verdienen als mit Modeln.«

»Gut möglich. Aber ich habe sie überredet weiterzumachen, damit sie mir bei einer Recherche helfen kann. Diese Firma ›Régine-Models‹ ist eine der erfolgreichsten in Europa. Sie residiert in einem äußerst eleganten Haus in der Rue Duphot, das irgendein russischer Milliardär vor ein paar Jahren gekauft hat, der sich dann – weiß der Teufel, warum – noch mit einigen Millionen an ›Régine-Models‹ beteiligt hat.«

»Na, ist doch klar, warum!«

»Warum?«

»Margaux, so naiv kannst du doch nicht sein! Wegen der Mädchen.« Jean-Marc sah sie erstaunt an.

»Ich weiß nicht. Das ist eine zu einfältige Erklärung. Er selbst ist dort nämlich nie aufgetaucht. Aber viele andere Russen. Sie haben die obere Etage hermetisch abgeschottet. Einige der Chambres de bonne unter dem Dach haben sie sogar als Quartier für ihre Sicherheitsleute ausgebaut.«

»Hast du das selbst gesehen?«

»Gina hat mir davon erzählt.«

»War wenigstens sie da oben?« Jean-Marc schob mit dem Mittelfinger eine neue Zigarette von unten aus der Schachtel.

»Nein, aber ihr Freund Michail arbeitet da oben.« Margaux ärgerte sich über seine penetranten Fragen.

Jean-Marc schnippte lächelnd das Feuerzeug an, nahm einen langen Zug und blickte abwartend zu Margaux.

»Er hat auf Ginas Kopfkissen eine ganze Reihe von Andeutungen gemacht, die sie zumindest interessierten. Offenbar ist in der vierten Etage ein riesiges Computercenter installiert worden, mit dem die Geschäfte des russischen oder vielmehr georgischen Hausbesitzers gelenkt werden, und zwar nicht besonders legal. Und weil Gina weiß, wofür ich mich interessiere, hat sie mir davon erzählt, so nach dem Motto, da könnte eine Geschichte für dich drin sein.«

»Was verstehst du darunter?«

»Das weißt du genau. Aber was habe ich Idiotin gemacht? Ich habe sie gebeten, statt im nächsten Semester mit dem Studium anzufangen, noch ein paar Monate in ihrem Job weiterzumachen. Und dann habe ich sie auch noch auf Michail gehetzt, obwohl der offensichtlich ein Schlawiner ist und nicht nur mit ihr ins Bett geht.«

»Und wie willst du daraus eine Story machen? Du kannst doch nix beweisen. Noch nicht einmal, dass deiner Cousine was passiert ist. Sind Models nicht dauern unterwegs zu irgendwelchen Aufnahmen?«

»Ja, aber ich habe gestern noch mit ihr telefoniert. Sie war abends mit Michail verabredet und wollte sich heute zum Frühstück mit mir im ›Café de Flore‹ treffen. Wir waren fest verabredet. Und sie war ganz aufgeregt, denn sie hatte etwas ›unglaublich Spannendes‹ über diesen merkwürdigen Chef des Unternehmens rausgefunden.«

»Hast du mal versucht, sie anzurufen?«

»Klar. Gestern Abend und immer wieder. Heute Morgen bin ich dann ganz früh bei ihr vorbeigefahren. Da erst habe ich von dem Brand auf ihrem Kahn erfahren! Irgendetwas muss passiert sein. Sie hat einen süßen portugiesischen Wasserhund, wie ihn viele jetzt haben, nachdem Ted Kennedy den Obama-Kindern so einen geschenkt hat.«

Jean-Marc spitzte die Lippen und sagte in zuckersüßem Tonfall: »Wie süß!« Dann machte er eine betont ernste Miene: »Ich hasse Frauen mit Kötern.«

»Wieso?«

»Das Vieh als Ersatz!«

»Wahrscheinlich hat dir mal eine Frau mit Hund einen Korb gegeben wegen deines fiesen Tabakgeschmacks. Und jetzt sollen die süßen Tierchen an allem schuld sein. Gina hat Pedro nur dann allein gelassen …«

»Pedro?«

»So heißt ihr Hund.«

Jean-Marc prustete verächtlich: »Ich sagte doch: Ersatz!«

»Sie hat ihn nur dann allein im Kahn gelassen, wenn sie wusste, dass sie bald zurückkommt. Und die Police judiciaire hat einen verkohlten Hundekadaver gefunden.«

»Woher weißt du das?«

»Der Fluss fällt in die Zuständigkeit von Untersuchungsrichter Jacques Ricou.«

»Ah!«

»Was … ah?«

Jean-Marc hüstelte, nahm die Zigarette so vorsichtig aus dem Mund, dass die lange Asche nicht herunterfiel, und sagte: »Wie steht es denn so mit euch?«

»Mal so, mal so.«

»Und jetzt?«

»Eher so!«, Margaux lächelte.

Wenn Jacques nicht ein so schwieriger Einzelgänger wäre, hätten sie vielleicht geheiratet. Na ja, vielleicht auch nicht. Er war ihr aufgefallen, als er aus Nizza als Untersuchungsrichter nach Créteil im Osten von Paris versetzt worden war und gleich einen Fall, in dem es um politische Korruption ging, mit ungewohnter Verve anging. Damals schrieb sie einen Artikel über den »unerbittlichen« Richter Jacques Ricou. Der war wiederum von der »unerbittlichen« Journalistin Margaux fasziniert, und in den ersten Wochen ihrer Beziehung wurde der Begriff »unerbittlich« zu so etwas wie einem Codewort. Sie verabredeten sich zum Beispiel mittags zu einem »unerbittlichen« Treffen in ihrer Wohnung. Jacques war damals noch mit Jacqueline verheiratet, doch ihre Ehe bröckelte bereits. Sie sei eine »high maintenance woman«, klagte Jacques über seine Frau.

Und als diese Frau eines Tages vor Wut über ihren Mann, der für ihre Ansprüche nicht genug verdiente, eine Flasche Champagner nach ihm warf, aber nicht traf, packte er ein paar Sachen in der ehelichen Wohnung ein und bei Margaux wieder aus.

Noch nie war Margaux so glücklich gewesen.

Doch schon nach drei Monaten zog Jacques, für sie überraschend, in eine eigene Wohnung in Belleville.

Er brauche seine Unabhängigkeit, sagte er.

Sie fühlte sich verletzt und strafte ihn mit einer Affäre.

Seitdem ging es mal so und mal so.

»Verdammt!« Die Asche fiel auf die Hose von Jean-Marc. Er legte die Zigarette ab, stand auf und klopfte die Hose sauber. Dann ging er zum Fenster, drehte sich um und sah Margaux an. Sie sah gut aus. Er beneidete den Untersuchungsrichter, aber dann sagte er sich, sie mag ja keine Tabakküsse, und schmunzelte.

»Ich frage dich noch einmal: Wie willst du daraus eine gute Geschichte machen? Du weißt nichts, außer dass der Kahn abgebrannt ist.«

»Und dass es Brandstiftung war, dass der Hund tot ist und ein schönes Model verschwunden. Wenn du klug bist, gibst du mir sogar Platz für ein schönes Foto.«

»Pirelli!«

»Wenn es sein muss!«

»Und ob!«

»Dafür musst du erst einmal die Rechte bekommen.«

»Das klären wir hinterher!«

Hinterher klärte der Chefredakteur immer dann die Abdruckrechte, wenn er fürchtete, sie nicht oder aber nur sehr teuer erhalten zu können. War das Foto erst einmal erschienen, dann war er groß darin, sich herauszureden. Und zahlte oft nur einen Bruchteil der geforderten Summe.

»Wie auch immer«, sagte Margaux und erklärte ihm, wie sie aus den wenigen Fakten eine Titelstory basteln würde. »Ich rufe die Agentur an und kläre Ginas Termine, dann erkundige ich mich nach Michail. Da ich über ihn sicher keine Auskunft erhalten werde, kann ich, ohne zu lügen, behaupten, ihr russischer Freund sei auch verschwunden. Dann versuche ich, den Chef des Unternehmens zu sprechen, wo auch immer der sich aufhält. Und wenn ich ihn in Georgien anrufen muss! Was er sagt, werde ich entsprechend verpacken. Er wird natürlich alles leugnen. Oder gar nicht mit mir sprechen. Also kann ich schreiben, dass der wohl Dreck am Stecken hat und ein schlechtes Gewissen. Das ist eine Meinung und keine Tatsachenbehauptung. Dagegen kann er nicht klagen. Die Geschichte stellen wir heute Abend nach Redaktionsschluss in unsere Online-Ausgabe, und schon werden wir morgen früh in jeder Rundfunksendung zitiert, und das Blatt verkauft sich endlich mal wieder gut.« Sie holte tief Luft. »Und ich werde vielleicht irgendeinen Hinweis auf Gina bekommen.«

Der Mann aus Tiflis

Wolod hörte es sofort. Wenn die Stimme des Chefs in ein monotones Flüstern überging, dann war Vorsicht geboten. Es drohte Gefahr.

»Warum habt ihr Michail noch nicht erwischt?«

Wolod hatte ihm doch erklärt, dass es nur eine Frage von Stunden sein könnte, bis sie Michail fänden. Aber der Prinz hatte die Frage wiederholt und schwieg jetzt. Wolod hörte nicht das kleinste Geräusch durchs Telefon. Er fühlte sich unwohl. Er konnte doch nicht seinerseits in Schweigen verfallen. Aber was sollte er sagen? Sich wiederholen? Er holte hörbar tief Luft und sagte: »Spätestens morgen früh haben wir ihn.«

»Und wenn nicht?«

Wenn nicht? Was sollte er darauf antworten? Wenn nicht, dann eben nicht. Dann eben ein bisschen später.

»Ich habe vier Mann auf ihn angesetzt. Und ich selber tue nichts anderes, als die Suche zu koordinieren. Ich kenne Michail in- und auswendig! Wir werden ihn fassen.«

»Hoffentlich. Die Sache muss schnell erledigt werden. Denn so, wie die Geschichte mit dem Model gelaufen ist, darf es nicht weitergehen. Wir wissen, dass es ein Leck bei uns gibt, das wir dringend stopfen müssen, ohne dass die französische Öffentlichkeit aufmerksam wird. Ist dir das klar?«

Er duzte Wolod wie all seine Mitarbeiter. Der Prinz und seine Sklaven.

Wolod sagte, es sei ihm klar.

»Du musst Michail aus dem Verkehr ziehen, bevor er mehr Schaden anrichten kann!«

Wolod zuckte zusammen. Was wusste der Chef?

»Noch mehr Schaden?«

»Stell dich nicht dumm! Er ist doch auch hinter dem Model her, das künftig zum Gesicht dieses neuen Parfums werden soll. Von Talbot.«

Dann hörte Wolod nur noch ein Tuten aus dem Telefon. Der Prinz hatte aufgelegt.

Wolod sackte auf seinem Stuhl zusammen. War der Chef jetzt auch ins Parfumgeschäft eingestiegen?

Er wusste, warum Michail verschwunden war. Aber das konnte er dem Prinzen nicht sagen. Jahrelang war er dem reichen Mann aus Georgien treu ergeben gewesen. Der hatte ihn, den jungen russischen Soldaten, aus den Wirren der Kaukasuskriege mit einem großzügigen Angebot herausgelockt. Er wurde sein Leibwächter. Manchmal auch seine Vertrauensperson, die zu allem bereit war. Und das hieß nicht nur, Kleinigkeiten zu erledigen, wie dem georgischen Präsidenten einen Koffer Bargeld zu überbringen. Das hieß auch, seine besonderen Fähigkeiten anzuwenden. Wenn es sein musste. Wolod tat, was ihm befohlen wurde. Inzwischen seit gut zehn Jahren. Aber nachdem der Prinz ihn nach Frankreich geholt hatte, schlichen sich wie ein langsam wirkendes Gift Zweifel in Wolods Herz. Und als müsste er sich vor sich selbst rechtfertigen, stellte er den Prinzen infrage. Wer war er schon? Ein armer reicher Kerl. Ohne Freunde oder Freuden. Ein undurchschaubarer Einzelgänger. Der ihm ein mageres Gehalt zahlte für das, was er tat. Und ihn auch mal hängen ließ, um sich selbst zu retten.

Taverne Henri IV

Nach ihrem Gespräch mit dem Chef der Flussfeuerwehr am Seineufer stiegen Jacques und Jean Mahon die steilen Stufen zum Pont Neuf hoch. Eine Gruppe spanischer Touristen zog auf der alten Brücke lärmend an ihnen vorbei und drängte sie auf die Straße. Die Mittagssonne schien heiß, Jacques schwitzte so, dass er seine Jacke auszog und über den Arm hängte. Er nahm die Brieftasche heraus, weil er befürchtete, sie könnte herausfallen, steckte sie in die rechte Hosentasche und das Mobilfone in die Brusttasche seines Hemdes, das am Rücken schon ein bisschen nass war. Als sie auf der Höhe der Statue des hoch zu Ross sitzenden Henri IV in den Quai des Orfèvres einbiegen wollten, sah Jacques, dass ein paar Schritte weiter auf der gegenüberliegenden Seite der Straße zwei Stühle an einem kleinen Tisch vor der »Taverne Henri IV« frei waren.

»Wollen wir nicht eben eine Tartine essen?«

Jean Mahon zögerte nur kurz, schaute auf die Uhr und stimmte zu. Warum nicht. Gleichzeitig zogen sie ihre Telefone aus den Taschen und meldeten sich in ihren Büros.

Jacques erreichte Martine, seine Gerichtsprotokollantin, auf dem Weg in die Kantine.

»War was Wichtiges?«, fragte er.

»Nicht wirklich. Betonmarie will dich sehen. Aber das hat Zeit bis heute Nachmittag.«

Betonmarie war der Spitzname für seine Chefin, die Gerichtspräsidentin Marie Gastaud. Immer noch ging er mit gemischten Gefühlen in ihr Büro, wenn sie ihn zu sich rief. Sie wirkte mit ihrer Betonfrisur und den langweiligen

Seidenkleidern wie die Madame eines erfolgreichen Bourgeois. Aber Jacques schätzte ihre Standfestigkeit. Marie Gastaud zeigte sich gegenüber jeder Hierarchie, selbst gegenüber dem Justizministerium, unabhängig und hielt ihre schützende Hand über den, ihrer Meinung nach, manchmal schwer erträglichen Untersuchungsrichter Jacques Ricou.

»Wann kommst du ins Büro?«, fragte Martine.

»In 'ner halben Stunde. Wir machen nur kurz ein Päuschen in der Taverne.«

Martine lachte: »Da gibt es die besten Tartines von Paris! Und ich vermute, du isst eines mit Cornichons?« Sie kannte Jacques' Vorlieben, schließlich hatte sie ihn schon häufig an Wochenenden oder in langen Nächten, in denen sie ohne Pause an einem Fall arbeiteten, mit Sandwiches versorgt. Jacques ging auf ihre Anspielung nicht ein, sondern bat sie, sobald sie wieder am Schreibtisch säße, im Internet nach möglichen Informationen über das verschwundene Modell Gina zu suchen. Welche Agentur sie vermittelte, was die Presse über sie schrieb, ja auch die »presse people« genannten Klatschblätter. Zu den »People« – in Frankreich heißen sie auch »Pipole« – gehören Menschen, die weniger wegen ihrer Leistungen als wegen ihres Auftretens, ihres Geldes, ihrer Exzentrik, ihres Sexlebens oder ihres blitzenden Busens in Klatschkolumnen abgebildet werden.

In den letzten Jahren hatte sich Martine zu einer erstaunlich findigen Internetrechercheurin entwickelt, sie wusste, wo sie in Community Sites, in Bloggs oder bei Twitter suchen musste. So fand sie manchmal mehr heraus, und das auch noch schneller als die Leute von Kommissar Jean Mahon. Sehr zu deren Ärger!

Die Mittagssonne schien heiß, aber die Markise über dem Tisch, an dem Jacques und der Kommissar saßen, warf ein wenig Schatten über die beiden Männer.

»Alors, Monsieur le Juge, eine Tartine mixte mit Cornichons de Dijon?«, fragte Philippe, der Wirt. Mixte bedeutete mit gekochtem Schinken und Gruyère, wobei Philippe Wert darauf legte, einen mindestens vierzehn Monate höhlengereiften Käse zu verwenden. Und das Cornichon de Dijon lebte von seiner leicht scharfen Würze. Ein Glas Wein? Einen Sauvignon blanc oder einen Cabernet franc von der Loire? Jacques schüttelte den Kopf, bat um ein Perrier, dem schloss sich Jean an. Gott, die Zeiten haben sich geändert, dachte der Kommissar. Als er anfing als junger Inspecteur, da trank man zu zweit mittags mindestens eine ganze Flasche Wein zum Essen. Vorher einen Aperitif, hinterher einen Digestif.

Einige Minuten lang versanken sie in ihren Gedanken. Um diese Zeit im Sommer war es ruhiger hier, es fuhren nur halb so viele Autos durch das von Touristen bevölkerte Paris.

Margaux hatte seit gut zehn Tagen nicht mehr bei ihm übernachtet, dachte Jacques, aber er hatte nicht das Gefühl, dass bei ihr etwas Neues lief. Ob er sich mit ihr heute Abend verabreden sollte? Er würde sie gleich vom Büro aus anrufen. Sollte er ihr von Erics Einladung erzählen? Warum nicht. Er sah ihren schlanken Körper im Bikini vor sich.

»Fahrt ihr irgendwann in den Urlaub?«, fragte er und drehte seinen Kopf zu Jean.

»Du weißt doch, ich fahre lieber zum Skilaufen, mindestens drei Wochen am Stück. Aber Isabelle fährt mit Jacqueline und deren Mann drei Wochen nach Korsika. Vielleicht mache ich einen Sprung dorthin auf ein verlängertes Wochenende zum 15. August.«

Der neue Mann von Jacques' ehemaliger Frau Jacqueline teilte mit ihr den Hang zu einer eher exzentrischen Lebensweise. Getroffen hatten sie sich im Club des Croqueurs de Chocolat, der aus gerade einmal vierzig Mitgliedern bestand, darunter so mondänen wie der Modemacherin Sonia Rykiel. Aber wenn Jacqueline und Isabelle anfingen, über anscheinend ewig weibliche Themen zu kichern, setzte sich Jean lieber mit seiner Wirtschaftszeitung an den Nebentisch.

»Und du?«, fragte er.

»Vielleicht haue ich am Wochenende für zwei Wochen ab. Mein Freund Eric hat mich auf sein Boot eingeladen. Es liegt im Augenblick vor Cannes.«

»Allein oder zu zweit?«

»Mal sehen. Eric hat mir erst heute Morgen eine SMS geschickt. Vielleicht nehme ich Margaux mit, wenn sie kann.«

Jean schwieg. Er wusste, wie sehr Jacques es hasste, wenn jemand nach dem Stand seiner Beziehung zu Margaux fragte; andererseits hatte sich der Richter seit der Episode mit der Staatsanwältin aus Leipzig mit keiner anderen Frau als mit Margaux gezeigt.

»Kommt ein bisschen darauf an, ob sich diese Geschichte mit dem ausgebrannten Kahn ausweitet«, sagte Jacques, »Hoffentlich taucht Cousine Gina bald wieder auf. Selbst wenn ich auch dann nicht viel machen könnte.« Er lachte, zeigte mit dem Finger auf den Kommissar und fuhr fort: »Außerdem müsst ihr erst einmal die Fakten recherchieren. So lange kann ich ruhig Urlaub machen.«

Gedanken über das ausgebrannte Schiff gingen beiden durch den Kopf. Jacques versuchte, seine Ahnung, Ginas Verschwinden könnte ein böses Zeichen sein, zu verdrängen. Er seufzte laut und sagte dann: »Ich hasse es, mir Leichen ansehen zu müssen.«

»Wie kommst du jetzt darauf?«, fragte der Kommissar.

»Ob ihr was passiert ist?«

»Wem?«

»Na, Gina, dem Mädchen. Margaux war so aufgeregt, wie ich es von ihr gar nicht kenne.«

»Auf dem Schiff war Gina nicht, sonst hätten wir sie gefunden. Vielleicht ist sie ja abgetaucht und hat den Brand selber gelegt. Was habe ich nicht schon alles erlebt! Also mach dir erst Sorgen, wenn es so weit ist.«

»Irgendwie habe ich ein unangenehmes Gefühl.«

Der Kommissar schwieg einen Moment. Er schaute auf

seinen gesplitterten Daumennagel, der ihm wehtat. Dabei nahm er doch Kalziumtabletten! »An Leichen gewöhnt man sich. Ich weiß nicht, wie viele ich schon im Dienst gesehen habe. Einsam verreckte Frauen, die erst Monate später entdeckt wurden. Ein Mann war schon zwei Jahre tot. Der war in seinem gut gelüfteten, trockenen Schlafzimmer mumifiziert und lag so da, wie er am Herzstillstand plötzlich gestorben war. In der knöchrigen, mit einer Lederhaut überzogenen Hand hielt er noch das Buch, in dem er gelesen hatte.«

Jacques schüttelte sich, aber Jean Mahon lachte nur trocken.

»Am grässlichsten fand ich meine erste Leiche«, fuhr der Kommissar fort. »Ich war damals gerade als junger Polizist in eine Wache abgeordnet und gleich bei meinem ersten Einsatz in ein Haus am Pantheon geschickt worden. Auf dem Bett lag ein alter Mann, noch in Leichenstarre. Zwei Feuerwehrleute sollten ihn abtransportieren, doch er passte nicht durch die zu enge Tür. Also baten sie mich, ihnen zu helfen und die Leiche an den Schultern zu halten. Sie haben einfach die Beine mit Gewalt angewinkelt, dabei konntest du die Knochen brechen hören. Und als sie ihn durch die Tür hatten, haben sie die Glieder wieder gerade gezogen. Gruselig.«

Philippes Frau stellte die Tartine vor Jacques ab, bediente Jean, wünschte ihnen guten Appetit und fragte: »Nicht doch ein kleines Gläschen Wein?«

Beide schüttelten den Kopf, denn sie hatten sofort in ihre Brote gebissen, und mit vollem Mund redet man ja nicht. Während sie still vor sich hin kauten, erinnerte sich Jacques an die Bemerkung von Nicolas, dem Kioskbesitzer, über die Frau, die sich nach ihm erkundigt hatte. »Auf ein Gläschen würde ich sie schon einladen. Lohnt sich!« Das hatte Nicolas ihm nachgerufen, als er in das Taxi gestiegen war.

Nachdem er die Hälfte seiner Tartine verzehrt hatte,

wischte er sich die Lippen mit der kleinen Papierserviette ab, die neben dem Teller lag, und erzählte Jean von seiner Befürchtung, die Frau, die ihn vor bald einem Jahr mit dem Sashimimesser angegriffen hatte, könne wieder aufgetaucht sein.

»Hast du Angst?«, fragte Jean Mahon, ohne erkennen zu lassen, ob er den Untersuchungsrichter nur provozieren wollte oder es ernst meinte.

Jacques reagierte einen Augenblick lang nicht, dann räusperte er sich: »Was mich irritiert, ist, dass sie sich angeblich sehr früh am Kiosk nach mir erkundigt hat und dabei eine Sonnenbrille trug. Er schildert sie als fast elegant, nett aussehend. Nun ist die Frau mit dem Sashimimesser zwar ein Berufskiller, aber wir kennen sie als sehr erfolgreiche Verwandlungskünstlerin. Sonst wäre sie auch längst gefasst worden.«

»Hat dein Nicolas ein Telefon in seinem Kiosk?«

»Warum?«

»Dann könnte einer meiner Leute sich die Dame mal beschreiben lassen, und ich veranlasse mit dem Hinweis auf die Sashimifrau eine diskrete Ringfahndung.«

Eine Viertelstunde später verabschiedeten sie sich am Eingang 36, Quai des Orfèvres, der berühmten Adresse, nach der ein Literaturpreis und mehrere Filme benannt worden waren. Über der Pforte stand in Stein gemeißelt: »Police Judiciaire« – Kriminalpolizei.

Hier trennten sich ihre Wege, doch Jean rief Jacques, der zwei Stufen auf einmal nehmend die Treppe zu seinem Büro hinauflief, noch nach: »Wenn du sie triffst, lass dir ein Haar von ihr geben. Wir haben doch die DNS-Spuren der Sashimifrau. Aber lass dich dabei nicht ermorden!«

Sollte er wirklich Angst haben? Jacques schüttelte sich. Die Furcht vor dem Nichts? Dieses Gefühl der Beklemmung kannte er eigentlich nicht. Albträume waren ihm fremd. Selbst im Minenfeld in Angola hatte er keine Angst um sein Leben gehabt. Und er erinnerte sich an die Frage von Lyse, die nun nicht mehr lebte, ob er Angst habe. Höchstens Angst, dich zu verlieren, hatte er geantwortet. Auch als Jean ihm vor Jahren erklärte, er habe Informationen erhalten, wonach Agenten der Renseignements généraux, des Inlandsgeheimdienstes, ihn ermorden wollten, hatte er nicht mit Angst reagiert. Denn Jean und er wussten einfach, was zu tun war. Und warum überfiel ihn jetzt diese lähmende Ängstlichkeit? Wahrscheinlich spinne ich nur, sagte sich Jacques, wahrscheinlich brauche ich einfach Urlaub. Und vielleicht ein geregelteres Liebesleben.

Der achtzackige Stern

Es ziepte unangenehm, als Annie ihr mit der Pinzette ein feines Haar ausriss.

»Aiiie!«, Irina stieß einen kleinen Schmerzenslaut aus. »Kannst du nicht noch mal ein bisschen Eisspray draufsprühen?«

»Zu viel geht auch nicht«, sagte Annie und zupfte ein weiteres Härchen aus der Haut. »Sonst erfriert die Haut womöglich. Und das ist gerade in dieser Region äußerst unangenehm.«

»Das kannst du wohl sagen!«, kicherte Irina.

Die unteren Knöpfe ihrer Bluse waren geöffnet und der Seidenstoff nach oben gerutscht. Vom Bauch bis zu den Fußzehen nackt lag sie auf einem modernen Behandlungstisch, der mit einem weichen, warmen Tuch bespannt war.

Ihr Kopf ruhte in der dafür vorgesehenen Kuhle, ihre Augen schauten auf die lebensgroße Abbildung einer nackten Frau. Nackt, völlig unbehaart und in aufreizender Pose blickte diese Frau den Betrachter an. Als wollüstig, so kam es Irina vor, hatte der Maler William-Adolphe Bouguereau die »Badende« 1870 dargestellt. Damals gab es eben noch keine Centerfold-Nackedeis im Playboy.

Irina träumte vor sich hin, entspannte sich so sehr, dass sie eingedöst wäre, wenn das Ziepen nicht gestört hätte.

Annie rollte mit ihrem Hocker zu einem kleinen Tischwagen aus Stahl, auf dem Instrumente, Kosmetikartikel und Medikamente lagen, und holte eine kleine Tube.

»Ich reibe ganz dünn eine Betäubungssalbe direkt auf die

wunden Stellen. Das mildert den kleinen Schmerz zwar erst in einer halben Stunde. Aber es wirkt zwölf Stunden lang.«

Annie dachte sich ihren Teil. Sie wusste, dass sie nicht zu viel mit ihren Kundinnen reden durfte. Insbesondere nicht über intime Details, und trotzdem hatte sie eine Menge aufgeschnappt in den letzten fünf Jahren, seit sie bei dem Friseur in der Rue Duphot als Kosmetikerin im diskret abgeschirmten hinteren Teil des Ladens arbeitete.

Ihre Spezialität hieß Intimästhetik.

Die Models kamen aus der Agentur über ihr, und die begüterten Frauen aus Neuilly und Saint-Cloud hatten in den Zeitschriften von den geheimen Frisuren gelesen. In den letzten zwölf Monaten hat sich der Termindruck ein wenig entspannt, und der Kalender wies an dem einen oder anderen Nachmittag leere Stellen auf.

So gegen halb zehn am Morgen hatte Irina aufgeregt angerufen und dringend um einen Termin für den Nachmittag gebeten, und zwar um einen langen, um »alles, also alles, du weißt schon, tiptop zuzubereiten«. Ja, sie hatte wirklich »zuzubereiten« gesagt. Irina sprach zwar inzwischen Französisch ohne ihren bulgarischen Akzent, doch manchmal irrte sie sich in der Bedeutung, die in einem Wort mitklingt.

Der Kalender war an diesem Montag fast leer, doch Annie gab am Telefon vor, mühsam Platz schaffen zu müssen. »Na ja, dann komm mal um drei Uhr, geht das? Wir brauchen bestimmt zwei Stunden.«

Zuerst hatte Annie die Füße von Irina manikürt und mit einer samtenen Eisenkrautsalbe aus dem Hause Talbot massiert.

Dann kam Irina auf ihre besondere Frisur zu sprechen. Nein, sie wollte keinen langweiligen Iro oder Landing-strip, den hat doch jede, keinen Blitz, keinen Pfeil.

»Mein Freund wünscht sich eine Art achtzackigen Stern«, sagte sie klar und deutlich.

»Achtzackig muss er sein?«, fragte Annie verwundert.

Einen achtzackigen Stern hatte sie doch vor sechs Monaten schon einmal einem Model gezupft und diese Frisur sogar erst vor ein paar Tagen noch einmal ausgeputzt.

»Ja, achtzackig, so gut es geht«, beharrte Irina auf ihrem Wunsch. »Mein Freund sagt, es gibt sieben Höllen, aber acht Paradiese. Und zwar deswegen acht Paradiese, weil die Barmherzigkeit Gottes größer ist als sein Zorn. Deshalb träumen wir alle vom achten Paradies. Dort gibt es keine Sünde.«

So hatte es vor sechs Monaten auch das andere Model erklärt, das allerdings noch hinzufügte, im alten Orient habe es früher ein acht Monate dauerndes Venusjahr gegeben. Darum solle der Stern auf dem Venushügel ein Oktagramm, ein Achteck, sein.

Annie schwieg und zupfte weiter.

»Ich gebe mir schrecklich Mühe, aber ganz leicht wird das nicht bei deinen feinen Haaren.«

»Und wenn du sie ein bisschen stutzt?«

»Das werde ich tun, wenn ich erst einmal die Form gefunden habe.«

Für elf Uhr am Vormittag hatte Mireille, Headbooker der »Régine-Models«, Irina zu sich bestellt, um mit ihr das nächste Shooting für »Talbot-Noir« zu besprechen. Es ging um ein neues Produkt, nein, es ging um das!, bitte schön, das! – sie sprach das Wort mit Ausrufezeichen aus – um das! Foto für die weltweite Einführung eines neuen jugendlichen Dufts der Parfumfirma Talbot aus Grasse. Die Aufnahmen würden bis zu einer Woche dauern. Die ganze Welt würde mit Plakaten zugepflastert werden von China bis Marokko, von Stockholm bis Patagonien. Kein Magazin ohne dieses Bild.

»Talbot-Noir« würde ein sensationeller Erfolg, versprach der Parfumeur der Firma Talbot, der den Duft kreiert hatte.

Unter einem kaum zu witternden Hauch von Marihuana versteckte er eine Dosis Androstenon, das er aus dem Sexualhormon Testosteron herausgelöst hatte.

Angeblich ließen Versuche in verschiedenen Ländern zum ersten Mal den Nachweis zu, dass Männer sich stärker von Frauen angezogen fühlen, die nach Talbot-Noir duften.

Eine Sensation, die noch geheim gehalten wurde!

Der Locationscout der Agentur hatte eine Straße in Berlin ausgewählt, wo sich, wie in keiner anderen Stadt der Welt, das leicht Verkommene mit dem Hypermodernen schnitt. Und keine Location der Welt war unter jungen Leuten so hip, so in, wie Berlin.

»Für dich wird das der endgültige Durchbruch«, sagte Mireille zu Irina und schob mit dem Mittelfinger ihre leicht blau getönte Brille zurück auf die Nasenwurzel. Sie sah das junge Model ernst an: »Du wirst lernen müssen, mit deiner Berühmtheit umzugehen. Überall werden dir Paparazzi auflauern, und du wirst dir jeden Schritt überlegen müssen. Mit welchem Kerl auch immer du dich sehen lässt, es steht sofort in der Pipolepresse.«

Gab es etwa schon ein Gerücht?, fragte sich Irina und errötete leicht. Nein, das konnte nicht sein. Sie hatte es niemandem verraten. Und Michail war äußerst diskret. Aber wenn herauskäme, dass sie dabei war, der berühmten Gina ihren geliebten Michail auszuspannen, gäbe es Ärger in der Agentur.

Heute früh, als sie in ihren Mini gestiegen war, hatte hinter dem Scheibenwischer ein Strafzettel gesteckt. Wie so häufig. Sie hatte ihn erst gesehen, als sie den Motor anlassen wollte, war mit einem Bein wieder ausgestiegen, hatte den grünen Karton hervorgezogen und ihn auf den Nebensitz geworfen. Dabei war ein kleiner weißer Zettel zwischen die Sitze gefallen. Sie hatte ihn aufgehoben und sein Zeichen, den achtzackigen Stern, gesehen. Darunter stand nur 21 h, versehen mit einem Fragezeichen. Sie hatte sofort seine

Handynummer gewählt, aber noch nicht einmal die Mailbox war angesprungen. Dann hatte sie eine SMS getippt. Ein Doppelpunkt, ein Bindestrich, ein großes D. Zwischen Michail und ihr hatte dieses Symbol – besonders das große D – eine doppelte Bedeutung.

Irina hatte sofort den Termin bei Annie gemacht. Heute Nacht würde er bei ihr und nicht bei Gina bleiben.

Michail war in ihren Augen einfach schön. Schön. Anders konnte sie es nicht ausdrücken. Er war kräftig und doch erstaunlich zart. Eben ein romantischer Russe.

Irina träumte noch, als Régine, die Besitzerin der Agentur, in das Büro stürzte und aufgeregt rief: »Gina ist verschwunden. Und ihr Kahn ist heute Nacht abgebrannt …«

Mireille schaute Régine, eine kleine, korpulente Frau in engem Tailleur, an, richtete ihren Blick auf den Computerbildschirm und haute in die Tasten. Dann entspannte sich ihr Gesicht: »Gina hat in den nächsten sechs Tagen keinen Termin. Wenigstens das.«

Sie warf einen kurzen Seitenblick auf Irina und fragte Régine: »Ist ihr im Feuer etwas zugestoßen?«

»Nein. Aber die Feuerwehr hat ihren Pedro verbrannt gefunden. Und wo Pedro ist, da ist Gina meist nicht fern. Also muss ihr was passiert sein. Sonst hätte sie sich längst bei uns gemeldet. Irgendeine Schwester von ihr hat angerufen und will ein Foto für 'ne Zeitungsgeschichte …«

»Die hat doch keine Schwester, oder?«, fragte Mireille.

»Oder 'ne Cousine oder was … Hier ist ihre E-Mail-Adresse. Schick ihr das Pirelli-Foto, danach hat sie gefragt.«

Régine rannte zur Tür.

»Ruf morgen an, dann weiß ich wahrscheinlich, wann es nach Berlin losgeht«, sagte sie noch, »kommt auf das Wetter an, es kann aber ganz schnell gehen. Vielleicht komme ich auf einen Tag mit.«

Irina stand auf und nahm ihre Handtasche, um zu gehen, während Mireille das Computerprogramm durchsuchte und vor sich hinflüsterte: »Grässlich. Grässlich.« Dann schaute sie Irina in die Augen: »Du bist doch mit Gina befreundet. Sag Bescheid, wenn du etwas von ihr hörst. Hast du die Nummer von Michail?«

»Nein, wieso?«, Irina ließ ihre Lippen kaum wahrnehmbar offen stehen, was ihren naiven Gesichtsausdruck unterstrich.

»Vielleicht weiß der was. Halt die Ohren offen.«

Kurz nach halb drei hatte Irina vor dem Aufzug in der dritten Etage des Gebäudes in der Rue Duphot gestanden und überlegt, ob sie jetzt schon zu Annie gehen sollte.

»Wo kommst du eigentlich ursprünglich her?«, sagte plötzlich eine tiefe Stimme auf Russisch hinter ihr. Sie drehte sich um. Wolod war die letzten Stufen der Treppe von der vierten Etage heruntergekommen und strahlte.

»Aus Byala in Bulgarien«, antwortete sie auf Französisch, obwohl sie Russisch in der Schule gelernt hatte. Im Osten lag ihre Vergangenheit, im Westen ihre Zukunft.

Wolod trat an sie heran, legte seine Hand auf ihren Arm, lächelte sie an: »Da habe ich sogar schon einmal vor der Küste geankert. Wir waren eine Truppe von Freunden und haben eine Bootshow besucht.«

Unverhohlen musterte er Irinas Körper, jung, aber gar nicht so mager wie die meisten. Die kann es weit bringen. Ein harmonisches Gesicht, lächelnde Augenlider, flaumige Haut.

»Wie heißt du?«, fragte er.

»Irina.«

»Irina, die Friedliche!« Er nahm ihre schmale Hand in seine Rechte. »Wie mein Name! Der bedeutet bei uns Frieden: Ich heiße eigentlich Wladimir, aber als Kind habe ich immer Wolod gesagt, und so haben mich meine Eltern dann gerufen.«

»Wladimir, wirklich?« Sie lachte hell.

Erstaunt schaute Wolod sie an, ohne ihre Hand freizugeben.

»Was ist daran so komisch?«

»Kommt daher nicht das niedliche Wowotschka?«

Wowotschka war in Russland eine beliebte Witzfigur, ein cleverer, aber frecher Erstklässler. Dieser Wolod hier, fast zwei Meter lang und sicher nicht niedlich, war stolz auf seinen Körper, den er fast täglich an Geräten trainierte.

Irina und Wolod brachen gemeinsam in Gelächter aus.

»Du bist mir hier im Haus schon aufgefallen.« Wolod überlegte gerade, ob er einfach seinen Arm um ihre Schulter legen sollte, doch da kam der Aufzug, und die Tür ging auf. »Vielleicht sehen wir uns mal?«

»Vielleicht«, antwortete Irina und legte ihre langen Finger auf seinen Oberarm, das wirkt freundlich, aber nicht aufdringlich, hatte ihr Gina beigebracht. Wenn du jemandem zeigen willst, dass du harmlos bist, lass ihn das spüren. Jetzt fühlte sie seine harten Muskeln unter dem Hemd. Was für ein Mann! Das könnte auch ein Kandidat sein, überlegte sie, huschte in den Aufzug und winkte ihm kindlich zu, als sich die Tür schloss.

Palais de Justice

Wir haben eine neue Kaffeemaschine, Jacques.« Justine, die Assistentin von Kammerpräsidentin Marie Gastaud, strahlte den Untersuchungsrichter an, als er eintrat, nachdem er brav angeklopft hatte. Und dann fügte sie leise hinzu: »Hat Madame la Présidente aus der eigenen Tasche bezahlt!«

Jacques riss die Augen auf, als wollte er fragen: Wie ist die Stimmungslage? Muss ich mich auf eine Abfuhr gefasst machen? Ihm fiel kein Grund ein, weshalb Madame ihn zu sich gebeten haben könnte.

Justine, die zu der Kaffeemaschine gegangen war, streckte den Daumen nach oben: »Man kann sich jetzt aussuchen, welchen Kaffee man trinken will …«

»Irish Coffee?«, fragte Jacques.

Justine lachte, und als sie gerade »No whiskey, sir« antwortete, öffnete Marie Gastaud die Tür. Sie schaute Jacques erstaunt an: »Um die Zeit schon Whisky? Ich dachte, den trinken Sie bei Kommissar Jean Mahon erst nach sechs. Von wegen Tropenregel?«

Justine klärte den Scherz auf.

Jacques folgte der Präsidentin, eine volle Kaffeetasse in der Hand, in ihr geräumiges Büro. In der Mitte lag ein großer Ardabil-Teppich, der ihr privat gehörte. Ihr Vater hatte einst als französischer Konsul in Persien gedient und dort angefangen, Teppiche zu sammeln. Als er starb, lagen in seiner Wohnung die Teppiche doppelt und dreifach übereinander.

Obwohl die Sitzordnung immer die gleiche war, zeigte Marie Gastaud auf einen Stuhl am Konferenztisch und setzte sich selbst mit dem Rücken zum Fenster. Aus der Zeit vor Schönheitsoperationen, Unterspritzen und Hautabschleifen hatte sie gelernt, sich gegen das Licht zu setzen. So verschwimmen Falten im Halbdunkel, statt durch Schatten betont zu werden.

Beiläufig und mit dem Blick auf ihre gepflegten Fingernägel erkundigte sich Marie Gastaud, ob Jacques die Anklageschrift für seinen gerade abgeschlossenen Casinofall fertig formuliert habe. Nein, habe er nicht. Gibt es einen Grund, danach zu fragen? Nicht wirklich. Auch eine blöde Redensart, sagte sie. Entweder wirklich oder nicht. »Also, kommen wir zur Sache: Sie haben wieder einmal Politiker am Kanthaken, die dem Staatspräsidenten nahestehen. Dafür können Sie nix. So ist das Gesetz. Und so handelt die unabhängige Justiz, vertreten durch besonders unabhängige Untersuchungsrichter wie Sie. Aber deshalb bahnt sich Unheil an.« Sie holte tief Luft. »Staatspräsident Nicolas Sarkozy will die unabhängigen Untersuchungsrichter abschaffen.«

Als Jacques seinen Rücken anspannte, so als wollte er gleich aufbrausen, hielt sie ihn mit leicht erhobenem Zeigefinger zurück.

Nichts sei offiziell, aber sie habe es aus dem Umkreis des juristischen Beraters im Palais de l'Élysée erfahren. Nicht einmal die Justizministerin wisse bisher davon.

»Vielleicht achten Sie bei der Formulierung der Anklage ein wenig darauf«, sagte die Kammerpräsidentin, »keine allzu kritischen Töne gegenüber der Politik anzuschlagen. Sie sollten dem Präsidenten keine Zitate liefern.«

»Mit dem Untersuchungsrichter will er gleichzeitig die rechtliche Verfolgung politischer Skandale beerdigen«, brauste Jacques auf und lehnte sich auf die Tischplatte, »damit öffnet er der Korruption und der illegalen Parteienfinanzierung Tür und Tor.«

»Warten wir es ab. Wann sind Sie mit dem Schriftsatz fertig?«, fragte die Präsidentin.

»Ach, ich will jetzt erst einmal zwei Wochen Urlaub machen. Vielleicht Anfang September.« Später wusste Jacques nicht mehr, was ihn geritten hatte, auch noch anzufügen: »Wenn Sie erlauben, werde ich Ihnen den Entwurf unverbindlich zur Lektüre geben.«

Er hätte sich ohrfeigen können.

Erstaunt schaute Marie Gastaud ihn an.

»Ach nein«, antwortete sie dann gleichmütig, und Jacques war erleichtert: »Das haben wir noch nie so gemacht, und dabei wollen wir es auch belassen. Monsieur le Juge, ich weiß Ihr Vertrauen zu schätzen. Aber da ich auch weiß, wie unerbittlich Sie für Ihre Unabhängigkeit kämpfen, wollen wir doch keinen Präzedenzfall schaffen.«

Als Jacques durch das Sekretariat ging, fragte Justine, ob der Kaffee geschmeckt habe.

»Ja, vielen Dank!«, sagte er im Vorbeigehen, doch noch ehe er die Tür zum Gang erreicht hatte, rief sie ihm zu: »Aber lass doch bitte die Tasse hier!«

Er hatte sich angewöhnt, Kaffeetassen ins Sekretariat zurückzutragen, um zu zeigen, dass er Assistentinnen nicht als Lakaien ansah. So hatte er auch diesmal die Tasse automatisch vom Konferenztisch aufgenommen, aber dann vergessen, sie bei Justine abzustellen. Er schüttelte den Kopf, schritt zu ihrem Schreibtisch, gab ihr die Tasse, und beide lachten laut.

Die Tür zu Martines Büro war leicht angelehnt, und als er helles Gelächter von zwei jungen Frauenstimmen von drinnen hörte, steckte er den Kopf durch den Spalt und fragte: »Habe ich was verpasst?«

Fabienne, die jüngste Gardienne de la Paix aus Jean Mahons Truppe, verstummte, winkte Martine mit einem kleinen Lächeln zu, huschte aus dem Raum und zog die Tür hinter sich zu.

»Habe ich irgendetwas falsch gemacht?«, fragte Jacques.

»Du weißt doch, sie ist neu als Polizistin und hat sich noch nicht an dich gewöhnt. Für sie bist du eine hohe Respektsperson.«

»Was heißt ›für sie‹ – für dich nicht?«

Statt zu antworten, machte Martine eine wegwerfende Handbewegung und setzte sich wieder an ihren Computer.

»Was erzählt uns das Netz?«, fragte Jacques und deutete mit einer Kinnbewegung auf den Rechner.

»Nix wirklich Wesentliches. Ich habe Fabienne gefragt, ob Ginas Laptop gefunden worden ist. Aber sie sagt, auf dem Boot war er nicht. Im Auto auch nicht. Dort lag allerdings ihr Handy. Das wird jetzt untersucht. Ein bisschen weitergekommen bin ich schon.«

»Nämlich?«

»Erstens bei der piplepresse. Im Paris Match stand vor einem Dreivierteljahr ein Bericht über die Szenebar ›Barrio Latino‹.«

»Oh, im Faubourg Saint Antoine«, sagte Jacques, »da war ich mit Margaux mal vor, na, ich schätze vor zwei Jahren. Ist die noch in?«

»Immer noch! Dieser Prunk, die riesige offene Treppe nach oben, das zieht immer noch. Auf den Fotos in Paris Match war auch Gina abgebildet. Sie sitzt mit Kate Moss und ein paar anderen Models auf einem der großen Sofas. Und jetzt kommt das, weswegen ich Fabienne gebeten hatte, mal raufzukommen. Ich vermute, der Kerl neben ihr könnte für uns interessant sein, und Fabienne hofft, dass es vielleicht Ginas Freund Michail ist. Dann hätten wir sogar ein Foto von ihm.«

»Kannst du es mal ausdrucken?«

»Habe ich schon.« Sie griff nach einem Packen Papier, blätterte und gab Jacques das Foto.

»Hm, viel sieht man ja nicht von ihm.«

»Aber es reicht, meint Fabienne. Ich habe ihr auch einen Ausdruck gegeben.«

»Vielleicht kann Margaux ihn für uns identifizieren.«

»Wieso Margaux?«

»Weißt du das Wichtigste noch nicht? Gina ist Margaux' Cousine, und die beiden waren offenbar dick miteinander. Ruf Margaux doch mal an! Sie wollte heute Nachmittag kommen und aussagen.«

»Mache ich gleich. Hoffentlich kommt sie nicht so spät. Ich habe um sechs eine Verabredung zum Squash.«

»Gibt es überhaupt noch Leute, die das spielen?«

»Och, ich finde immer wieder knackige Partner.«

Jacques überhörte den Satz und fragte kühl: »Und sonst noch was?«

»Ich habe noch mehr rausgefunden. Erstens Ginas E-Mail-Adresse bei Google. Da müssen wir jetzt versuchen, an den Server ranzukommen, um ihre Nachrichten lesen zu können.«

»Kommst du da nicht rein, wenn du die Adresse hast?«

»Ich habe aber nicht das Passwort.«

»Kannst du das nicht knacken?«

»Ich bin nicht reingekommen. Aber sie war auf äußerst anspruchsvollen Websites verschiedener Universitäten unterwegs.«

»Offenbar widerspricht sie dem Klischee ›schön, aber doof‹. Sie wollte sich gerade für ein Mathematikstudium einschreiben.«

»Klasse!«

Jacques schaute noch einmal auf das Foto aus dem »Barrio Latino«, fand Gina weitaus attraktiver als Kate Moss, die auf ihn ordinär wirkte, und ging in sein Büro.

An der Wand gegenüber von seinem Schreibtisch hatte Jacques in einem großen Rahmen ein Original des Titelblattes jener Ausgabe von L'Aurore aufgehängt, in der Émile Zola sein »J'accuse« in der Dreyfusaffäre veröffentlicht hatte.

Vor einigen Jahren hatte er mit der Post eine Paketrolle

bekommen mit einem anonymen Brief, der ihn als Richter mit dem Satz lobte: »›J'accuse‹ gebührt Ihnen. Mögen Sie daraus die gleiche Kraft schöpfen, wie sie in Émile Zola wirkte.«

Jetzt saß er an seinem mit Akten vollgeladenen Bürotisch auf dem alten, gepolsterten Sessel, den er von Büro zu Büro mitnahm. Das Möbelstück gehörte zu ihm wie zu manchen Menschen Glücksbringer. Es war nicht heiß. Die dicken Mauern des Palais schützten den eher hohen als langen Raum vor der Hitze, die Sonne schien aus Westen schräg durch das verstaubte Fenster, das er geöffnet hatte, als er das Büro betrat. Warme Luft gegen kalte Feuchtigkeit.

Wenn Sarko ernst machte und Untersuchungsrichter abschaffte, dann müsste er sich etwas Neues ausdenken. Jacques war Richter geworden aus einem tiefen Gerechtigkeitsgefühl heraus, das ihm seine Eltern mitgegeben hatten. In bescheidenen Verhältnissen im Süden Frankreichs aufgewachsen, wusste er, dass sich der Zorn der Bevölkerung seit Jahrhunderten immer wieder aufs Neue gegen Paris und die dort Herrschenden richtete.

Wem würde wohl die Arbeit des Untersuchungsrichters übertragen, wenn dieses Amt abgeschafft würde? Sicher dem Staatsanwalt. Denn der ist an Weisungen von oben gebunden, so kann die Regierung jeden unbequemen Fall einstellen.

Jacques ließ sein Telefon dreimal klingeln, bevor er abhob. Der Empfang kündigte Margaux an.

Er bat Martine, zwei Kaffees vorzubereiten, und erzählte ihr, dass die Präsidentin Marie Gastaud sich selbst eine Kaffeemaschine gekauft habe.

Dann begrüßte er Margaux an der Tür mit zwei Bises und bat sie fast wie eine ferne Bekannte in sein Büro. Im Dienst ließ er private Gefühle nicht zu.

»Setz dich! Martine bringt gleich einen Kaffee.«

»Den brauche ich auch.« Mit einem Seufzer ließ sich

Margaux auf dem unbequemen Holzstuhl vor seinem Schreibtisch nieder. Jacques überlegte, ob er ihr von dem Urlaub auf Erics Boot erzählen sollte, solange sie allein waren. Doch da kam Martine schon mit dem Kaffee, umarmte Margaux, machte eine lobende Bemerkung über deren neuen Lippenstift und setzte sich an das kleine Pult rechts von ihrem Boss, um Protokoll zu führen. Links stieß der Schreibtisch an die Wand mit dem hohen Fenster nach Süden. Das Sims war so hoch, dass Jacques sitzend nur nach oben hinausblicken konnte. Und manchmal erwischte Jacques Martine dabei, dass ihr Blick während einer Vernehmung verträumt im blauen Himmel hängen blieb.

Auf seinem gelben Block hatte er Fragen notiert, die er Margaux jetzt stellte.

»Hast du irgendeine Ahnung, ob Gina noch eine weitere Bleibe hatte? Wir suchen ihren Laptop.«

»Nein, hatte sie nicht. Sie hatte einen WLAN-Anschluss auf der Barke, und der Laptop lag meist auf dem Sofa, wo sie arbeitete. Selten am Esstisch. Sie hat ihn nie mitgenommen. Aber sie besaß ein neues Google Phone, auf dem sie ihre E-Mails unterwegs abrufen konnte.«

»Das haben wir in ihrem Wagen gefunden. Jean Mahon lässt es auswerten. Hast du irgendeine Idee, wo sie – allein oder mit Michail – sein könnte?«

»Ich habe bei ihren Eltern angerufen, in der Agentur, bei allen, von denen ich weiß, dass sie mit ihr Kontakt hatten. Ihre Eltern machen sich jetzt auch Sorgen und haben rumtelefoniert. Überall nada, nix.«

Jacques zeigte ihr den Ausdruck des Fotos von Gina im »Barrio Latino«. Ja, das war Michail. Er hatte Gina häufig zu Verabredungen mit Margaux begleitet, war aber nie lange dabeigeblieben. »Ihn langweilte unser familiärer Weibertalk.«

»Hast du seine Adresse?«

»Nein. Eine Zeit lang hat er über der Modelagentur in

den Mansarden des russischen Büros geschlafen. Aber dort ist er vor einem halben Jahr ausgezogen.« Margaux zögerte einen Moment. Dann beugte sie sich zu Jacques und fragte: »Kann ich nicht eine Vermisstenmeldung aufgeben? Dann müsst ihr doch was unternehmen.«

»Okay«, sagte Jacques, »wenn du wirklich meinst, ihr sei etwas passiert, werde ich mit Jean darüber sprechen, was wir alles veranlassen können.«

Sie sah auf die Uhr und sprang hastig auf. »Halb sechs, mon dieu, ich muss los.«

Martine packte schnell ihren Block ein, warf Jacques einen fragenden Blick zu, und als er nickte, war sie schon zur Tür raus. Zu ihrem Squashpartner.

Margaux hatte eine Verabredung mit Régine, der Besitzerin der Modelagentur. Recherche, Recherche. Jacques sah sie an. »Heute Abend?«

»Wohl eher nicht.«

»Ich ruf dich an. Vielleicht morgen.«

In dieser Hektik wollte er sie wegen des Urlaubs auf Erics Boot nicht ansprechen.

Die Tropenregel

Um Viertel nach sechs klopfte Jacques an die Tür zu Jean Mahons Büro. Er hatte sich für »nach Sonnenuntergang« angemeldet. Nach Sonnenuntergang war ihr Code für einen Whisky, daumenhoch in ein Glas mit zwei Eiswürfeln gegossen und mit Wasser verdünnt. Und auch dafür galten feste Regeln. Seit Jacques und Jean im Winter vor zwei Jahren beim Skifahren in Megève den Master-Destiller Jim McEwan aus Islay in Schottland getroffen hatten, musste der Whisky ein Bruichladdich sein. McEwan war verantwortlich für den »brook laddie«, wie man die Marke aussprach. Und beim Wasser durfte es sich keineswegs um Perrier oder San Pellegrino handeln, dem Bruichladdich wurde nur das edle Chateldon hinzugefügt, von dem im Jahr gerade einmal eine Million Flaschen ausschließlich an Restaurants ausgeliefert wurden. Nur über Gaston erhielt Jean Mahon seinen Nachschub. Auf dem Etikett der Wasserflasche stand groß die Jahreszahl 1650. In jenem Jahr hatte Fagon, der Hofarzt von Louis XIV, seiner Majestät die Wasser von Chateldon mit den Worten empfohlen: »Mal werden sie Ihre Majestät heilen, häufig erleichtern und immer trösten.«

»Wer von uns brauchte nicht täglich Trost«, hatte Jacques lachend gesagt.

Nach dem ersten Schluck berichtete Jean Mahon: Seine Truppe war gut vorangekommen. Ein Feuerwehrmann, der Wache schob, hatte mitten in der Nacht, gegen halb drei, zwei Männer an Ginas Wagen gesehen und vermutet, dass sie ihn aufbrechen wollten. Er richtete den großen Strahler vom Deck des Wasserpolizeibootes auf die beiden und fragte über Megafon, was sie suchten. Sie nahmen sofort Reißaus. Die Spurensuche am Wagen ergab keine unmittelbaren Resultate – außer Ginas Google Phone.

»Dann hat Fabienne gute Arbeit geleistet«, sagte Kommissar Jean Mahon, »das Mädchen entwickelt sich prächtig. Sie ist äußerst helle und versteht unglaublich viel von den neuen Techniken. Das Gerät hatte sie jedenfalls ruck, zuck angeschaltet.«

»Da siehst du, wie wenig eine PIN nutzt«, sagte Jacques.

»Wir haben eine Reihe von privaten Fotos runtergeladen, die werden wir noch auswerten. Aber es sind auch welche von Michail dabei. Er war der Letzte, den Gina gestern Abend auf seinem Handy angerufen hat. Um zehn Uhr siebzehn haben sie dreieinhalb Minuten miteinander gesprochen. Etwa vierzig Minuten später hat sie viermal seine Nummer gewählt, aber keine Antwort erhalten. Er hat gegen drei bei ihr zurückgerufen, aber da ging sie nicht dran. Wir haben heute Nachmittag Michails Nummer mehrmals gewählt, aber ohne Erfolg. Selbst die Mailbox springt nicht an.«

»Die häufigen Telefonate zwischen den beiden könnten darauf hindeuten, dass etwas vorgefallen ist, was Gina ihrem Michail mitteilen wollte«, sagte Jacques. »Und außerdem wüsste ich jetzt gern: Warum hat Gina das Handy im Wagen liegen lassen?«

»Dafür könnte es einen Grund geben«, antwortete Jean Mahon. »Vielleicht hält sich Gina versteckt und fürchtet, durch das Handy geortet zu werden.«

»Du kannst die Position eines jeden Handys nachverfolgen. Das ist ja nix Neues«, sagte Jacques, »aber dazu musst du gut ausgerüstet sein. So einfach ist das nicht.«

»Fabienne ist aber etwas Merkwürdiges aufgefallen. Ginas Handy sendet, selbst wenn es nicht angeschaltet ist, per Bluetooth ein ständiges Signal. Dieses Signal hat sich in Fabiennes Handy eingeloggt, und – jetzt wird es spannend – Fabiennes Handy hat dieses Signal weitergegeben. Und zwar nach Berlin zu einer Kontaktbörse mit dem merkwürdigen Namen Aka-Aki. Scheint so 'n Studentending zu sein.«

»Und? Hat sie die Leute angemorst?«

»Nein, denn ihr kam das Ganze irgendwie faul vor. Das Signal lief nur von Ginas Handy weg, aber es kam kein Signal von der Kontaktbörse zurück. Das ist im Regelfall aber üblich. Sonst gäb's ja keine Kontakte ...«

»Sollen wir Fabienne nach Berlin schicken?«, fragte Jacques.

»Oder wir beide fahren. Wär doch auch mal 'ne nette Abwechslung«, sagte Jean Mahon und fügte mit leisem Lachen hinzu, »du könntest ja deine Kontakte zur Leipziger Staatsanwaltschaft wiederbeleben.«

Jacques antwortete nicht, zog nur missmutig die Augenbrauen hoch und dachte an den Urlaub mit Eric, den er insgeheim schon für das kommende Wochenende plante. Und aus der Umarmung von Karen, der schönen, komplizierten Staatsanwältin aus Leipzig, hatte er sich damals friedlich gelöst. Schluss. Punktum.

»Mal sehen. Kann Fabienne morgen mehr rausfinden?«

Es klopfte. Und fast gleichzeitig öffnete sich die Tür langsam.

»Françoise! Komm rein!«, rief der Kommissar und stand auf, um sie zu begrüßen.

»Ich dachte mir schon, dass ihr hier noch eine wichtige Besprechung habt«, sagte Françoise nüchtern, zog sich einen Stuhl vor den Schreibtisch und winkte Jacques zu: »Ça va? Geht's?«

»Nach einem Bruichladdich mit Chateldon fühle ich mich immer getröstet!«

Sie lachte kurz und trocken. Als Untersuchungsrichterin war Françoise Barda im Gericht und bei vielen Anwälten unbeliebt. Böse Zungen behaupteten, sie beiße zu wie eine Hyäne, durchwühle die Akten ihrer Fälle wie ein Dachshund

und sehe aus wie ein Mops. Auch Jacques hatte anfangs Streit mit ihr gehabt, der allerdings großem Respekt gewichen war, als beide zusammen an einem Fall arbeiten mussten. Mit der Zeit war sogar eine Freundschaft daraus entstanden, denn in Françoise steckte nicht nur eine brillante Juristin, sondern auch eine begabte Jazzsängerin, die regelmäßig mit einer Freizeitband auftrat, wofür Jacques sie bewunderte.

Als sie ihr Glas in der Hand hielt und ihnen zuprostete, berichtete er, was die Kammerpräsidentin ihm über die Pläne zur Abschaffung des unabhängigen Untersuchungsrichters gesagt hatte. Françoise brauste gleich auf, doch Jacques hielt sie zurück: »Ich habe davon nur im Vertrauen erfahren. Du darfst es gar nicht wissen!«

»Weißt du was«, sagte Françoise, »dann wird der Berufsstand des Privatdetektivs viel zu tun bekommen.«

»Schon möglich«, sagte Jacques und bot ihr, um abzulenken, noch einen Whisky an. Schließlich mussten sie auf die »Tropenregel« trinken.

»Könnt ihr mir mal erklären, was der tiefere Sinn dieser Regel ist?«, fragte Françoise.

»Whisky ist gut gegen Malaria«, sagte der Kommissar, »ich habe meinen Wehrdienst zum Teil bei unseren in Zentralafrika stationierten Truppen absolviert.«

»Was? Bei Kaiser Bokassa?«

»Nee, der Verrückte war damals noch nicht an der Macht. Unser Kompaniearzt hat uns damals erklärt, in der Hitze des Tages erweitere der Alkohol die Gefäße besonders stark, und das habe schreckliche Folgen. Erst um sechs, wenn die Sonne überall in den Tropen untergeht, würde es kühler, und dann dürften wir trinken.«

»Mir hat ein Professor der Biologie sogar mal zu einem Whisky vor dem Schlafengehen geraten«, warf Jacques ein, »damit sich die Gefäße während des Schlafes erweitern und man am nächsten Morgen gut durchblutet aufwacht.« Er hob sein Glas und sagte: »A votre santé.«

Die Frau im Lederanzug

Ein guter Bistrowirt unterhält seine Gäste, dann kommen die Kunden seinetwegen an die Theke. Man sagt eben nicht: Lass uns ins »Aux Folies« gehen, sondern: Komm, wir trinken noch einen bei Gaston.

Gaston, der sich mit seinem Bart zu seiner Heimat, der Auvergne, bekannte, pflegte seine Stammgäste ebenso sorgsam wie seine schwarze Barttracht. Ja, es war eine Tracht aus alter Zeit, die traditionsbewusste Bistrowirte und Kellner – meist aus der Auvergne – stolz über der Oberlippe trugen. Zuerst zwirbelte Gaston die langen Barthaare seitwärts und dann an den Enden spitz nach vorn. Jacques verglich diesen Bart gern mit dem legendären Stierkopf von Picasso, der aus einem Fahrradlenker über einem Sattel bestand.

Wenn Jacques abends auf einem Barhocker bei Gaston an der Theke saß, dann klagte der gern über die Justiz – »Statt auf die Gerechtigkeit beruft ihr Richter euch immer nur auf den Rechtsstaat« – oder, besonders wenn er Kommissar Jean Mahon erblickte, über die Polizei – »Findest du das normal …?«, so fingen seine Sätze immer an.

»Findest du das normal?«, sagte er jetzt, stellte einen Ballon Rotwein vor Jacques und hielt eine Ansprache für alle, die es hören wollen: »Im ›Edroc‹, hier um die Ecke in der Rue Ramponeau, steht doch auf dem Leuchtschild ›Bar/Restaurant‹. Und jeden Tag gibt's Couscous berbère, Sonntagnachmittag auch Berbermusik.«

»Das ist doch ganz normal.« Jacques äffte Gaston nach.

»Ja, aber gestern am späten Abend sind drei Polizisten vorbeigekommen, haben an einem Tisch vier Berber sitzen sehen, die sich unterhalten, sind reingegangen, haben die Papiere kontrolliert und einen der Algerier verhaftet.«

»Warum?«, fragte Jacques.

»Weil er da gesessen, aber nichts gegessen hat, so die Begründung! Wer kein Couscous mampft, ist also schon suspekt!«

»Aber der ist doch wohl einem Richter vorgeführt worden?«, fragte Jérôme, der wohlbeleibte Hausarzt von Belleville, der neben Jacques saß.

»Klar. Und der hat den Algerier auch gleich gehen lassen.«

»Dann kannst du ja wenigstens mit der Justiz zufrieden sein!« Jérôme schlug Jacques, der gerade einen Schluck aus seinem Glas nehmen wollte, auf die Schulter. »Oh, pardon.«

Aber Jacques hatte das Glas so geschickt balanciert, dass er keinen Tropfen verschüttete. »Macht nix«, murmelte er. Jérôme und der Richter trafen sich häufig am späten Abend bei Gaston. Ohne Verabredung. Sie hatten nur die gleichen Gewohnheiten.

Als junger Arzt hatte Jérôme, der aus der Touraine stammte, häufig Vertretungen in Praxen in Paris gemacht. Und als es so weit war, sich entweder in Belleville oder im vornehmen siebten Arrondissement niederzulassen, gaben ihm Kollegen den Rat, nach Belleville zu gehen. »Da bleiben die Leute das ganze Jahr über zu Hause und brauchen dich. Im Siebten sind sie im Sommer zwei Monate auf ihrem Landsitz, und zu Weihnachten und Ostern fahren sie jeweils auch zwei Wochen weg. Während dieser ganzen Zeit sitzt du in deiner Praxis, langweilst dich, und es kommt nichts rein.« Jetzt heilte er die Leute hier schon seit dreißig Jahren, kannte jeden Flecken, jede Wohnung, fast jeden Bewohner und wusste, was ihn beschwerte.

Kaum wurde ein Platz im Bistro frei, drängten sich neue Kunden herein. Draußen auf den Stühlen à la terrasse hockten immer mehr Touristen.

Seit jede Menge junger Künstler die ehemaligen Lederwerkstätten in Ateliers verwandelten, stand Belleville als Szeneviertel im Internet. Und zu einer der Sehenswürdigkeiten gehörte natürlich Gastons Bistro »Aux Folies«.

Der hatte an dem Laden nichts geändert, als er vor wenigen Jahren die Pacht übernahm. Da hingen noch die alten Plakate aus der Zeit, als die junge Édith Piaf hier ihren ersten Auftritt versuchte, ebenso wie die von Maurice Chevalier. Beide waren Kinder von Belleville. Angeblich hatte die Piaf sogar in der Rue de Belleville das Licht der Welt erblickt, morgens um fünf auf der Straße, als ihre Eltern, Leute aus dem Schaugewerbe, von einem Auftritt nach Hause kamen. Aber das ist wohl eher eine Legende, denn das Hôspital Tenon liegt nur fünf Minuten entfernt. Aufgewachsen ist »der Spatz von Paris«, wie die kleine Piaf zärtlich genannt wurde, tatsächlich in der Rue de Belleville bei ihren Großeltern.

»Du wirkst müde«, sagte Jérôme mit dem nie schlafenden Blick eines Hausarztes, »geht es dir nicht gut?«

»Doch, geht schon«, sagte Jacques, »ich brauch bloß mal 'ne Pause. Aber die Kerle, hinter denen ich her war, mussten zuerst in den Knast. Bestechliche Politiker.«

»Bist du jetzt glücklich? Ich habe den Eindruck, du bringst dich in deinem Job noch um. Wofür nur, um Himmels willen?«

»Ach, was ist Glück?« Jacques sah Jérôme mit einem nachdenklichen Blick an. »Bist du glücklich? Du bist doch auch Tag und Nacht auf den Beinen, und die Kassen zahlen immer weniger.«

»Mir geht es gut. Ich habe für mich eine Definition von Glück gefunden«, sagte Jérôme.

»Und wie lautet die?«, fragte Jacques und bestellte sich ein neues Glas Wein.

»Glück findet, wer von sich absieht und andere glücklich macht.«

»Andere glücklich macht? Wie willst du das schaffen?«

»Nun gut, sagen wir eben, wer anderen hilft. Wer Hilfe braucht und dann auch erhält, manchmal unerwartet, fühlt der sich nicht glücklich?«

Gaston stellte das frische Glas auf die Theke, lächelte Jacques zu und wendete sich anderen Gästen zu.

»Hey, schau dir das an.« Jérôme zeigte mit dem Arm auf die Straße. Zwei in schwarzes Leder gekleidete Personen fuhren auf zwei genauso schwarzen, gefährlich aussehenden Quads vor, hielten mit ihren vierrädrigen Motorrädern direkt vor dem Bistro an und stiegen ab wie aus einem Pferdesattel. Ein kräftiger Mann und eine schlanke Frau.

»Abenteuerlich. Ich glaub, da hat Clint Eastwood ein paar Dollar mehr ausgegeben!«, sagte Jérôme. Er packte Jacques kräftig am Arm, als die Frau ihre rote Mähne aufschüttelte. Die Lederjacke war eng geschnitten und ging wie in einem Stück über in hautenge Hosen, die in Lederstiefeln steckten. Das Outfit passte eher ins Café »Deux Magots« im mondänen Saint-Germain als ins »Aux Folies« im populären Belleville.

Keiner der beiden trug einen Helm, was bei Quads auch nicht verlangt wird, aber die Frau verbarg ihr Gesicht hinter einer dunklen Brille. Ein wenig seltsam abends um elf.

Jacques wurde nervös.

Die schwarzen Figuren schauten ins Bistro, als suchten sie jemanden. Als der Mann Jacques an der Theke entdeckte, griff er die Frau am Arm, flüsterte ihr etwas zu und zog sich einige Meter zurück.

Sie begann sich mit freundlichen Entschuldigungen einen Weg durch die Menge zu bahnen.

Das könnte die Frau sein, von der Nicolas vom Kiosk gesprochen hat, dachte Jacques. Und blitzartig erschien vor seinem Auge die Mörderin mit dem Sashimimesser, die ihn in seinem Schlafzimmer zerschlitzen wollte.

Er blickte sich um. Am liebsten hätte er laut um Hilfe

gerufen, aber das fand er kindisch. Und mit dem Handy die Polizei zu rufen dauerte zu lange. Diesmal würde die Frau wohl nicht mit dem Messer kommen. Unter so vielen Leuten zieht man einen Revolver, schießt auf das Ziel, und alle rennen davon. Einen kurzen Moment duckte er sich hinter Jérômes breiten Körper, traute sich aber nicht, seine Angst zu zeigen.

Vom Eingang bis zu seinem Platz an der Theke waren es nicht einmal zehn Meter. An drei Tischen hatte sich die Frau schon vorbeigeschlängelt. Und sie kam schnell voran. Der Spieler am alten Flipper schob sein Becken nach vorn, drückte sich an das Gerät, damit sie Platz hatte, und verlor deshalb die Kugel, aber das war es ihm wert. Die Frau provozierte mit ihrer Lederkluft fröhliche Zurufe, und die Gäste machten ihr unwillkürlich den Weg frei.

Ehe Jérôme irgendetwas begriff, rutschte Jacques von seinem Hocker, schlängelte sich an vier Thekenstehern vorbei, huschte durch den Lamellenvorhang in die Küche, rannte fast einen Kellner um, der ein volles Tablett über der Schulter balancierte, rief einer spindeldürren Küchenhilfe, die Sandwichs schmierte, zu: »Ich muss schnell verschwinden. Haltet jeden hinter mir auf«, rammte mit dem Oberschenkel eine offene Schranktür, lief weiter. Nur raus hier.

Die Tür zum Hinterhof stand offen.

Jacques schaute sich kurz um.

Es gab nur einen Ausgang. Eine schmale Tür auf die winzige Rue Denoyez. Er riss sie auf, sah nach rechts. Nur weg von dem Bistro.

Doch der Fluchtweg war versperrt.

Mitten auf der völlig leeren Straße stand der Mann im Lederanzug.

Mara Talbot

Wenn er nach links die zwanzig Meter zur belebten Rue de Belleville flitzte, könnte ihn der Mann nicht einholen, entschied Jacques blitzschnell, raste los, rutschte auf den Pflastersteinen aus, konnte sich aber fangen.

»Warten Sie, Monsieur le Juge«, rief der Mann und folgte ihm.

Jacques rannte zur Straßenecke und erschrak, als ihm die Frau im Lederanzug in den Weg trat.

Jérôme stand lachend neben ihr und rief Jacques zu: »Was ist in dich gefahren? Hast du Angst vor Alimentenzahlungen, oder was?« Das war die Art von Scherz, die Jacques gar nicht mochte. Aber er entkrampfte sich ein wenig.

Jérôme hat doch einen Blick für Leute, weil er sie jeden Tag untersucht.

Die Frau reichte ihm die Hand und stellte sich als Mara Talbot vor. Sie müsse ihn sprechen, habe ihn aber nicht in seinem Büro bei Gericht aufgesucht, weil es sich um eine heikle Sache handele, in die auch die Regierung verwickelt sei. Sie deutete auf ihren Begleiter, der sich im Hintergrund hielt. François passt auf mich auf. Man weiß ja nie, in welche Gegend man kommt.

»Belleville ist doch nicht die Banlieue!«, rief Jacques. Aber eine Irre, die in so einer Ledermontur hier auftaucht, fürchtet sich wahrscheinlich schon, sobald sie die luxuriöse Avenue Montaigne und die Läden von Dior und Chanel verlässt.

Eine Viertelstunde später saß Jacques mit Mara Talbot auf der Place Fréhel, an der Kreuzung Rue de Belleville und

Rue Julien Lacroix, unter dem großen Wandgemälde von Ben. Darauf versuchen zwei männliche Kunstfiguren im Blaumann, eine riesige Schiefertafel an dem Haus hochzuziehen. Auf der Tafel steht »Il faut se méfier des mots – man muss sich vor den Worten hüten«.

Auf der nebenan liegenden Hauswand hat Jean Le Gac ganz realistisch auf eine zehn Meter hohe Gebäudemauer einen Detektiv gemalt. Im Anzug und mit Canotier, einem Strohhut, wie man ihn in den Zwanzigerjahren trug, auf dem Kopf, hockt er da und liest mit der Lupe einen Zettel, auf dem steht, der junge Detektiv solle die Verfolgung über die Rue Julien Lacroix aufnehmen.

»Da oben wohne ich.« Jacques zeigte auf ein großes Fenster im vierten Stock eines der wenigen modernen Häuser auf der gegenüberliegenden Seite.

Ein paar alte Stühle und Bistrotische hatte der Besitzer der Bar »Culture rapide« auf den Platz Fréhel vor die unverputzte Hauswand aus Backsteinen gestellt, damit es sich die Raucher hier während der Pausen des täglich wechselnden Programms mit einem Drink gemütlich machen konnten. Jacques hatte den Ort vorgeschlagen, weil es hier ruhiger war als im »Aux Folies«.

»Es hat sich schon rumgesprochen, dass Sie mich suchen«, sagte Jacques und versuchte hinter ihre Sonnenbrille zu linsen. »Nicolas, der Mann vom Zeitungskiosk, hat mir heute früh erzählt, eine Frau habe ihn meinetwegen angesprochen.«

»Und warum sind Sie dann vor mir weggelaufen?«, fragte Mara Talbot.

»Frauen wie Sie passen nicht zu mir!« Jacques dachte an seine Ex. Aber dann erzählte er in wenigen Worten, dass er sich vor einer Berufskillerin fürchte, die Schweizer Bankiers vor zwei Jahren auf ihn angesetzt hätten. Er schnaufte kurz auf. Seine Angst war völlig unbegründet gewesen.

Wie alt mochte sie sein? Er schätzte sie auf Ende dreißig.

Oder zehn Jahre älter, falls sie sich spritzen und abschaben ließ.

Er schob beide Lippen vor, tat, als denke er nach, legte den Kopf von einer Seite zur anderen und fragte: »Was machen Sie? Eine Modeboutique?«

»Nein, aber etwas in der Richtung. Ich leite Talbot, das Parfumunternehmen. Wir bringen gerade ein neues Produkt raus, etwas für eher junge Frauen. Es heißt Talbot-Noir.«

»Mein Gott, was bin ich blind. Mara Talbot. Sie gehören zur Parfumdynastie Talbot. Ich hatte eher an die Automarke Talbot gedacht.«

»Gott, wie charmant. Diese Autos gibt es seit Jahrzehnten nicht mehr. Halten Sie mich für Ihre Großmutter? Ich tue doch alles, um nicht allzu verstaubt zu wirken!« Sie schaute an sich herunter und zeigte mit den Händen auf ihre modischen Klamotten. Oder meinte sie ihren schlanken Körper? Dann sagte sie: »Es gibt auch einen guten Bordeaux, der Talbot heißt.«

»Der entfaltet aber seine ganze Würze erst, wenn man ihn ein paar Jahre altern lässt. Talbot liegt über meiner Gehaltsklasse.«

»Und das Château gehört leider auch nicht uns.«

Jacques schaute sich nach der Bedienung um: »So etwas Gutes gibt's hier sowieso nicht. In Belleville sind wir bodenständiger. Und bis hier jemand kommt, um uns zu bedienen, wird es ein Weilchen dauern. Was soll ich Ihnen drinnen besorgen?«

»Es eilt nicht.« Und dann begann Mara zu erzählen, weshalb sie ihn sprechen wollte.

»Es geht um meinen Onkel Alexis, der verschwunden ist. Und weil ich vermute, dass der Staat etwas mit seinem Verschwinden zu tun hat, komme ich zu Ihnen. Ich bin ein Fan von Ihnen, wie manch einer, dem es um Gleichheit vor dem Gesetz geht. Deshalb habe ich alles über Sie gelesen.« Sie sah ihn direkt an und errötete sogar ein bisschen, als wäre sie wegen ihres mädchenhaften Bekenntnisses verlegen. »Sie haben den letzten Staatspräsidenten vorgeladen, der französische Geheimdienst wollte Sie umbringen, Sie haben verschiedene Politiker hinter Gitter gebracht, nicht nur seinerzeit den korrupten Innenminister, der sich von Waffenhändlern den Wahlkampf bezahlen ließ, sondern auch Leute, die dem heutigen Staatspräsidenten nahestehen. Ich vermute, Sie haben keine Angst.«

»Und wovor bin ich dann eben weggelaufen?«, fragte Jacques. Plötzlich fand er seine Panikattacke unerklärlich dumm. »Weiß der Teufel, aber Angst gehört normalerweise nicht in meine Gefühlswelt.«

Sie hatte ihre Sonnenbrille immer noch nicht abgesetzt, obwohl es inzwischen Nacht war.

»Damit Sie mich einschätzen können«, sagte Mara, »will ich mich erst einmal richtig vorstellen. Seit zwei Jahren leite ich das Unternehmen Talbot in Grasse. Wir stellen Düfte und Aromen her. In Frankreich ist Talbot Nummer drei auf dem Parfummarkt, weltweit Nummer neun. Wir haben Fabriken in den USA, in China und Indien. Das Unternehmen wurde 1851 von meinem Urgroßvater gegründet, von meinem Großvater und dann von meinem Vater Serge Talbot und seinem Bruder Alexis geleitet. Ich bin einziger Nachkomme der vierten Generation und wurde von Kindesbeinen an auf diese Aufgabe vorbereitet. Mein Diplom in Chemie habe ich an der Sorbonne bestanden. Dann habe ich noch einen Master an der ISIPCA in Versailles …«

»Ist das eine Abkürzung, die man für Kreuzworträtsel erfunden hat?«

»ISIPCA heißt die Fachhochschule für die Parfumwirtschaft. Die hat immerhin kein Geringerer als Guerlain vor dreißig Jahren in Versailles gegründet. Und dann habe ich acht Jahre in Barcelona in der Duft- und Aromaindustrie gearbeitet.«

»In Barcelona?«

»Auf der ISIPCA habe ich einen Spanier kennengelernt, der aus einer katalanischen Parfumfamilie stammte. Wir haben geheiratet und uns nach dem berüchtigten siebten Jahr wieder scheiden lassen. Keine Kinder, falls Sie das wissen wollen.«

»Wieso sollte ich das wissen wollen?« Jacques zuckte mit den Augenbrauen. Nach Kindern sah sie auch wirklich nicht aus. Und dann sagte er spontan: »Ich habe fünf Kinder.«

»Ha. Ha.« Mara schaute ihn trocken an. »Das wüsste ich.«

»Früher habe ich davon geträumt, im fortgeschrittenen Alter im Sommer unter einer großen Platane im Garten meines Sommersitzes im Süden an einem großen Tisch zu sitzen, um mich herum versammelt meine zehn Kinder, die von jeweils anderen Müttern stammen. Natürlich wären die Mütter mit ihren neuen Partnern auch eingeladen. Als ich noch verheiratet war, habe ich mal in Gegenwart meiner Frau Jacqueline von dieser Vorstellung gesprochen. Das war keine gute Idee. Jetzt habe ich weder eine alte Platane noch einen Sommersitz, noch zehn Kinder.«

»Und träumen Sie immer noch davon?«

»Es wäre ein wenig spät, damit anzufangen. Und den Sommersitz werde ich mir auch nie leisten können«, sagte Jacques, der sich wunderte, dass er so viel Privates einer fremden Frau anvertraute. Deshalb wechselte er das Thema: »Was kam dann nach Barcelona und dem feurigen Katalanen?«

»Dann bin ich bei Talbot eingestiegen. Mein Vater und mein Onkel führten das Unternehmen. Sie sind zwei ganz unterschiedliche Typen. Mein Vater, Serge Talbot, ein bodenständiger Mann, war Geschäftsführer, ist fast zwölf Jahre älter als mein Onkel Alexis, der eher unstet und auch ein wenig undurchsichtig ist, und hat immer noch seine Finger im internationalen Geschäft.«

Ein junges Mädchen mit Ringen in den Ohren und einem Tablett in der Hand schlurfte heran und fragte, ob sie etwas bestellen wollten.

»Ich könnte jetzt einen Al Qaida brauchen«, sagte Mara, ohne eine Miene zu verziehen.

»Einen Al Qaida. Okay. Und Sie, Monsieur le Juge?«

»Was, bitte schön, ist ein Al Qaida?«

Beide Frauen begannen gleichzeitig zu antworten, Mara hielt inne und ließ der Kellnerin den Vortritt.

»Hieß früher ›B52‹. Nach den amerikanischen Bombern. Dann wurde daraus ›bombardement américain‹, dann ›Bin Laden‹, und jetzt heißt er eben ›Al Qaida‹. Wollen Sie auch einen?«

»Okay.«

Jacques hatte keine Ahnung, was er bestellt hatte. Mara sah es ihm an, lachte und sagte: »Ganz schön mutig von Ihnen. Ursprünglich hieß das Getränk harmlos ›Trésor de la mer‹ und ist ein Gebräu, das die Leute aus Guinea mitgebracht haben. Ein fermentierter Tee, versehen mit Honig, Gewürzen und was auch immer. Angeblich gut gegen alle Wehwehchen. Gegen Masern genauso wie gegen Zeugungsunfähigkeit …«

Das Mädchen brachte zwei Flaschen: »Wollt ihr Gläser?«

»Ist schon gut so.«

Jacques schaute sich das Etikett auf der Flasche an und rief erschrocken aus: »Du lieber Himmel, haben Sie gesehen, was da draufsteht? Saddam Hussein!«

»Finde ich ganz witzig. Den Namen hat sich der Besitzer der bekanntesten Brauerei in Conakry als passend für ein Unternehmen ausgedacht, das Al-Qaida-Getränke herstellt.« Mara lachte.

Darüber kann nur scherzen, dachte Jacques, wer den Terror von Al Qaida und die Brutalität eines Saddam Hussein nicht ernst nimmt. Solche Leute machen auch über Auschwitz Witze. Na ja, vielleicht denkt einer so, der gelernt hat, nur auf Äußerliches zu achten. Sei es Mode. Seien es Düfte. Aber Äußerliches ist flüchtig wie der Duft und verwelkt schneller als die Zeit.

Jacques nahm einen Schluck. Das Gesöff schmeckte originell und belebend.

»Und was ist nun mit Onkel Alexis?«

»Er ist, wie ich schon sagte, verschwunden. Und das ist merkwürdig. Und es beunruhigt mich.«

»Warum? Gibt es dafür einen Grund?«

»Wahrscheinlich mehrere. Aber wenn ich es mir richtig überlege, kenne ich ihn kaum. Oder gar nicht, obwohl er mein Onkel ist und ich immer in seiner Nähe gelebt habe. Eigentlich wirkt er wie ein schlichter Kerl. Für mich aber bleibt er undurchdringlich. Vielleicht hat das mit seiner Jugend zu tun.«

»War die besonders unglücklich? Obwohl er in einer reichen Familie aufgewachsen ist?«

»Vielleicht erzähle ich noch ein wenig über meine Familie, damit Sie die Geschichte besser verstehen. Die Mutter von Serge und Alexis stammte aus Russland. Eine Prinzessin aus kaiserlichem Hause. Und damit hängt die Sache zusammen. Die Prinzessin ist längst tot. Mit ihren Söhnen sprach sie nur Russisch. Und schon als sie noch ganz klein waren, führte sie Serge und Sascha, so heißt Alexis in der Familie, oft in die Russische Kirche in Nizza.«

»Oh. Saint Nicolas. Ich habe genau dort am Boulevard Tzarevitch gewohnt, wo die Avenue Nicolas II abgeht. Damals habe ich in Nizza bei Gericht gearbeitet. Schöne alte Wohnung in der fünften Etage. Ich hatte einen wunderbaren Blick auf die fünf Zwiebeltürme der orthodoxen Kathedrale!«

»Um es kurz zu machen: Die Russen haben die Côte d'Azur und Nizza noch vor den Engländern als Winterkurort entdeckt«, erklärte Mara. »Die Witwe von Zar Nikolaus I. – eine geborene Prinzessin von Preußen – verbrachte ihre letzten Winter hier. Den Boden, auf dem die Kirche steht, hat ihr Sohn, Zar Alexander II., nicht nur im Andenken an seine verstorbene Mutter 1865 gekauft, sondern dessen ältester Sohn, der Thronfolger Nikolai, starb sogar in Nizza und wurde in einer kleinen Kapelle am Ende des Grundstücks beerdigt.«

Sie nahm einen Schluck aus der Flasche. Jacques schwieg. Ihn langweilte die Familiengeschichte der Talbots, und die Geschichte der russischen Kathedrale kannte er auch schon. Zar Nikolaus II. vermachte das Gelände im Jahr 1909 der russisch-orthodoxen Kirche. Und die baute die Kathedrale Saint Nicolas.

»Nun aber will die russische Regierung ihre Hand auf die Kirche legen und behauptet, der Zar habe das Grundstück der Kirche nur als Erbpacht geliehen. Und Erbpacht läuft nach neunundneunzig Jahren aus. Also, eigentlich wäre das im Jahr 2007 fällig gewesen.«

»Wie bei Hongkong«, warf Jacques ein. »Die Briten mussten ihre Kronkolonie den Rotchinesen zurückgeben.«

»Nein, eben anders. Die Geschichte mit der Erbpacht hat sich Putin ausgedacht. Er stellte für die russische Regierung den Antrag, die orthodoxe Kathedrale in Nizza müsse deshalb an den russischen Staat zurückfallen. Wahrscheinlich will er sich mit der orthodoxen Kirche in Moskau gut stellen.«

Also darum geht der Kampf, dachte Jacques und hing eigenen Gedanken nach, während Mara ihm von russischen Staatsanleihen aus der Zarenzeit erzählte, die Onkel Sascha gegen den Besitz der Kirche einklagen wollte.

»Deshalb hat sich mein Onkel an diesen Romanow-Prinzen gewandt«, erklärte Mara und stieß sanft mit ihrem Lederstiefel gegen sein Bein. Jacques entschuldigte sich automatisch, so als hätte er sie getreten. Sie schüttelte den Kopf und ließ sich nicht unterbrechen.

»Dieser Romanow sitzt dem russischen Kulturverein vor,

der die Kathedrale verwaltet. Und die beiden, Onkel Alexis und er, sind sofort übereingekommen, die Kathedrale nicht dem russischen Staat zu überlassen!«

»Ich vermute, es wird schwer, den Anspruch der Schulden alter Staatsanleihen gegen das Eigentum an der Kathedrale durchzusetzen«, sagte Jacques.

»Das könnte schon klappen. Es geht jetzt nur noch um eine Formalie, um die Unterschrift von Onkel Sascha beim Notar. Doch der ist eben von einer Auslandsreise nicht zurückgekommen. Jetzt macht uns dieser Prinz Druck. Am liebsten würde Sascha mit der Behauptung an die Öffentlichkeit gehen, der russische Geheimdienst habe Onkel Alexis verschwinden lassen. Aber die Talbots sind diskrete Leute, die nichts von öffentlicher Aufregung halten.«

Mara machte eine Pause, Jacques nahm einen Schluck aus der Al-Qaida-Flasche und sah Mara an.

»Brauchen Sie ihn wirklich nur wegen der Unterschrift für die Kirche?«, fragte er.

»Ja, aber er fehlt auch im Unternehmen. Onkel Alexis verreist zwar häufig, manchmal bleibt er monatelang weg, ohne dass wir wissen, wo er ist. Aber er vernachlässigt nie seine Aufgaben. Und im Kampf für die Kirche steckt sein Herzblut. Wenn er in ein oder zwei Monaten nicht zurück ist, dann gibt Sarko die Kathedrale aus niederen politischen Beweggründen an Putin. Dem ist doch nichts heilig.«

Jacques dachte einen Moment nach.

»Was haben Sie bisher schon unternommen? Vermisstenanzeige gestellt?«

Gina fiel ihm plötzlich ein. Von Margaux hatte er auch seit heute Nachmittag nichts mehr gehört. Aber das war er gewöhnt.

»Schätzchen«, sagte Mara Talbot und schaute ihn mitleidig an. »Das bringt doch nichts. Wahrscheinlich sollte ich mich für die Aufregung entschuldigen, die ich ausgelöst habe. Diese Lederkluft habe ich erst heute Nachmittag bekommen. Ich bin mit einem berühmten Modemacher befreundet, der hat sie extra für mich entworfen. Schauen Sie mal hier«, sie zeigte ihr rechtes Bein, »es ist kaum zu sehen, aber die Hose besteht fast ausschließlich aus fein geflochtenem Leder, weswegen sie bei dieser Hitze kühl ist – und trotzdem sicher, wenn man Quad fährt. Und damit ist man in Paris allemal beweglicher als mit dem Wagen.«

»Passt nicht so ganz in meine Gegend«, sagte Jacques trocken und sah tatsächlich die Haut durch das Ledergeflecht schimmern.

Das Mädchen kam, fragte, ob sie noch etwas trinken wollten. Die Bar würde in zwanzig Minuten schließen. Dann wäre es zwei Uhr.

Sie schüttelten den Kopf.

Jacques zahlte sechs Euro für die beiden Flaschen und gab zwei Euro Trinkgeld. Er merkte, dass Mara über die Höhe staunte. Aber sie sagte nichts. Ein Punkt für sie. Margaux meckerte immer, wenn er ihrer Meinung nach zu viel tippte. Aber er wusste, was er tat. Denn er hatte einen Teil seines Studiums mit Kellnern verdient. Da lebte man von jedem Centime Trinkgeld.

»Ich hoffe, Sie nehmen sich des Falles an«, sagte Mara. »Für mich gibt es nur zwei Möglichkeiten: Entweder haben die Russen oder der französische Geheimdienst Alexis entführt oder … ja, vielleicht sogar umgebracht.«

»Selbst wenn es so wäre, hätte ich überhaupt keine rechtliche Handhabe, um mich da einzumischen. Es gibt keinen Vorgang, keine Anzeige.«

»Aber Sie schrecken doch vor nichts zurück! Ich setze all meine Hoffnungen in Sie. Sie können das doch nicht aus bürokratischen Gründen ablehnen.«

Jacques seufzte.

Wie einfach sich die Menschen die Welt manchmal vorstellten. Ein Mann verschwindet. Ein Model verschwindet. Vielleicht aus dem gleichen Grund. Weil sie ihr Leben hier satthaben. Und sich woanders ein neues aufbauen wollen. Oder der Geheimdienst lässt Leute verschwinden. Und dann reitet Jacques à la Zorro herbei und rettet wen auch immer. Er war müde. Er dachte an Urlaub. Die Geschichte interessierte ihn längst nicht so sehr wie Mara.

»Am liebsten wäre es mir, Sie würden es mit der Heilsarmee versuchen!«, sagte er so verzweifelt, dass Mara lachte und seinen Satz als Ironie begriff. Auf die Rückseite seiner Visitenkarte notierte er seine private Telefonnummer und die seines Mobilfones. Dann steckte er ihre Karte in seine Brieftasche.

»Ich werde Ihnen auf den Wecker fallen«, sagte Mara und schwang sich auf ihr Quad, das sie neben dem grünen Glascontainer auf der Place Fréhel geparkt hatte. Ein wenig bergauf stand ihr Begleiter François mit seinem Gefährt. Er warf den Motor an und wartete.

»Warum tragen Sie eigentlich nachts eine Sonnenbrille?«, fragte Jacques plötzlich.

Mara lachte, zog die Brille ab, drehte den Kopf zur Seite und deutete auf ihre markante Hakennase. Wenn die Brille genau auf dem Knick saß, verdeckte sie den Haken.

»Das habe ich mir mit vierzehn in der Schule angewöhnt. Ich wollte die Nase verstecken. Und auch«, sie näherte sich seinem Gesicht, sodass er ihren warmen Atem spürte, und schaute ihn direkt an, »um meine Augen zu verbergen. Die Leute fragen mich sonst immer: Solch ein leuchtendes Grün, das ist doch nicht echt?«

Mord an der Seine

Wenige Stühle im Bistro »Aux Folies« waren morgens besetzt. An der Theke standen drei junge Künstler, schwarz gekleidet, und tranken Café.

Belleville häutete sich wieder einmal.

Die alten Lederwerkstätten verschwanden, weil Schuhe und Stiefel, Taschen und Handschuhe sich anderswo billiger herstellen ließen. So wurden große Etagen frei, in die Künstler einzogen, weil diese sogenannten Lofts billig zu mieten waren.

Zwei junge Männer mit Kepi auf dem Kopf liefen die Straße hinunter und bogen in den Boulevard de Belleville ein, Richtung Synagoge.

Im hohen Wohnhaus gegenüber, in dessen sieben Etagen fast nur Chinesen wohnten, hängten die Frauen die Plumeaus zum Lüften über die Balkongitter.

Ein arabischer Mann beschimpfte eine Senegalesin, die ihr Kind in den Rinnstein pieseln ließ.

Gaston kam mit dem Café crème und einem Croissant. Er stellte das kleine Tablett vor Jacques ab.

»Voilà, Monsieur le Juge«, sagte er mit einer angedeuteten Verbeugung.

»Merci, patron«, nickte Jacques schmunzelnd zurück. Seine Jacke lag auf dem Stuhl neben ihm. Er drehte das linke Handgelenk um und schaute nach der Zeit. Halb neun.

Für ihn war das ziemlich früh. Aber er schwitzte schon. Vielleicht auch wegen des Artikels von Margaux, den er gerade las.

Über zwei Spalten der ersten Seite lief das Foto von Gina

im Bikini, darunter die Schlagzeile: »Mord an der Seine?« Er schaute noch einmal auf das Bild von dem Mädchen. Die war wirklich schön. Mord an der Seine! Da hat Margaux wieder einmal besonders deftig zugeschlagen. Gaston beugte sich vor, um das Bikinimodel zu begutachten, und pfiff durch die Zähne.

»Kennst du die?«

»Sei nicht so neugierig. Eine Cousine von Margaux.«

»Und die ist ermordet worden?«

»Keine Ahnung, zumindest ist sie verschwunden. Aber jetzt nerv mich nicht. Ich muss das mal lesen.«

Schon beim ersten Satz schüttelte er den Kopf: »Russenmafia wird verdächtigt, für das Verschwinden von schönem Mathematikgenie verantwortlich zu sein.«

Margaux hatte der Geschichte einen besonderen Dreh gegeben und gleichzeitig einige Tatsachen verdreht.

Ihrer Meinung nach könnte das Geschehen auch aus einem ganz anderen Blickwinkel dargestellt werden:

Die Softwarespezialistin Gina, ein Mathematikgenie, die ihre Ausbildung mit Modeln finanzierte, war in der Nacht zum Montag verschwunden. Ihr Hausboot auf der Seine war gegen drei Uhr früh abgefackelt worden: Brandstiftung, wie Kommissar Jean Mahon von der Police judiciaire erklärte. Gesucht wurde ihr russischer Freund Michail D., der verdächtigt werde, für das Verschwinden von Gina verantwortlich zu sein. Michail D., der mit offizieller Aufenthaltserlaubnis seit zwei Jahren in Frankreich für ein russisch-georgisches Unternehmen arbeitete, wurde seit Freitag nicht mehr an seiner Arbeitsstelle gesehen. »Wir stehen vor einem Rätsel«, erklärte Wolod M., Sprecher der Niederlassung des Unternehmens in Paris, auf telefonische Nachfrage dieser Zeitung. »Auch in seiner Wohnung haben wir ihn nicht erreichen können. Wir hoffen, dass ihm nichts zugestoßen ist.« Untersuchungsrichter Jacques Ricou, mit dem Fall betraut, hat die Police judiciaire angewiesen, nach Michail D. zu suchen. »Gina hat kurz vor ihrem Verschwinden in der Nacht zum Montag noch mehrmals versucht, Michail D. telefonisch zu erreichen. Deshalb möchte die Justiz ihn als Zeugen befragen«, erklärte der Untersuchungsrichter gegenüber dieser Zeitung: »Allerdings haben wir noch keinen Hinweis auf seinen Aufenthaltsort. Er scheint wie vom Erdboden verschluckt.«

Nach weiteren »exklusiven« Informationen dieser Zeitung arbeitete die begabte Softwarespezialistin Gina heimlich an einem Sicherungsprogramm gegen Internetspionage und Geldwäsche besonders durch die russische Mafia. Michail habe ihr angeblich mit seinen Sprachkenntnissen geholfen. Vielleicht täuschte er aber nur Interesse vor, um ihr Projekt in allen Einzelheiten für seinen Chef ausspionieren zu können. Das Unternehmen gehört nach Eintragungen im Handelsregister von Tiflis in Georgien einem George Batonischwili. Eine Internetrecherche nach ihm ergab keine Hinweise.

Und das, so Margaux, ist ungewöhnlich für ehrbare Kaufleute.

Jacques schüttelte den Kopf. Er verabscheute das Wort »exklusiv«, mit dem Journalisten nichts anderes taten, als anzugeben. Seht, wie viel kompetenter ich bin als ihr anderen! Da war Margaux auch nicht besser. Aber sie hatte ganz schön hingelangt, und Jacques war sofort klar, weshalb sie es tat.

Die Geschichte über ein verloren gegangenes Bikinimodel würde schnell wieder aus den Schlagzeilen verschwinden. Waren die nicht alle Drogenabhängige? Wenn es aber um eine Softwarespezialistin ging, die dazu auch noch im Nebenberuf als Model jobbte, siehe Foto, und wenn sogar die Russenmafia dahintersteckte, dann würde der Fall zum Politikum, der Justiz und Polizei mobilisieren müsste.

Raffiniert!

Er griff zu seinem Mobilfone und drückte auf die Kurzwahltaste für die Nummer seiner Freundin.

Margaux meldete sich schon beim ersten Klingelton.

»Ich habe gerade dein Märchen über Gina gelesen«, sagte Jacques trocken. »Wie hast du dir das denn alles zusammengesponnen?«

»Alles stimmt! Es kommt bei so einer Geschichte doch immer darauf an, aus welchem Blickwinkel du sie sehen willst.«

»Und wer hat dir das Zitat von Untersuchungsrichter Ricou zugespielt?«

»So ähnlich hast du's doch gestern gesagt, als ich in deinem Büro war. Vielleicht nicht wörtlich, aber dem Sinn nach.« Und ohne auch nur eine Sekunde Atem zu holen, um ihm keine Gelegenheit zu geben, sie zu unterbrechen, fuhr sie fort: »Aber viel wichtiger: Habt ihr irgendwelche Neuigkeiten, irgendeine heiße Spur von Gina?«

»Nein, nichts«, antwortete Jacques, und dann zögerte er einen Augenblick, ob er Margaux erzählen sollte, dass Eric sie auf sein Boot eingeladen habe. Er wollte sich am liebsten aus dem Fall von Gina hinausstehlen. Ein abgebrannter Kahn, ein durchgeknalltes Model. Das war Routine und nichts gegen die gerade abgeschlossenen Ermittlungen, mit denen er drei korrupten Politikern das Handwerk versaut hatte.

Es ist heiß, dachte Jacques. Ich will Urlaub. Aber er sagte es nicht laut.

L'Hôtel

Nach dem Frühstück legte sich Irina noch einmal in das große, weiche Bett, lächelte, als sie das Ölgemälde über sich sah, ein Bild, das – ja, wen denn – einen französischen Kardinal, wegen des roten Umhangs, oder einen französischen Fürsten aus der Zeit vor der Revolution darstellte. Michail hatte es ihr auch nicht sagen können. Er hatte sie am Abend zuvor auf ihrem Festnetz angerufen und in kurzen Sätzen, fast im Befehlston, gesagt, er habe im L'Hôtel, dem besonderen Hotel in der Rue des Beaux-Arts, per Internet die große Suite für drei Nächte gemietet und bezahlt. Sie solle sich, warum, werde er ihr später erklären, unter einem falschen Namen eintragen. Ganz gleich, mit welchem, bloß nicht mit ihrem oder gar seinem.

Irina warf das Bettlaken zurück, setzte sich auf und zog den Bademantel aus, den sie angelegt hatte, als das Zimmermädchen das Frühstück brachte. Dann öffnete sie die Terrassentür weit, schaute kurz hinaus, ob jemand sie sehen könnte, und legte sich nackt auf das Bett. Sie genoss es, wie die laue Luft ihren Körper streichelte. Ein vollkommener Körper, hatte Michail geflüstert, als er in der Nacht mit seinen Händen über ihre Haut strich. Sie überlegte, ob sie nicht den ganzen Tag in der Suite vertrödeln sollte, solange es nicht zu heiß war, könnte sie sich auf die Terrasse legen, den Blick über die Stadt genießen, sich sonnen.

Ihr Handy läutete. Irina wälzte sich zur Seite, versuchte das Telefon auf dem Nachttisch zu ertasten, es fiel runter, aber hörte nicht auf zu brummen.

»Hallo?«

»Irina? Wo bist du? Ich habe bei dir zu Hause angerufen, aber es hat sich keiner gemeldet«, sagte Mireille von ›Régine-Models‹.

»Shopping«, log sie, »hast du was Neues?«

»Ja. Berlin geht schon früher los als erwartet. Pack die Koffer, dafür brauchst du doch immer einen ganzen Tag!« Mireille lachte.

»Ich hasse es, Koffer zu packen! Habt ihr die Flüge schon gebucht?«, fragte Irina.

»Ja, du fliegst mit Régine morgen um 13 Uhr 20 ab Roissy.«

»Oh! Régine kommt meinetwegen mit?«

»Nein, nicht deinetwegen, sondern weil Talbot seine Topleute schickt, damit sie vor Ort auf die Aufnahmen Einfluss nehmen können. Und da will Régine ein wenig die Honneurs machen. Ich schicke dir die Limousine um elf, dann holt ihr Régine in der Agentur ab und fahrt zum Flughafen.«

»Wo wohnen wir in Berlin?« Irina versuchte gleichgültig zu klingen, aber sie war doch ein wenig nervös. Michail wollte es wissen, vielleicht würde er sie dort besuchen. Heimlich und nachts. Dann würde er wieder mit ihrem Körper spielen. Irgendwann in der letzten Nacht hatte er ihr in zärtlichem Ton erklärt, dass sie erst wieder miteinander telefonieren könnten, wenn er ihr ein neues Handy besorgt hätte, das nur für sie beide da sein würde. Ein Telefon nur für ihre Gespräche. Das neue Handy würde er ihr heute Abend geben, wenn er wieder zu ihr ins Bett in der Grande Suite des L'Hôtel schlüpfen würde.

Gestern Abend hatte er plötzlich auf der Terrasse gestanden und war, noch bevor der Himmel wieder hell wurde, auf dem gleichen Weg verschwunden. Von der Terrasse auf die Nachbardächer in eine Dachluke und von dort in die Rue de Seine. Die französische Polizei sei wegen des Brandes auf dem Kahn von Gina hinter ihm her, dabei habe er Gina nicht mehr gesehen, seit sie sich vor zwei Wochen endgültig getrennt hätten. Diesmal wirklich endgültig, hatte er behauptet. »Die wird mir zu anstrengend mit ihrem Hang zur Mathematik. Hält sich für was Besseres. Vergiss Gina«, hatte Michail gemurmelt und sich wieder in Irinas warmen Körper vergraben. Dem Modellkörper eines Models, hatte er gesagt.

Und er? Er gefiel ihr besser als die männlichen Models, die zu glatt und langweilig waren. Überall harte Muskeln – kurz dachte sie an die Arme von Wolod, die sich noch muskulöser anfühlten –, dann aber knabberte sie an den Tätowierungen auf Michails Brust. »Wo hast du die her?«

»Aus dem Gefängnis. Weil ich Politischer war …«

Die Stimme im Telefon riss sie aus den Träumen.

»Hör mir doch endlich zu. Im Hotel de Rome wohnt ihr«, sagte Mireille. »Mitten in der Stadt. Shoppen kannst du gleich um die Ecke, da liegt Berlins bester Laden. The Corner. Und keine Angst, die sprechen da auch Französisch.«

»In Berlin sprechen sie in allen Läden Russisch!«

»Ach Gott, ja, habe ich ganz vergessen, das kannst du ja auch«, sagte Mireille, »aber inzwischen ist dein Französisch ja fast perfekt!«

»Danke«, sagte Irina geschmeichelt, »dann mach ich mich mal auf den Weg zum Koffer!«

Der Drohanruf

Jacques schmunzelte vor sich hin, als er die SMS von Eric auf dem Display seines Mobilfones sah. »Wann sind Justizferien? Hier wimmelt es von: § :-) Eric.«

Er legte das Gerät auf den Tisch und wollte gerade einen Text eingeben, als ihn das Telefon auf seinem Schreibtisch erschreckte. Er ließ es wie so häufig zweimal läuten, überlegte, ob er überhaupt abnehmen wollte, sah aber dann die Nummer von Martine. Er klemmte den Hörer zwischen Schulter und Ohr, um nebenbei mit beiden Händen die SMS an Eric schreiben zu können. Doch schon nach dem ersten Satz von Martine gab er sich einen Ruck, setzte sich auf und nahm den Hörer fest in die Rechte. Sie verband ihn mit dem für die Justiz zuständigen Berater des Präsidenten im Élyséepalast.

»Bonjour, Monsieur Olivier«, grüßte Jacques nüchtern, aber höflich. Es war ein ungewöhnlicher Anruf, denn Claude Olivier saß im Ohr des Präsidenten, wie alle sagten, und verfügte über so viel Macht, dass er normalerweise der Justizministerin Weisungen erteilte, sich aber nicht mit kleinen Richtern abgab.

»Monsieur le Juge, wir interessieren uns für den Fall der verschwundenen Mathematikerin, die angeblich von Russen bedroht wurde. Denn so wie der Fall geschildert wird …«

»Monsieur Olivier, wer sagt etwas von Russen …«, unterbrach Jacques.

»Lassen Sie mich doch ausreden«, fuhr Olivier ihn an, »und halten Sie mich nicht zum Narren. Gewiss haben Sie heute früh auch die Zeitung gelesen. Besonders den Artikel von einer Ihnen nahestehenden Journalistin, die ja offensichtlich gute Drähte zur Justiz hat, da sie als einzige Reporterin in Paris den Untersuchungsrichter Ricou zitieren kann. Ich habe den Artikel vor mir liegen. Sie doch sicherlich auch. Und da steht, Sie erlauben, dass ich zitiere: ›Gina hat kurz vor ihrem Verschwinden in der Nacht zum Montag noch mehrmals versucht, Michail D. telefonisch zu erreichen. Deshalb möchte die Justiz ihn als Zeugen befragen, erklärte der Untersuchungsrichter dieser Zeitung.‹«

Claude Olivier machte eine Pause.

Jacques schwieg.

Wenn jetzt schon politischer Druck kam, und zwar aus dem Élysée, von einem Lakaien des Präsidenten, dann bedeutete das Verschwinden von Gina vielleicht doch mehr, als er bisher vermutet hatte. Margaux' Artikel wird die Russen in der oberen Etage des Hauses in der Rue Duphot verunsichert haben. Das Stichwort in der Zeitung heißt »Geldwäsche« und »Internetspionage«. Und da muss jemand äußerst gut verdrahtet sein, um einen Anruf aus dem Élysée veranlassen zu können.

»Monsieur le Juge«, Olivier versuchte höflich zu bleiben, »haben Sie den gesuchten Russen schon vernehmen können?«

»Monsieur le Conseiller«, auch Jacques beherrschte den guten Ton und wusste, dass man sich dahinter gut verbergen konnte, »solch eine Frage aus der Exekutive, und dann auch noch aus dem Amt des Staatschefs, mag nicht ungewöhnlich sein, aber ich meine, dass sie nicht zulässig ist. Für das, was in der Zeitung steht, bin ich nicht verantwortlich …«

»Immerhin werden Sie zitiert, und zwar von einer Journalistin, die …«

»Auch ich bitte, ausreden zu dürfen.« Jacques betonte jedes Wort. »Sie wissen doch aus eigener Erfahrung, dass Zitate in der Presse nicht unbedingt richtig wiedergeben, was gesagt wurde. Und was diesen Fall betrifft – so viel will ich Ihnen ausnahmsweise sagen – wissen wir bisher kaum etwas. Das Model ist verschwunden. Auch von ihrem angeblichen Freund Michail fehlt jede Spur. Außer einem Fall von vermutlicher Brandstiftung hat die Justiz noch keinen weiteren Anhaltspunkt für irgendeine Straftat. In Zukunft würde ich Sie bitten, die gesetzlich verbriefte Unabhängigkeit des Untersuchungsrichters zu achten.«

Am anderen Ende der Leitung herrschte Stille. Die Nachricht scheint angekommen zu sein, dachte Jacques. Dann räusperte sich der Berater des Präsidenten: »Solange es noch Untersuchungsrichter gibt, Monsieur le Juge.«

Claude Olivier legte ohne Gruß auf.

Jacques schaute auf sein Mobilfone, schaltete es aus und legte es zur Seite. Nach diesem Anruf hatte er keine Lust mehr auf eine vergnügte SMS an Eric. Plötzlich fühlte er sich nicht mehr müde. Urlaub? Was ist das? Wenn das Élysée sich so anmaßend in diesen Fall einmischte, dann steckte mehr dahinter als nur ein abgebrannter Kahn, ein verschwundenes Model und dessen russischer Freund. Sein Jagdinstinkt erwachte. Wenn die Kerle glauben, mit einem Anruf könnten sie mich zähmen, dann haben sie sich aber verkalkuliert.

Es klopfte leise an der Tür, und noch bevor er ein Wort sagen konnte, streckte Martine ihren Kopf herein und fragte: »Nun?«

»Da muss ein Russe ziemlich viel Geld und Macht haben!«, sagte Jacques. »Das Élysée hat sicher einen Anruf erhalten, vielleicht sogar der Präsident selbst.«

»Und was hast du Olivier gesagt?«

»Was wohl? Dass ihn das nix angeht! Mach mir mal eben einen Termin bei Betonmarie. Ich glaube, die wird bald von der Justizministerin hören.«

Martine hielt den Daumen der rechten Hand hoch wie ein römischer Caesar, nickte zufrieden und schloss die Tür.

Wenige Minuten später eilte Jacques durch die langen, hohen Gänge des Palais de Justice, und als Justine ihm einen Kaffee aus der neuen Maschine der Gerichtspräsidentin anbot, winkte er nur ab, im Augenblick habe er reichlich Adrenalin im Blut.

Marie Gastaud kam ihm in der Mitte ihres Büros entgegen und bat ihn zum Konferenztisch. Nachdem er sie über den Anruf unterrichtet hatte, wiegte die Gerichtspräsidentin ihre Betonfrisur hin und her und dachte einen Augenblick nach.

»Auf welchem Stand sind denn die Ermittlungen?«, fragte sie.

»Der Artikel von Margaux ist eine journalistische Arbeitshypothese. Es kann so sein, muss aber nicht so sein. Man kann jeden Fall von verschiedenen Seiten betrachten. Sie stellt das Softwaregenie gegen die Russenmafia in den Mittelpunkt. Für mich waren es bisher Brandstiftung und ein verschwundenes Model. Wir wissen eigentlich nichts. Weder das Model noch ihr russischer Freund sind aufgetaucht. Ihr Laptop ist verschwunden. Und damit gibt es auch keine Hinweise auf die Behauptungen von Margaux.«

»Wie kommt sie dann dazu, dem Artikel diesen Dreh gegen die Russen zu geben?«

»Was sie schreibt, basiert auf Vermutungen. Mir hat Margaux gesagt, ihre Cousine Gina habe ihr von merkwürdigen Vorgängen in den Büros über der Modelagentur erzählt. An dieser Agentur sind die Russen übrigens auch beteiligt. Möglicherweise hatte diese Gina von ihrem russischen Freund etwas in Richtung Internetspionage, vielleicht gar Geldwäsche erfahren. Der arbeitet ja für diese Leute. Wir haben aber keinen Anlass gesehen, gegen das russische Büro vorzugehen. Allerdings haben die den Fehler gemacht, über welchen Weg auch immer, das Élysée einzuschalten. Jetzt besteht für mich kaum noch ein Zweifel, dass Margaux' Sichtweise den Tatsachen entspricht. Und ich verspüre große Lust, unsere Untersuchungen auszuweiten.«

Jacques ballte eine Faust und deutete einen Schlag auf den Tisch an. Für einen kurzen Moment zuckte Marie Gastauds Mundwinkel.

»Haben Sie schon Hinweise auf den Aufenthaltsort dieses Russen, dieses Michail?«

»Nein. Aber wir haben auf dem Google Phone von Gina gute Fotos von ihm gefunden und von einem Abzüge gemacht. Jeder Polizist in Paris sollte es in der Tasche haben. Und so wie ich Jean Mahon kenne, lässt er längst seine Beziehungen zu den Mitarbeitern des Renseignements généraux spielen, des Inlandsgeheimdienstes, oder wie immer die jetzt nach der Zusammenlegung der vielen Dienste heißen. Ich würde mich wundern, wenn wir nicht bald etwas hörten.«

»Wenn ich Ihnen einen Rat geben darf, dann sollten Sie Margaux nicht so viel erzählen. Sagen Sie ihr bloß nichts von dem Anruf aus dem Élysée, sonst steht es heute Abend noch in der Online-Ausgabe ihrer Zeitung.« Marie Gastaud erhob sich und gab damit Jacques ein Zeichen, dass ihr Gespräch beendet war. Sie reichte ihm die Hand und sagte: »Ich stehe zur Unabhängigkeit des Untersuchungsrichters. Aber ich fürchte, es wird nicht lange dauern, bis bei mir das Telefon klingelt.«

»Wann gehen Sie in den Urlaub?«, fragte Jacques.

»Wieso?« Marie Gastaud sah ihn überrascht an, eine so persönliche Frage war sie von Jacques nicht gewohnt. Und sie war auch nicht gewohnt, darauf zu antworten.

»Nächste Woche beginnen die offiziellen Justizferien«, sagte Jacques mit einem Lächeln. »Wenn Sie dann verreist wären, bräuchte ich Ihnen über den Fortgang der Untersuchungen nicht zu berichten. Und dann könnte Sie auch niemand dazu befragen.«

»Sie werden lachen«, schmunzelte Marie Gastaud. »Ich bin in den Justizferien verreist. Und Sie?«

»Wohl eher nicht, bei dem, was in den nächsten Tagen auf uns zukommt.«

Der Angler

Marcel Matthieu trank an diesem Tag nur eine Schale heißen Milchkaffee, bevor er die Angel aus dem Schrank in der Diele nahm, bei Sonnenaufgang aufs Fahrrad stieg und einhändig den knapp einen Kilometer langen Feldweg zum Fluss hinunterfuhr. Mittwochs hatte er Spätschicht an der Kasse des Monet-Museums von Giverny, da wurde er erst gegen Mittag gebraucht. Bei Giverny denkt jeder gebildete Franzose an drei Farben: Blau, gelb, violett. Denn in Giverny liegen die Gärten, die Claude Monet um sein Atelier und Wohnhaus angelegt hatte und in deren Teiche er Seerosen pflanzte, um sie dann zu malen.

Marcel Matthieu sehnte sich die ganze Woche über nach der Ruhe an diesem einen Morgen, an dem er seine selbst gezüchteten Mehlwürmer an den Angelhaken steckte, die Rute auswarf und wartete. Oh ja, in der Seine gab es wieder Fische, sogar Lachse. Tatsächlich hatte ein Angelfreund an der Schleuse von Suresnes vor einigen Monaten einen sieben Kilo schweren, siebenundneunzig Zentimeter langen Lachs gefangen. Und dass sein Fang nicht dem Anglerlatein entstammte, bewies ein Foto in der Zeitung.

Der Kassierer von Giverny lehnte das Fahrrad an die alte Weide am Ufer, abzuschließen brauchte er es nicht. Hier kam niemand mit bösen Absichten vorbei. Auch nicht mit guten. In dieser Biegung floss der Strom ruhig, aber stetig vor sich hin. Erst einige Hundert Meter flussabwärts wuchs ein wenig Schilf im Wasser. Marcel Matthieu steckte die Angelrute zusammen, prüfte die Schnur, befestigte den Bissanzeiger, den ihm seine Mutter geschenkt hatte, drehte die freilaufende Rolle auf und wollte gerade ausholen, da sah er einen Arm aus dem Wasser ragen.

Er verharrte in der Bewegung, begann zu würgen, drehte sich um und sprang, Angel und Tasche zurücklassend, auf sein Rad und trat panisch in die Pedale.

Eine halbe Stunde später zog das Patrouillenboot der Brigade fluviale die Leiche einer nackten Frau aus dem Wasser. Im Register erhielt sie die Nummer 27 für dieses Jahr. Rund fünfzig Tote fischte die Flusspolizei jährlich aus der Seine.

Fabienne, die IT-Spezialistin aus dem Stab von Kommissar Jean Mahon, stieß erst um halb drei Uhr nachmittags im Intranet der Präfektur auf die Meldung. Bei der Flusspolizei war niemand auf den Gedanken gekommen, die Leiche aus Giverny könnte eine Vermisste aus der Mitte von Paris sein. Wer auf der Höhe der Ile de la Cité ins Wasser fällt, der wird spätestens in Sèvres von der Strömung ans linke Ufer geschwemmt, treibt aber nicht vom Ufer beim Pont-des-Arts, wo Ginas Kahn gelegen hatte, fast hundert Kilometer weit nach Giverny. Zumal sich das Flussbett der Seine von Paris bis Giverny langsam durch zehn enge Krümmungen windet.

Die Wasserleiche

»Du kannst das nicht geheim halten«, schrie Margaux Jacques an, der sie gebeten hatte, die Meldung über den Fund von Ginas Leiche nicht sofort zu veröffentlichen. »Das wird morgen unsere Schlagzeile. Auch, damit ihr endlich euren Arsch bewegt und den Mörder findet!«

»Damit erschwerst du nur unsere Arbeit«, sagte Jacques, ruhig hinter seinem Schreibtisch sitzend. »Mit deinem heutigen Artikel hast du die Russen sicher schon verunsichert. Wenn es schlecht läuft, haben sie Michail sofort aus dem Verkehr gezogen und außer Landes gebracht. Und was auch immer in den Etagen über der Modelagentur geschieht, sie werden es camouflieren, aus Angst vor einer Hausdurchsuchung.«

»Und warum seid ihr noch nicht dort? Die Sommerhitze lähmt euch wohl?« Schon bei den letzten Worten brach Margaux plötzlich in Tränen aus.

Jacques stand auf, ging ungelenk auf sie zu, legte einen Arm um ihre Schultern und versuchte sie zu beruhigen. Sie hockte, geschüttelt von Schluchzern, zusammengesunken auf dem harten Besucherstuhl in seinem Büro.

»Das war so schrecklich in der Leichenhalle, das war so schrecklich. Ich hätte den Kerl umbringen können. So etwas Geschmackloses!«

Jacques hatte Margaux sofort angerufen, nachdem er die Nachricht vom Fund der Leiche erhalten hatte, und sie gebeten, die Tote zu identifizieren.

Da hatte sie sich noch ganz cool gegeben. Und professionell. »Klar, bin sofort unterwegs.« Und sie hatte sich auch noch die Zeit genommen, ins Büro des Chefredakteurs zu rennen und ihm, obwohl sich Jean-Marc mitten in einem Gespräch mit dem Geschäftsführer des Verlags befand, zuzurufen: »Ginas Leiche ist gefunden. Ich bin eben mal weg, um sie zu identifizieren. Dafür bekomme ich vier Spalten auf der ersten Seite. Ich bin gleich zurück!«

Kommissar Jean Mahon ließ sie mit einem Polizeiwagen abholen und mit Blaulicht zum Institut médico-légal in der Nähe des Pont d'Austerlitz fahren. Dorthin war der Leichnam zur Autopsie gebracht worden. Jacques und Jean Mahon waren vom Palais de Justice zwar zur gleichen Zeit losgefahren, blieben aber am Quai Henri IV in einem Stau stecken und kamen erst wenige Minuten nach Margaux an.

Da war das erste Unheil schon geschehen:

Ein kleiner Beamter bat Margaux als Cousine von Gina, das Formular für Angehörige von Toten auszufüllen.

»Ja, bitte, unterschreiben Sie hier unten«, sagte er. Und kaum hatte sie das getan, verlangte er die anstehende Gebühr für die Aufbewahrung der Leiche. Erst wenn sie das Geld hinterlegt habe, werde er den Kühlraum öffnen. Gerade als sie den Mann anschrie und mit einem Wortschwall zu ersticken drohte, traten Jacques und Jean durch die Glastür. Jacques lief auf sie zu, machte besänftigende Bewegungen mit den Händen und sprach mit tiefer, ruhiger Stimme auf sie ein, so als würde er versuchen, ein wild gewordenes Pferd zu beruhigen.

»Was ist passiert?«, fragte er.

»Der Typ ist wahnsinnig. Er fordert dreißig Euro Verwahrgebühr. Wenn ich dieses Wort schon höre: Verwahrgebühr! Also, er will dreißig Euro Verwahrgebühr pro Tag für die Leiche, die ich noch nicht einmal gesehen, geschweige denn identifiziert habe! Sonst würde er mich nicht reinlassen.«

Jacques schaute den Beamten an, der sich von dem Lärm nicht beeindrucken ließ. Er hielt das Register, in das sich Margaux eingetragen hatte, wie ein Schutzschild vor sich und verzog keine Miene. »Ich habe die Vorschrift ja nicht erfunden.«

»Dann wollen wir die jetzt auch einmal vergessen«, sagte Jean Mahon, griff Margaux am Ellenbogen und steuerte sie in Richtung Kühlraum, in dem die Leichen gelagert wurden. Jacques folgte den beiden, während der Beamte mit den Schultern zuckte und in seinem Büro verschwand.

»Absurd! Wahrscheinlich gibt es tatsächlich diese Vorschrift«, sagte Jacques, der ihnen folgte, »aber nur Schwachköpfe wenden sie an.«

Die Tote aus der Seine lag, bedeckt von einem grünen Tuch, auf dem Seziertisch. Der Pathologe zog das Tuch langsam zur Seite. Zuerst legte er die Füße der nackten Leiche frei, dann die Beine, den Körper und zum Schluss den Kopf. Auch eine merkwürdige Art vorzugehen, dachte Jacques. Aber nach dem Streit mit dem Beamten am Eingang wollte er gegenüber dem Mann im Ärztekittel nicht auch noch den Besserwisser spielen. Das sei die gängige Methode, würde der nur antworten. Um die Angehörigen langsam auf den Blick ins Gesicht der Toten vorzubereiten. Vielleicht erkannten sie den Toten schon an den Füßen, durch eine kleine Wunde an den Beinen oder eine Blinddarmnarbe.

Dreißig Sekunden – eine Ewigkeit – starrten sie schweigend auf Gina. Dann drehte sich Margaux mit einem tiefen Ausatmen um und verließ den Raum. Sie hatte wohl kurz überlegt, ihre Cousine zum Abschied noch einmal zu berühren, die Geste aber nicht über sich gebracht.

Jacques und der Kommissar folgten ihr.

Ja, das ist Gina. Schwer zu erkennen. Aber sie ist es.

Der Pathologe hatte erklärt, die Leiche sei nicht ertrunken, sondern erst nach ihrem Tod, möglicherweise sogar erst einen Tag später, in den Fluss geworfen worden.

Margaux schaute Jacques in die Augen, als wollte sie prüfen, ob auch ihm etwas an Gina aufgefallen war.

Er reagierte nicht.

Dann waren sie gemeinsam in das Palais de Justice gefahren.

Jetzt sank Margaux, diese willensstarke Frau, die ihre Gefühle stets beherrschte, in sich zusammen. Sie schüttelte den Kopf. Jacques gab Martine ein Zeichen, sie möge das Büro verlassen. Dann zog er seinen Stuhl heran, setzte sich vor Margaux, nahm ihre Hände in seine, hielt sie fest und schwieg. Sie wurde ruhiger, atmete gleichmäßig und schüttelte noch einmal den Kopf. Ganz leise flüsterte sie: »Ich habe Gina in den Tod geschickt.« Und nachdem sie den Satz wiederholt hatte: »Hätte ich sie doch nicht gedrängt, die Russen weiter auszuspionieren. Die haben sie jetzt umgebracht.« Mit verweinten Augen schaute sie Jacques an. Aber hinter den Tränen sah Jacques eine entschlossene Frau. Und eine fordernde. Er nickte.

»Ich bin bei dir. Und ich glaube, du ordnest die Dinge richtig ein«, sagte er und dachte wieder an den Anruf aus dem Élysée. Die schrecken auch nicht davor zurück, einen Mord zu vertuschen, wenn es um ihre Macht geht.

Jetzt musste er Margaux davon überzeugen, klug vorzugehen. Sie durfte auf keinen Fall alles, was sie wussten, auch gleich veröffentlichen. Er würde ihr nichts von dem Druck aus dem Amt des Staatspräsidenten verraten.

Wahrscheinlich aber war sie durch nichts zu bremsen und würde schon heute Abend die Meldung über den Mord an Gina zumindest online stellen.

Die Wohnung des Amerikaners

An beiden Enden der Rue des Beaux-Arts, einer engen Einbahnstraße, in der Autos auf der rechten wie auf der linken Seite parken, saßen Leute aus der Truppe von Kommissar Jean Mahon in geschlossenen Lieferwagen, die hier regelmäßig abgestellt wurden. Der Transporter an der Ecke zur Rue de Seine trug die Aufschrift des Geschäfts für Malerbedarf, das nur wenige Dutzend Meter entfernt lag.

Die Rue des Beaux-Arts trägt ihren Namen, »Straße der schönen Künste«, mit Stolz, liegt doch an ihrer Stirnseite, Richtung Rue Bonaparte, Frankreichs renommierte Kunsthochschule, die École Supérieure Nationale des Beaux-Arts, aus der weltberühmte Künstler wie Henri Matisse, Eugène Delacroix, Raoul Dufy und Aristide Maillol hervorgegangen sind. Auch heute noch residieren hier, wie in der angrenzenden Rue de Seine, einige der bedeutendsten Kunstgalerien der Stadt. Da fällt auch ein kleiner Laster mit der Werbung eines Kunsttransporteurs nicht auf. Drinnen hockten fünf Polizisten. Vier dösten, einer beobachtete die Straße.

Kommissar Jean Mahon hatte seine Kommandozentrale für diesen Einsatz in der Wohnung eines Amerikaners aufgeschlagen, die im Haus gegenüber vom »L'Hôtel« in der ersten Etage lag und deren Fensterläden schon seit Wochen geschlossen waren. Der Mann war verreist. Selbst für einen misstrauischen Beobachter hatte sich in den letzten vierundzwanzig Stunden nichts in der Straße verändert.

Die Gardienne de la Paix, Fabienne, saß vor einer Batterie

von fünf Monitoren, die Bilder von Kameras aus den umliegenden Straßen empfingen.

Am Nachmittag hatte Jean Mahons Kontaktmann vom Inlandsgeheimdienst angerufen und äußerst präzise Auskunft gegeben. Michail hatte per Internet die große Suite im »L'Hôtel« gemietet und auch benutzt. Am Abend hatte sich ein Model mit Namen Irina Vaugirard beim Empfang ins Melderegister eingetragen, wie sich herausstellte, handelte es sich dabei um ein einfaches Pseudonym: Das Model Irina wohnt in der Rue de Vaugirard schräg gegenüber vom Jardin du Luxembourg. Mit ihr hatte Michail, der offenbar über das Dach gekommen war, die Nacht verbracht. Dafür sprachen mehrere Indizien, die das Zimmermädchen und der Portier geliefert hatten.

»Ich weiß doch, wie ein Bett aussieht, in dem nur eine Person geschlafen hat, auch wenn sie noch so unruhig ist, und eines, in dem etwas stattgefunden hat«, wurde das Zimmermädchen zitiert. »Und über das langbeinige Model hat das ganze Hotel geredet! So eine kann man nicht kaufen, die trifft nur jemanden, den sie liebt. Wir hätten gern gewusst, wer der Glückliche war.«

Und der Portier, ein regelmäßiger, gut entlohnter Ansprechpartner der Dienste, erklärte, zur Suite in der obersten Etage gehöre eine große Terrasse, von der aus man ohne Mühe auf das Dach steigen könne. Außerdem, fügte er hinzu, habe niemand den Mann kommen oder gehen sehen, und das sei im »L'Hôtel« selbst nachts fast unmöglich. Das Personal sei angehalten, äußerst wachsam zu sein, was wiederum nicht schwierig sei, denn der Eingang sei so schmal wie bei einem kleinen Wohnhaus und liege direkt neben dem Empfang.

Als Jean Mahon dann auch noch erfuhr, dass Michail die Suite für zwei weitere Nächte reserviert und Irina ihr Schminkköfferchen mit allerlei teueren Wässerchen und Cremes im Bad der Suite zurückgelassen habe, gab er den

Befehl zum Großeinsatz. Ganz unauffällig untersuchten zwei seiner Leute den Zugang zu den umliegenden Dächern. Und fanden in der Rue de Seine ein aufgebrochenes »Was-ist-das«, wie Franzosen Dachluken nennen. Den Begriff haben sie einst von den deutschen Soldaten übernommen, die in Paris einmarschierten, solche Dachfenster nicht kannten, hinaufdeuteten und fragten: »Was ist das?«

Von dem »Was-ist-das« auf dem Dach führten frische Abdrücke von Turnschuhen über die grauen Zinkdächer zur Terrasse der Suite.

Michail würde heute Nacht wiederkommen.

Und sie würden ihn schnappen.

»Darauf kannst du Gift nehmen«, hatte der Kommissar seinem Freund Jacques versprochen, »und du kommst besser mit, falls wir schnelle Entscheidungen treffen müssen. Wie etwa die, eine Wohnung von einem abwesenden Amerikaner ungenehmigt zu benutzen. Da ist eben höhere Gewalt im Spiel. Gefahr im Verzug. Was auch immer. Ein Untersuchungsrichter darf eine Wohnungstür öffnen lassen, ein Polizist nicht.«

Draußen war es noch taghell.

Um halb neun gab ein Beobachter aus der Rue de Seine durch, Irina komme zu Fuß und biege gleich in die Rue des Beaux-Arts ein.

»Wahrscheinlich kommt sie von zu Hause, da bringt sie jeder Taxifahrer um, wenn sie sich die paar Meter fahren lässt«, sagte Jean Mahon.

»Lass mal sehen«, sagte Jacques, stand von seinem Stuhl am Fenster auf und beugte sich über die Monitore. Fabienne deutete auf eine Frau, die auf dem engen Trottoir in Richtung Hotel ging. Besonders gut kann man sie nicht erkennen, dachte Jacques, lief schnell zum Fenster und linste von oben durch die schmalen Schlitze der Läden. Sehen konnte er aber nur ihre langen Beine.

Der Kommissar hatte sich auf seinem Stuhl nicht bewegt.

»Ich gehe davon aus, dass wir vor halb zehn Uhr oder zehn mit gar nichts zu rechnen brauchen, bis dahin ist es noch zu hell«, sagte er jetzt und stand auf. »Komm, wir machen uns einen Kaffee.« Jacques folgte ihm in den Gang und in die kleine, neben der Eingangstür liegende Küche. Jean suchte Kaffee, fand aber nur grünen Tee.

»Der hat nur ›Gunpowder‹«, lachte er. »Aber der soll ja besonders viel Koffein enthalten.«

Jacques hob ein weißes Päckchen hoch und zeigte es Jean.

»Und zum Frühstück machen sie aus Pulver Pfannkuchen: ›Pancake powder‹ steht hier drauf.«

Aus Langeweile stöberten sie durch die Wohnung und setzten sich schließlich in zwei bequeme Sessel im Salon.

»Hast du die neueste Verrücktheit vom Club des Croqueurs de Chocolat gehört?«, fragte Jean.

»Das interessiert mich nicht die Bohne!« Jacques stieß erleichtert einen Seufzer aus. »Das liegt zusammen mit meiner Ex hinter mir, Gott sei Dank!«

»Von wegen Bohne!«, sagte Jean. »Die haben jetzt einen besonderen Kaffee entdeckt, nur der darf von jetzt ab in die Schokolade gemischt werden. Ob das schmeckt, weiß ich nicht, aber der Kaffee wird aus der teuersten Bohne der Welt gemahlen. Ein Kilo kostet rund tausend Euro!«

»Das passt. Teuer bedeutet exklusiv und ist damit gut – in deren Augen.«

»Aber es gibt einen besonderen Grund, weshalb er so teuer ist. Isabelle erklärt mir das jeden Sonntag früh, wenn ich zur Brioche den normalen Kaffee aufbrühe.«

»Vorwurfsvoll?«

»Natürlich vorwurfsvoll! Aber jetzt hör zu, damit du verstehst, warum er so teuer ist.«

»Weil's wenig davon gibt, nehme ich an«, sagte Jacques.

»Nicht nur. Er kommt aus dem Dschungel von Indonesien, wo eine merkwürdige kleine Schleichkatzenart in der Nähe von Kaffeeplantagen lebt, immer nur die reifsten und prallsten Kaffeekirschen frisst, und das, was sie ausscheidet, hat das besondere Aroma.«

»Eine Schleichkatze? Schleichen nicht alle Katzen?«

»Moment!« Jean zog seinen BlackBerry aus der Lederhülle am Gürtel. »Das haben wir gleich!« Er gab seine PIN ein, wartete, bis Google geladen war, tippte Schleichkatze und Kaffee als Suchbegriff ein, und schon erschienen die Worte Kopi Luwak auf dem Bildschirm. Darunter stand, Kopi Luwak heiße der Kaffee und stamme aus Indonesien von den Inseln Sumatra, Java und Sulawesi.

»Die Katze heißt Fleckenmusang. Sieht aus wie ein dunkles Wiesel. Auch der lateinische Name ist angegeben: Paradoxurus hermaphroditus.«

Jean und Jacques brachen in Gelächter aus. Hermaphrodit! Eine Zwitterkatze, die Kaffee frisst und wieder ausscheißt!

»Oh, hier steht noch etwas zu Kopi Luwak.« Jean las vor: »Der britische Schauspieler John Cleese beschreibt den Geschmack als ›erdig, modrig, mild, sirupgleich, gehaltvoll und mit Untertönen von Dschungel und Schokolade‹.«

»Du glaubst es nicht«, sagte Jacques, »der gehört wahrscheinlich auch zum Club der Croqueurs de Chocolat!«

»Wahrscheinlich.« Jean las weiter und fasste dann seine Erkenntnisse zusammen: »Diese Katze kann nur die rote Schale der roten Kaffeekirsche verdauen, aber nicht die darin gereiften Bohnen, die sie deshalb wieder ausscheidet. Nun hat sich ein pfiffiger Plantagenbesitzer, der kurz vor der Pleite stand, einen Werbegag ausgedacht. Er behauptet, die Darmsäfte des scheuen Tierchens veredelten die Kaffeebohnen. Also lässt er die Katzenkacke von seinen Sklaven aufsammeln und erklärt die Bohnen, die damit veredelt werden, zu den teuersten der Welt. Es gibt genug Idioten, die für diesen exklusiven Genuss tausend Euro löhnen.«

Schweigen senkte sich über sie.

Jacques döste ein. Unmerklich schlich sich eine rothaarige Frau in Lederkleidung in seinen Traum. Sie roch jung, am liebsten würde er die zarte Haut an ihrem Hals küssen. Durch das Geflecht ihrer Hose sah er ihr Bein. Und das Geflecht löste sich auf. Doch leider schrie Monsieur Olivier: Aufhören! Aufhören!

Der russische Mörder

Annie kam von der Toilette zurück, trat durch die Tür, setzte sich wieder an den viereckigen Tisch auf dem Trottoir und fragte Margaux: »Stört es dich, wenn ich mir noch ein Stäbchen anstecke?«

»Aber gar nicht! Ich schmauche auch manchmal, aber nur sonntags.«

Beide kicherten wie halbwüchsige Mädchen.

Sich auf den anderen einzulassen, zur Not sich auch ein wenig anzupassen, auf keinen Fall aber hart zu widersprechen, das gehörte zu Margaux' Spielregeln gegenüber Menschen, die sie für eine heikle Recherche aushorchen wollte. Und hier drehte es sich um ein äußerst heikles Thema, um etwas, das Margaux an Ginas Leichnam aufgefallen war.

Im Aschenbecher zwischen dem Geschirr und den fast leer getrunkenen Weingläsern hatte Annie schon vier Zigaretten, die sie nur zur Hälfte aufgeraucht hatte, ausgedrückt. An den Filtern klebte ihr greller Lippenstift. Margaux griff nach der Streichholzschachtel, während Annie mit überlangen Fingernägeln eine neue Zigarette aus ihrer Packung zog. Mit einem kräftigen Strich zündete Margaux das kleine Hölzchen an und reichte es vorsichtig über den Tisch. Annie beugte sich vor und zog mit ihrer Linken Margaux' Hand zu sich heran, die sie immer noch festhielt, als die Zigarette schon brannte und sie die Lippen spitzte, zu einem Kreis formte und Rauch in die Luft blies.

Wie in Trance war Margaux nach den Besuchen im Leichenschauhaus und im Büro von Jacques zurück in die Redaktion gefahren und hatte dem Chefredakteur kühl mitgeteilt, für ihren Bericht würde sie mindestens vier Spalten auf Seite eins brauchen. Und daneben gehöre das Handyfoto des möglichen Mörders, das sei Ginas ehemaliger Freund Michail.

Jean-Marc glaubte, Tränen in den Augen seiner Chefreporterin zu sehen, was er seit einiger Zeit ganz und gar nicht mehr ausstehen konnte. Er ließ sich einfach zu leicht anstecken. Ein Zeichen des Alters? Also nickte er nur und sagte: »Handyfoto vom Mörder klingt gut. Handyfotos sehen immer geheimnisvoll aus. Und ob es vier oder fünf Spalten werden, ist bei der Bedeutung dieser Geschichte gleich. Nimm, was du brauchst.«

Er hob den Kopf und war verblüfft. Er hatte sich getäuscht. Margaux schaute ihn mit einem leichten Lächeln an und nickte einen Dank. Von wegen »Pipi in den Augen«, wie er verächtlich zu sagen pflegte, wenn es zu rührselig wurde.

Als Margaux den Artikel verfasst hatte, mailte sie ihn Jean-Marc mit der Bitte, ein Auge drauf zu werfen, sie sei sich nicht sicher, ob ihre Befangenheit sie nicht zu weit getrieben habe. Nein, schrieb er sofort zurück, du bist topp! Und wir werden nur deinetwegen morgen wieder die Nummer eins sein. Dann ließ sie die Fotos von Gina und Michail, die auf ihrem BlackBerry gespeichert waren, herunterladen und so bearbeiten, dass nur Michail zu sehen war. Der russische Mörder.

Und bis zum Redaktionsschluss war alles eingetütet.

Margaux sortierte ihre Notizen auf dem Schreibtisch und wählte schließlich die Nummer von Régine-Models. Ihr Anruf wurde sofort zu Régine durchgestellt. Ja, wenn sie wolle, könne sie vorbeikommen. Reichte es so gegen Abend?

Régine umarmte Margaux, die das Gefühl hatte, dass die Trauer der Agenturchefin echt war. Gina war schon ein besonderes Mädchen gewesen. Aber dann sagte Régine mit verschwörerischem Ton: »Dein Artikel hat hier im Haus gewaltig eingeschlagen. Wie eine Bombe. Die Russen sind doch auch bei mir beteiligt! Und natürlich hat sich von denen sofort jemand nach dir erkundigt.«

»Wer? Muss ich aufpassen?«, fragte Margaux.

»Das glaube ich nicht. Aber hüte dich vor einem Kerl namens Wolod. Ich halte ihn für gemeingefährlich. Sieht gut aus, macht unsere Mädchen verrückt, hat aber noch mit keiner was angefangen. Soviel ich weiß. Aber er hat böse Augen. Ich glaube, er ist ihr Ausputzer. Suchst du etwas Bestimmtes?«

»Alles, was ihr wisst. Termine. Mit welchen Mädchen war sie besonders eng befreundet? Was wisst ihr über Michail?«

Régine holte Mireille dazu. Gemeinsam gingen sie durch Ginas Ordner im Computerarchiv, aber Margaux fand keinen Hinweis, der ihr weitergeholfen hätte. Auch keine Adresse von Michail. Wohnt der nicht hier oben unter dem Dach? Nein, nein, sagte Mireille, da hauste er nur die ersten Monate, nachdem er angekommen war. Aber jetzt? Keine Ahnung. Und Termine? Gina war erst in zehn Tagen für einen Fototermin gebucht.

»Mir hat Gina den Eindruck vermittelt«, sagte Margaux, »Michail habe auch noch nebenbei Techtelmechtel. Ja, er werfe sein Auge auch schon mal auf andere Models. War da noch was?«

Régine zuckte mit den Schultern. So gut kannte sie sich im Leben ihrer Mädchen nicht aus. Sie sah Mireille an: »Weißt du was?«

»Nicht wirklich. Wenn Gina abends durch die Szene streifte, dann meist mit Magalie und Irina. Das sind die beiden einzigen Models, die Michail vielleicht näher kennengelernt hat. Hier im Haus sieht man ihn fast nie.« Sie schüttelte leicht den Kopf. »Ich weiß wirklich nichts, doch bei Irina habe ich manchmal den Eindruck, dass sie Gina um

Michail beneidete. Aber vielleicht ging es da weniger um den Kerl als um Ginas Erfolg im Modelgewerbe. Magalie ist völlig ausgeschlossen. Die ist harmlos.«

»Die Harmlosen sind häufig die Gefährlichsten«, lachte Régine.

»Wisst ihr, wohin Gina zur Kosmetik ging?«, fragte Margaux.

»Das kommt ganz drauf an«, antwortete Régine. »Wir achten darauf, dass die Models stets von den Besten gestylt werden. Deswegen gehen sie wegen der Haare woanders hin als für die Haut und für die Fingernägel und Füße wieder woanders hin als für das Intime.«

»Das Intime?«

»Wer wie Gina für Bikinis und Unterhöschen posiert, darf kein Härchen zu viel zeigen«, sagte Régine. »Aber dazu musste sie nicht weit laufen. Hier unten im Haus ist ein Coiffeur, bei dem arbeitet die beste Intimästhetin von Paris.« Sie drehte sich zu Mireille. »Wie heißt sie noch mal? Annie?«

»Ja, Annie.«

»Ruf eben mal an, ob sie noch da ist. Und wenn ja, kündige Margaux an. Sag, sie sei die Cousine von Gina. Und sag auch, dass Ginas Leiche gefunden worden ist. Das schafft Vertrauen und hilft vielleicht ein bisschen.«

Annie war noch da und pflegte eine letzte Kundin.

Um sieben Uhr holte Margaux die Intimästhetin – sie musste sich erst an diesen Begriff gewöhnen – im Salon des Coiffeurs ab und schlug vor, gemeinsam einen Drink im schräg gegenüber liegenden Bistro zu nehmen. Aber Annie winkte ab: »Die schließen gleich, da wird's jetzt ungemütlich. Gehen wir um die Ecke, da ist ein nettes kleines Restaurant, in dem wir auch draußen sitzen können. Die servieren schon ab sieben.«

Als Annie und Margaux dann um einen Tisch in dem völlig leeren Restaurant »Royal Madeleine« baten, antwortete der Maître d'hôtel nur: »Wir sind überbucht.«

»Moment mal«, sagte Annie kurz, eilte nach hinten ins Lokal und kam mit dem Koch zurück, der ihnen einen Tisch à la terrasse zuwies. Annie stellte ihm Margaux als eine der bedeutendsten Journalistinnen von Paris vor und sagte dann zu ihr: »Und dies ist Laurent Couegnas, der beste Koch weit und breit. Er hat in der Equipe von Ducasse im ›Hotel de Paris‹ in Monaco gearbeitet.«

»Dann haben Sie drei Sterne«, lachte ihn Margaux an und schüttelte seine Hand.

Annie las keine Zeitungen. Deshalb kannte sie Margaux' Artikel nicht. Sie benutzte auch nicht das Internet. Deshalb wusste sie auch kaum etwas über Ginas Verschwinden und den Fund der Leiche in der Seine. Annie las eigentlich nur »presse pipole«. Sie erzählte ein wenig von ihrer Arbeit, die schließlich von Trends abhänge. Deshalb müsse sie die entsprechenden Blätter lesen.

Auch das gehörte zu Margaux' Spielregeln: sich bei einer Recherche dumm zu stellen. Das erlaubte ihr, alle nur möglichen Fragen zu stellen. »Okay, also, du sagst Intimästhetik lebt von Trends. Kannst du mir mal ein Beispiel nennen?«

»Inzwischen rasieren sich nicht nur junge Mädchen überall, sondern auch junge Männer. Wenn sie ganz verrückt sind, lassen sich Männer sogar die Barthaare im Gesicht mit dem Laser ausbrennen!«

»Du lieber Gott. Tut das nicht weh?«

»Und wie. Die leiden eben für die Schönheit.«

Über Ginas Tod hatten sie bisher nur kurz gesprochen. Auf den wenigen Metern vom Salon zum Restaurant hatte Annie ihr Beileid ausgesprochen. Margaux hatte sie gefragt, wann Gina das letzte Mal bei ihr gewesen sei.

Vor einer Woche.

Und ist ihr irgendetwas besonders an ihr aufgefallen? Gab sie sich anders? Hat sie etwas erzählt?

Nein, Gina döste während der Behandlung immer vor sich hin. Die mochte das gern.

»Ich habe noch eine Frage zu Gina«, sagte Margaux und lehnte sich über den Tisch, sodass sie leise sprechen konnte. »Ich habe den Leichnam heute Mittag identifizieren müssen. Da lag sie nackt vor mir. Und mir fiel auf, dass ihre Intimfrisur einen achtzackigen Stern darstellte.«

»Ja, den Stern ließ sie bei mir pflegen«, sagte Annie, »den trug sie schon lange. Ihr Freund wollte das so, hat sie mir gesagt.«

»Kennst du ihren Freund?«

»Nein, nie gesehen.«

»Hat sie nicht von ihm erzählt?«

»Nein. Nie.«

Margaux überlegte einen Augenblick, dann fragte sie: »Hat sich noch irgendein anderes Model bei dir solch einen Stern rasieren lassen?«

»Eine Form wie den Stern musst du zupfen«, sagte Annie, »das kann wehtun.«

»Und tragen ihn noch andere?«

Auch Annie lebte nach Spielregeln. Intimfrisuren gehörten für sie zum Intimleben. Darum hießen sie auch so. Und über das Intimleben ihrer Kundinnen redete sie nicht. Bloß nicht am Schnätterätä teilnehmen. Schweigen, wenn die Kundinnen sprechen. Besonders nach der Behandlung! Das war ihr schon als Lehrling eingebläut worden. Und inzwischen wusste sie, dass Plaudern gefährlich und geschäftsschädigend sein konnte. Und wenn sie eines gelernt hatte, dann, dass ihre Kundinnen die größten Schwatzbasen der Welt waren. Was bei Annie geredet wurde, das wanderte schnell durch ganz Paris, hinunter an die Côte oder ins Schneegebiet der Alpen, in die Jagdschlösser der Touraine oder auf die Rennplätze von Chantilly oder Deauville.

»Nein«, sagte Annie und sah Margaux treuherzig in die Augen. »Nein, so was Merkwürdiges habe ich sonst noch nie gepflegt.«

Um sieben hatten sie am Tisch auf dem Trottoir vor dem Lokal Platz genommen. Als Margaux zahlte, standen die Zeiger auf zehn. Die heiße Sommerluft bewegte sich nicht in der engen Straße. Aus dem Hotel gegenüber traten vier Männer, einer davon winkte Annie zu und überquerte die Straße.

»Bonjour, ma belle«, sagte er mit schwerem osteuropäischen Akzent und gab Annie vier Wangenküsse. »Wir müssen wieder einmal ein Glas trinken. Und wer ist deine schöne Freundin?«

»Das ist Margaux, die beste Journalistin von Paris, eine Cousine von Gina. Du kanntest doch Gina. Die ist tot. In der Seine ertrunken, es ist ganz furchtbar.« Plötzlich lief Annie eine Träne aus dem Augenwinkel an der Nase herab. Sie schnäuzte sich. Dann stellte sie den Mann mit einer Handbewegung vor: »Das ist Wolod, er arbeitet im gleichen Haus wie ich, allerdings nicht unten, sondern ganz oben in der letzten Etage.«

Wolod reichte Margaux die Hand und sagte: »Tut mir leid wegen Gina. Ertrunken? Das wusste ich nicht.«

Margaux nickte. Sein Händedruck war fest, aber nicht so fest, dass er wehgetan hätte. Margaux überlegte, ob der Mann jener Wolod war, vor dem Régine sie gewarnt hatte. Er sah gut aus, aber nicht so bedrohlich, wie er geschildert worden war. Unter seinen buschigen Augenbrauen sah sie Augen wie schwarze Kirschen.

»Wolod? Ist das ein gängiger Name in Russland?«, fragte sie und lächelte ihn an. Sie wollte zeigen, dass er ihr gefiel.

»Nein, den gibt's nur einmal«, antwortete er, »den Namen habe ich mir als Kind selbst gegeben. Als Journalistin reist man bestimmt viel. Waren Sie schon einmal in Russland?«

Von der anderen Straßenseite rief einer der drei Männer etwas auf Russisch. Wolod antwortete kurz und wandte sich wieder Margaux zu.

»Noch nie«, sagte sie. »Und ich verstehe auch kein Wort

Russisch!« Dann legte sie ihre Hand auf Wolods nackten Unterarm. »Aber vielleicht können Sie mir ein paar Worte beibringen?«

Wolod war ganz offensichtlich überrascht.

»Haben Sie Zeit für einen Drink?«, fragte Margaux.

»Jetzt?«

»Ja, warum nicht. Wir könnten an die Bar vom ›Meurice‹ gehen.«

Er überlegte nur ganz kurz, dann schüttelte er den Kopf. »Jetzt leider nicht, wir haben noch etwas vor. Aber vielleicht morgen? Wo kann ich Sie anrufen?«

Als sich Margaux einige Minuten später beim Eingang der Metrostation Madeleine von Annie verabschiedete, sagte die Kosmetikerin: »Donnerwetter, das ging aber schnell bei dir. Aber pass bei Wolod auf. Der hat nur eines im Sinn.«

Warte nur, ich auch!, dachte Margaux und lächelte Annie an.

Der Einsatz

Ein Pfiff, wie ihn Bauarbeiter vom Gerüst aus einer auffallenden Frau hinterherpfeifen, ertönte um kurz vor zehn aus dem Lautsprecher.

»Is was?«, fragte der Kommissar aus seinem Sessel.

»Na ja, sehen Sie mal, Monsieur le Commissaire«, sagte Fabienne von ihrem Beobachtungsstand. »Die Kamera, die auf die Terrasse gerichtet ist, zeigt Bewegung an. Allerdings aus der Suite und nicht vom Dach.«

Ein zweiter Pfiff kam aus der Box, er klang leicht variiert, so als habe ihn ein anderer Mann ausgestoßen.

Jacques wachte aus seinem leichten Schlummer auf, als Jean Mahon zu den Monitoren ging und ein leises Lachen aus seiner Kehle emporgluckste.

»Was ist?«, fragte er.

»Kannst du dir anschauen«, sagte Jean Mahon.

Jacques stand mit einem leichten Stöhnen auf, streckte sich und beugte sich über den Monitor, auf den Jean deutete. Irina hatte den Vorhang vor dem Fenster ganz aufgezogen, die Tür zur Terrasse geöffnet und trat, nur mit einem Slip bekleidet, an die warme Sommerluft. Sie suchte die Dächer mit ihren Augen ab, warf einen Blick direkt in die für sie unsichtbare Kamera, die von einem Speicher in einem Haus gegenüber auf die Terrasse gerichtet war, streckte sich und ging wieder zurück in das unbeleuchtete Zimmer, wo das Dunkel sie verschluckte. Jacques und der Kommissar nickten anerkennend, tadelloser Körper.

Jean Mahon drückte auf eine Taste und sprach laut und deutlich in das vor Fabienne stehende Mikrofon: »Erhöhte

Wachsamkeit! Das kann ein Ablenkungsmanöver sein.« Früher hätte er noch hinzugefügt »ihr Idioten«, doch solche Worte hatte er sich abgewöhnt, weil sich der eine oder andere Idiot so getroffen gefühlt hatte, dass er sich beim Personalrat beklagte. Aber waren die beiden Pfiffe nicht der Beweis dafür, dass eine nackte Frau das beste Mittel war, um diese Idioten abzulenken?

Die Geräte waren noch nicht auf Nachtsicht umgestellt, als eine Stimme um zwanzig vor zehn flüsterte: »Rue de Seine. Kontakt. Geht ins Treppenhaus.« Dreißig Sekunden später zeigte ein Monitor, wie eine Dachluke vorsichtig geöffnet wurde, ein Kopf erschien, Witterung aufnahm. Dann kletterte eine dunkle Gestalt heraus, lief schnell zur Terrasse hinüber und verschwand in der Suite. Der Vorhang wurde vor die geöffnete Tür gezogen, sanftes Licht schimmerte durch einen Spalt.

»Warum hören wir nichts?«, fragte Jean Mahon, während Fabienne aufgeregt Schalter hin und her knipste, Regler auf und zu zog und den Kopf schüttelte. Schweiß bildete sich auf ihrer Stirn.

»Ich weiß nicht!«, antwortete sie verzweifelt. »Das Mikro ist hinter dem großen Bild über dem Bett angebracht und so empfindlich, dass es jede Unterhaltung im Bett senden müsste. Und damit sich die Batterie nicht so schnell erschöpft, haben wir den Sender auf Stand-by geschaltet. Er geht nur an, wenn jemand redet.«

Jean sah Jacques an, der zuckte mit den Schultern.

»Merde!«, fluchte der Kommissar vor sich hin. »Wenn du mit so altem Material arbeiten musst, darfst du dich nicht wundern, wenn nichts funktioniert. Wahrscheinlich hat sich die Batterie von allein entladen.« Er drückte auf den Knopf, der das Mikrofon einschaltete, und sagte: »Wachsamkeit. Vorbereiten. Eingriff gegen zwei, halb drei.«

Bei der Einsatzbesprechung hatte er festgelegt, dass alle bereit sein sollten, sofort zugreifen zu können, sobald

Michail in der Suite sei. Der Plan sah allerdings vor, Michail in Sicherheit zu wiegen und erst in der Nacht, wenn er und Irina zur Ruhe gekommen wären, über die Terrasse und gleichzeitig über die Treppe des Hotels in die Suite einzudringen und ihn festzunehmen.

Jean Mahons Mobilfone klingelte.

Der für die Bewegungen in der Rue de Seine zuständige Beobachter meldete, ihm sei aufgefallen, dass zwei Männer von den Stühlen vor dem Bistro »La Palette« aufgestanden seien, kurz nachdem Michail in der Straße auftauchte. Es möge nichts zu bedeuten haben. Aber die beiden seien vor der Haustür stehen geblieben, in der Michail verschwunden war, um auf das Dach zu klettern. Offenbar besaßen sie aber weder Schlüssel noch den Code, um die Tür zu öffnen. Sie seien weggegangen und jetzt, eine halbe Stunde später, mit einem dritten Mann zurückgekommen. Es könne sein, dass der ihnen die Tür öffnen solle, aber nicht, solange noch so viele Leute unterwegs waren. Die drei Männer hätten sich erst einmal in den Eingang der gegenüberliegenden Galerie zurückgezogen. Von dort könne man die Tür beobachten, ohne zu sehr aufzufallen. Er habe eine als Pärchen getarnte Streife vorbeigeschickt, und die berichte, die drei unterhielten sich in einer osteuropäischen Sprache.

Jean gab den Befehl, den Posten in der Rue de Seine so zu verstärken, dass die drei Männer im Fall des Einsatzes schnell neutralisiert werden konnten.

Paris schläft spät.

Auch durch die Rue des Beaux-Arts schlenderten noch Nachtschwärmer, die den Sommer genossen. Vier angeheiterte Touristen stiegen aus einem Taxi und verschwanden im »L'Hôtel«. Schon wenige Minuten später klingelte wieder das Telefon des Kommissars. Vier kräftige Russen hätten sich in der Bar des Hotels niedergelassen. Der Nachtportier habe sie noch nie gesehen. Sie seien keine Gäste des Hotels. Es sei ungewöhnlich, dass um diese Zeit noch Fremde in die Bar einkehrten. Und Russen seien seit der Finanzkrise kaum noch gekommen, schon gar nicht, ohne nach Huren zu fragen oder sie gleich mitzubringen.

Jean blickte Jacques an. Entweder greifen wir jetzt zu, oder ich brauche Verstärkung. Er sprach zu sich selber. Dann gab er schnell und präzise sein Kommando. Dächer besetzen, den Ausgang aus der Suite im Hotel so weit wie möglich abriegeln, ohne dass es Hotelgästen auffällt! Gleichzeitig bat er die reguläre Polizei, mit allen in der Nähe verfügbaren Kräften so schnell wie möglich einen weiteren Sicherheitsring um das Viertel zu ziehen. Aber bitte ohne Sirene oder Blaulicht!

Der Vorhang wehte leicht im Wind.

Aus der Suite drang kein Lichtstrahl, kein Laut.

Vier Männer mit Schusswesten und schwarzen Mützen, unter denen es heiß war, kauerten in der Hocke, um schnell vom Dach über der Terrasse abspringen zu können. Ohne einen Laut, ohne auch nur das leiseste Knarren hatten sie sich angeschlichen. Jeder hatte das Nachtsichtgerät vor einem Auge heruntergeklappt. Sie horchten gespannt auf einen kurzen prägnanten Ton in ihrem Ohrstöpsel, der den Einsatz einleiten würde.

In der Bar vom »L'Hôtel« war noch Betrieb.

Drei der Russen bestellten Wodka, der Vierte bat um einen Cocktail auf Basis von Drambuie, dem mit Honig hergestellten Whiskylikör nach dem Rezept von Prince Bonnie Charles. Ein junges amerikanisches Pärchen, das sich von den lauten Männern belästigt fühlte, trank den letzten Schluck im Glas aus und verabschiedete sich. Der Drambuie-Trinker, ein kräftiger, etwa fünfunddreißig Jahre alter Mann, schien sich für die Flaschen im Regal hinter der Theke der Bar zu interessieren. Er stand auf, und Jolly-Jean, so der Spitzname des Barkeepers, ging seiner Berufspflicht nach, indem er mit jedem Kunden ein Gespräch anfing. Der Russe fragte Jolly-Jean nach Whiskysorten, die besonders stark nach Tang schmeckten, dann beugte er sich vor, drückte ihm einen Fünfhundert-Euro-Schein in die Hand und fragte, ihm ins Ohr flüsternd, in welchem Zimmer das schöne Model übernachte. Die Banknote verschwand genauso schnell, wie die Worte »Grande Suite, letzte Etage« verhallten.

»Méssieurs«, hörte der Leiter der kleinen Polizeitruppe im Hotel, der in dem winzigen Raum hinter dem Empfang versteckt saß, den Barkeeper fragen, »noch eine letzte Bestellung?« Es folgte Gemurmel, dann Ruhe. Als der Polizist einen vorsichtigen Blick in die Bar werfen wollte, sah er vier Männer, die Turnschuhe trugen, schnell und leise die Treppe hochlaufen.

Sofort alarmierte er den Kommissar.

Jean löste den Einsatz aus.

Das Verlies der Vergessenen

Dieser Mann muss über einen sechsten Sinn verfügen«, sagte Jacques später.

Vielleicht knarrte das Dach, als die Polizisten ihr Gewicht verlagerten, um auf die Terrasse zu springen. Vielleicht roch er wie ein Tier die Anwesenheit bedrohlicher Wesen.

Michail riss die nackt neben ihm liegende Irina hoch, warf sie, die vor Schreck aufschrie, den durch die Terrassentür stürmenden Polizisten entgegen, sprang aus dem Zimmer und versteckte sich hinter dem Vorhang der Garderobe, weil er erwartete, dass die Zimmertür gleich bersten würde.

Auch er war nackt.

Mit einem gewaltigen Knall brach die Tür, zwei Monster mit Helm drängten herein, Michail holte tief Luft und sprang an ihnen vorbei, darauf eingestellt, draußen auf weitere Polizisten zu treffen. Zwei sah er sofort. Einer stand vor dem Aufzug, der andere vor der Treppe. Mit Helm und Schussweste wirkten sie wie unförmige Roboter, die sich in dem engen Gang vor der Tür der Suite nur schwer bewegen konnten.

Michail hatte dieses Hotel mit Bedacht für seine Treffen mit Irina gewählt.

Alle Zimmer gingen von Fluren ab, die sich um einen über alle sechs Etagen reichenden, kreisrunden Lichthof wanden. Einen kurzen Augenblick zögerte Michail, als er sah, wie Wolod den Polizisten an der Treppe zu Fall brachte und gleichzeitig laut »Michail, Michail – hierher!« rief, als wollte er ihm helfen, doch Michail schwang sich über die

Brüstung, hielt sich am Rand fest, bis die Füße einen kleinen Vorsprung ertasteten, sprang auf den Flur in der fünften Etage und von dort im immer gleichen Ablauf der Bewegung in die vierte, die dritte Etage, bis er glaubte, genügend Vorsprung zu haben. Nicht umsonst war er jahrelang bei einer georgischen Sondereinheit trainiert worden. Dann rannte er die Treppe hinab, riss in der leeren Bar mit dem gedämpften Licht eine gestickte Decke vom Tisch, die er im Laufen um seine Hüften wickelte.

Als der Kommissar den Befehl zum Zugriff gab, hatte Jacques es in der stickigen Wohnung des Amerikaners nicht mehr ausgehalten. Er war hinunter auf die Straße gelaufen, um das Geschehen unmittelbar zu verfolgen.

Jean Mahon leitete die Jagd nach Michail über ein schnurloses Headset, doch die Monitore zeigten nicht alle Bilder vom Einsatz. Der Kommissar schrie so laut, dass zwei Polizisten vor dem Hotel seine Befehle aus dem Fenster der Kommandozentrale lauter hörten als in ihren Ohrstöpseln. »Rein, rein, er kommt die Treppe runter!« Nach einer Schrecksekunde reagierten beide gleich und wollten durch die Tür, hielten an, bis sie sich sortiert hatten, und kaum waren sie im Hotel verschwunden, sah Jacques eine Glastür neben dem Hoteleingang von innen auffliegen. Ein fast nackter Mann sprang heraus und rannte barfuß die Rue des Beaux-Arts entlang.

Als der Nackte ein Pärchen gemütlich auf ihren Vélibs vorbeiradeln sah, packte er den Mann von hinten, schlug ihm in den Magen, sodass er zusammenbrach, fing das Rad noch im Fallen am Lenker auf und stieg sofort kräftig in die Pedale.

Jacques reagierte augenblicklich und rief Jean durch das Fenster zu: »Michail flüchtet mit dem Rad.«

So schnell es ging, alarmierte der Kommissar alle Polizeikräfte im weiteren Umkreis. Er fluchte.

Einen kurzen Augenblick zögerte Jacques und wollte dem verletzten Mann helfen, der aber brüllte ihn nur an: »Schlaf nicht ein! Fahr ihm hinterher!« Und die Frau hielt ihm, ein wenig verängstigt, mit ausgestrecktem Arm ihr Rad entgegen.

Jacques ergriff den Lenker, und während er sein ganzes Gewicht auf die linke Pedale warf, schwang er sein rechtes Bein über den Sattel und jagte hinter Michail her, den er links in die Rue Bonaparte einbiegen sah. Nicht dumm, dachte er, gegen den Verkehr der Einbahnstraße kann er besser flüchten. Da kann ihm kein Polizeiwagen folgen. Aber ich kann es.

Gleich darauf hoffte er, dass ein Bus voller Touristen, der zur Seine unterwegs war und die Straße in ihrer ganzen Breite ausfüllte, den Flüchtenden aufhalten würde. Aber Michail riss nur das Vorderrad hoch und schwenkte aufs linke Trottoir, das so eng war, dass keine zwei Personen nebeneinandergehen konnten.

So sportlich wie der Flüchtende vor ihm schaffte Jacques es nicht, den hohen Bordstein zu überwinden. Er stieg kurz ab, der Bus hupte, er hob das Rad auf den Gehweg und sprang wieder auf. Kaum war er an dem Bus vorbei, hüpfte Michail in den Pedalen stehend wieder auf die Straße, kam an der Einmündung zur nur vier Meter breiten Rue Visconti vorbei, lenkte kurz hinein, sah dort zwei Polizisten ihm entgegenlaufen und floh weiter die Rue Bonaparte hinab.

Langsam fand Jacques den Rhythmus beim Treten, und Michail hatte durch sein kurzes Zögern ein wenig Vorsprung eingebüßt.

Jacques beugte sich über den Lenker, verfluchte das schwere Gewicht der Vélib und mühte sich mit aller Kraft, Michail einzuholen. Der aber war sichtlich stärker.

Die Entfernung zwischen ihnen wuchs, doch dann, kurz vor der Kreuzung mit der Rue Jacob, quoll ein Dutzend angeheiterter junger Frauen und Männer aus dem großen

Tor eines alten Stadthauses, alle elegant angezogen, die Frauen in Sommerkleidern, die Männer mit Krawatten und Jacken. Über dreißig Meter rief Jacques ihnen zu: »Haltet ihn auf! Haltet ihn auf!« Doch seine Worte verhallten im Jubel der jungen Leute über Michail. Der hatte das immer wieder rutschende Tischtuch kurzerhand weggeworfen, und als die fröhliche Gruppe den nackten Mann auf dem Rad heranbrausen sah, brachen alle in lautes Gelächter aus. Sie vermuteten wohl, einen Flitzer vor sich zu haben. Oder jemanden, der eine Wette einlösen musste.

»Haltet ihn auf!«, rief Jacques und fühlte sich fehl am Platze. Mit dem Anzug auf dem plumpen Rad. Weil niemand auf ihn reagierte, begann er mit einem Arm zu wedeln. Doch die Aufmerksamkeit war ganz auf den Nackten auf dem Rad gerichtet.

»Haltet ihn, haltet den Mörder«, brüllte Jacques noch einmal. Er stellte sich in die Pedale, ließ den Lenker los und wollte freihändig fahren, um mit beiden Armen Zeichen geben zu können. Er kam ins Schleudern und wäre fast hingefallen. Wieder verlor er einige Meter.

Ein Mann, der seine Jacke über dem Arm trug, nahm sie in beide Hände wie eine Muleta, das dunkelrote Tuch, mit dem der Matador den Stier reizt, sprang mitten auf die Straße und stellte sich Michail in den Weg. Doch der Flüchtende erhob sich, weiter in die Pedale tretend, und stieß einen gellend wütenden Schrei aus. Er hätte den Mann umgehauen, wäre der nicht in letzter Sekunde zur Seite gesprungen. Jetzt riss er ihm mit der Linken die Jacke aus den Händen und zog sie sich während der Fahrt über.

Immer noch nach der Regel, gegen die Einbahnstraße flieht sich's besser, bog Michail links in die Rue Jacob ein. Jacques bemerkte, dass sich der Abstand zwischen ihnen langsam vergrößerte, aber der Nackte blieb in Sichtweite. Jedes Mal, wenn Michail um eine Ecke fuhr, schaffte es Jacques, ihm zu folgen.

Er spürte seine Beine nicht mehr. Manchmal näherte er sich dem Flüchtenden bis auf zwanzig Meter, wenn der von jungen Leuten auf den Straßen in seinem Schwung gebremst wurde. Offenbar floh er ins Studentenviertel. Er hoffte wohl, in den Straßen des Quartier Latin auf genügend Leute mit Abneigung gegen die Polizei zu treffen.

Gar nicht nachdenken, einfach treten, befahl Jacques seinem Körper, und die Beine traten automatisch. Kurz blitzte der Gedanke durch sein Hirn, die Anzugjacke wegzuwerfen, ihm wurde heiß und heißer. Aber dann fiel ihm ein, was er in seiner Jacke mit sich trug: Brieftasche, Hausschlüssel, Mobilfone.

Dann bog Michail in die Rue Galande ein, doch das sollte ihm zum Verhängnis werden.

Diese Einbahnstraße ist so eng, dass gerade ein Auto hindurchpasst, und damit niemand auf der Fahrbahn parkt und den Weg blockiert, sind am Rand der Trottoirs hohe braune Eisenstäbe eingemauert.

Wahrscheinlich hätte Jacques den Flüchtenden jetzt endgültig verloren, wenn ihm nicht zwei Umstände zu Hilfe gekommen wären. Hundert Meter in die Rue Galande hinein stand ein Mannschaftswagen der Polizei, der hierherbeordert worden war, weil Studenten das Auditorium der Sorbonne besetzt hielten.

Michail sah das Polizeiaufgebot erst, als er schon in der Straße war. Da hätte er sich noch retten können, weil Jacques inzwischen weit zurücklag, doch plötzlich öffnete sich die alte Holztür des »Caveau des Oubliettes«, eines Jazzclubs am Anfang der Straße, und die Gäste strömten nach einer späten Jamsession hinaus.

»Caveau des Oubliettes« – ein eigenartiger Name: Keller der im Verlies Vergessenen.

Im Gewimmel der Leute verlor Jacques Michail aus den Augen. Er warf sein Fahrrad an die Hauswand, drängte sich durch die angeregt plaudernden Jazzfreunde und brüllte schließlich laut den vor ihrem Einsatzwagen wartenden Polizisten zu: »Hilfe, schnell, Blut! Blut!«

Das Wort Blut lässt jeden Menschen sofort aufhorchen. Das hatte ihm Jean Mahon vor langer Zeit bei einer Plauderei am Tresen im »Aux Folies« erläutert. Wenn du »Hilfe!« schreist, schaut sich jeder um, ob er sehen kann, was passiert ist. Und mal ehrlich, wenn du eine Streife anhältst und bittest, sofort einzugreifen, warum auch immer, dann bist du erst einmal verdächtig. Was will der Verrückte von uns? Es sei denn, du hast Glück, und die erkennen dich als Juge Ricou. Ruf im Notfall »Blut!«. Dann gerät das Blut in Wallung.

Also rief Jacques aus voller Lunge »Blut!«, und drei Polizisten rannten sofort los.

Weil er vermutete, Michail verstecke sich in der Menge, suchte er zwischen den Jazzern nach ihm. Immer noch kamen Zuhörer aus dem Keller, darunter eine Frau, die kreischte und einen Würgelaut imitierte: »Habt ihr den Exhibitionisten gesehen?« Noch einmal der Würgelaut.

»Wo ist der Exhibitionist?«, fragte Jacques und hielt die Frau fest. Ein Mann, nur mit einer Sommerjacke bekleidet, habe sie an den Schultern gepackt, als sie die enge Treppe aus dem Kellergewölbe nach oben kam, und sich dann an ihr vorbeigedrängt. Wohin? Nach unten.

Jacques wies sich vor den Polizisten aus und bat sie, den Ausgang abzusperren und den Keller zu durchsuchen. Sie handelten schnell. Ohne zu zögern, sicherten zwölf Mann alle Eingänge und Fenster des Jazzkellers zur Straße hin und zum Hinterhof ab. Von unten kamen die letzten Gäste hoch. Erst nachdem sie einzeln überprüft worden waren, durften sie gehen. Jacques erklärte der jungen Kommissarin, die den Einsatz leitete, was hinter seiner Bitte stecke, und rief erst, als er zu Atem gekommen war, Kommissar Jean Mahon an. »Ich glaube, wir haben ihn in der Falle. Im Keller des ›Caveau des Oubliettes‹.«

»Wartet, bis ich mit meinen Leuten da bin«, rief Jean Mahon aufgeregt, »die sind für die Festnahme gerüstet, falls er bewaffnet ist.«

»Hey! Hast du vergessen, dass er nackt aus dem Hotel gesprungen ist?«, fragte Jacques. Für eine ironische Bemerkung hatte er nicht mehr die Puste. Nass geschwitzt, setzte er sich an einen Tisch neben dem Eingang zur Straße, ein Kellner brachte ihm ein Glas Wasser, das er in einem Zug austrank. Der Kellner drehte sich um und kam mit einer großen Flasche Evian zurück.

Zuerst hörte Jacques die Sirene, dann sah er das Blaulicht durch die Tür blinken. Die junge Kommissarin folgte Jean Mahon, den ein halbes Dutzend schussbereite Männer in voller Montur begleiteten. Jacques deutete auf die schwere Tür zum Keller, vor der einige Polizisten Wache hielten.

»Er ist im Keller. Es gibt keine Fenster, keine Türen«, sagte Jacques.

»Bleib sitzen! Komm zu Atem«, antwortete Jean im Vorbeigehen, winkte die Polizisten zur Seite und gab den Weg frei für seine Leute. Sie bildeten einen Ring um die Tür und öffneten sie vorsichtig, darauf gefasst, dass Michail sie anspringen könnte.

Nichts geschah.

Sich gegenseitig deckend, soweit das auf der engen Treppe möglich war, nahmen sie langsam eine Stufe nach der anderen nach unten. Jean Mahon folgte ihnen.

Nachdem die Polizisten verschwunden waren, blieb es für einen Augenblick unheimlich still, was Jacques gleich nervös machte. Er stand auf, nickte der Kommissarin leicht zu, als wollte er sagen, kommen Sie, wir wollen mal nachsehen, und sie folgte ihm.

Jacques spürte plötzlich, dass seine Beine von der ungewohnten Anstrengung bei der Verfolgungsjagd zitterten. Er stützte sich mit der Hand an der steinernen Treppenwand ab und schnaufte bei jedem Schritt, den er auf den hohen Stufen nach unten machte. Das Kellergewölbe lag tief unter der Straße, es stammte aus dem 12. Jahrhundert. Kurz bevor sie im Keller ankamen, wollte sich einer von Jeans schwer bewaffneten Männern an ihnen vorbei wieder nach oben drängen, doch die Treppe war zu eng. »Moment mal«, knurrte Jacques, »ich muss zuerst durch.«

Unten angekommen, blickte er in dem großen Gemäuer, das die Last des ganzen Hauses trug, auf eine ratlose Versammlung. Jean Mahon stand vor einer Guillotine, mit der, so bekundete es ein Schild, auf der Place de la Concorde von 1793 an zahlreiche Urteile des Revolutionstribunals vollstreckt worden waren. Daneben sah er ein offenes Gitter, hinter dem eine helle Lampe in die hinterste Ecke leuchtete. Von dort schien eine sehr schmale Treppe noch tiefer nach unten zu führen. Die Öffnung war so schmal, dass kein Polizist in Montur hindurchgepasst hätte.

»Er kann sich nur da unten verstecken«, sagte Jean Mahon und zeigte auf das Loch. »Ich lass gerade mal den Chef holen, damit der uns erklärt, wie es da aussieht.«

Es dauerte fast fünf Minuten, bis der Geschäftsführer erschien und dann auf die Frage nach dem Loch auch noch in ein schadenfrohes Gelächter ausbrach: »Da liegt kein weiterer Keller. Von dort geht es in die Unterwelt von Paris. Früher waren hier die Verliese, die durch unterirdische Gänge mit dem Gefängnis im Petit Chatelet verbunden waren. Das war im 12. oder 13. Jahrhundert, und selbst die Leute in diesem Viertel haben das längst vergessen. Heute kann man durch das Loch immer noch in unterirdische Gänge gelangen, die mit den Katakomben von Paris verbunden sind. Deshalb heißt unser Club auch ›Caveau des Oubliettes‹.«

»Und warum ist der Zugang nicht abgeschlossen?«, schrie Jean Mahon.

»Um den Teufel auszusperren? Allerdings haben wir uns angewöhnt, nachts das Gitter mit einer Kette zu sichern, seitdem ein paar Clowns über die Gullys aufgestiegen sind und satt gefeiert haben.« Er zeigte auf die Bar an der einen Seite des Kellers. »Und sie kamen mehrere Nächte hintereinander, bis nichts mehr in den Flaschen war. Das wurde uns dann zu teuer.«

Die Durchsuchung

Er schlief wie im Koma. Seine Erschöpfung ließ keinen Platz für einen Traum. Er hatte seine Kleider im Schlafzimmer auf den Boden fallen lassen und war ins Bett gesunken. Das Mobilfone klingelte dumpf, er hörte es nicht. Nach dem fünften Läuten schaltete sich automatisch die Mailbox an. Dieser fünfte Ton klopfte sanft an sein Bewusstsein, aber erst als ein kurzes Piepen bestätigte, dass jemand eine Nachricht aufgesprochen hatte, begriff er, dass ihn jemand sprechen wollte. Zu spät. Er versank wieder im Tiefschlaf. Für eine Minute oder zwei. Denn jetzt klingelte das Telefon am Festnetz. Fünfmal, dann würde der Anrufbeantworter anspringen. Er schaute auf die Uhr. Acht. Erst seit Viertel nach vier lag er in der Koje. Er blieb liegen. Aber es sprach auch niemand auf den Anrufbeantworter. Stattdessen hörte er jetzt wieder das Mobilfone aus der Jackentasche.

Jacques fluchte laut, robbte sich mit geschlossenen Augen zu seinem Jackett, fummelte das Telefon heraus und meldete sich, ohne zu schauen, wer ihn anrief.

»Hallo?«

Es war Margaux. Sie klang frisch und munter, fragte ihn, ob er gut geschlafen habe und ob er schon beim Café crème im Bistro sitze – er grunzte –, vielleicht sogar schon ihren Artikel gelesen habe und diesmal mit ihrer Zurückhaltung zufrieden sei – er grunzte. Kein Zitat von Juge Ricou, keines von Kommissar Mahon. Er murmelte: »Ich schlafe noch. Wir waren gestern Nacht im Einsatz. Bin erst um vier oder fünf ins Bett.«

»Jacques, ich muss dich dringend sprechen. Vermutlich habe ich eine Spur. Da gibt es einen Kerl namens Wolod. Irgendwie …«

Er stieß einen Seufzer aus: »Margaux. Bitte. Heute Mittag, ein Uhr. Du darfst dir aussuchen, wo. Ruf mich nachher an.«

Jacques schaltete das Mobilfone aus, ohne auf ihre Proteste zu reagieren, warf es neben die Jacke auf den Boden, zog den Stecker des Festnetztelefons aus der Buchse und fiel wieder in den Tiefschlaf.

In seinem Alter wirkt man schnell ein bisschen heruntergekommen, wenn man sich morgens einmal nicht rasiert. Seine weißen Bartstoppeln glänzten zwischen den letzten schwarzen. Jean Mahon war in dieser Nacht nicht ins Bett gekommen. Der Einsatz hatte in einem völligen Desaster geendet: Michail war durch die Katakomben geflohen, die vier Russen im »L'Hôtel« hatten sich im Durcheinander der Polizisten über die engen Gänge und Treppen verkrümelt, und die drei Osteuropäer in der Rue de Seine hatten sich schon kurz vor dem Einsatz in Luft aufgelöst.

Nur Irina musste sich einem Verhör im Palais de Justice stellen. Aber der gelang es, das einfältige Model perfekt zu spielen. Sie habe Michail über den Tod von Gina trösten wollen. Das Ganze sei für sie nur eine Affäre. Rein sexuell. Immerhin wusste sie Michails Adresse. Unter den Polizisten brach dann fast ein Streit darüber aus, wer Irina nach Hause fahren dürfte. Jean Mahon sprach ein Machtwort – »Wenn ihr euch nicht einigen könnt, dann fährt Fabienne!« – und schickte sofort eine Einsatzgruppe zu Michails Wohnung. Doch auch hier: Fehlanzeige. Offenbar war der Bewohner des Appartements in einem unscheinbaren Wohnblock in der Nähe der Place de l'Italie schon lange nicht mehr hier gewesen. In seinem Briefkasten steckte fast nur Werbung. Die Luft roch nach abgestandenem Parfüm. Und in den Schränken befanden sich nur wenige persönliche Gegenstände. Im hell eingerichteten Schlafzimmer lag verkrumpelte Bettwäsche auf dem Doppelbett. Die Nachbarn, am frühen Morgen herausgeklingelt, gaben vor, kein Französisch zu verstehen und den Mann nie gesehen zu haben. Die Polizisten wussten, dass sie hier nichts erfahren würden. In diesen Hochhäusern lebten fast nur Asiaten, Zehntausende, die Mitte der Achtzigerjahre als Flüchtlinge nach Paris gekommen waren. Nie hatte von hier aus jemand die Polizei gerufen, hier ging es scheinbar äußerst friedlich zu. In Wirklichkeit aber regeln die Tongs aus Chinatown alle Streitigkeiten. Morde gibt es keine, Leichen werden stillschweigend beseitigt. Und keiner traut sich, außerhalb der asiatischen Gemeinde darüber zu sprechen. Auf den Gedanken, chinesische Franzosen in die Reihen der Polizei aufzunehmen, ist die Präfektur von Paris noch nicht gekommen.

Um elf Uhr saß Jacques in dem nüchtern eingerichteten Büro des Kommissars. Nachdem der ihn auf den letzten Stand der Dinge gebracht hatte, holte der Untersuchungsrichter ein Formular hervor, legte es auf den Schreibtisch und sagte: »Das ist der Durchsuchungsbeschluss für das Büro der Russen in der Rue Duphot. Ich glaube, Margaux hatte recht mit ihrem ersten Artikel.« Jean sah seinen Freund kurz an. »Ist das mit der Präsidentin abgesprochen?«

»Nein, wieso? Ich habe auch niemanden im Élysée um Erlaubnis gefragt. Kommst du mit?«

»Ja. Muss ich ja wohl.« Jean hob den Hörer des Telefons ab, gab einige Befehle. »In einer halben Stunde fahren wir los.«

Jacques ging mit ihm die noch offenen Fragen durch, und das waren reichlich viele. Bisher wussten sie weder, wie Gina ums Leben gekommen war, noch warum. Und der Pathologe hatte sich auch noch nicht gemeldet.

»Jedenfalls wurde Gina ermordet«, sagte Jacques, »daran gibt es keinen Zweifel. Michail ist geflüchtet. Also hat er Angst, gefasst zu werden. Aber warum? Er arbeitet für die

Russen. Weshalb aber hat er sich dann auf Ginas Internetrecherche eingelassen? Zumindest hat Gina ihrer Cousine Margaux das so erzählt. Gestern Nacht haben ihm vier Russen im ›L'Hôtel‹ geholfen. Deshalb müssen wir wohl bei den Russen nach dem Motiv suchen. Wenn Gina tatsächlich etwas über illegale Machenschaften wie Netzspionage oder gar Geldwäsche im Internet erfahren hat, dann dürfte es uns ja wohl nicht schwerfallen, in deren Büros einiges zu finden.«

Jean Mahon hatte sich die einzelnen Stichpunkte in seiner präzisen, etwas altmodischen Schrift mit einem roten Filzstift untereinander aufgezeichnet. Er lehnte sich zurück, ohne den Block mit seinen Notizen aus den Augen zu lassen. Nach einem kurzen Moment beugte er sich wieder vor, ergriff den Stift und fügte einen weiteren Punkt hinzu. Irina.

Das Telefon auf dem Schreibtisch klingelte. Jean Mahon hob den Hörer ab, vergaß, sich zu melden, hörte ein zögerliches »Hallo?« und fragte dann verwirrt: »Pardon. Wer ist da?«

Martine bat darum, Jacques sprechen zu dürfen. Jean gab den Hörer mit einer Kopfbewegung weiter. Die Gerichtspräsidentin verlange nach Monsieur le Juge Ricou, sagte seine Mitarbeiterin. Es scheine dringend zu sein, denn sie habe ausdrücklich gesagt, was auch immer Jacques gerade mache, er solle es unterbrechen und sich um drei Uhr in ihrem Büro einfinden. Monsieur Olivier werde anwesend sein.

Jacques reagierte ruppig: »Dann komme ich schon mal gar nicht!« Er spitzte die Lippen und sagte in affektiertem Tonfall: »Monsieur Olivier kann mir mal einen Einlauf machen!« Dann gab er Jean den Hörer zurück, obwohl Martine noch zu reden schien, und Jean legte ihn weg. »Was ist los?«

»Betonmarie zitiert mich, weil der hohe Monsieur Olivier, le Conseiller juridique de l'Élysée, aufschlägt. Bitte schön, und was will der? Uns bremsen. Wir müssen sofort los zu den Russen, bevor er uns aufhalten kann. Die Russen haben offenbar Angst und versuchen, ihre Beziehungen spielen zu lassen.«

»Und du gehst nicht zu Betonmarie, obwohl sie dich bittet?«

»Natürlich gehe ich hin. Martine kennt mich und weiß das.« Jacques schaute auf seine Armbanduhr: »Wenn wir uns beeilen, sind wir um drei Uhr längst fertig mit der Durchsuchung.«

»Komm mit zur Mannschaftsbesprechung«, sagte Jean Mahon. »Danach geht's los.«

Der Kommissar gab seine Anweisungen in kurzen Sätzen. Als er zum Aufbruch drängte, hielt Jacques die ganze Truppe für einen Moment auf, zog ein Blatt Papier aus der rechten Innentasche seiner Jacke, sah kurz darauf, als suche er etwas, und sagte: »Wenn Sie die Personalien der Leute aufnehmen, dann achten Sie bitte besonders auf eine Person, die auf den Vornamen Wolod hört, Mitte, Ende dreißig ist, kräftig, sportlich, groß.«

Als sie gleich darauf im Wagen saßen, reichte Jacques das Papier dem Kommissar. Eine Mail, die Margaux am Morgen gleich nach ihrem vergeblichen Anruf geschrieben hatte. Ein Mundwinkel von Jean zuckte leicht verräterisch, als er die Anrede »Jacques, chéri« las. Aber weitere Gefühlsregungen hatte sie sich in der kurz gefassten Nachricht erspart: »Mittags klappt nicht. Habe gestern Abend bei Recherche zweimal den Hinweis auf einen Wolod erhalten, der bei den Russen arbeiten soll und als gefährlich bezeichnet wird. Habe diesen Wolod kurz getroffen, als er mit drei anderen Russen gegen zehn Uhr abends aus dem Hotel gegenüber dem Restaurant ›Royal Madeleine‹ (gleich um die Ecke von der Rue Duphot) kam. Brauche alles, was ihr über ihn erfahren könnt. Bin heute Abend mit ihm verabredet. Komme danach dann aber endlich einmal wieder zu dir. Okay?«

»Das hättest du mir gleich geben sollen«, sagte Jean Mahon ernst, nahm das Mikrofon der Funkanlage in seinem Auto und gab den Befehl, ein Wagen solle sofort zu dem Hotel gegenüber dem Restaurant »Royal Madeleine« fahren. Von dort seien gestern Abend gegen zehn vier Russen losgezogen. Jean schaute Jacques an. »Vier Russen, sagt dir das nichts? Vier Russen kamen nicht viel später in die Bar vom ›L'Hôtel‹.«

Der ältere Mann mit den hängenden Schultern sah krank aus, struppige graue Haare standen von seinem Kopf ab, als habe er sich seit Langem nicht mehr Zeit für einen Friseur genommen. Sein Anzug schien noch aus der Ära vor dem Fall des Eisernen Vorhangs zu stammen. Als Jacques, begleitet von den Leuten der Police judiciaire, an der schweren Tür in der vierten Etage des Gebäudes 14, Rue Duphot, direkt über der Modelagentur geklingelt hatte, war er sofort hereingelassen und in das elegante Konferenzzimmer gebeten worden. Mit einer Handbewegung hatte der Kommissar seine Truppe in die Büros geschickt und Jacques das Gespräch mit dem Alten überlassen. Der sah sich den Durchsuchungsbeschluss an, hob den Hörer eines Telefons ab, das auf einem Seitenregal stand, und sprach einige Worte auf Russisch. Nur wenige Sekunden später erschien eine dralle junge Assistentin, der er das Papier gab. Er wandte sich zu Jacques und sagte mit leiser melodischer Stimme und fast ohne Akzent: »Sie erlauben, dass wir Ihr Dokument eben unserem Anwalt schicken.«

»Darf ich fragen, wer Sie vertritt?«, fragte Jacques.

»Ach, eine kleine Kanzlei, Maître Michel Lipzinski.«

Jacques sah ihn stumm an. Jetzt war ihm klar, wer den Mistral aus dem Élysée ausgelöst hatte. Einige Jahre lang hatte der heutige Staatspräsident Nicolas Sarkozy seine Brötchen als Anwalt in einer Sozietät verdient, die er mit zwei anderen Anwälten gegründet hatte. Einer von ihnen hieß Lipzinski. Sarkozy hatte sich damals auf reiche Kunden spezialisiert, die er gelegentlich auf Reisen in Steuerparadiese begleitete.

Der Alte stieg in Jacques' Achtung. Seinen Anwalt hatte er brillant ausgewählt. Der verstand etwas von Steueroasen, was dem Verdacht auf Geldwäsche Nahrung gab, aber noch viel wichtiger: Er konnte durch einen Anruf bei seinem ehemaligen Sozius größten politischen Druck ausüben. Das war wohl der Grund für den Termin um drei Uhr bei Betonmarie. Der oberste Feldherr der Force de Frappe schickte eine Kurzstreckenrakete mit Atomkopf: Claude Olivier.

Die Achtung vor dem Alten stieg noch, als Jean Mahon nach einer halben Stunde aus den Büroräumen kam und sagte: »Wir können gleich wieder gehen. Alle Computer wurden heute früh ausgewechselt, das war angeblich seit Monaten geplant. Die Software der neuen wird eben erst konfiguriert.«

Jacques wandte sich an den Alten, der inzwischen teilnahmslos am Fenster stand und auf die Straße schaute. »Wir hätten gern noch eine Liste Ihrer Mitarbeiter. Und zu einigen würden wir Sie dann um Auskunft bitten. Wir suchen Michail D. als Zeugen in einem Mordverfahren. Nach unseren Informationen wohnt er auch hier oben in der fünften Etage.«

»Michail macht uns Sorgen. Wir suchen ihn auch«, antwortete der Alte. »Ein guter Junge, der vielleicht auf die schiefe Bahn geraten ist, weil er sich die falsche Freundin ausgesucht hat. Sie meinen doch den Mord an dem Model Gina. Sie hat Michail mit Drogen in Verbindung gebracht. Vielleicht hat ihn das verwirrt. Wissen Sie, was die Presse gestern und heute über Gina, Michail und unser Unternehmen geschrieben hat, entstammt der blühenden Phantasie von Ginas Cousine. Monsieur le Juge, auch wir wissen, dass Sie die Dame gut kennen. Unser Anwalt prüft, ob er heute noch gegen die Zeitung rechtlich vorgeht. Denn unser diskretes Unternehmen nimmt unermesslichen Schaden.« Der Alte griff wieder zu dem Telefon und gab eine Anweisung. Währenddessen zog Jean Mahon den Untersuchungsrichter ans Fenster, tat so, als mache er ihn auf einen Vorgang auf der Straße aufmerksam, und flüsterte: »Nicht nach Wolod fragen, sonst werden sie hellhörig. Habe alles.«

Erpressungsversuch

Justine freute sich, als Jacques zur Tür hereinkam. Sie stand hinter ihrem weiß lackierten Schreibtisch auf, als wollte sie ihm eine Bise geben, fände es aber doch zu vertraulich, ging stattdessen auf Marie Gastauds neue Kaffeemaschine zu, hielt den Kopf ein wenig schief und zog die Augenbrauen fragend hoch. Ja, einen Kaffee?

Sie wirkt munter und vergnügt, dachte Jacques und ächzte, als er daran dachte, wie unerträglich das Gespräch bei Betonmarie sein würde. Spontan ging er auf Justine zu, umarmte sie und fühlte sich erleichtert. Leicht verlegen drehte sie ihm den Rücken zu und sagte: »Einen Doppelten! Mit Zucker für die Nerven.«

Als sie gerade die Tasse auf einen Unterteller stellte und Jacques reichte, gingen zwei Türen auf. Claude Olivier trat, ohne anzuklopfen, vom Gang her ein, während Marie Gastaud aus ihrem Büro kam. Olivier trug einen auf Taille geschnittenen dunkelgrauen Anzug und ein maßgeschneidertes Hemd mit leicht farbigen Streifen, dazu eine Seidenkrawatte. Das ist nicht meine Welt, dachte Jacques. Aber wohl die von Marie Gastaud. Aus deren Seidenkleid könnte man, sobald sie es aufgetragen hätte, Schlipse für Olivier schneidern. Der Berater des Präsidenten ignorierte Jacques, ging direkt auf die Gerichtspräsidentin zu, reichte ihr die Hand, ohne ein freundliches Wort, und sie bat ihn in ihr Zimmer. Als Jacques auf ihr Zeichen hin Anstalten machte, ihr zu folgen, sagte Olivier zu ihr: »Können wir fünf Minuten für uns allein haben?«

Betonmarie zögerte einen Augenblick und gab dann eine

Antwort, die ihrem Charakter entsprach und Jacques gefiel: »Da Monsieur le Juge schon da ist, fände ich es unhöflich, ihn warten zu lassen. Besprechen wir, was zu besprechen ist. Und sollte es notwendig sein, können wir beide immer noch fünf Minuten anhängen.« Sie lächelte ihn kühl an: »Möchten Sie einen Kaffee?«

Olivier lehnte kopfschüttelnd ab.

Das Gespräch dauerte nicht lange, und Claude Olivier hängte auch keine fünf Minuten unter vier Augen an. Von der Durchsuchung der Büroräume des russischen Unternehmens wusste er schon, und Jacques verkniff sich die Frage, ob vielleicht Michel Lipzinski die Information ans Élysée weitergegeben habe. Olivier versuchte mit knappen Worten, an die Staatsräson zu appellieren. Hinter dem Unternehmen stecke ein Frankreich wohlgesinnter Osteuropäer, von Herkunft ein Prinz aus einem einst regierenden Geschlecht, der aus vielerlei Gründen, die zu erklären jetzt zu weit ginge, seine Firmenzentrale in der georgischen Hauptstadt Tiflis habe. Der Prinz habe Frankreich schon mehrmals als wichtiger Vermittler zur Seite gestanden, zum Beispiel, als Präsident Nicolas Sarkozy im Krieg Georgiens gegen Russland wegen der beiden abgefallenen Provinzen Abchasien und Nord-Ossetien einen Frieden aushandeln konnte. »Und – ich bitte Sie! – Sie werden diese weltpolitisch bedeutende Beziehung doch jetzt nicht durch eine tragisch verlaufene Liebesgeschichte zwischen einem Model und einem unwichtigen Angestellten der Firma belasten wollen.«

Während er sprach, sah Olivier nur die Gerichtspräsidentin an, so als nähme er Jacques nicht wahr. Als er seinen kurzen Appell beendet hatte, schwiegen alle drei. Jacques, der sich nicht angesprochen fühlte, hielt es auch nicht für angebracht, das Wort zu ergreifen. Marie Gastaud legte die Hände zusammen und überlegte, wie sie das Dilemma, in dem sie zu stecken glaubte, überwinden könnte.

Auf der einen Seite war sie sehr französisch erzogen worden, was bedeutete, dass in Familie und Schule, an Universität und Eliteschmiede jedem Kind und Heranwachsenden beigebracht wird, Richtschnur allen Handelns sei es, den Ruhm Frankreichs zu mehren.

Andererseits steckte in ihr auch ein republikanischer Kern. Als sie ihren Eltern während eines sonntäglichen Mittagessens bei der Großmutter offenbarte, dass sie Rechtswissenschaft studieren würde, um Richterin zu werden, hatte ihr Vater laut gelacht und den deutschen Philosophen Arthur Schopenhauer zitiert, der geschrieben habe, Gerechtigkeit sei eine männliche Tugend. Der Gedanke, Weiber ein Richteramt verwalten zu sehen, errege Lachen.

»So? Weiber in Richtergewand erregen Lachen? Da lache ich aber«, parierte Maries Großmutter den Satz ihres Sohnes. »Ihr Männer zieht eine Robe an, ein Kleid, wenn ihr Recht sprecht! Und warum? Damit ihr wie ein Weib ausseht! Justitia wurde ja schon immer, selbst bei den alten Griechen, als Frau dargestellt.« Dann holte Maries Großmutter tief Luft und riet ihrem Sohn, seinen faschistischen Philosophen doch für den Männerstammtisch aufzuheben.

Und Marie wurde Richterin.

Sie schaute auf, blickte zu dem Berater des Präsidenten und wies schließlich mit dem linken Zeigefinger auf Jacques mit den Worten: »Ich habe gelernt, dass Justitia eine Augenbinde trägt, damit sie nicht sieht, wer vor ihr steht. Fiat iustitia, pereat mundus.« – Es geschehe Recht, auch wenn die Welt darüber zugrunde geht.

Claude Olivier drehte seinen Körper leicht in Richtung des Untersuchungsrichters und schaute ihn direkt an, so als nehme er ihn zum ersten Mal wahr. Jacques verharrte stumm auf seinem Stuhl. Als die Stille aber bedrückend wurde, hielt er es nicht mehr aus und brach das Schweigen.

»Monsieur le Conseiller, ich kann nur wiederholen, was ich Ihnen schon am Telefon dargelegt habe«, sagte Jacques.

»Ihr Vorgehen ist nicht zulässig. Und nach den bisherigen Ermittlungen gehen wir davon aus, dass es sich nicht um ein beliebiges Liebesdrama handelt, das tödlich endete.«

»Worum handelt es sich dann?«, fragte Olivier mit leichtem Lächeln. Aber Jacques war auf der Hut. Jetzt bloß nicht verplappern und dem Gegner etwas in die Hand geben!

»Wir prüfen den Fall noch. Es wird eine Weile dauern, bis wir wirklich wissen, was vorgefallen ist. Auch bei der heutigen Durchsuchung haben wir sehr viel Material gefunden, das wir erst einmal analysieren müssen. Und wahrscheinlich werden dadurch noch mehr Fragen gestellt als beantwortet.« Einen kurzen Moment überlegte Jacques, ob er sich seiner Gerichtspräsidentin zuliebe ein wenig verständnisvoller zeigen sollte, und fügte scheinbar milde hinzu: »Der Justiz geht es nicht darum, einen russischen oder georgischen Prinzen zu belasten, der eine wichtige Rolle für Frankreich spielt. Wir wollen nur einen Mordfall lösen. Mehr nicht.«

Claude Olivier verzog keinen Gesichtsmuskel, aber sein Körper entspannte sich und signalisierte, dass er auf eine Verständigung mit dem unerbittlichen Richter hoffte.

»Keiner bestreitet Ihnen das Recht, Monsieur le Juge, die Untersuchung des Mordes an der Cousine Ihrer Freundin Margaux völlig unabhängig zu führen«, sagte er scheinbar versöhnlich, doch Jacques empfand die Bezeichnung »Cousine Ihrer Freundin Margaux« für die ermordete Gina als persönlichen Affront. Und als Claude Olivier, der den Stimmungswechsel nicht bemerkte, auch noch zu arrogant fortfuhr: »Aber es wäre für Frankreich sinnvoll, wenn Sie Ihre Recherchen auf den heute Nacht entwischten Russen beschränken würden. Können wir uns darauf verständigen?«, konnte er sich kaum noch beherrschen.

Noch bevor Marie Gastaud antworten konnte, brach der Zorn aus ihm hervor: »Lassen Sie meine Freundin Margaux aus diesem Gespräch, da hat sie nichts verloren. Sie sollten nicht persönlich werden, Monsieur le Conseiller. Ich erwähne ja auch nicht, dass der Anwalt der Russen, Michel Lipzinski, Partner in der Kanzlei des jetzigen Präsidenten der Republik ist. Deshalb schlage ich Ihnen vor, wir verständigen uns darauf, dass ein Untersuchungsrichter nach dem französischen Gesetz völlig frei und ohne Eingreifen durch die Regierungsmacht ermittelt.« Und noch ehe der Berater des Präsidenten sich gefangen hatte, fügte er hinzu: »Und um mit Ihren Worten zu sprechen: solange es unabhängige Untersuchungsrichter noch gibt.«

Claude Olivier hatte sich während des Gefühlsausbruchs des Untersuchungsrichters wieder steif und mit Blick zu Marie Gastaud aufgesetzt. Dann zog er ein Blatt Papier aus der Tasche, auf dessen Kopf Jacques das Siegel des Élyséepalastes erkannte.

»Madame la Présidente, auf dieser Notiz finden Sie alle Angaben über eine illegale chinesische Immigrantin namens Chan Cui, die seit einiger Zeit schwarz bei Monsieur Ricou beschäftigt ist. Damit macht er sich strafbar. Und wie Sie selbst richtig bemerkt haben, fiat iustitia … und so weiter. Ich bin sicher, der Fall ist leicht zu lösen. Aber ich fürchte, dass ein Richter, der selbst gegen Gesetze verstößt, nicht für das Richteramt geeignet ist.«

Er erhob sich, ließ noch ein Merci, aber kein Au Revoir fallen und hatte den Raum verlassen, bevor sich Marie Gastaud gefangen hatte. Nur das weiße Stück Papier erinnerte an den Besuch von Claude Olivier, er hatte es auf dem Konferenztisch liegen lassen.

Marie Gastaud atmete vernehmlich aus.

Jacques, dem wegen eines plötzlichen Schweißausbruches das Hemd am Körper klebte, beugte sich vor, bis er das Blatt mit seinen Fingerspitzen erreichte, zog es langsam zu sich herüber, schaute darauf, faltete es zögernd und steckte es in seine rechte Brusttasche. Dann nahm er allen Mut zusammen und sagte: »Erstens sind das bösartige Behauptungen.

Und zweitens ist es unwahrscheinlich, dass Monsieur Olivier seine Putzfrau angemeldet hat. Aber wahrscheinlich wird die vom Élysée bezahlt. Ich wage es ja nicht zu fragen, wer denn bei Ihnen die Küche aufräumt. Wollen wir uns wegen solcher Details kirre machen lassen?«

Marie Gastaud schien schwer an ihrem Körper zu tragen, so langsam erhob sie sich, die Hände auf Stuhllehne und Tisch stützend. Sie schleppte sich um den Konferenztisch herum, blieb mitten auf dem alten, wertvollen Teppich stehen und ruckte mit dem Kopf hin und her.

»Er wird sich nicht trauen, diese Erpressung öffentlich zu machen«, sagte sie leise, »aber er kann sein Wissen einem liebedienerischen Journalisten beim Figaro zuspielen. Können Sie die Sache vorher bereinigen?«

Jacques nickte, wandte sich um und eilte aus dem Büro der Gerichtspräsidentin.

Geschüttelt oder gerührt?

Wolod trank viel. Margaux überlegte, ob er sich hier unwohl fühlte in diesem prächtigen Saal unter den elegant gekleideten Gästen, manche in Smoking oder Abendkleid. Er war zum Rendezvous in der Bar des Hotels »Meurice« mit offenem Hemd und ohne Krawatte gekommen. Früher hätte der Maître d'hotel ihn gar nicht erst Platz nehmen lassen. »Monsieur, haben Sie reserviert? Nein? Dann ist leider alles besetzt.« Das Hotel an der Rue de Rivoli, einer der alten Hotelpaläste mit Spiegelsälen und Kristallleuchtern, war eine der vornehmsten Adressen von Paris. Salvador Dalí war hier immer mit seiner Gala abgestiegen. Doch seit es aufwendig renoviert worden war und zu gut drei Vierteln von russischer Kundschaft lebte, hatten sich die Ansprüche den Gegebenheiten angepasst. Die russischen Männer, häufig regelrechte Muskelpakete, drückten ihren Blondinen mit den operierten Brüsten bündelweise Geld in die Hand, damit sie sich Schuhe mit High Heels und die teuersten Kleider bei den bekanntesten Couturiers anschaffen konnten.

Wolod hatte unter den Arkaden vor dem Eingang des Hotels auf Margaux gewartet. Zu seinem Erstaunen begrüßte sie ihn mit drei Bises, so als kennten sie sich seit Jahren. Ihm gefiel es. Und das sollte es auch. Denn für sie galt es jetzt, alle Mittel einzusetzen, um hinter die Umstände von Ginas Tod zu kommen. Und nebenbei fiel es Margaux auch nicht schwer, mit Wolod zu flirten. Er wirkte männlicher als die schmalen Franzosen. Ihr gefiel auch seine etwas grobe, selbstbewusste Art und wie er schnell ins Hotel ging, sodass sie ihm auf ihren hohen Hacken kaum folgen konnte. Sie rief ihn zurück, er griff mit seiner rechten Hand um ihren linken Ellenbogen, als nähme er sie in Besitz, und führte sie an einen der wenigen leeren Tische in der Bar. Auch das gefiel Margaux.

Er machte keine Umschweife, und schon bevor der Kellner sie nach ihren Getränkewünschen gefragt hatte, kam er zum Thema, zu Margaux' erstem Artikel. Was Gina ihr von ihren geheimen Internetrecherchen erzählt habe? Oder wie sonst sie auf den Gedanken gekommen sei, die russische Firma mit Geldwäsche und ähnlichen Dingen in Verbindung zu bringen? Wolod fragte direkt, aber äußerst freundlich.

Margaux hatte sich vorgenommen, ihm so offen, wie es ging, zu antworten, um ihrerseits über die Firma und Michail so viel wie möglich zu erfahren. Um ihn einzuwickeln, beschloss sie, ihm zuerst unwichtige Ereignisse aus dem Privatleben zu erzählen, von Ginas Eltern, von gemeinsamen Wochenenden in deren Landhaus in der Touraine. Er sollte glauben, alles über Gina erfahren zu haben, aber er hörte nichts, was er gegen Gina verwenden könnte. Oder gegen Margaux. Ja, Gina war ein Mathematikgenie, das sich im Internet tummelte. Ja, sie hatte Margaux von ihren geheimen Recherchen erzählt.

»Und wie hat Michail ihr dabei geholfen?«

»Ich habe keine Ahnung, Welche Rolle spielt Michail eigentlich in Ihrer Firma? Ist er wieder aufgetaucht?«

»Michail ist nicht direkt operativ tätig. Wir betreiben ein Büro bei Nizza, und er dient als Verbindungsmann. Deshalb würde es mich wundern, wenn er von Ginas Projekt etwas gewusst oder sie gar unterstützt hätte. Es gibt auch keinen Grund dafür.«

»Ach, es gibt immer irgendwelche Gründe, weswegen jemand etwas macht, das niemand von ihm erwartet. Geldgier. Oder vielleicht wollte er sich nur bei Gina wichtig machen«, sagte Margaux. »Was ist denn so geheim an Ihrer Arbeit? Kann es sein, dass dieses Unternehmen eine äußerst seriöse Fassade hat und Sie selbst gar nicht wissen, dass im Hintergrund auch Geld gewaschen wird?«

»Da ich für die Sicherheit verantwortlich bin und deshalb auch Zugang zu allen Daten habe, wüsste ich, wenn hier etwas Unsauberes abliefe. Natürlich haben auch wir Geheimnisse, alles andere wäre ja seltsam. Aber nur die üblichen Betriebsgeheimnisse, die jedes Unternehmen hat. Kundendaten und so weiter. Was ist denn mit Ginas Laptop? Die Polizei wird ihn doch wohl untersuchen.«

Margaux überlegte kurz, wie weit sie bei der Wahrheit bleiben sollte, und beschloss, ein wenig zu bluffen: »Ich weiß es nicht. Aber sowohl auf dem Laptop als auch auf Ginas Google Phone scheinen eine Menge aufschlussreicher Daten gespeichert zu sein.«

»Der Laptop ist nicht verbrannt?«, fragte Wolod, und Margaux konnte aus seiner freundlich scheinenden, aber dennoch fast ausdruckslosen Miene nicht lesen, ob er mehr wusste und sie nur prüfen wollte.

»Nein, der ist nicht verbrannt«, sagte Margaux, »er lag in ihrem Auto. Sie ist ja auch nicht verbrannt, sondern außerhalb ihres Kahns umgebracht worden.«

Sie belauerten und täuschten sich. Er wusste, dass sie log. Denn einen Laptop hatte Michail aus der Wohnbarke geholt, bevor das Feuer gelegt wurde. Allerdings hatte sich Gina von diesem Gerät aus nicht in die Firma eingehackt.

Ein junger Kellner trat an ihren Tisch und stellte Erdnüsse und einen kleinen Teller mit Petits Fours ab. Sie bat um eine Coupe de Champagne, Wolod verlangte nach einem Cocktail Prince Charles und schaute den Kellner provozierend an, so als wollte er ihn prüfen, ob er den Drink kenne. Der Kellner nickte, ohne eine Miene zu verziehen, und verschwand, woraufhin Margaux fragte, woraus denn ein »Prince Charles« bestehe.

»Drambuie, Cognac und Zitrone, im richtigen Verhältnis zusammengemixt.«

»Geschüttelt oder gerührt?«, fragte Margaux und strahlte ihn an.

Wolod verstand die Anspielung auf James Bond und seinen Martini nicht: »Einfach gemixt. Zwei Zentiliter Drambuie, zwei Zentiliter Cognac. Und dann frische Zitrone.«

»Oh, ganz schön kräftig.«

»Ja«, lachte Wolod, »was für zähe Männer.«

»Wie wird man zäh?«, fragte Margaux und beugte sich vor, bis sie Wolods Oberarm anfassen und in die Muskeln, die er sofort anspannte, kneifen konnte.

»Zäh wird Fleisch durch zu langes Kochen. Bei uns spätestens durch den Militärdienst«, sagte Wolod. »Da geht man entweder unter, oder es kann einen im späteren Leben nichts mehr erschüttern.«

»Waren Sie auch im Einsatz? Etwa in Afghanistan oder Georgien?«

»Nein, schlimmer. In Tschetschenien. Da wird man wirklich widerstandsfähig. Mit den Muskeln wie im Kopf.«

»O Gott. Davon will ich lieber nichts wissen. War Michail auch Soldat?«

»Ja.« Wolod griff nach ihrer Hand. Sie drückte zu und verschränkte kurz ihre Finger mit seinen.

»Noch einen Champagner?«

»Ja. Und noch einen Prince Charles.«

Als die Gläser kamen, stießen sie an.

»Wo wohnst du?«, fragte er unvermittelt. Und nahm wieder ihre Hand.

»In der Gegend von der Porte d'Orléans, im Süden, noch hinter dem Peripherique«, log sie. Noch hinter dem Peripherique, der Stadtautobahn, war weit von hier aus. Zu weit für einen Kerl, der ganz nahe beim »Meurice« in der Rue Duphot wohnte, um sie schnell mal nach Hause zu begleiten.

»Wo ist Michail?«, fragte Margaux und schaute ihm gerade in die Augen. Er hielt dem Blick stand. Dann zog er die Schultern hoch. »Ich weiß auch nicht alles. Die Bosse haben ihn wahrscheinlich schon längst nach Hause geholt.«

»Nach Moskau.«

»Nein, nach Tiflis. Unser Hauptquartier liegt in Georgien.«

»Aber euer Server steht nicht in Georgien, nehme ich an. Vielleicht in Sophia-Antipolis?«

Wolod konnte sein Erschrecken kaum verbergen.

Am frühen Abend hatte Margaux noch Neuigkeiten von Jacques erfahren, die für das Treffen mit Wolod nützlich waren. Der Mann hatte sich im Tschetschenienkrieg brutal und rücksichtslos gezeigt. Befehle seiner Vorgesetzten führte er fanatisch aus. Und von der Untersuchung von Ginas Google Phone gab es die ersten Ergebnisse von Fabienne und ihren Softwarespezialisten. Zumindest mit diesem Gerät hatte sie versucht, in den Server der georgischen Firma einzudringen. Der Server stand im Technikpark von Sophia-Antipolis, der französischen Imitation von Silicon Valley in der Nähe von Nizza und Antibes. Da, wo die Sonne fast das ganze Jahr über scheint, so hatten die französischen Politiker beschlossen, würden Wissenschaftler gern arbeiten. Ein künstlicher Ort, typisch für die zentralistische Politik der großen Nation. Antipolis, das heutige Antibes, war vierhundert Jahre vor Christi Geburt als griechische Handelsstation gegründet worden. Und Sophia bedeutet Weisheit.

»Sophia-Antipolis?«, fragte Wolod, dessen Gedanken rasten. Sollte er zugeben, davon zu wissen? Wahrscheinlich hatte sie es von ihrem Freund, dem Richter, erfahren. Aber wenn er jetzt auf diese Quelle verweisen würde, zerstörte er möglicherweise das angenehme Klima zwischen ihnen.

»So scheint es«, sagte Margaux, »auf jeden Fall haben das meine Recherchen ergeben. Die können allerdings auch falsch sein.«

»Ja, das stimmt auch«, sagte Wolod nach einer kurzen Pause, »der Prinz lebt einen Teil des Jahres in seiner Villa auf Cap Ferrat und hat sich aus irgendwelchen Gründen entschlossen, den Server für das Pariser Büro dort zu mieten. Ich fahre ihn bald besuchen. Wenn du Lust hast, kannst du mitkommen. Vielleicht kann ich dich sogar dem Prinzen vorstellen.«

»Das klingt verlockend«, antwortete Margaux. Wolod spielte immer noch mit ihrer Hand. »Und wo würden wir unterkommen?«

»Vielleicht überlässt uns der Prinz ein Gästeappartement«, sagte Wolod, »er hat viel Platz.«

Sie trug ein ärmelloses Kleid, das sie billig bei Zara erstanden, aber mit einer teuren Brosche veredelt hatte. Auf den Russen wirkte es sicher wie aus einem Salon in der Avenue Montaigne. Vielleicht hatten auch ihre entblößten Schultern und der Blick in ihren tiefen Ausschnitt Wolod dazu verführt, die Einladung nach Cap Ferrat auszusprechen. Er bestellte noch einen Prince Charles. Sein dritter, während Margaux immer noch an der zweiten Coupe de Champagne nippte.

»Würdest du auf so einem Kahn leben wollen?«, fragte Wolod scheinbar nachdenklich.

»Nicht wirklich. Im Winter ist es da sicher kalt und feucht. Aber das ist ja die Jahreszeit, in der Models meist in Südafrika oder auf den Bahamas oder wer weiß in welchen warmen Ländern fotografiert werden.«

»Hatte sie keine Stadtwohnung mehr?«

»Nein, aber wenn ihre Freundinnen Irina oder Magalie auf einem Shooting waren, waren sie froh, wenn Gina als Sitter in ihre jeweiligen Appartements einzog.«

»Oder kam sie bei dir unter?«

Margaux lachte: »Das hätte mein Privatleben zu sehr gestört!«

Wolod schaute in den sich langsam leerenden Saal. Eine

Gruppe älterer Herrschaften, ja, so würde man sie wohl nennen, drängte in die Bar. Solche Herrschaften sah man immer seltener. Die Männer im Smoking mit selbst gebundenen Schleifen, die natürlich ein wenig schief unter den Hemdkragen hingen, die Frauen in schwarzen Cocktailkleidern. Warum bloß alle Schwarz elegant finden? Schwarz ist langweilig. Oder trugen sie Schwarz, damit die echten Klunker zur Geltung kamen?

»Und wo wohnst du?«, fragte Margaux scheinheilig und dachte daran, dass sie Jacques versprochen hatte, später am Abend unter seine Bettdecke zu schlüpfen.

»Ich habe eine wunderschöne, große Wohnung unter dem Dach über den Büros«, sagte Wolod. Auch er log. Bevor er zu Margaux ins »Meurice« gegangen war, hatte er mit dem Alten und den beiden Rundköpfen die Lage analysiert. Zwar konnten sie auf die Kontakte ihres Rechtsanwalts Michel Lipzinski zum Élysée rechnen. Doch Sarkozy schaffte gegenüber der Justiz noch längst nicht, was Putin konnte.

Margaux' Artikel schadeten jedenfalls fast noch mehr als die Recherchen des Untersuchungsrichters. Aber sie scheint an mir als Mann interessiert zu sein, dachte Wolod, als ihm ihr zufälliges Treffen am Abend zuvor in den Sinn kam. Sie wusste überhaupt nicht, wer ich bin, und wollte gleich mit mir einen trinken. Und heute hat sie mich angerufen!

»Sei vorsichtig«, hatte der Alte gesagt. »Aber du kannst die Wohnung des Prinzen benutzen, wenn du Margaux einladen willst. Dein kleines Zimmer wird sie bestimmt nicht sehr beeindrucken.« Der Prinz, so ließ sich der Boss der Firma gern nennen, hatte sein Appartement, in dem er schon seit anderthalb Jahren nicht mehr übernachtet hatte, mit teuren alten Möbeln und modernen Teppichen ausgestattet. Und mit einem großen Bett im Schlafzimmer.

»Lass uns gehen«, sagte Margaux mit einem Blick auf die Uhr. Halb zwölf. Sie war sich ihrer selbst nicht sicher. Ob sie mehr erfahren würde, wenn sie ihm in seine Wohnung folgen würde? Sie könnte dann immer noch gehen – wenn sie unbedingt wollte.

Wolod stand auf, sah in seinem Glas noch den Rest seines vierten Prince Charles, langte danach und kippte ihn hinunter, während Margaux schon langsam zur Tür ging.

»Komm, das sind gerade mal dreihundert Meter zu Fuß«, sagte er und legte seinen Arm um ihre Hüfte. Sie bogen aneinandergeschmiegt in die Rue de Castiglione, auf der Place Vendôme leuchtete die Triumphsäule, und als sie in die Rue Saint Honoré einbogen, hielt Wolod an, beugte sich vor und küsste sie leicht auf den Mund. Ein paar Schritte weiter, die Mündung zur Rue Duphot war schon zu sehen, hörte Margaux den Signalton, der bedeutete, dass auf ihrem Handy eine Kurzmeldung einlief. »Moment, ich muss mal nachsehen.«

»Ach lass doch!« Er hielt sie mit beiden Armen fest, sodass sie das Telefon nicht aus der Tasche ziehen konnte. »Wir gehen jetzt rauf, und du kannst morgen früh alle deine Nachrichten lesen.« Langsam neigte er sich zu ihrem Hals und biss sanft hinein.

Sie schlug ihm die Tasche ins Gesicht.

»Bist du wahnsinnig! So könnt ihr vielleicht in Tschetschenien mit euren Frauen umgehen.« Sie sah auf ihr Handy.

»Heute Nacht wäre sehr ungünstig. Bleib zu Hause. Sprechen uns morgen. ; = zzzz, Jacques.«

»Jetzt erst recht«, murmelte sie, ohne Wolod eines Blickes zu würdigen, hielt ein vorbeifahrendes Taxi an, knallte die Tür zu und sagte: »Rue de Belleville.«

Grüne Jade

Das dritte Schloss war offen. Jacques hatte seinen Haustürschlüssel eingesteckt und fand das Schloss geöffnet vor.

Das obere der drei Schlösser sei am wenigsten wichtig, hatte Jean Mahon zu Jacques gesagt, als der sich nach seinem Umzug in die Rue de Belleville bei dem Kommissar erkundigte, wie er seine Wohnungstür gegen Einbrecher schützen könne. Das war in Belleville sinnvoll. Hier gab es zwar nicht so viel zu stehlen wie bei den reichen Parisern im sechzehnten oder im siebten Arrondissement, aber dafür gab es mehr Gelegenheitsdiebe. Ein Schloss auf Augenhöhe war schon angebracht, ebenso ein zweites unter dem Türknauf. Das dritte sollte er noch anbringen lassen. Auf der Höhe der Knie. Da nämlich setzt der Dieb sein Stemmeisen an und versucht, die Tür mit dem Druck des Oberschenkels aufzubrechen. Als der Handwerker dieses dritte Schloss einbaute, passte er die Zylinder der beiden oberen dem neuen an, damit Jacques nur einen Hausschlüssel mit sich rumtragen musste.

Und dieses dritte Schloss war offen, als Jacques am Abend gegen halb elf müde nach Hause kam. Ja, Margaux, die einen Schlüssel von ihm besaß, wollte noch nach ihrem Treffen mit Wolod vorbeikommen. Schön, dachte er, sie hatten sich ja seit bald zehn Tagen nicht mehr angefasst. So nannten sie es: Ich muss dich mal wieder anfassen. Aber er konnte sich nicht vorstellen, dass sie schon vor ihm angekommen war.

Er überlegte kurz, ob dieses offene Schloss auf Gefahr hindeuten könnte. Nein, dachte er, wirkliche Gefahr droht erst, wenn das Schloss zu ist und trotzdem jemand drinnen auf mich wartet. Vielleicht habe ich doch vergessen abzuschließen? Er steckte den Schlüssel in den Schaft des oberen Schlosses. Auch das war geöffnet. Also vielleicht doch Margaux?

Als er den Schlüssel aus dem oberen Schloss wieder herauszog, wurde die Tür von innen geöffnet. Doch bevor er sich erschrecken konnte, hörte er eine bekannte Stimme.

»Monsieur Jacques, gut, dass Sie kommen. Ich habe Angst allein im Dunkeln.«

Vor ihm stand Chan Cui. Seine chinesische Putzfrau. Grüne Jade.

Jacques war überrascht, aber auch erleichtert.

Madame Wang, die Engelmacherin in der chinesischen Gemeinde, auch Kupplerin und Beschafferin von Putzfrauen, hatte ihm einmal erklärt, Chan Cui heiße Grüne Jade. Zwar hatte Jacques geglaubt, Gaston, der Wirt des Bistros »Aux Folies«, habe ihm Chan Cui empfohlen, aber auch Gaston war auf Madame Wangs Vermittlung angewiesen.

Jacques drückte die Wohnungstür schnell hinter sich zu und schaltete das Licht im Flur ein. Das ganze Appartement lag im Dunkeln. Er ging ins Wohnzimmer und zog die Vorhänge vor die große Fensterwand, von wo aus man ganz Paris zu seinen Füßen liegen sah, erst dann knipste er drei Lampen an. Das warme Licht entspannte ihn ein wenig.

Chan Cui war im Flur stehen geblieben, ihre Füße schienen neben einer Reisetasche und einer vollgestopften Plastiktüre des Kaufhauses Tati Wurzeln geschlagen zu haben.

»Chan Cui. Was ist los, was machen Sie hier?«, fragte er und zeigte auf einen Sessel. Chan Cui zögerte.

»Nun setzen Sie sich schon. Kann ich Ihnen etwas zu trinken bringen? Ein Bier, ein Glas Wein, Wasser?«

»Wasser, bitte.« Sie machte zwei Schritte in den Raum, hielt wieder an, bis Jacques sie in den Sessel drückte. Dann eilte er in die Küche, goss Wasser in ein Glas und bereitete sich einen Whisky mit zwei Eiswürfeln und ein wenig Perrier zu. Schließlich schickte er eine Kurzmitteilung auf Margaux' Mobilfone. Heute Nacht wäre es sehr ungünstig …

Chan Cui wusste nicht, wo sie sich verstecken sollte.

Jacques war aus dem Büro von Betonmarie auf den Blumenmarkt auf der Place Louis Lépine gelaufen, hatte sich dort das Mobilfone eines Händlers ausgeliehen und Jérôme, den Hausarzt von Belleville, angerufen. Er solle so schnell wie möglich Chan Cui aufsuchen und ihr auftragen, schleunigst zu verschwinden, ihr drohe die Ausweisung. Jérôme aber, der gerade Hausbesuche machte, schickte den vierzehnjährigen Sohn einer Patientin los, von dem er wusste, dass er sich auf dessen Verschwiegenheit verlassen konnte. Der Junge hatte schon einiges auf dem Kerbholz, und Jérôme hatte ihm mehrmals aus der Patsche geholfen. Chan Cui hatte sofort gepackt. Als sie überlegte, wohin sie sich in Sicherheit bringen könnte, fiel ihr nur ein, dass sie die Schlüssel zu Jacques' Wohnung hatte. Sie sagte sich, bei ihm, dem großen und geachteten Richter, den jeder kennt, weil er in den Zeitungen steht, wäre sie außer Gefahr.

Jacques setzte das Glas Wasser auf dem niedrigen Couchtisch vor Chan Cui ab und hockte sich auf die vorderste Kante seines Sofas. Er wusste, dass es schwierig sein würde, ihr die Lage zu erklären, und das nicht nur, weil sie nicht allzu gut Französisch sprach. Also redete er langsam mit ihr, fast wie zu einem Kind. Jemand ganz oben im Staat setze ihn unter Druck, damit er einen bestimmten Fall nicht allzu genau untersuche. Aber das widerspreche seiner Berufsehre. Und wahrscheinlich hatten Agenten der Renseignements généraux in Belleville, dem Inlandsgeheimdienst, die Information über Chan Cuis Schwarzarbeit bei ihm weitergegeben. In jedem Bezirk, in jedem Ort Frankreichs stehen die Mitarbeiter dieses Dienstes an den Theken der Bistros und hören mit. In kleinen Dörfern kennt man sie persönlich. – Aber er sei doch Richter. Er könne sie doch schützen. – Nein, die Geheimdienste sind stärker, wenn die Regierung sich ihrer bedient. Und das war in diesem Fall so.

Chan Cui liefen Tränen über das Gesicht. »Ich will aber nicht nach China zurückgeschickt werden. Wohin soll ich jetzt gehen?« Sie stand auf und griff nach ihrer Reisetasche. Jacques nahm ihr die Tasche wieder ab und versuchte, sie zu beruhigen. Als sie heftig zu schluchzen anfing, legte er seine Arme um ihre bebenden Schultern und zog sie an sich. »Wir finden schon einen Ausweg.«

Er war müde. Nicht nur wegen der kurzen Nacht zuvor, sondern wegen des ganzen vergangenen Jahres. Vielleicht sollte er den Fall doch abgeben, die Recherchen Kommissar Jean Mahon überlassen und einfach Urlaub machen. Zwei Wochen auf dem Boot von Eric. Vielleicht würden sich in der Zwischenzeit alle beruhigen, auch das Élysée. Nein! Das Élysée würde keine Ruhe geben. Und er auch nicht!

Jacques hielt Chan Cui noch in seinen Armen, als er die ihm bekannte laute Stimme hörte und erschrak.

»Ach, deswegen ist es heute Nacht sehr ungünstig!« Margaux stand im Rahmen der Tür zum Wohnzimmer und blickte zornig oder gar eifersüchtig auf das sich scheinbar umschlingende Paar. Chan Cui erstarrte, und Jacques löste langsam seine Arme von ihr.

»Chan Cui droht die Ausweisung, wenn sie gefunden wird«, sagte er so nüchtern wie möglich. »Ich bin auch gerade erst nach Hause gekommen. Sie hat sich hier versteckt.« Und etwas leiser, nur an Margaux gerichtet, fügte er hinzu: »Du siehst doch, in welchem Zustand sie sich befindet!«

»Ach, versteckt sie sich häufiger nachts bei dir? Ist da etwas, das ich nicht weiß?«

Jacques ging auf Margaux zu, überlegte kurz, ob er ihr den üblichen Kuss geben sollte, aber dafür war das Missverständnis wohl noch zu groß. Er legte eine Hand an ihre Schulter und bat sie, sich auf die Couch zu setzen. Ob sie etwas trinken wolle? Kurz überlegte Margaux, ob sie um noch ein Glas Champagner bitten sollte, denn sie wusste, dass Jacques keinen trank und nur ihretwegen eine Flasche öffnen müsste. Aber dann setzte sie sich. »Nein, lass mal, hab schon genug getrunken. Jetzt bin ich mal gespannt, was du für eine Erklärung hast.«

Wie in Beton gegossen verharrte Chan Cui an der Stelle, wo Jacques sie getröstet hatte, und schaute auf den Boden, so als wollte sie darin versinken. Jacques nahm ihre Hand und führte sie zurück zu dem Sessel, in dem sie gesessen hatte.

Er hatte seinen Whisky noch nicht angerührt, das Eis im Glas war fast geschmolzen. Jetzt nippte er zweimal daran und erzählte Margaux, wie das Élysée ihn unschädlich machen wollte. »Immerhin hat sich der juristische Berater des Präsidenten, Claude Olivier, zu einem Besuch im Palais de Justice aufgemacht.«

»Der kam zu dir ins Büro?«

»Nein, dafür ist er sich schon zu fein, aber er ließ mich zur Präsidentin bestellen. Offenbar stimmt deine Vermutung, dass bei den Russen merkwürdige Dinge passieren.«

»Russen. Das sind keine Russen. Die Firma gehört einem Prinzen und ist in Tiflis, also in Georgien, gemeldet«, verbesserte ihn Margaux. »Das habe ich heute Abend erfahren.«

»Ja. Das hat mir Claude Olivier auch erzählt. Aber für mich ist das alles noch Russland. Verzeih. Einige, die da arbeiten, sind aber tatsächlich Russen. Wie Wolod! Und dieser Prinz spielt offensichtlich auch für Frankreich eine wichtige politische Rolle. Angeblich hat er Sarko geholfen, im Krieg zwischen Georgien und Russland den Frieden zu vermitteln. Außerdem, und das finde ich höchst interessant, vertritt den Prinzen hier in Paris kein Geringerer als Michel Lipzinski.«

»Schau mal an.« In Margaux erwachte der Jagdinstinkt der Journalistin. »Der alte Kumpel aus der Kanzlei von Sarko. Dann wundert mich fast gar nichts mehr. Und wie ging das Treffen bei Marie Gastaud aus?«

»Wie wohl? Ich habe nicht nachgegeben!«

»Und Betonmarie?«

»Stand wie eine Eins hinter mir. Ich war beeindruckt. Jetzt kommt aber das Problem. Olivier zieht plötzlich ein Blatt Papier aus seiner Jacke und hält Marie Gastaud vor, ich würde eine Chinesin namens Chan Cui, die in Frankreich ohne Papiere lebe, schwarz als Putzfrau beschäftigen.«

Margaux schaute zu Chan Cui, die wie abwesend in ihrem Sessel saß. Mit ihrer rechten Hand hielt sie den Griff der Reisetasche fest, so als wollte sie in der nächsten Sekunde gehen. Margaux lachte: »Ich erinnere mich noch genau, dass ich dir das mal vorgehalten habe. Damals hast du geantwortet: ›Weißt du, in solchen Kleinigkeiten soll man nicht päpstlicher sein als der Papst. Ich bin sicher, der versteuert seine Putzfrau auch nicht.‹ Vom Papst haben wir noch nichts gehört, aber bei dir ist das jetzt aufgeflogen!«

Jacques hob resigniert die Hände. Er schilderte kurz, wie er Chan Cui warnen ließ und sie keinen anderen Ausweg wusste, als sich bei ihm zu verstecken. »Und bei dem Punkt waren wir gerade angelangt, als du reinkamst.«

»Ja, das habe ich gesehen.« Margaux hielt sich mit ihrer Ironie jedoch zurück, als sie die unglückliche Miene von Chan Cui sah. »Und was jetzt?«

Jacques schlug vor, Jérôme damit zu beauftragen, Chan Cui zu Madame Wang zu bringen. Die könnte ihr helfen, in einem anderen Stadtteil von Paris unterzutauchen.

»Und wann willst du Jérôme anrufen?«

»Morgen früh.«

»Du spinnst doch. Und wenn dann morgen früh jemand sieht, wie Chan Cui dein Haus verlässt? Ruf ihn jetzt an«, schlug Margaux vor.

Jacques schaute auf die Uhr. Halb eins.

»Wenn wir Glück haben, sitzt er noch an der Theke von ›Aux Folies‹.«

Jérôme lag schon im Bett und schlief. Aber als guter Hausarzt hielt er es für selbstverständlich, der Bitte von Jacques zu folgen, der ihn um Hilfe bat, weil Margaux sich mit entsetzlichen Bauchschmerzen in seinem Bett winde. Sie halte die Qual kaum aus. Der Arzt war allerdings verblüfft, als er das Dreiergespann dann friedlich bei Jacques sitzen sah.

Wer in Belleville wohnt, der kennt die kleinen und die großen Ungerechtigkeiten der Welt, unter denen besonders die hier lebenden Maghrebiner, Afrikaner und Asiaten leiden. Das fängt mit den Papieren an, in denen es kein Visum gibt, geht weiter mit der Aufenthaltsgenehmigung und dann mit der Arbeit und der Steuer. Alles das wird als ungerecht empfunden, als unangemessene Bürokratie, und deshalb lösen die Bürger in Belleville auch das eine oder andere Problem unbürokratisch.

Nachdem Jérôme einen dicken Whisky gekippt hatte, lachte er, freute sich regelrecht, der Staatsmacht ein Schnippchen schlagen zu können, stand auf und sagte zu Chan Cui: »Nun komm mal, mein Mädchen, wir machen uns auf den Weg durch die finstere Nacht.« Er lachte wieder. Zwar wusste er noch nicht, wo er Madame Wang finden würde, aber er hatte schon eine Idee, wo er Chan Cui heute Nacht unterbringen könnte.

Chan Cui stand auf, Jacques überlegte kurz, ob er sie zum Abschied noch einmal umarmen sollte, ließ es aber sein. »Hast du Bargeld? Vielleicht kannst du ihr etwas mitgeben«, fragte ihn Margaux. Er errötete, griff nach seiner Brieftasche und zog alle Scheine heraus, die er hatte, etwa dreihundert Euro. Er gab sie Jérôme. »Und wenn sie mehr braucht, sagst du mir Bescheid.«

Jacques sperrte alle drei Schlösser hinter ihnen zu, öffnete eine Flasche Champagner für Margaux und goss sich noch einen Whisky ein. Sie griffen schweigend zu ihren Gläsern. Dann ging Margaux ins Badezimmer, er löschte die Lampen, zog den Vorhang wieder auf, öffnete das Fenster und ließ frische Sommerluft in die Wohnung.

»Es sieht aus, als hätte dich da jemand gebissen. Aber ich war's nicht«, sagte Jacques, als er sich in Margaux' Halsbeuge kuschelte. Er spürte Eifersucht. »Ach, das war so ähnlich wie deine Umarmung mit Chan Cui.«

Jacques lag noch lange wach, nachdem sie sich angefasst hatten. Plötzlich fiel ihm ein: »Und wer putzt jetzt meine Wohnung?« Aber niemand hörte zu.

Blut an der Wand

Jacques' Mobilfone klingelte, als er Montag früh für den Urlaub packte. Er schaute auf die Nummer, er kannte sie nicht, deshalb nahm er das Gespräch nicht an. Jetzt war erst einmal wichtig, die Badehosen einzupacken und Polos für zwei Wochen. Ach, auf dem Schiff stand ja eine Waschmaschine. Und eigentlich zog man ohnehin nur abends was an. Nun gut, wenigstens eine leichte Jacke, zwei Hemden, eine Krawatte für den Landgang, falls er die Parfumdame ausführen würde. Am besten zu Nicoles »La Petite Maison« in Nizza. Aber bei Nicole, so fiel Jacques ein, trugen nur Touristen eine Würgeschnur. Na ja, nahm ja keinen Platz weg.

Sein Telefon piepste einmal laut, auf der Mailbox war eine Nachricht angekommen.

Am Wochenende hatte sich eine Wolkendecke über Paris gestülpt und die heiße Sommerluft ein wenig abgekühlt. Margaux und er hatten es genossen auszuschlafen, doch als sie Sonntagnachmittag in die Redaktion fahren wollte, um einen Artikel zum Thema Gina, die Russen und den Druck aus dem Élysée zu schreiben, vielleicht mit einem kritischen Schlenker über den Plan des Präsidenten, die lästigen, weil unabhängigen Untersuchungsrichter abzuschaffen, brauchte Jacques all seine Überredungskunst, um sie davon abzuhalten. Der immer wiederkehrende Kernsatz seines Plädoyers lautete: »Die Geschichte mit dem Élysée kannst du nicht schreiben, das wissen nur drei Leute. Claude Olivier, Marie Gastaud und ich. Und wenn du es schreibst, weiß jeder, woher du es hast. Das schadet mir wirklich.« Als alles Bitten nicht half, sagte er hart: »Ich verbiete es dir!« Da gab Margaux nach – und ihm einen versöhnlichen Kuss.

Das war der Stand vom Sonntagabend. Sie hatten wieder zueinandergefunden.

Am Samstag hatte Jacques noch seine schlechte Laune gezeigt. Als Margaux ihn fragte, welche Laus ihm über die Leber gelaufen sei, murrte er. Sie hoffte den Knoten, der Jacques drückte, lösen zu können, indem sie ihn zum Reden brächte. Und als er dann geredet hatte, umarmte sie ihn, streichelte seine Wange und sagte: »Du bist überarbeitet. Warum machst du nicht einfach einmal eine Woche Pause? Fahr irgendwohin. Ist Eric mit seinem Boot nicht in der Nähe?«

Er blickte auf und fragte sich, ob das Zufall war. Hatte vielleicht Marie, Erics Frau, eine SMS an Margaux geschickt?

Am Sonntag hatte Jacques sich durchgerungen, Eric angerufen und seine Ankunft für den nächsten Abend angekündigt. Er würde die Justizferien nutzen, um ein wenig Abstand von seinen Fällen zu gewinnen. Margaux? Er hatte sie angeschaut, sie hatte den Kopf geschüttelt und gemurmelt: »Bin noch hinter Wolod her«, und sie hatte Jacques verschwiegen, dass Wolod eine Kurzmitteilung geschickt hatte: »Pardon. Ich war dumm. Können wir von vorn anfangen? Ich sehne mich. Wolod.« Donnerwetter, hatte Margaux gedacht, als sie den Text löschte: Ich sehne mich! Und sie hatte Wolod geantwortet. »Ich war auch dumm. Und sehne mich auch.« Dabei hatte sie an Gina gedacht, an die Suche nach dem Mörder und ein Treffen mit dem georgischen Prinzen auf Cap Ferrat. Wäre Jacques im Urlaub, hätte sie freiere Hand.

Samstag, gerade als Margaux beim Bäcker Croissants für das Frühstück einkaufte, hatte auch Jean Mahon angerufen.

»Gestern am späten Abend ist noch der vorläufige Bericht

zu Gina aus der Pathologie gekommen«, hatte er gesagt. »Was die Herren da rausgefunden haben, klingt in meinen Ohren ein wenig verwegen. Wahrscheinlich hat das Herz ausgesetzt, oder sie ist erstickt. Aber ein Herz setzt ja nicht ohne Grund aus. Und wie erstickt man? Alles deutet angeblich darauf hin, dass Gina einer Folter ausgesetzt worden ist, die man bei der CIA anwendet und Waterboarding nennt.«

»Kenne ich, steht ja in allen Zeitungen«, hatte Jacques gesagt. »Man legt ein Tuch über Mund und Nase und kippt dem Opfer dann so viel Wasser über das Gesicht, dass es glaubt zu ersticken.«

»Ja, und kurz vor dem Ersticken hört man wieder auf. Aber die Mörder waren anscheinend nicht sehr geübt im Foltern. Gina ist erstickt, und gleichzeitig hat das Herz ausgesetzt.«

»Das glaubst du doch selber nicht!« Jacques war wütend. »Was für eine gewagte These! Hinter neunzig Prozent aller Morde stehen Beziehungskonflikte. Also könnten wir erst einmal annehmen, rein theoretisch, Michail bringt Gina im Streit um. Vielleicht konnte er nicht ertragen, dass Gina nicht nur ein schönes Model war, sondern auch noch als Mathematikgenie viel klüger als er!«

»Reg dich wieder ab!«, raunzte ihn Jean an. »Das ist doch nicht meine Idee, sondern Ergebnis der rechtsmedizinischen Untersuchung. Nehmen wir einmal an, Gina hat sich tatsächlich in das Programm der Russen eingehackt und etwas über deren Machenschaften erfahren, so wie es Margaux in ihrem Artikel geschrieben hat. Gut, dann haben die Russen Michail auf sie angesetzt. Sie sagt ihm aber nichts oder lügt ihn an, wer weiß. Oder sie hat bei den Russen etwas kopiert, und die haben das rausbekommen. Wo ist die Kopie? Gina sagt es nicht. Auch nicht wenn Michail sie auf dem Kopfkissen anschmachtet. Also, kurz gesagt, deshalb wird Gina Gewalt angetan.«

»Wenn es Michail war, muss er Helfer gehabt haben. Das kann nicht einer allein machen«, sagte Jacques. »Lass uns das geheim halten, wehe, wenn Margaux es erfährt …«

Er brach mitten im Satz ab, als er den Schlüssel an der Tür hörte. Margaux brachte vier warme Croissants in einer Papiertüte, an der die Butter durchschimmerte.

»Au revoir, Jean.«

Jetzt, am Montag früh, schloss Jacques den verbeulten Aluminiumkoffer, sperrte alle drei Schlösser an der Wohnungstür ab, trug das Gepäck zu seinem Dienstwagen, für den er einen Parkplatz in einer Seitenstraße gefunden hatte, und fuhr los. Unterwegs erinnerte er sich an die Nachricht auf der Mailbox und steckte das Kabel für den Ohrwurm in das Telefon. Es war Mara Talbot. Eine aufgeregte Mara Talbot. Und als Jacques ihre Nachricht hörte, fuhr er an einer roten Ampel fast auf ein Taxi auf.

Irina war in der vergangenen Nacht in Berlin ermordet worden, und Mara befürchtete natürlich einen Zusammenhang mit dem Fall Gina.

Jacques rief sofort zurück: »Wie ist das passiert?«

»Das weiß ich nicht genau. Aber letzte Nacht ist Irina in ihrem Hotelzimmer brutal erstochen worden. Sie muss schrecklich aussehen.«

»War sie allein in Berlin oder in Begleitung?«

»Wir sind ein großes Team.«

»Ich meine, privat. Tauchte irgendwann ein Freund von ihr auf?«

»Nein, von dem gibt es keine Spur. Sie hat fast den ganzen Tag für die Werbefotos gearbeitet. Ich war aber nicht dauernd dabei, weil das so langweilig ist. Da steht man ewig rum, bis das Licht endlich stimmt, die Haare sitzen und so weiter. Aber ich habe jeden Abend mit dem Fotografen die Stills angesehen, und da war Irina immer dabei. Das muss auch sein, damit man besprechen kann, was noch besser zu machen wäre. Und hinterher sind wir meist mit der ganzen Truppe essen gegangen.«

»Weiß die deutsche Polizei schon etwas Genaueres?«

»Ich habe nicht den Eindruck. Ich bin für elf Uhr zum Revier bestellt.«

Jacques ließ sich die Daten des Polizeireviers in Berlin geben: »Ich werde versuchen, heute noch nach Berlin zu fliegen. Bleiben Sie noch dort?«

»Aber sicher!«

»Willkommen in Berlin«, begrüßte ein Kriminalobermeister der Polizeidirektion Berlin-Mitte Jacques und Jean Mahon auf Englisch am Flughafen Tegel, leider könne er kein Französisch: »Mein Name, besser gesagt, mein Vorname ist Bodo, und so nennen Sie mich auch am besten. Denn wer versucht, meinen Nachnamen zu benutzen, der bricht sich die Zunge.« Und dann sprach er »Rzetelsko-Feleszko« so schnell und unverständlich aus, dass Jacques und Jean Mahon lachten.

»Bodo, Ihr Familienname klingt so, als wären Sie Russe oder Pole?«, fragte Jacques. Er benutzte den Vornamen gleich, um ihn sich einzuprägen. Diese Methode hatte er von einer Amerikanerin, die er einen Sommer lang in Nizza, als er dort als Untersuchungsrichter arbeitete, gekannt, na ja, auch begleitet und bekuschelt hatte. Wenn er ihr jemanden vorstellte, merkte sie sich dessen Namen, indem sie ihn sofort damit ansprach.

»Nein, ich bin Wende oder Sorbe. Sorbisch oder wendisch, das ist das Gleiche. Eine slawische Minderheit in der Lausitz, die liegt irgendwo südöstlich von Berlin.«

»Und so was ist erlaubt«, wunderte sich Jean Mahon, »eine Minderheit mit eigener Sprache mitten in Deutschland?«

»Ja. Wir haben eigene Zeitungen, Schulen, sorbische Straßennamen, eine eigene Fahne und eine sorbische Hymne.«

»Wenn wir zurück sind, werde ich das den Korsen, Bretonen und Basken sagen!«, scherzte Jean Mahon, und alle drei lachten.

Bodo führte die beiden Gäste aus Frankreich zu einem Mercedes in den Polizeifarben, der Polizist am Steuer stieg aus und verstaute das Gepäck im Kofferraum.

»Was halten Sie von folgender Reihefolge«, fragte Bodo, »zuerst fahren wir zum Tatort, dann zur Pathologie, dann zum Revier. Zwischendrin bringt der Fahrer die Koffer in Ihr Hotel.«

»Ich wusste gar nicht, dass Berlin so schön ist«, sagte Jacques, als er mit Bodo und Jean Mahon hoch oben fast über den Dächern der Stadt an der Brüstung der Terrasse vor der Suite Nummer 514 des »Hotel de Rome« stand.

Vor ihnen lag der Bebelplatz mit der Glasplatte in der Pflasterung über dem Denkmal für die Bücherverbrennungen der Nazis, rechts die Oper, links die Hedwigs-Kathedrale und gegenüber, auf der anderen Seite, das alte Gebäude der Humboldt-Universität.

Jacques konnte noch nicht über das sprechen, was er gerade gesehen hatte. Er schüttelte den Kopf, grässlich, grässlich, grässlich. Er fand kaum andere Worte. Grässlich, entsetzlich, ekelhaft.

Er hatte schon so manch einen Tatort besuchen müssen, aber noch nie war ihm etwas so in die Glieder gefahren wie das, was er in der Suite Nummer 514 gesehen hatte. Er blickte kurz zu Jean, der scheinbar ungerührt das Panorama von Berlin betrachtete.

Und Bodo? Der erklärte ihnen die Stadt, wie ein Reiseführer. »Da hinten liegt das Brandenburger Tor.« Und dann lachte er trocken: »Übrigens führt die Französische Straße an der Rückseite des ›Hotel de Rome‹ entlang.« Weder Jacques noch Jean reagierten.

Überall klebte Blut.

»Der Mörder ist über das Dach gekommen«, hatte Bodo gesagt, als er die Magnetkarte an das Lesegerät neben der Tür zur Suite 514 drückte. »Aber vorher hat noch eine andere Person die Suite betreten. Irina besaß zwei Karten. Das gehört zur Hauspolitik, wenn Leute länger hier wohnen. Wir haben aber nur eine gefunden, die steckte gleich neben der Tür im Hauptschalter. Das Hotel zeichnet auf, welche Karte wann die Tür geöffnet hat. Und daher wissen wir: Die eine Karte wurde gegen neun benutzt und die andere gegen zehn. Man braucht die Karte auch, um mit dem Aufzug heraufzufahren. Runter kommt man ohne.«

»Gibt es Videoaufzeichnungen in dem Hotel, etwa im Aufzug, in den Gängen, vor dem Eingang?«, hatte Jacques gefragt.

»Nein, leider nicht.« Bodo hatte die Tür zur Suite aufgestoßen. »Aber es scheint so, als wäre die zweite Karte jeden Abend – außer am Tag ihrer Ankunft – in ziemlich den gleichen Zeiträumen genutzt worden. Hier draußen im Gang gibt es keine Spuren. Der Täter scheint also wieder über das Dach verschwunden zu sein, auch an der Tür haben wir weder innen noch außen irgendetwas gefunden.«

Schon in der Diele wies ein mit Blut gemalter Pfeil in Richtung Zimmer. Das Schlafzimmer lag links, durch eine halbe Wand vom Wohnzimmer getrennt. Irina hatte im Bett gelegen, als der Mörder kam. Er hatte ihr den Hals durchgeschnitten. Offensichtlich hatte sie noch versucht, sich zu wehren, und der Mörder hatte ihr daraufhin das Kissen aufs Gesicht gedrückt, um ihr die letzte Kraft zu nehmen. Mit dem Kopfkissen, von dem das Blut auf den Teppich getropft sein musste, war er ins Wohnzimmer gegangen und hatte einen großen achtzackigen Stern an die Wand gemalt.

»Er muss im Rausch gehandelt haben«, sagte Bodo, »denn nachdem er das Zeichen an die Wand geschmiert hatte, lief er zurück zur Leiche und stach ein Dutzend Mal auf den schon toten Köper ein, in die Arme, in die Beine, in den Bauch. Und dann ist er über das Dach geflohen.«

»Irgendwelche DNA-Spuren?«

»Viele, aber wir wissen noch nicht, von wem. Irina, Personal, frühere Gäste … Das dauert eine Weile, bis wir alle analysiert haben. Und dann noch länger, bis wir sie zuordnen können. Allerdings sieht es so aus, als hätte der Mörder auch darauf geachtet, nichts zu hinterlassen. Die einzigen Spuren, die wir auf dem Dach gefunden haben, sind Abdrücke der Sohlen von Turnschuhen. Keine ersichtliche DNA, keine Fussel, keine Haare, keine Hautpartikel.«

»Fehlt etwas?«

»Ja, ihre Handtasche, ihr Schmuck, ihr Geld, ihr Handy und ihr Laptop. Vielleicht soll es wie ein Raubmord aussehen. Aber das glaubt doch keiner bei so viel Brutalität. Und bei dieser Sorgfalt, keine brauchbaren Spuren zu hinterlassen.«

»Sie hatte einen Laptop dabei?«

»Ja, jedenfalls hat sie sich vom Hotelempfang einen Internetzugang geben lassen.«

Irinas Leiche lag in Moabit beim gerichtsmedizinischen Institut der Charité, das Bodo das Leichenkommissariat nannte. Sie hatten einen Augenblick vor dem Kühlraum warten müssen, denn der Professor selbst wollte es sich nicht nehmen lassen, wie es seine Sekretärin ausdrückte, den Gästen aus Frankreich den bisherigen Befund persönlich zu schildern. Er kam mit schnellem Schritt, jung, dynamisch, mit dunklen Haaren, reichte ihnen fest die Hand, hielt Jacques und Jean die Tür auf, ging dann allerdings vor Bodo in den Raum. Er bat einen Assistenten, die Leiche aus dem Kühlfach zu holen.

»Es wird Ihnen vielleicht etwas ungewöhnlich vorkommen«, sagte der Professor, »wie ich jetzt meine Analyse vortrage, aber ich vermute, es wird Ihnen helfen. Hier in Berlin«, er schaute Bodo an, »hat sich die Polizei daran gewöhnt – und findet meine Art des Vorgehens sehr hilfreich. Jeden der Schritte, die ich schildere, können wir anhand kleiner Details belegen.«

Er räusperte sich. »Also: Fangen wir am Abend an. Sie wird so gegen sieben Uhr in einem italienischen Restaurant zu Abend gegessen haben, dazu trank sie ein oder zwei Gläser Rotwein. Ziemlich bald scheint sie in ihr Hotelzimmer gegangen zu sein. Dort hat sie geduscht, sich fein gemacht, parfümiert und nackt ins Bett gelegt. Gegen elf Uhr hatte sie Geschlechtsverkehr, wobei wir davon ausgehen, dass er einvernehmlich war. Es gibt keinerlei Hinweise auf Gewaltanwendung.«

»Dann haben Sie DNA-Spuren der Person, mit der sie …«, fragte Jacques, doch der Professor unterbrach ihn mitten im Satz: »Zumindest nicht durch Samen, denn der Mann benutzte ein Kondom. Wir haben unter anderem vom Kondom, dessen Gleitsubstanz wir isoliert haben, auf den Geschlechtsverkehr geschlossen. Lassen Sie mich fortfahren.«

»Kurze Frage«, warf Kommissar Jean Mahon ein, »wissen Sie mehr über das Kondom? Vielleicht das Fabrikat oder aus welchem Land es stammt?«

»Wir werden Ihnen die Einzelheiten mitgeben, falls es die deutschen Kollegen erlauben«, der Professor warf wieder einen Blick auf Bodo, der nickte, »dann werden Sie sicher die Herkunft des guten Stücks herausfinden können. Doch weiter: Gegen ein Uhr ist sie eingeschlummert. Der Mörder schnitt ihr gegen vier Uhr nachts die Kehle durch, und zwar als sie tief schlief. Und als sie sich wehrte, drückte er ihr ein Kopfkissen aufs Gesicht, um sie zu ersticken. Wir haben auch Blut in ihrer Lunge gefunden. Aber sie starb in erster Linie am Blutverlust.«

»Wenn sie sich gewehrt hat, müsste es doch DNA-Spuren vom Täter geben? Oder gibt es welche, die auf den Mann hindeuten, mit dem sie Geschlechtsverkehr hatte?«, fragte Jacques

»Wir haben noch nichts, was eindeutig auf den Täter hinweist. Aber reichlich von dem Liebhaber. Sie hat ihn offensichtlich gestreichelt, leicht gekratzt, leicht, wie gesagt, sodass wir unter ihren Fingernägeln reichlich fremde Hautpartikel finden und entnehmen konnten.«

»Wenn Irina sich gegen den Mörder gewehrt hat, hat sie dann den nicht auch gekratzt?«

»Hämatome deuten darauf hin, dass sich der Mörder mit den Beinen auf ihre beiden Oberarme gekniet und sie so auf dem Bett festgenagelt hat. Die achtzehn Messerstiche, die er dem Opfer nach Eintritt des Todes noch zufügte, und die Blutschmierereien an den Wänden deuten auf einen von Hass getriebenen Täter, dem das Morden zur Routine geworden ist. Mein persönliches Fazit lautet: Der Täter stammt entweder vom Balkan oder aus dem Kaukasus. Ich habe Ende der Neunzigerjahre im Auftrag des BKA Hunderte von Leichen aus den Massengräbern in Bosnien und später auch aus dem Kosovo obduziert, und dabei bin ich immer wieder auf diese Art der Brutalität gestoßen.«

Sichtlich zufrieden mit seinem Auftritt, drehte sich der Professor um, nahm das Tuch, das Irinas Leichnam bedeckte, schaute noch einmal Jacques und Jean an. »Das wird jetzt nicht schön sein, aber Sie sind es ja sicher gewöhnt« – und zog es weg. Nein, es war nicht schön, und Jacques sah auch nur einen Augenblick auf Irinas Körper. Er dachte an das schöne Model, das er noch vor wenigen Tagen auf dem Monitor gesehen hatte. Auf ihren langen Beinen war sie zum »L'Hôtel« gestakst, und die Polizisten hatten bewundernd gepfiffen, als Irina fast nackt ans Fenster getreten war und auf Michail wartete.

»Fällt dir was auf?«, fragte er Jean Mahon.

»Mhm«, grunzte der, »da haben wir schon einmal eine Parallele zu Gina.«

Das Gebäude der Polizeidirektion Mitte lag nicht weit entfernt vom Leichenkommissariat, ein langweiliger Bau, dachte Jacques, wie er höchstens in der Banlieue von Paris oder in Lyon oder Marseille stehen könnte. Kriminaldirektor Daniel Dörr, ein drahtiger Mittvierziger mit Dreitagebart, empfing sie im Hemd. »Bitte legen Sie doch Ihre Jacken ab bei dieser Affenhitze.« In Berlin war es fast noch heißer als in Paris. Im Konferenzraum des Referats Verbrechensbekämpfung stellte er ihnen fünf Mitarbeiter vor. Jacques konnte sich vor lauter Kriminal-Ober-Haupt-Meister-Erster-Rat-Kommissar weder Dienstbezeichnung noch Namen merken. Aber er hatte den Eindruck, einer hellwachen Truppe gegenüberzusitzen.

Bodo brachte zwei große Teller mit frisch belegten Broten, reichte sie herum und sagte jedem, der eine Schnitte nahm: »Boži chl b – Gottesbrot heißt das bei uns Sorben.« Dörr lachte. »Greifen Sie zu. Bodo backt dieses Roggensauerteigbrot höchstpersönlich nach altem sorbischen Rezept. Er hasst die durchgeweichten Brötchen, die uns die Kantine hinstellt. Und unser Kaffee ist auch gut.«

»Also stark?«, fragte Jacques.

»Na klar, kann Tote erwecken.«

»Es gibt deutliche Überschneidungen mit unserem Fall in Paris«, sagte Jacques und schilderte den Mordfall Gina aus der Sicht, die Margaux mit ihren Artikeln vorgegeben hatte. »Gina verdient ihr Geld als Model, will sich aber als Studentin für Mathematik einschreiben, weil sie in diesem Fach außerordentlich begabt ist. Sie ist seit einiger Zeit mit einem Russen namens Michail befreundet, der für die Pariser Niederlassung eines georgischen Handels- und Finanzunternehmens arbeitet, das auch an der Modelagentur beteiligt ist, für die Gina arbeitet. So weit die Tatsachen. Dann hat Gina einer Cousine, die Journalistin ist, erzählt, sie versuche sich in das Programm dieser Firma einzuhacken, denn sie habe aus dem, was Michail erzähle, den Eindruck, es gehe dort um Wirtschaftsspionage im Internet oder gar Geldwäsche. Die Journalistin war heiß auf einen Coup und hat Gina deshalb bestärkt weiterzumachen. Welche Rolle Michail dabei spielt, wissen wir noch nicht. Und womit dieses Unternehmen wirklich handelt, haben wir bisher auch noch nicht eindeutig geklärt. Das ist ein bisschen kompliziert, denn es wird von oben protegiert.«

»Wie kann das denn sein?«, fragte der Kriminaldirektor erstaunt. »Falls da jemand aus der Regierung seine Finger drin hat, steckt man das der Opposition, und schon fliegt der auf.«

Jacques seufzte und überlegte, wie offen er sein sollte. Dann sagte er nur: »Das ist in Frankreich ein wenig anders. Aber lassen wir das.«

In knappen, präzisen Worten schilderte er alles, was sie über das Feuer in dem Kahn und den Tod Ginas, der möglicherweise durch Waterboarding verursacht worden war, wussten.

»Die Verbindung zum Fall Irina ergibt sich erstens durch Michail, der uns allerdings vor einigen Tagen durch die Lappen gegangen ist, als er sich mit Irina in einem Hotel in Paris traf. So wie der Täter hier war Michail in Paris über die Dächer zum Hotelzimmer geflitzt. Hier sind die Abdrücke von Turnschuhen gefunden worden. In Paris hat Michail auch Turnschuhe getragen und Spuren der Sohlen hinterlassen. Wir haben Fotos von Michail und reichlich DNA-Proben.«

»Sie haben festgestellt, dass eine Person abends ganz normal mit dem Aufzug in den fünften Stock gefahren ist und mit einer regulären Magnetkarte, die sie nur von Irina erhalten haben konnte, in die Suite gelangt ist«, bemerkte Jacques.

»Oder die jemand Irina gestohlen hat«, ergänzte der Kriminaldirektor.

»In Ordnung. Wissen wir, wann diese Person die Suite wieder verlassen hat?«

»Ja, offensichtlich gegen ein Uhr. Das ist die Zeit, in der nur noch eine Person am Empfang arbeitet. Ein junger Engländer. Der hat in den vergangenen Nächten immer um diese Zeit die gleiche Person das Hotel verlassen sehen.«

»Dann sollten wir ihm das Foto von Michail zeigen«, sagte Kommissar Jean Mahon.

»Gut. Nehmen wir einmal an, es war Michail. Er geht um eins. Gegen vier Uhr«, automatisch blickte Jacques auf seine Uhr, ohne wahrzunehmen, wie spät es war, »so hat es uns Ihr Professor aus dem Leichenkommissariat erklärt, wurde Irina ermordet. Reine Hypothese: Die Person, die um ein Uhr das Hotel verließ, hätte ohne weiteres Zeit gehabt, um halb vier über das Dach des Hotels auf die Terrasse der Suite zu klettern, deren Tür Michail, wenn er es gewesen ist, vorher geöffnet hatte. Da wäre noch herauszufinden: Schlief sie immer mit offener Tür, oder aber hatte sie bei dieser Hitze die Tür geschlossen und die Klimaanlage an?«

»Das haben wir schon gefragt«, sagte Bodo, »die Luft aus der Klimaanlage in der Suite kommt so kalt heraus, dass Irina beim Empfang ganz freundlich gebeten hat, ob man das nicht abstellen könnte. Der Hauswart hat es versucht. Aber vergeblich. Daraufhin hat man ihr empfohlen, die Klimaanlage laufen zu lassen und die Fenster zu öffnen.«

»Russische Zustände!«, sagte Kommissar Jean Mahon. »Die regeln ihre Heizung doch auch mit dem Fenster.«

»Was halten Sie von meinen Überlegungen?«, fragte Jacques.

»Möglich wäre es gewesen«, antwortete der Kriminaldirektor. »Wir sind offen für jede These.«

»Danke«, sagte Jacques. »Wir haben ein Dossier für Sie mitgebracht. Darin sind die DNA von Michail und mehrere Fotos und die Abdrücke auf den Dächern von Paris. Vielleicht erkennt jemand im ›Hotel de Rome‹ Michail auf den Aufnahmen. Wir wiederum hätten von Ihnen gern die

Abdrücke der Schuhe vom Dach des ›Hotel de Rome‹ und alle DNA-Spuren, die auf den Täter oder den nächtlichen Besucher hinweisen.«

Jacques warf einen Blick auf Jean Mahon, der sofort verstand, dass sein Freund wissen wollte, ob er ganz offen sein sollte. Er nickte.

»Es gibt noch eine zweite Person, auf die wir ein Auge geworfen haben. Den Sicherheitschef der Pariser Niederlassung dieses merkwürdigen Unternehmens, ein Russe, ehemaliger Tschetschenienkämpfer namens Wolod, der offenbar eng mit Michail zusammenarbeitet. In der Nacht, in der wir Michail im Hotel mit Irina festnehmen wollten, hat Wolod ihm jedenfalls geholfen zu flüchten. Und das hat er sehr geschickt angestellt. Er behinderte einen unserer Polizisten für einen entscheidenden Moment, sodass Michail fliehen konnte. Hinterher hat Wolod angegeben, er habe erfahren, dass Michail im Hotel übernachte, und er wollte ihn stellen, um ihn der Polizei zu übergeben. Damit wollte er die Unschuld des Unternehmens und auch – so Wolods Darstellung – die von Michail beweisen. Ich glaube ihm nicht.«

Jacques machte eine kurze Pause, um seine Gedanken zu ordnen, und fügte dann hinzu: »Außerdem hat uns das Google Phone von Gina eine Spur nach Berlin gewiesen. Es war an ein System angeschlossen, das Aka-Aki heißt und offenbar hier von Studenten als Kontaktbörse erfunden worden ist. Ist das hier bekannt?«

»Mit denen hatten wir vor Kurzem Probleme. Wer hat das bearbeitet?« Kriminaldirektor Dörr schaute fragte in die Runde. Ein Kriminaloberrat meldete sich: »Ja, Aka-Aki kenne ich. Hat aber nicht den überragenden Erfolg. Vielleicht ist es zu kompliziert. Wer sich anmeldet, gibt an, welche Vorlieben er hat, und sobald ein anderes Mitglied von Aka-Aki, das diese Vorlieben teilt, an seiner Wohnung vorbeigeht oder an der Kneipe, in der er gerade sitzt, meldet ihm das System den möglichen Kontakt. Aka-Aki benutzt auch GPS als Basis, funktioniert aber technisch besser.«

»Wir vermuten«, so fuhr Jacques fort, »dass alle Models, ohne es zu wissen, bei Aka-Aki eingeloggt waren, damit immer verfolgt werden konnte, wo sie sich jeweils aufhielten. Wir haben zum Beispiel mitbekommen, dass Michail ein neues Handy für Irina besorgt hat, um mit ihr Kontakt aufzunehmen. Er wusste also, dass die Handys der Models angezapft wurden und vermutlich seines auch. Ich hielte es nicht für schlecht, die Leute von Aka-Aki zu besuchen.«

»Die werden uns nicht mit offenen Armen empfangen«, sagte der Kriminaloberrat. Er arbeitete in der Inspektion für Gewaltdelikte: »Aka-Aki hat seine Büros nicht weit von hier, in der Hessischen Straße. Also in unserem Einzugsbereich. Einer der User von Aka-Aki wurde kürzlich wegen einer Morddrohung gesucht. Und wir mussten der niedersächsischen Polizei Amtshilfe leisten. Sie schickten uns den Durchsuchungsbeschluss eines Ermittlungsrichters, damit sollten wir erreichen, dass Aka-Aki die Userdaten herausgibt. Besonders interessierte die Kollegen natürlich der momentane Aufenthaltsort des Users, der wegen der Morddrohung zur Fahndung ausgeschrieben war. Es hat nicht geklappt, die jungen Leute sind ja nicht doof. Sie löschen sofort alle Daten und berufen sich dabei auf den Berliner Datenschutzbeauftragten.«

»Kann man mit denen nicht reden?«, fragte Jean Mahon. »Wir könnten ihnen doch unseren Fall schildern. Vielleicht wissen die gar nicht, wofür sie missbraucht werden. Auf jeden Fall müssten sie Wolod kennen.«

»Versuchen können wir es«, sagte der Kriminaldirektor.

Jacques schlug vor, das Eis zu lutschen, solange es kalt ist, und fragte, ob einer der deutschen Kriminalpolizisten Kommissar Jean Mahon im Anschluss an dieses Treffen zu Aka-Aki begleiten könne. Er selbst wolle einen anderen Weg gehen. Dazu benötige er allerdings Hilfe von jemandem, der sich gut in der russischen Gemeinde von Berlin auskennt. Bodo hob den Finger wie ein Kind, das sich in der Schule meldet. Der Kriminaldirektor nickte ihm zu.

»Da gibt es nur einen. Lew«, sagte der Sorbe, und lebhaftes Gemurmel bestätigte ihn, »der ist Maler, Musiker und am allerwichtigsten, er ist äußerst trinkfest. Er lebt vom Zigarettenschmuggel aus der Ukraine, aber das lassen wir ihm. Sein Umsatz ist mager, aber der illegale Handel macht ihn glaubwürdig in diesem Teil der russischen Gemeinde. Er hat uns schon häufig geholfen. Dem würde ich blind vertrauen. Mit seinem grauen Vollbart sieht er aus wie Solschenizyn.«

»Und ist wahrscheinlich auch so alt«, warf jemand lachend ein.

Puschkins Kneipe

Kurz nach elf Uhr abends steuerte Lew seinen dreißig Jahre alten Mercedes-Benz, einen hellgrünen S 280, von der Charlottenstraße in die Behrenstraße. Der Motor schnurrte so leise, dass nur bei hohen Touren ein helles Surren zu hören war. Heute Abend würde er wieder doppelt verdienen. Einmal könnte er die Franzosen abzocken, und zwar so, dass sie ihm hinterher auch noch dankbar wären für seine Dienste, zum anderen würde ihm der Wirt von »Puschkins Bar« wie immer, wenn er Touristen anschleppte, die einmal echte Berliner Luft atmen wollten, einen ordentlichen Obolus zustecken.

Er brauchte dringend Bargeld. Zwar zahlte er seit Monaten keine Miete mehr für seine heruntergekommene Altbauwohnung im Wedding, aber der Unterhalt des Wagens kostete viel. Ohne die Kutsche ging es aber gar nicht. Er hatte den Benz vor fünfzehn Jahren einem ehemaligen Menschenschmuggler abgekauft. Der Vorbesitzer schmuggelte vor der Wende Flüchtlinge aus der DDR in den Westen und nach der Wende Zigaretten aus der Ukraine. Dafür hatte er genau über der verstärkten Hinterachse ein Versteck gebaut, auf das weder die Volkspolizisten kamen noch die Zöllner an der polnischen oder der deutschen Grenze. Wenn er darauf angesprochen wurde, verteidigte er sich wortreich gegen den Vorwurf des Schwarzhandels. Er erklärte, dass die Kartons mit Zigaretten der Marke Jin Ling direkt aus Lagern kämen, die ein russischer Tabakfabrikant nahe der ukrainischen Grenze zu Polen eingerichtet habe, um den Einkäufern aus dem Westen einen längeren Weg über die holprigen Straßen der Ukraine zu ersparen. Nur die Steuerbanderole fehle an den Packungen. Und das mache die Ware so billig. Und ihm blieben mindestens sechstausend Euro pro Fahrt.

Als Lew den Wagen vor das »Hotel de Rome« lenkte, kam sofort ein junger Portier angerannt, öffnete die Tür und sagte: »Willkommen zurück im ›Hotel de Rome‹, schön, dass Sie da sind. Hatten Sie eine gute Reise?«

»Junge, lass die auswendig gelernten Sprüche«, antwortete der Russe in fließendem Deutsch. Er quälte sich aus seinem Sitz, doch als er die Füße auf den Asphalt der Straße stellte, blieb er sitzen, schaute den Jungen in Uniform, der den Schlag immer noch offen hielt, von unten an und sagte: »Geh mal in die Bar. Da sitzt ein Franzose namens Jacques Ricou mit einer Frau. Dem sagst du, dass Lew vorgefahren ist.«

Nach der Sitzung in der Polizeidirektion Mitte hatte eine Zivilstreife Jacques zum »Hotel Albrechtshof« gefahren, das der Stadt einen Sondertarif für Übernachtungen eingeräumt hatte. Statt neunzig Euro pro Nacht nur fünfzig. Jacques hatte um das bescheidene Quartier gebeten. Das Hotel, ein christliches Hospiz, rühmte sich damit, dass sogar Martin Luther King 1964, also zu tiefsten DDR-Zeiten, in seinen Räumen einen Abend mit protestantischen Pfarrern verbracht und »Let My People Go« gesungen habe. Jetzt trug die Kapelle im Untergeschoss den Namen des streitbaren Bürgerrechtlers. Der Albrechtshof lag mitten in der Stadt, gleich in der Nähe des Bahnhofs Friedrichstraße und in Fußdistanz zum »Hotel de Rome« am Bebelplatz.

Noch im Wagen hatte Jacques die Nummer von Maras Mobilfone gewählt, ihr vorgeschlagen, gegen zehn eine Kleinigkeit in ihrem Hotel zu essen, und gefragt, ob sie Lust habe auf einen nächtlichen Ausflug in eine Bar, in der sich die russische Mafia treffe. »Hängt das mit den Ermittlungen zusammen?«, fragte Mara, doch noch bevor er antworten konnte, sagte sie schon: »Das lässt mir eine Stunde Zeit. Gut, um zehn treffen wir uns in der Lobby.«

Als Jacques und Mara jetzt die Hoteltreppe hinabstiegen, riss Lew die hintere Tür seines Mercedes auf und bat beide, auf dem Rücksitz Platz zu nehmen.

»Sie sitzen hinten, weil Sie meine Kunden sind«, erklärte der bärtige Russe und steuerte den Wagen in Richtung Westen, »in Puschkins Kneipe erhalte ich vom Wirt eine kleine Belohnung, wenn ich dort Touristen anschleppe. Und das sind Sie heute Abend, Touristen aus Frankreich.« Eine zusätzliche Bemerkung konnte Lew sich aber nicht verkneifen: »Sie sehen ja auch wie eine echte Pariserin aus, Madame, mit Ihrer eleganten Sonnenbrille.« Mara hatte sich exzentrisch gekleidet, wenn auch nicht so auffällig wie an dem Abend, als sie Jacques in Belleville abgefangen hatte. Diesmal musste man zweimal hinschauen, bis man den Witz des Outfits erkannte. Dem warmen Sommer entsprechend trug sie zu einer eng anliegenden Hose ein weißes Herrenhemd mit hochgekrempelten Ärmeln. Allerdings hatte sie ihre Arme nicht in die Ärmel gesteckt, sondern durch Schlitze, die sich erst darunter öffneten. Sexy. Für einen unauffälligen Besuch in einer Unterweltkneipe ein wenig übertrieben, dachte Jacques, aber vielleicht gerade gut: Jemand, der so auffällt, wird bestimmt nicht als Spitzel verdächtigt.

Jacques zeigte Mara und Lew das Foto von Michail und erklärte ihnen, dass er in »Puschkins Kneipe« im besten Fall Michail und Wolod finden wolle oder wenigstens einen der beiden. Wenn nicht, würde er vielleicht etwas über sie in Erfahrung bringen. Genauso gut könnte aber auch nichts dabei herauskommen außer einem ungewöhnlichen Ausflug in die Berliner Nachtszene.

»Auf nach Charlottengrad«, rief Lew fröhlich und warf im Rückspiegel einen Blick auf Mara, »so heißt dieser Teil Charlottenburgs inzwischen unter uns.«

Mara zog unterwegs ihr Smartphone aus der Tasche, las einige Mails, ließ einen Stoßseufzer hören und fing an, in großer Geschwindigkeit mit beiden Daumen Antworten zu schreiben. Als der Wagen hielt, bat sie um einen Moment Geduld. »Gleich, gleich, gleich bin ich fertig.« Endlich steckte sie das Gerät wieder ein, lächelte Jacques an, war in Gedanken aber offensichtlich ganz woanders.

Als Jacques am Eingang der unscheinbaren Kneipe den Schriftzug »Puschkin Wodka« sah, lachte er und sagte: »Ich dachte an den Dichter, weil ich nicht wusste, dass es auch einen Wodka mit diesem Namen gibt.«

»Ach, das ist ein deutscher Wodka«, sagte Lew, »das Rezept haben russische Exilanten während der Revolution mitgebracht.«

Es roch muffig. Sergej, der Wirt, kam hinter der Theke hervor, umarmte Lew und schüttelte den französischen Gästen die Hände. Es sei noch ziemlich leer, sie könnten sich einen Tisch aussuchen. Der Betrieb beginne erst nach Mitternacht.

»Dann aber trinken wir mehr Wodka, singen lautere Lieder und genießen das Leben mehr als die Ureinwohner!«

Lew brachte sie in den zweiten Raum an einen Tisch gegenüber einer Tür aus billigem Sperrholz und bestellte drei Glas Champagner. Das müsse schon sein. Es roch stark nach Rauch. Hinter dem Tresen standen Dutzende Flaschen Wodka, Whisky, Cognac und anderes Scharfgebranntes. An den Wänden mit einer vergilbten Blumentapete hingen Fotos. Auf einem der Bilder entdeckte Jacques den ehemaligen Kanzler Gerhard Schröder zusammen mit Putin.

»Waren die hier?«, fragte Jacques den Wirt, als er den Champagner brachte.

»Ja, die haben genau an diesem Tisch gesessen«, und dann lachte Sergej, »Putin ist schließlich der Chef der russischen Mafia!«

Langsam füllte sich die Kneipe, der Lärm schwoll an. Jacques hörte fast nur Russisch. Er fühlte sich unwohl. Hier war er nicht zu Hause. Und er schämte sich ein wenig für die allzu auffällig gekleidete Mara. Sie waren beide Fremdkörper. Und das stach jedem ins Auge. Lew, der wohl das Gefühl hatte, er müsse sie unterhalten, erzählte aus seinem abenteuerlichen Leben. Er war Anfang der Siebzigerjahre aus Russland geflüchtet und hatte sich schließlich nach Wanderjahren in Paris und Zürich als Maler in Berlin niedergelassen. Sie müssten sich seine Bilder anschauen, vielleicht würde ihnen eines gefallen? Die seien nicht allzu teuer. Und bevor Jacques es verhindern konnte, bestellte er eine zweite Runde Champagner. »Das gehört dazu«, murmelte er. »Ihr seid französische Touristen, und deine Madame sieht teuer aus.«

Plötzlich, als wäre ein Bus angekommen, strömten die Gäste herein, meist Männer, die sich an die Theke stellten, weil keine Stühle mehr frei waren. Ab und zu ging jemand in den Raum hinter der Sperrholztür. Um den Tisch neben ihnen quetschten sich sieben kräftige Kerle, redeten laut, lachten, als einer offenbar einen Witz über Maras Outfit machte. Lew rief ihnen einige Sätze auf Russisch zu, sie lachten noch lauter.

Alle trugen Tätowierungen auf den Armen, am Hals, und einer hatte sein Hemd weit aufgeknöpft. Mara sah in seine Richtung und gab sich Mühe, nicht allzu sehr auf seine Brust zu starren. Dann sagte sie leise zu Jacques: »Dreh dich jetzt nicht um, aber der hat fast den ganzen Kreml auf seine Rippen tätowiert.«

»Das ist nicht der Kreml«, sagte Lew genauso unauffällig. »Das sind neun Kirchenkuppeln. Und jede Kuppel bedeutet ein Jahr Gefängnis. Davor steht betend eine Madonna mit ihrem Kind. Das hat aber nichts mit der Kirche zu tun, sondern die Madonna steht für Kriminalität. Das alles zusammen bedeutet: Ich bin ein Verbrecher, weil meine Mutter mich nicht davor bewahren konnte. Das ist so etwas wie eine Geheimsprache russischer Banden. So was Ähnliches gibt's bei den Japanern ja auch.«

»Und was bedeutet der achtzackige Stern«, fragte Mara, die immer wieder einen Blick auf den Mann warf, »auf dem oberen Ende des Brustbeins?«

Jacques drehte sich ruckartig um und suchte mit seinen Augen nach der Tätowierung. Mara zischte ihn an: »Ich hab doch gesagt, dreh dich nicht um! Das fällt doch auf! Ihr Männer seid aber auch zu blöd.«

»Pardon. Aber es hat schon einen Grund, weshalb … na ja, später …« Jacques winkte mit beiden Händen ab und schaute Lew fragend an.

»Ein achtzackiger Stern, häufig mit einer lachenden Sonne in der Mitte«, erklärte Lew weiter, »heißt, dass du in der Bande so 'ne Art Offizier bist. Zwei Sterne, und du bist der Boss.«

Jacques starrte gedankenverloren vor sich hin. So einen achtzackigen Stern hatten sich auch Gina und Irina von Annie zupfen lassen. Damit zeigt der Mann seinen Frauen, dass er der Boss ist. Er gibt vor, wie sie dort auszusehen haben, wo er sie besitzt. Was aber sagte der achtzackige Stern an der Wand der Suite aus, in der Irina ermordet worden war? Hatte Michail den Mord im Drogenrausch begangen und im Wahn den Stern mit Irinas Blut an die Wand gemalt? Schaut her, ich bin der Herr über Leben und Tod. Oder war es eine Warnung an Michail von jemandem mit zwei Sternen? Könnte hier tatsächlich ein Treffpunkt der russischen Mafia sein?

Lew schob seinen Stuhl zurück, erhob sich mit einem Seufzer, lief zur Theke und kam mit einer Flasche Wodka und drei Gläsern zurück. Dann goss er die Gläser voll und prostete Jacques und Mara zu.

»Schmeckt nicht schlecht«, sagte Jacques, nachdem er an dem Glas genippt hatte, »aber das ist ja gar kein Puschkin, sondern …« Er beugte sich vor und versuchte die kyrillischen Buchstaben zu entziffern.

»Russkij Standart«, sagte Lew. »Ja, ja, der ist gut. Der riecht kaum, der schmeckt gut, und am allerwichtigsten: Morgen früh spürst du keine Nachwirkungen.«

Jacques sah Mara an, die nicht zugehört hatte, sondern noch einmal einige Nachrichten auf dem Telefon gelesen und beantwortet hatte. »Entschuldigung, habe ich was verpasst?« »Nein, nein.« Lew flüsterte durch seinen Vollbart: »Ich werde unseren Nachbarn Witze von Wowotschka erzählen. Dann kann ich den Namen Wolod unverfänglich ins Gespräch bringen. Vielleicht kennen sie ihn, vielleicht wissen sie, ob er heute kommt.«

Er goss sein Glas wieder voll und rief zum Nebentisch, ob jemand beleidigt wäre, wenn er Witze über Wowotschka mache? Nein. Er packte die Flasche, goss den Männern ein und schien Jacques und Mara ihrem Schicksal zu überlassen.

Mara fühlte sich inzwischen fehl am Platze. Sie sah Jacques an und fragte: »Weißt du, wie wir jetzt weiterkommen?«

»Nur mit Geduld. Wir beide spielen jetzt das Touristenpärchen und tun verwundert über die Leute hier. Aber wir müssen aufpassen, was wir reden. Man weiß nie, wer uns versteht.«

Mara griff wieder in ihre Tasche, doch diesmal nahm Jacques ihre Hand in seine und sagte: »Bitte nicht wieder dieses Gerät. Können wir uns nicht einfach unterhalten?«

»Entschuldigung«, sagte Mara und zog ihre Hand unter seiner hervor. »Die Geschichte belastet uns entsetzlich. Ja, das mit dem Mädchen ist traurig. Aber uns bricht die ganze Talbot-Noir-Kampagne zusammen, die wir für das Frühjahr geplant haben. Wir haben drei Monate lang nur Tests mit Gesichtern gemacht, bis wir Irina hatten. Offensichtlich spricht sie die Zielgruppe unserer potenziellen Käuferinnen ideal an. Jetzt kannst du natürlich sagen, könnt ihr nicht die Nummer zwei nehmen?«

»Ja, warum nicht?«, fragte Jacques ein wenig abwesend. Er sah sich Gesicht für Gesicht der um sie herumstehenden Leute an. Würde er Michail erkennen? Er fühlte, wie er immer mehr verkrampfte. Was die Männer sprachen, konnte er noch nicht einmal erahnen. Sie lachten lauter als Franzosen, in deren Mienen er hätte lesen können. Doch diese Leute waren ihm fremd.

»Weil wir die Nummer eins sein wollen! Gott sei Dank haben wir unser Marketing ausgelagert, darum kümmert sich eine Spitzenfirma in Manhattan. Dort sind die Leute jetzt noch im Büro, und ich trete ihnen auf die Füße, so hart ich kann. Am liebsten mit dem Stöckelabsatz auf den Spann. Nach dem Motto, ich will gleich morgen mit einem noch besseren Gesicht weitermachen. Und zwar hier in Berlin.«

»Und was sagen die?«

»Da hat jemand gewagt, das Wort Geduld zu benutzen. Ich habe nur zurückgeschrieben, es gebe auch noch andere Firmen in New York.«

»Ich nehme an, daraufhin hat jemand gespurt?«, fragte Jacques.

»Ja, und zwar ich!«, antwortete Mara. »Ich habe sofort zwei Agenten in Gang gesetzt, nach dem Motto: Wer am schnellsten eine Lösung anbietet, bekommt unseren Marketingjob.«

»Und glaubst du«, fragte Jacques, »dass ihr morgen weiter fotografieren könnt?«

»Nein, in Wirklichkeit glaube ich es nicht«, sagte Mara und nestelte an ihrem Hemd herum. »Wenn wir Glück haben, geht es in vier Wochen weiter. Solche Models liegen ja nicht arbeitslos auf der Straße, oder anders gesagt, am Strand von Saint-Trop'. Und wer weiß, ob der Fotograf dann noch frei ist? Und wie das Wetter in Berlin ist? Tausend Unwägbarkeiten.«

Gegen halb zwei kam Unruhe auf, als sich zwei Männer mit kleinen Holzkisten auf den Armen einen Weg durch die lärmende Menge bahnten, kurz in die Runde schauten, dem Nachbartisch zunickten und hinter der Sperrholztür verschwanden. Die sieben Männer sprachen auf Lew ein, der heftig nickte, und standen mit einem Blick auf die französischen Touristen auf. Lew beugte sich zu Jacques: »Wir können jetzt mitgehen in das Hinterzimmer. Dort finden Wetten statt, und ihr seht so aus, als hättet ihr genügend Geld. Wenn wir etwas erfahren, dann dort.«

»Und worum wird gewettet?«, fragte Jacques.

»Da findet jetzt ein Kakerlakenrennen statt!«

Mara sprang auf und lachte laut: »Das muss ich sehen!«

Jacques erhob sich mit einem gequälten Lächeln. Er warf Mara einen Blick zu, sagte, es sei ihm peinlich zu fragen, aber er habe sich nur mit dreihundert Euro für den Abend ausgerüstet. Wie es denn bei ihr aussehe, falls sie hoch wetten müssten? Und sie dürften auch die Zeche nicht vergessen. Maras Mundwinkel verzogen sich zu einem spitzen Lächeln, sie schaute den »armen« Richter an und sagte, ein paar Hunderter könne die Parfumindustrie schon einsetzen.

Die Sperrholztür führte in eine verqualmte Spielhölle, in der nur Männer saßen. In der Mitte stand ein langer Holztisch, den drei von ihnen anhoben und an die Wand stellten. Jacques ahnte, dass es ein Fehler gewesen war, in den Hinterraum mitzugehen. Er sah keine zweite Tür, durch die sie hätten fliehen können. Noch kümmerte sich niemand um sie. Als Jacques sich neugierig umschaute, fiel ihm an einem Tisch ein Mann auf, der ihm bekannt vorkam. Blitzartig war er hellwach, überlegte kurz, ob es Michail war, doch dann entspannte er sich. Er hatte Bodo bisher nur in Uniform gesehen, jetzt trug der Kriminalobermeister ein schlampiges T-Shirt mit abgeschnittenen Ärmeln, eine ausgebeulte blaue Hose und Turnschuhe. Ein Trost, ihn hier zu wissen.

In der Mitte des Raumes wurden drei Bahnen mit Latten abgetrennt, die Männer schrien durcheinander und wedelten mit Geldscheinen herum. Einer der Kerle vom Nachbartisch winkte Jacques zu sich und fragte, ob er nicht auf eine der Rennkakerlaken setzen wolle? Auf Bahn eins laufe Rasputin, auf Bahn zwei Putin und Iwan der Schreckliche auf Bahn drei. Mara hielt fünfzig Euro in der Hand, gab sie Jacques und bat ihn, für sie zu wetten.

»Auf wen setzen wir?«

»Auf Iwan den Schrecklichen!« Mara war wie berauscht von dem Lärm um sie herum. Die Männer mit den Holzkisten knieten sich an den Start, nahmen aus kleinen Schubladen drei große Kakerlaken, legten sie auf den Holzboden und hielten sie vorsichtig fest. Ein Dritter sammelte Geld ein, faltete jeden Schein mehrmals in der Länge und zog ihn je nach Piste, auf die das Geld gesetzt wurde, zwischen zwei andere Finger.

Alle drängten sich jetzt um die Rennbahn. Der Mann mit dem Wettgeld riss plötzlich einen alten Trommelrevolver aus seinem Hosenbund, was aber niemanden weiter beunruhigte. Dann richtete er den Lauf auf Jacques, der hielt kurz den Atem an, da knallte schon der Startschuss. Eine Platzpatrone.

Rasputin lief erst einmal in die falsche Richtung, Iwan der Schreckliche hatte einen Fehlstart, Putin sauste los und hatte bald zwanzig Zentimeter Vorsprung, doch dann holte Iwan auf, und als auch Rasputin in die vorgesehene Richtung spurtete, brüllten alle. Er kam näher! Eine Handlänge vor dem Ziel hielt Putin plötzlich an und wurde von Iwan dem Schrecklichen und sogar noch von Rasputin geschlagen. Der Besitzer von Putin packte den Verlierer wieder in ein Fach seiner Holzkiste und untersuchte wütend den Punkt, an dem seine Kakerlake stehen geblieben war. Da war wahrscheinlich Fett oder Zucker auf dem Boden, er spuckte auf sein Taschentuch und rieb die Bahn an dieser

Stelle sauber. Dann forderte er lautstark Revanche, aber diesmal bestehe er auf einer anderen Piste. Eins zu drei war die Wette ausgegangen, der Mann zahlte Jacques hundertfünfzig Euro aus. Ein dicker Russe hatte tausend Euro gesetzt und gewonnen. »Wodka für alle«, schrie er. Gläser wurden gefüllt, jeder musste mit ihm anstoßen, auch Mara und Jacques.

Mara drehte sich zu Jacques, griff mit beiden Händen das Revers seiner Jacke und sagte leise: »Ekelhafte Viecher!«

Und er antwortete: »Lass uns gehen. Mir ist das hier nicht ganz geheuer.«

Mara zögerte, aber Lew zog die beiden zur Seite.

»Ihr müsst jetzt mehr setzen«, flüsterte er, »wenn ihr hier aufgenommen werden wollt, setzt den Gewinn und fünfzig Euro darüber beim nächsten Lauf.«

Jacques zog seine Brieftasche aus der Jacke, kramte noch einen Fünfzig-Euro-Schein hervor und sah Mara an, deren Gesicht gerötet war. Und jetzt Rasputin. Ja, alles auf Rasputin. Der war am schnellsten! Zweihundert Euro auf Rasputin. Jacques gab seinen Einsatz ab und ließ die Brieftasche ungeschickt fallen. Ein kleiner Dünner, der neben ihm stand, hob sie auf, gab sie zurück, Jacques bedankte sich mit einem Nicken und steckte sie wieder ein. Doch insgeheim dachte er, hoffentlich ist das kein Taschendieb, der ganz flink das Bargeld rausgefingert hat. Aber wenn ich jetzt nachschaue, dann ist klar, dass ich misstrauisch bin. Und wer weiß, ob er dann nicht aus gekränkter Ehre Krawall anfängt. Also blickte Jacques weiter auf die Rennstrecke für die Kakerlaken. Aus dem Augenwinkel beobachtete er den Dünnen. Der hatte zwei Kumpel neben sich, redete auf sie ein und machte mit dem Kopf eine Bewegung zu Jacques hin.

Diesmal zielte der Revolverlauf beim Startschuss direkt auf den dicken Russen, der eben abgesahnt hatte, und er schlug sich beim Knall mit beiden Händen auf die Brust, ließ den Kopf zur Seite fallen, als wäre er getroffen worden.

Wieder großes Geschrei. Iwan der Schreckliche startete am besten, Putin kam gar nicht voran, Rasputin lief im Zickzack gegen die Latten und verharrte dann in Schreckstarre.

Wieder gab es eine Runde Wodka, doch plötzlich zeigte der dünne Nachbar, der die Brieftasche aufgehoben hatte, auf Jacques und schrie: »Er ist ein russischer Agent! Er ist ein russischer Agent. Er hat einen russischen Staatsausweis!«

Jacques wich zurück: »Ich bin Franzose!«

»Dann zeig den Ausweis!«

Jacques öffnete die Brieftasche, in deren Innenseite sein Dienstausweis als Richter hinter einer Plastikfolie steckte, für einen kurzen Moment. Quer über die Karte liefen Streifen mit den französischen Farben. Oben stand »Palais de la Justice«. Schnell schob er das Lederetui zurück in seine Jacke.

»Da seht ihr's! Die Farben von Moskau!«

Lew schob sich dazwischen und sagte beruhigend: »Du Depp, die russischen Farben sind blau, dann rot, dann weiß, hier läuft die Reihenfolge anders, blau, dann weiß und dann erst rot. Die Farben der Französischen Revolution!«

»Dann will ich sehen, was auf dem Ausweis steht!«, rief der Dünne krakeelend.

Jacques zögerte. Er schaute sich um, der Kreis der Männer zog sich enger um ihn. Irgendeiner würde verstehen, was Palais de Justice heißt. Sie würden herausfinden, dass er Richter ist. Und für Richter war »Puschkins Bar« tabu. Er überlegte, wie er Mara andeuten könnte, sich langsam zur Tür zu bewegen. Jetzt bloß keinen Fehler machen, dann fallen gleich alle über dich her. Zu Hause hätte er mit einem gut platzierten Scherz die Spannung vielleicht lösen können. Aber hier verstand ihn ja kaum jemand.

»Zeig schon, wenn du nichts zu verbergen hast!«

Langsam griff Jacques in die Jacke, zog die Brieftasche wieder hervor, in dem Moment wurde sie ihm auch schon aus der Hand gerissen.

»Merde!«, sagte er laut und sah, wie der Dieb mit der Brieftasche in Richtung Tür rannte. Jacques lief hinterher, schreiend: »Er hat meine Brieftasche geklaut«, doch in dem überfüllten Kneipenraum fiel ihm nur noch ein großer Mann auf, der zum Ausgang drängelte und hinter dem sich die Menge sofort undurchdringlich schloss.

Während Jacques sich nach Mara umdrehte, erhielt er einen heftigen Schlag zwischen die Rippen. Er zuckte zusammen. Aus dem Hinterraum kam Lew und schubste Mara vor sich her. Er wedelte mit der Hand: »Raus, raus, mach, dass du rauskommst, ich kümmere mich schon um die Frau.« Mit ihrer Sonnenbrille und dem weißen Modehemd wirkte sie in dieser Wodkakneipe wie ein Alien.

Plötzlich erschien der Russe, der die Startschüsse abgegeben hatte, mit seinem Revolver im Rahmen der Sperrholztür, hielt die Pistole hoch, rief laut etwas auf Russisch und schoss in die Luft. Alle erstarrten. Nur die Musik spielte weiter, ein englischer Shanty. Er drückte noch einmal ab. Jacques stand wie vor einer Mauer. Jetzt ganz langsam seitwärtsgehen, sagte er sich, bis der Rücken die Wand berührt. Das hatte er von Eric gelernt. Wenn Seeleute in eine Kneipenschlägerei verwickelt werden, stellen sie sich gegen die Wand, damit keiner von hinten zuschlagen kann.

Drei kräftige Männer bahnten sich einen Weg auf ihn zu. Tollpatschig stellte sich Lew ihnen in den Weg, wurde aber mit einem kräftigen Hieb zur Seite gewischt. Der Wirt beugte sich langsam unter die Theke, packte einen Baseballschläger und legte ihn unauffällig auf den Tresen. In die Musik mischte sich, langsam anschwellend, ein anderer Ton: das lang gezogene Heulen von Sirenen.

Die Kneipentür sprang auf. Bevor die drei Männer Jacques erreicht hatten, beherrschten zwei, vier, sechs, dann acht Polizisten mit Helm und Schlagstock das Terrain. Lew rief: »Man hat dem Herrn hier die Brieftasche gestohlen!«, legte seine Hand in Maras Rücken und schob sie in Richtung Ausgang. Das Geschrei war einem Gemurmel gewichen.

Der Wirt ließ den Baseballschläger unmerklich verschwinden und rief: »Aber ihr müsst noch zahlen! Sechs Champagner und eine Flasche Wodka. Hundertzwanzig Euro!«

Mara rief Jacques zu, sie erledige das, er habe ja keine Brieftasche mehr. Rechts und links von Polizisten beschützt, reichte sie dem Wirt zweihundert Euro, rief auf Englisch in die Kneipe »Wodka für alle!«, und erntete entspannte Bravorufe.

Vor »Puschkins Kneipe« flackerte das Blaulicht von drei Polizeiwagen. Lew verabschiedete sich von Jacques. Er umarmte Mara und flüsterte ihr ins Ohr, sein Honorar mache dreihundert aus. Ob das o.k. sei? Sie errötete leicht, reichte ihm die Scheine, dann rief Lew laut: »Ich muss da jetzt rein, meinen Obolus abholen und erzählen, was für schrecklich harmlose Menschen ihr seid. Und dann werden wir darüber spekulieren, wer wohl die Polizei geholt hat. Heute Nacht ertrinken wir in Wodka.«

Ein Polizeioffizier öffnete für Mara und Jacques die Seitentür eines VW-Busses, dessen Scheiben vergittert waren, und schob sie hinter ihnen gleich wieder zu. Der Wagen fuhr sofort ab. Bodo saß auf der Hinterbank und reichte Jacques das Lederetui.

»Das ist gerade noch einmal gut gegangen!«, sagte er und atmete tief ein und aus.

»Danke! Das war wirklich eine geniale Idee, mir die Brieftasche zu entreißen. Ich habe zuerst wirklich nicht gewusst, wer der Dieb ist. Es war die beste Ablenkung, die man sich denken kann. Denn als du geflohen bist, wollte jeder erst einmal dich schützen.«

Als Jacques und Mara von der Polizeidirektion aus ein Taxi zu ihren Hotels nahmen, setzte Mara plötzlich ihre

Sonnenbrille ab, sank in sich zusammen, kippte auf Jacques, schlang die Arme um seinen Hals und legte ihren Kopf an seine Brust.

Er hielt sie fest.

»Ich habe Angst. Bitte nimm mich mit. Ich habe Angst.«

Der verlorene Sohn

»Arbeitest du immer noch für den Verrückten?«, fragte Lew und schob seinem Nachbarn an der Theke von »Puschkins Bar« ein frisch gefülltes Glas Wodka zu. Immer noch drängten Männer in die russische Kneipe, obwohl es draußen schon langsam wieder hell wurde.

»Ja«, sagte Wolod und nahm das Glas an den Mund, »irgendwie bin ich nicht von ihm losgekommen. Er hat sein schlechtes Gewissen mit ein paar dicken Scheinen für mich erstickt. Und weil es bequem war, bin ich bei ihm geblieben.«

»Wie lange hast du damals seinetwegen gesessen? Zwei Jahre?«

»Ich bin zu sechs Jahren verurteilt worden, aber mit ein paar Zuwendungen kannst du in Kiew ziemlich viel erreichen. Wenigstens da hat er mir geholfen.«

Zu den vielen Unternehmungen des georgischen Prinzen gehörte auch das Zigarettenlager in der Ukraine, wo Lew einkaufte. Eine russische Bande hatte sich das Geschäft einverleiben wollen, und Wolod hatte den Auftrag, die Sache zu klären. Wie, das blieb ihm überlassen. Es gab sieben Tote auf der anderen Seite, ehe die Sache geklärt war. Doch Wolod wurde noch in der Ukraine gefasst und als Bandenchef verurteilt.

»So ist das«, lachte Lew, »du hast ihn rausgehalten und bist entlohnt worden. Und was machst du jetzt hier?«

»Ich suche Michail«, sagte Wolod, »der soll auch in Berlin sein, und ich frage mich, ob du weißt, wo er sein könnte. Ich muss ihn dringend finden.«

Lew nahm einen Schluck Wodka und sah für einen Moment in sein Glas. Michail war für zwei Tage bei ihm untergekommen. Nachts war der Junge, so nannte ihn Lew, immer verschwunden und erst gegen Morgen wiedergekommen. Wird wohl 'ne Weibergeschichte sein oder aber 'ne Observation. Aber vorletzten Morgen war Michail nicht nach Hause gekommen, sogar seine Tasche mit ein paar Wäschestücken hatte er zurückgelassen. Lew hatte sie sofort in einem Mülleimer in einer Nebenstraße versenkt. Keine Spuren hinterlassen.

»Michail, den habe ich fast vergessen«, sagte er jetzt langsam. »Michail. Ihr wart wie Brüder. Du der Ältere. Was macht er? Hast du ihn an der Leine?«

Wolod schaute Lew prüfend an: »Er hat sich nicht bei dir gemeldet? Das würde mich wundern. Du warst für ihn wie ein Vater.«

»Ach, weißt du, ich bin in den letzten Jahren so häufig umgezogen, da wird er mich nicht mehr gefunden haben. – Ja, ich war ihm ein Vater. Aber er ist nicht zurückgekehrt wie der verlorene Sohn. Grüß ihn, wenn du ihn siehst.«

Die Rheinterrassen

Der Kommissar hatte Jacques eine kurze Nachricht hinterlassen, bevor er ins Bett gegangen war: »Erwarte dich um neun zum Frühstück auf den Rheinterrassen, Jean.«

»Fließt der Rhein durch Berlin?«, fragte Jacques die Frau neben sich, als er morgens in seinem spartanischen Zimmer vom Piepsen seines Weckers aufwachte. »Keine Ahnung.« Er fuhr mit seinem rechten Zeigefinger über den Haken ihrer Nase, den sie im Bett schlecht unter der Sonnenbrille verstecken konnte. Sie lachte, gab ihm einen Kuss und sagte: »Lass das.«

Die ältere Frau unten am Empfang lachte laut. Nein, der Rhein fließe nicht durch Berlin. Sondern die Panke. Nie gehört? Na gut, ist auch nur ein Nebenfluss der Spree.

»Aber Sie sind doch Franzosen«, sagte sie, »da müssten Sie doch den Werbespruch der Air France aus den Sechzigern kennen: Von der Seine bis zur Panke, immer nur mit Aier Franke.« Sie kicherte, als Jacques und Mara sich verstört ansahen. »Das versteht nur, wer Deutsch kann. Die Panke heißt auch Stinkepanke. Früher haben wir immer gesungen: Wo die Panke mit Gestanke durch den Wedding rinnt …«

»Aber wo sind dann die Rheinterrassen?«

»Die sind hier vorn gleich an der Spree. Der Wirt, Friedel, hatte früher eine Kneipe in Bonn, in der sich Politiker aller Couleur mit Journalisten beim Kölsch getroffen haben. Als Berlin dann Hauptstadt wurde, jammerten alle um ihr Kölsch, dieses leichte Bier aus Köln. Also hat der Wirt seine Liebe zu Bonn verraten, ist seinen Kunden nachgezogen und hat gleich um die Ecke vom Bundestag ein Lokal eröffnet, das er ein wenig komisch StäV nannte. Das ist eine Abkürzung für ›Ständige Vertretung‹ so haben die Bonner die westdeutsche Vertretung in Ostberlin genannt, die aus politischen Gründen keine Botschaft sein durfte. Und die ›Rheinterrassen‹ gehören dazu.«

Jacques und Mara zeigten sich eher verwirrt als beeindruckt von den anspruchslosen Stühlen und Tischen in diesem Café. Jean saß vor einer Kanne Kaffee am Geländer und schaute versonnen in die Spree, die eingemauert unter ihm vorbeifloss. Jacques stellte Jean und Mara einander vor, aber er musste nicht viel erklären. Jeder wusste, wer der andere war.

»Wie lief's bei dir?«, fragte Jacques. »Wie haben sich die Leute bei Aka-Aki aufgeführt?«

Mara holte ihr Telefon hervor und vertiefte sich in ihre Mails. »Vorweg ein paar Kleinigkeiten«, sagte Jean, der aus einem vor ihm stehenden Korb ein Mohnbrötchen nahm und aufschnitt. »Der DNA-Vergleich hat ergeben, dass die Partikel unter Irinas Fingernägeln von Michail stammen. Was immer das bedeutet.«

»Zumindest, dass er in der Mordnacht in der Suite 514 im ›Hotel de Rome‹ war«, sagte Jacques.

»Ja, das hat auch der Hotelangestellte bestätigt, der nachts am Empfang arbeitet. Er hat Michail auf den Fotos identifiziert. Aber der Vergleich der Sohlenabdrücke auf den Dächern in Paris und in Berlin ist unentschieden ausgefallen. Dieselbe Marke, das gleiche Profil, wenn auch kaum merklich mehr abgelaufen, aber möglicherweise eine Schuhgröße Unterschied.«

»Immerhin wissen wir, dass Michail bei Irina war«, sagte Jacques. »Von dem, der über das Dach gekommen ist, wissen wir bisher nicht mehr. Oder?«

»Nein. Und deine Hypothese steht immer noch. Es müssen nicht zwei unterschiedliche Männer gewesen sein. Übrigens stammt das Kondom aus Frankreich. Das bringt uns aber auch nicht weiter.«

»Wir wissen auch immer noch nicht, ob die Spuren auf dem Dach von dieser Nacht stammen, oder hast du …«

»Doch, das ist ziemlich wahrscheinlich«, warf Jean ein. »In der Nacht zuvor war ein leichter Staubregen über Berlin niedergegangen. Die Abdrücke sind aber erst danach entstanden. Die Berliner haben rekonstruiert, dass der Träger der Schuhe über die Regenrinne von der Französischen Straße aus auf das Dach geklettert ist und so auch wieder abstieg. Er trug dabei Lederhandschuhe.«

Der Kellner unterbrach ihr Gespräch. Mara schaute durch ihre Sonnenbrille in die Karte, die ihr Angebot in Französisch, Englisch, Russisch, sogar Chinesisch und Japanisch offerierte. »Einen Cappuccino, bitte, und einen Orangensaft.« Jacques bestellte eine Kanne Kaffee mit warmer Milch und zwei Croissants, doch der Kellner bedauerte. Den Kaffee würde er gern bringen, auch die warme Milch, aber Croissants gebe es keine. Ob der Herr es nicht mit einem rheinischen Frühstück versuchen wolle, so wie sein Kollege. Was das sei? Brötchen, Blut- und Leberwurst, Schnittkäse. Jacques schüttelte sich. Schnittkäse! Wurst am Morgen. O nein! »Dann bitte nur ein Brötchen mit Butter und Marmelade. Aber bloß keine Erdbeere.«

»Und jetzt erzähl mal von Aka-Aki«, sagte er zu Jean.

»Zuerst lief's sehr schwierig an. Da ist keiner über dreißig. Und entsprechend ist auch deren Einstellung zum Staat. Für die verkörpern wir die Antike. Ich habe ihnen dann einen Deal vorgeschlagen: Ich erzähle alles, was wir wissen. Und sie können überlegen, wie sie damit umgehen. Wir suchen keine Kundendaten, aber wir wollen wissen, ob die georgische Firma das System von Aka-Aki in einer Art und Weise benutzt, die vielleicht auch nicht deren Regeln entspricht. Damit waren sie einverstanden. Also habe ich ein wenig blumig vom Leben der Mädchen berichtet, die ermordet worden sind. Und möglicherweise, so habe ich behauptet, habe der Mörder sie über Aka-Aki finden können. Stimmt zwar nicht, klingt aber dramatisch. Es war mühselig, weil sie immer wieder den Raum verließen, um sich zu beraten. Und dann mussten sie erst einmal in ihre eigene Software eintauchen, um zu sehen, was da ablief. Was die Technik betrifft, scheinen die absolut spitze zu sein. Denn gegen Mitternacht hat uns die Geschäftsführerin sogar gedankt. Sie haben nämlich festgestellt, dass ihr System von den Russen missbraucht wird.«

Er nahm einen Schluck Kaffee, ehe er das Ergebnis erläuterte: »Die georgische Firma schaltet auf Aka-Aki Werbung mit Videos für Abenteuerurlaub im Kaukasus und zahlt dafür viel Geld. Trekking mit Packpferden nach Tuschetien, Wandern in der Wintersteppe von Schiraki und in anderen unbekannten Gegenden. Die Georgier haben darauf bestanden, die Videos selber direkt ins Netz einzuspeisen, weil sie die Filme alle paar Tage auswechseln. Dagegen gab es nichts einzuwenden. So aber hatten sie Zugang zum Programm von Aka-Aki und haben sich in das Kontaktsystem eingeschlichen. Gestern Abend haben die Leute von Aka-Aki dann herausgefunden, dass die Bewegungen von mehr als hundert Personen aus der Modelagentur und wohl auch aus dem Büro darüber und schließlich auch von ein Dutzend Leuten in der Gegend von Nizza mit Aka-Aki verfolgt werden können.« Wieder nahm er einen Schluck aus seiner Tasse.

»Der Server, über den die Russen die Werbevideos bei Aka-Aki einspeisen, steht in Sophia-Antipolis«, sagte er dann. »Und über den gleichen Server laufen auch die Bewegungsprofile. Wir haben die Leute von Aka-Aki nur mit Mühe davon abgehalten, gleich alles zu kappen. Denn dann wären die Georgier gewarnt.«

»Immerhin zeigt es uns, dass Ginas Vermutung von wegen

Geldwäsche oder Internetspionage oder was auch immer richtig ist«, sagte Jacques, der fast atemlos zugehört hatte. »Da läuft etwas sehr krumm. Und konntest du herausfinden, ob sie von Wolod oder Michail schon mal gehört haben? Mit wem haben sie denn verhandelt und täglich zu tun?«

»Verhandelt hat offensichtlich der Alte, der, den wir bei der Durchsuchung gesehen haben. Er hatte noch zwei oder drei Leute dabei. Einer könnte Wolod gewesen sein. Aber die waren nur am Anfang ein paarmal da, seitdem läuft die Kommunikation nur noch übers Netz.«

Der Kellner brachte das Frühstück.

Jacques goss den Kaffee ein, nahm ein Brötchen in die Hand, drehte es hin und her und schaute es misstrauisch an. Himbeermarmelade. Na, geht ja gerade noch. Mara schmunzelte über ihn, und er lächelte zurück, war aber mit seinen Gedanken ganz woanders.

Zu Jean sagte er: »Unser nächster Angriffspunkt könnte der Server in Sophia sein. Lass Fabienne doch einmal rausfinden, wer den betreibt, wo er steht und so fort.«

»In Sophia stehen Hunderte von Servern«, mischte sich Mara in das Gespräch ein. »Talbot hat seinen dort auch. Wir sind sogar an der Technofirma beteiligt, deren Server wir benutzen. Mein Onkel gehört zu den Gründern. Was Computer und das Web angeht, war er von Anfang an dabei. Er hat unsere Büros schon mit den ersten Olivetti-Maschinen ausgerüstet, die mit einem Bildschirm und einem kleinen Gedächtnis ausgerüstet waren. Ich weiß nicht, ob ihr euch erinnert.«

»Doch, doch«, lachte Jacques, »da konnte man höchstens zehn Seiten und …«

»Wie heißt Ihre Firma in Sophia?«, fragte der Kommissar, ohne auf Jacques' Erinnerungen einzugehen, zückte sein Carnet und einen Kugelschreiber.

»Sie heißt Servtech.com und verwaltet unseren Internetverkauf. Sie bedient aber auch Internetreisebüros und Banken. Sogar eine der größten Hongkonger Banken nutzt unseren Server, weil er ideal ist für die Benutzung von WLAN-Hotspots überall in der Welt. Vielleicht kann ich euch helfen, wenn ihr so weit seid. Ich kenne in Sophia ziemlich viele Leute. Muss ich ja wohl auch.«

Jacques sah Mara einen Augenblick nachdenklich an. Dann sagte er: »Kannst du mal bei euch anrufen und fragen, was sie bei anderen Serverunternehmen in Sophia-Antipolis über eine georgische Firma herausfinden können, deren Chef sich Prinz nennen lässt und George Batonischwili heißt?«

»Sofort!« Mara nahm ihr Smartphone, stand auf und lehnte sich außer Hörweite an das Geländer zur Spree.

Jacques erzählte dem Kommissar inzwischen von ihrem Besuch in »Puschkins Kneipe« und der Wette beim Kakerlakenrennen. Der Kommissar interessierte sich hauptsächlich für die Bedeutung dieses achtzackigen Sterns und erinnerte an die Fotos von Michail auf Ginas Google Phone. »Vielleicht sind darunter welche, auf denen zu sehen ist, ob er tätowiert ist. Und wenn ja, wie. Und vielleicht sollten wir auch Wolod daraufhin untersuchen.«

Jean Mahon blickte versonnen in die Ferne, als er Jacques fragte: »Kennst du vielleicht jemanden, der Wolod schon einmal ohne Hemd gesehen hat?«

Jacques errötete. Er wusste genau, wen Jean meinte. Margaux hatte gestern Abend und heute früh auf seine Mailbox gesprochen, doch er hatte sie nicht zurückgerufen.

»Nein, keine Ahnung«, sagte er. »Aber vielleicht wäre es nicht falsch herauszufinden, ob jemand Wolod gestern in Paris gesehen hat. Was meinst du?« Ohne eine Antwort abzuwarten, stand er auf, schaltete sein Mobilfone ein und schlenderte auf der Uferpromenade des Schiffbauerdamms einige Meter weiter, bis er unter der S-Bahn-Brücke stand. Margaux meldete sich schon beim ersten Klingeln und stellte die typische Journalistenfrage: »Gibt's was Neues?«

Jacques schilderte den kollegialen Empfang durch die deutschen Polizisten und die gute Zusammenarbeit, aber er erzählte ihr nichts von dem Mordzimmer, nichts von Aka-Aki, schon gar nichts von der »Puschkin-Bar«. »Das Einzige, was du schreiben kannst, ist: Wir gehen davon aus, dass die beiden Morde zusammenhängen«, sagte er schließlich, als sie immer drängendere Fragen stellte. »Alles andere ist entweder Vermutung oder würde unseren Untersuchungen vorgreifen. Ich schlage vor, du rufst bei der Polizeidirektion Berlin-Mitte an und lässt dich mit dem zuständigen Kriminaldirektor Dörr verbinden.«

»Wie heißt der?«

Jacques buchstabierte den Namen. »Den kannst du auch zitieren, wenn er dir was sagt. Und dann bin ich nicht wieder deine Quelle.«

»Und wonach soll ich ihn fragen?«

»Nach der Zusammenarbeit mit der französischen Justiz. Ob es DNA-Übereinstimmungen mit dem Mord in Paris gibt. Und frag auch danach, ob der Mörder in Berlin über das Dach gekommen ist, ob es dort Spuren gab und ob die vergleichbar sind mit Spuren auf dem Dach vom ›L'Hôtel‹ in Paris. Ich kann es dir gleich sagen. Ja, es gibt Spuren. Ja, sie sind vergleichbar. Dieselbe Schuhmarke, das gleiche Profil, vielleicht ein wenig mehr abgetreten, aber möglicherweise eine andere Größe. Aber ich habe auch eine Frage. Weißt du, ob Wolod in diesen Tagen in Paris ist?«

»Er hat mir gestern eine SMS geschickt«, sagte Margaux und verschwieg, was sie ihm geantwortet hatte. »Aber die kann von überall gekommen sein.«

»Schick mir seine Nummer per SMS«, sagte Jacques, »vielleicht können wir herausfinden, von wo er sie gesendet hat. Und dann habe ich noch eine heikle Frage …«

»Es gibt keine heiklen Fragen für Journalisten«, sagte Margaux und lachte. »Wir behaupten, es gibt nur heikle Antworten.«

Jacques räusperte sich.

»Als wir Gina im Leichenschauhaus gesehen haben«, Jacques war unwohl bei diesem Thema, »ist dir sicher auch ihr Intimbereich aufgefallen. Ich meine den achtzackigen Stern.« Er machte eine kurze Pause.

Margaux schwieg.

Dann sagte sie: »Ja, ich habe Annie, die Intimfriseurin von Gina und den anderen Models, danach gefragt. Sie hatte Gina gerade einige Tage vorher gepflegt. Aber sie sagt, andere Mädchen mit dieser Frisur kenne sie nicht. Und Michail habe sie wohl darum gebeten.«

Er sah Irina vor sich. Auf der Bahre im Leichensaal. Und sah den achtzackigen Stern auf ihrem Unterleib. Ob sie sich auch bei Annie pflegen ließ? Wahrscheinlich. Aber nein! Er durfte nicht darüber sprechen, er musste sich zurückhalten. Er durfte Margaux nichts erzählen, sie würde es nicht für sich behalten können. Das hatte er immer wieder erlebt. Journalisten sind wahrscheinlich alle auf Droge. Neugier heißt deren Rauschgift.

»Aus russischer Quelle haben wir gehört«, sagte er, »dass eine Tätowierung mit dem achtzackigen Stern auf der Brust kurz unter dem Schlüsselbein unter osteuropäischen kriminellen Banden etwas Besonderes aussagt. Das gilt als Rangabzeichen. Deshalb versuchen wir herauszufinden, ob Michail tätowiert ist«, er sah in der Ferne, dass Mara heftig gestikulierend auf Jean einredete, nahm allen Mut zusammen und fügte hinzu: »Oder vielleicht auch Wolod.«

»Beide haben irgendwelche Tätowierungen. Michail hatte manchmal eine Goldkette mit einem achtzackigen Stern umhängen, so wie andere Leute ein Kreuz dranhängen haben«, antwortete Margaux prompt. »Ich dachte, vielleicht ist er russischer Jude. Und Wolod habe ich die Brust noch nicht gekrault.«

Und um Jacques ein wenig zu ärgern, fügte sie hinzu: »Kann ja noch kommen.«

»Aber vielleicht hast du ihn mit offenem Hemd gesehen?«, fragte Jacques und überging ihre Bemerkung. »Manche Leute tragen ja ihre Tätowierungen gern spazieren.«

Margaux dachte nach. Das stimmte. Wolod war mit offenem Hemd in die Bar des »Meurice« gekommen. Habe ich da Tätowierungen gesehen? Nein, nur an seinem Arm. Und das war kein Stern, sondern irgendeine Figur. Dann sagte sie versöhnlich: »Ich kann mich jetzt nicht erinnern. Aber ich werde Annie fragen, vielleicht weiß die es, und ich werde mich noch einmal vorsichtig mit ihm verabreden. Das wird nicht schwer.« Sie lachte. »Und wie geht es bei dir weiter? Kommst du zurück nach Paris, oder fliegst du doch wie geplant nach Cannes und gehst zu Eric auf das Boot? Ich könnte eventuell am Donnerstag für ein verlängertes Wochenende nachkommen.«

»Ich weiß noch nicht«, sagte Jacques. »Ich halte jetzt mit Jean Mahon Kriegsrat.« In seinem Kopf breitete sich die Frage aus, wie er seine frischen Gefühle für Mara und die tiefen für Margaux sortieren könnte. Zwischen Berlin und Paris, aber auch zwischen Grasse und Paris lag ein Puffer.

»Grands Bisous«, sagte sie und war auch schon weg. Er steckte sein Telefon ein, blieb noch einen Moment stehen und sah ein Ausflugsboot mit winkenden Touristen an sich vorbeifahren. Dann ging er zurück zu Mara und Jean.

Die beiden schauten merkwürdig zu ihm auf.

»Is' was?«, fragte Jacques und setzte sich.

Der Kommissar hob die Hand und wies auf Mara.

»Wir haben den Server von Batonischwili gefunden«, sagte sie.

»In Sophia?«

»Ja, klar.«

»Das ging aber schnell.«

»Und war auch ganz einfach. Batonischwili hat den Vertrag mit meinem Onkel Alexis ausgehandelt. Die georgische Firma sitzt bei servtech.com. Bei uns!«

Der Server

»Ich kann dich nicht zu Eric auf das Boot mitnehmen«, hatte Jacques mit traurigem Gesichtsausdruck zu Mara gesagt, als sie in Berlin Hand in Hand im Taxi saßen und zum Flughafen fuhren, um nach Nizza zu fliegen.

»Und mein Haus in Grasse steht nur wenige Hundert Meter weit von der Villa meines Vaters auf unserem Familienanwesen. Wir haben eine gemeinsame Einfahrt und so fort …«, hatte Mara geantwortet, »da kann ich heute Abend schlecht zusammen mit dir ankommen.« Sie hatte ihm direkt in die Augen gesehen und geglaubt, darin ein Bedauern zu lesen. Dann hatte sie hinzugefügt: »Hast du dich schon bei Eric angemeldet?«

»Nein, zumindest noch nicht präzise für heute Abend.«

»Gut«, sie hatte ihr Telefon aus der Handtasche gekramt, eine Nummer angeklickt und gewartet, bis jemand abhob. Jacques hatte aus dem längeren Gespräch geschlossen, dass Mara die Hotelbesitzerin Catherine gut kannte, denn zuerst fragte sie nach deren Kindern. Dann hatte er erfahren, dass Mara im »Hotel du Clos« in einem kleinen Ort irgendwo zwischen Nizza und Grasse häufig Gäste ihrer Firma einquartierte, dass jedoch im Augenblick dort fast nur englische und holländische Touristenpaare logierten. Mara hatte nicht herumgedruckst, sondern direkt gefragt, ob noch ein Zimmer frei wäre. Ja, aber nur das teuerste, die Junior-Suite mit der Terrasse zum Park hin. »Gut, dann reservier die für mich! Und wundere dich erst einmal nicht. Ich erkläre dir das später.«

»Die Croissants schmecken fast besser als die in Paris«, bemerkte Jacques am nächsten Morgen, als er mit Mara an dem kleinen eisernen Gartentisch saß und frühstückte. Sie tarnte ihre Hakennase schon wieder mit der Sonnenbrille. Schade. Eigentlich steckte in dem schmalen Erker Charakter. Schöne Originalität.

Als sie noch im Bad mit Salben, Cremes und Tübchen, mit Pinseln, Pinzetten und Wattestäbchen herumfuhrwerkte, hatte er schon längst angezogen mit einer Schale Café crème auf der Terrasse gesessen. Er hatte kurz sein Mobilfone angeschaltet, keine Nachrichten auf der Mailbox, das beruhigte ihn, dann hatte er mit Jean Mahon die Lage geklärt.

Gleich nach seiner Rückkehr aus Berlin hatte der Kommissar mit seiner Truppe besprochen, dass die Internetspezialistin Fabienne mit zwei Mann Unterstützung am nächsten Morgen nach Nizza fliegen solle, um bei Servtech.com in Sophia-Antipolis eine Durchsuchung vorzunehmen. Begleitet würde sie von Jacques, der die entsprechenden Anordnungen als zuständiger Untersuchungsrichter vorher unterzeichnen würde.

Also kein Umzug auf Erics Boot.

»Wenn du gleich nach Sophia fährst«, sagte Mara jetzt, »dann mache ich mich auf nach Grasse. Ich habe irrsinnig viel im Büro zu tun. Wir müssen unbedingt festlegen, mit welchem Gesicht wir die Kampagne für Talbot-Noir verbinden können.«

»Es kann auch sein, dass wir dich nach Sophia bitten, falls wir dort nicht alle Antworten finden, nach denen wir suchen. Du hast gesagt, dein Onkel gehöre zu den Gründern von Servtech. Spielt er dort noch irgendeine aktive Rolle?«

»Er hat das Unternehmen nicht nur mit gegründet, sondern ist auch nominell einer der Geschäftsführer. Aber es gibt einen hauptamtlichen Chef, der das tägliche Geschäft abwickelt. Mein Onkel und seine beiden Partner haben sich nur als Geschäftsführer ins Handelsregister eintragen lassen, um jederzeit eingreifen zu können.«

»Und wer sind seine Partner? Doch nicht etwa die Russen?«

»Nein, nein! Er fährt höchstens einen oder zwei Vormittage im Monat nach Sophia. Ich habe den Eindruck, dass es ihm richtig Spaß macht, wenn er wieder einmal einen hervorragenden Softwarespezialisten entdeckt hat und einer anderen Firma ausspannen kann. Darum läuft der Laden auch so gut. Auch deswegen müssen wir ihn schnell finden.« Sie machte eine Pause, neigte den Kopf nach unten und sah Jacques mit einem Blick über die Gläser der Sonnenbrille hinweg schmunzelnd an. »Jetzt fällt Onkel Sascha auch in deine Zuständigkeit, meinst du nicht?«

»Ja«, sagte Jacques, beugte sich vor, hob ihre Hand, küsste sie und fügte hinzu: »Und du auch. – Und wer sind die Partner?«

»Ein Blumengroßhändler aus Grasse, der uns Lavendel liefert, und ein bedeutender Transportunternehmer. Beide nutzen den Server auch für ihre Geschäfte. Du siehst, ganz bodenständige Leute aus unserer Umgebung.«

Als sie gegen Mittag das Hotel verlassen wollten, kam es dann zu einem kurzen Wortwechsel darüber, wer die Rechnung für die Suite bezahlen würde.

»Das muss ich machen«, beharrte Jacques, »ich kann mich auf keinen Fall von dir einladen lassen, schließlich ist dein Unternehmen in den Fall verwickelt.«

»Ich habe das Zimmer bestellt«, antwortete Mara, »und ich zahle die Rechnung ja auch nicht privat. Die zahlt die Firma.«

»Aber jeder wird sich fragen, wo ich diese Nacht geschlafen habe, wenn ich meine Reiseabrechnung mache.«

»Wenn du bei Eric auf dem Boot übernachtest«, sagte

Mara, »dann zahlst du ja auch nicht dafür. Und was schreibst du dann in deine Abrechnung?«

»Übernachtung: privat!«

»Na also!« Mara lachte. »Und es ist doch egal, in wessen Bett du letzte Nacht privat übernachtet hast, oder?« Und mit einem Grinsen fügte sie hinzu: »Ich hoffe, es war angenehm!«

»Wo bist du?«, hörte Jacques, als er sein Handy anschaltete, nachdem es zweimal geklingelt hatte. Es war Margaux.

»Ich bin in Sophia-Antipolis. Wir machen gerade eine Durchsuchung bei der Firma, die den Server der Russenfirma betreibt.« Er war froh, dass er Margaux nichts vorgaukeln musste und nicht mehr mit Mara auf der Terrasse vor der Hotelsuite saß.

»Oh, spannend!«, rief sie ins Telefon. »Und habt ihr schon was gefunden?«

»Behältst du das für dich, oder steht's morgen in der Zeitung?«

»Das kommt drauf an. Je nachdem, ob du's mir freigibst.«

»Okay, dann erst einmal nur für deinen Hinterkopf«, sagte Jacques. »Es gibt wahrscheinlich eine merkwürdige Querverbindung zwischen der Russenfirma, der Modelagentur und dem Parfumhersteller Talbot. Du weißt, die Russen sind auch an der Modelagentur beteiligt.«

»Georgier!«

»Wie?«

»Der Eigentümer ist ein Georgier.«

»Ja, sei nicht so pedantisch. Ich sag der Einfachheit halber: die Russen. Also, um es klar zu sagen: Wir sehen einen direkten Zusammenhang zwischen dem Mord an Gina und dem an Irina.«

»Welchen? Du musst mir die Wahrheit sagen.«

»Lass es bitte mal so für den Moment.«

»Na gut. Dann zuerst mal eine ganz andere Frage: Wie lange bist du schon in dieser Firma?«

»Fast drei Stunden.«

»Wissen das die Russen?«

»Georgier, oder?«, sagte Jacques.

»Blödkopp!«

»Klar wissen die das. In deren Büro, direkt neben der Serverfirma, arbeiten bestimmt sechs oder sieben Programmierer. Die waren entsetzt, als wir kamen. Und wir haben sie erst einmal erkennungsdienstlich behandelt und dann nach Hause geschickt.«

»Warum das denn?«

»Damit sie uns nicht stören. Passwörter hätten sie uns sowieso nicht verraten, aber die findet Fabienne schnell raus. Und da gegen sie nichts vorliegt, können wir sie nicht einbuchten.«

»Dann verstehe ich!«, sagte Margaux.

»Dann verstehst du was?«, fragte Jacques.

»Der Gegenangriff ist schon angelaufen. Ich vermute, das Telefon hat sofort bei Anwalt Michel Lipzinski geklingelt, und wenig später wird der im Élysée bei seinem ehemaligen Partner Sarkozy oder zumindest bei Claude Olivier angerufen haben. Denn, und jetzt halt dich fest, eine anonyme Quelle hat per Twitter die Geschichte des unerbittlichen Untersuchungsrichters Jacques Ricou lanciert, der es in eigenen Angelegenheiten mit den Gesetzen gar nicht so genau nimmt.«

»Merde, dreimal merde!«, rief Jacques ins Telefon und schlug verärgert auf die Schreibtischplatte. »Verdammt! Und jetzt?«

»Ich lese dir das mal vor. Die haben die erste Geschichte bewusst in Slang verpackt, damit bloß niemand darauf kommt, das Élysée könnte etwa hinter der Geschichte stecken: Jacques Ricou, Hey Du; §§ Richter, puh wie wir. Hey, hilfst jungen Frauen ohne Papier. Gibst ihnen Arbeit. Schwarz. Obwohl sie gelb sind. Hey Chinaman. Wer weiß wie sie heißt, ist sie heiß?«

»Und was soll das?«, wunderte sich Jacques.

»Das ist die Einladung zum Tanz«, sagte Margaux. »Denn darauf folgten immer mehr Meldungen, die angeblich aus der Community stammen. Aber du kannst sicher sein, dahinter steckt eine geheime Zelle des Élysée. Da schreibt einer den Namen Chan Cui. Ein anderer kennt deine Adresse in der Rue de Belleville, und Stück für Stück ergibt sich das Bild. Richter Jacques Ricou, der Politiker wegen Korruption und anderer Vergehen so gnadenlos verfolgt, beschäftigt selber eine chinesische Schwarzarbeiterin, die ohne Aufenthaltsgenehmigung in Paris lebt, als Putzfrau.«

Jacques schwieg. Er ärgerte sich über sich selbst.

Diese Blöße hatte er sich selbst gegeben, und er erinnerte sich noch genau an Margaux' Warnung und seine arrogante Antwort: Man solle doch nicht päpstlicher sein als der Papst. Margaux hatte ihm das neulich noch vorgeworfen, und er war froh, dass sie es jetzt nicht wiederholte.

»Bist du noch da?«, fragte sie.

»Ja«, antwortete Jacques kleinlaut, »ich überlege. Macht die Geschichte schon die Runde?«

»Nein. Da hast du Glück«, sagte Margaux. »Das Élysée hat da einen taktischen Fehler gemacht. Ich wurde nämlich durch einen fingierten Anruf auf die Twittermeldung hingewiesen. Klar. Die denken, ich muss das bringen, um glaubwürdig zu bleiben. Weil wir uns so kennen, wie wir uns kennen. Ich habe daraufhin sofort eine Geschichte geschrieben, die ich gleich ins Internet stelle, wenn du mir dein Okay gibst.«

»Und wie willst du mir damit helfen?«

»Ich entlarve den Angriff auf dich als das, was es ist: eine Intrige des Élysée. Ich berichte, dass Claude Olivier versucht hat, dich zu erpressen, indem er damit drohte, diese Geschichte in Umlauf zu bringen. Und weil du dich nicht erpressen lässt, sondern weiter in Angelegenheiten recherchierst, die in merkwürdiger Weise Klienten der Kanzlei des jetzigen Staatspräsidenten berühren.«

»Der Staatspräsident ist aber nicht mehr in der Kanzlei.«

»Doch«, widersprach Margaux. »Das haben wir eben recherchiert. Er ist immer noch als Teilhaber eingetragen!«

»Da muss ich einen Moment überlegen«, sagte Jacques. »Wenn wir Claude Olivier, immerhin juristischer Berater des Staatspräsidenten, so offen und auch mit Namen angreifen, dann gibt es ein Blutbad. Das wird er nie und nimmer auf sich sitzen lassen. Kannst du nicht zumindest den Namen rauslassen?«

»Nein. Wenn du dich wehren willst, gehört das dazu. Denn dann werden die Kollegen die Geschichte übernehmen und auf Olivier einschlagen statt auf dich.«

»Wahrscheinlich hast du recht«, überlegte Jacques. »Aber ich habe eine Bitte. Lass Betonmarie raus, sie ist Gott sei Dank im Urlaub. Und ich hoffe inständig, dass sie deswegen nicht zum Hörer greift. Was klug von ihr wäre.«

»Okay dann?«

»Ja, mach's.«

»Ich telefoniere jetzt mal ein wenig 'rum und versuche, das Prairiefeuer auszutreten.«

»Ganz lieben Dank. Du bist ein Schatz und rettest mich, wenn es klappt.« Jacques wusste, dass er sich auf Margaux verlassen konnte. So ist das, wenn man sich so gut kennt.

Er beschloss, am Abend zu Eric auf das Boot zu ziehen. Eine Nacht ohne Mara würde vielleicht den Nebel in seinem Kopf lichten. Falls es nur Nebel wäre und nichts anderes.

Schon wenige Stunden später bereute Jacques seinen Fehler, die Programmierer der Russen nach Hause geschickt zu haben. Als er die Police judiciaire von Nizza um Amtshilfe bat, waren die schon abgetaucht. Sie bewohnten gemeinsam ein Haus am Rande von Biot, doch als Polizisten die Tür aufbrachen, da niemand auf ihr Klingeln antwortete, fanden sie nur noch ein wildes Durcheinander vor, so als hätten die

Mieter ihre wichtigsten Utensilien gepackt und wären schleunigst geflohen.

Ein direkter Nachbar hatte sie abfahren sehen, in zwei dicken BMWs mit russischen Kennzeichen.

»Die Wagen haben sie wahrscheinlich gestohlen«, sagte Monsieur Ravaillac, so stellte er sich vor, »und sie waren einfältig genug, auch noch russische Kennzeichen aus Moskau dranzuschrauben, die sie als Mitarbeiter des Geheimdienstes ausweisen!«

Wie er denn zu dieser Feststellung komme, fragte ihn der Einsatzleiter. Und sein Argwohn war verständlich. Die kurzen Ärmel des karierten Hemdes von Monsieur Ravaillac trugen Bügelfalten, Schuppen fielen aus dem fettigen Haar, am linken Ringfinger trug er einen Messingring, in dessen Siegelplatte zwei verschnörkelte Buchstaben eingraviert waren. Jetzt zog er ein Notizbüchlein, das in einem braunen Lederetui steckte, aus seiner rechten Hintertasche und blätterte darin, als wüsste er genau, wo er zu suchen hätte.

»Hier. Sehen Sie. Ich habe mir die Autonummern aufgeschrieben«, sagte er. »Der schwarze BMW aus der Siebener-Reihe trug das Kennzeichen E 119 KX, im kleinen Fenster rechts die Zahl 177 für Moskau. Darunter die Buchstaben RUS, daneben die russische Flagge, weiß-blau-rot. Auf dem Schild des silbernen BMW der Fünfer-Reihe stand E 756 KX und der Rest wie beim ersten. Sie können meine Angaben bei Ihren Freunden von den Diensten überprüfen. Aber lassen Sie es sich gesagt sein, die Buchstaben E … KX werden in dieser Kombination auf Autokennzeichen nur an Mitarbeiter des FSB verteilt. Damit sind sie für die Kollegen von der Verkehrspolizei tabu. Erkundigen Sie sich nur. Noch Fragen?«

Natürlich gab es noch eine Menge Fragen, und Monsieur Ravaillac beantwortete sie mit Wonne. Die Russen seien wie jeden Morgen gegen halb neun zur Arbeit gefahren, aber heute ganz gegen ihre Gewohnheiten schon gegen

Mittag zurückgekehrt. Sie seien sehr laut gewesen und von den Wagen, die sie sorglos auf der Straße geparkt und nicht verschlossen hätten, in das Haus gelaufen. Innerhalb von einer halben Stunde hätten sie Koffer, Taschen und einige Kartons mit Elektronik in den Autos verstaut und seien davongebraust. »Gute Verrichtung«, habe Monsieur Ravaillac ihnen angeblich nachgerufen. Es sei ein lärmendes, unhöfliches Pack gewesen. Manchmal seien auch russische Mädchen da gewesen. Solche, wie sie unten an der Croisette oder am Boulevard des Anglais stehen. Mit langen nackten Beinen, Hotpants und raushängenden Eutern von Milchkühen. Ekelhaft. Noch Fragen? Nein? Monsieur Ravaillac spulte seine Telefonnummer runter, für alle Fälle, falls der Polizei später noch Fragen einfielen, drehte sich um und stolzierte in sein Haus.

Fabienne und ihre beiden Helfer hatten schnell entdeckt, dass die russischen Programmierer im Internet jeder auch nur möglichen Form von Daten nachgegangen waren. Sie hatten mit den Servern von Servtech.com ein riesiges »Bad Net« eingerichtet, mehr als eine Million Computer in 67 Ländern manipuliert und für ihre Machenschaften genutzt und einen Phishing-Ring aufgebaut, mit dem sie die persönlichen Zugangsdaten für Bankkonten von Tausenden amerikanischen Computernutzern abfischen konnten. Mithilfe von Komplizen, die in Manhattan saßen, allerdings nicht in Manhattan, Big Apple, sondern in Manhattan, Kansas, veranlassten sie Überweisungen von fremden Konten auf eine Bank in Macon im amerikanischen Bundesstaat Georgia.

»Das sind schon gerissene Typen«, sagte Jacques und schüttelte den Kopf. »Die Amerikaner nennen Georgien eben auch Georgia. Und vermutlich rechnen die Russen mit der Naivität amerikanischer Bankangestellter. Die sind ja unvorstellbar blöd und können nicht unterscheiden zwischen Georgia in den USA und Georgia im Kaukasus. Denn von der Bank in Macon, Georgia, fließen die gestohlenen Millionen aus dem Phishing-Ring nach Tiflis, Georgia. Dieses Tiflis aber liegt am Schwarzen Meer.«

»Das ist bestimmt noch nicht alles«, sagte Fabienne am frühen Abend zu Jacques, als sie darauf warteten, dass eine Schaltkonferenz mit Jean Mahon in Paris zustande käme, »in den nächsten Tagen finden wir sicher noch so manches.«

»Was zum Beispiel?«

»Aus den verschiedenen Ordnerüberschriften in ihrem Programm tippe ich auf Wirtschaftsspionage, aber die sind offenbar auch in einige Intranets von Ministerien in Paris, London, Berlin und sogar Moskau eingedrungen. Das sind Könner!«

»Und sie scheinen eine riesige Organisation aufgebaut zu haben.«

Als Jean Mahon zugeschaltet wurde, schilderte Jacques die Lage und verschwieg nicht, dass er schuld war an der gelungenen Flucht der russischen Programmierer.

»Vermutlich sind die jetzt schon in Kroatien«, sagte der Kommissar, »um wie viel Uhr sind sie los? Gegen zwölf? Bei scharfem Tempo, und das kannst du in Italien fahren, brauchen sie höchstens fünfeinhalb Stunden bis Triest, und da kommen sie ungesehen über die Grenze. Und jetzt ist kurz vor sechs. Wir haben deshalb drei Sorten von Haftbefehlen losgelassen, französische, europäische und internationale. Dreifach genäht hält besser.«

Fabienne bat den Kommissar um Verstärkung. Heute hatte sie sich mit ihren beiden Gehilfen nur einen groben Überblick verschaffen können. Sie benötigte mindestens vier weitere Internetspezialisten. Und sie bitte zu überlegen, ob die Server nicht abgeschaltet werden sollten. Damit niemand von außen versuchen könnte, die Programme zu löschen.

»Das wird schwierig«, warf Jacques ein, der an Mara und

ihre Firma dachte. »Wir können doch nicht das ganze Unternehmen Servtech stilllegen. Aber vielleicht kann man die Server trennen. Ich kümmere mich darum.«

Kurz vor Ende der Telefonkonferenz bat Jacques den Kommissar noch, in der nächsten halben Stunde erreichbar zu bleiben. Er habe noch die eine oder andere Frage zu den Vorkommnissen in Berlin.

Bald darauf war ihnen klar, dass die Russen ihre Programme bewusst nicht über eigene, für sie reservierte Server laufen ließen, sondern die anderen Kunden von Servtech.com als Schutzschild benutzten. Das ganze System jetzt abzuschalten würde ein weltweites Chaos unter den Reisebüros und Banken schaffen, die sich dieser Server bedienten. Da aber Mara Talbot als Vertreterin der Eigentümer die Mannschaft von Servtech gebeten hatte, mit der Justiz zusammenzuarbeiten, bildete das Team der Firma mit Fabienne zusammen eine Arbeitsgruppe, die sich sofort ans Werk machte, den Zugang zu den russischen Programmen zu sperren. Das würde wohl die ganze Nacht dauern.

Jacques suchte ein leeres Büro, schloss die Tür hinter sich und wählte auf einem Telefon, das an das Festnetz angeschlossen war, die Büronummer von Jean Mahon. Der Kommissar nahm beim ersten Klingeln ab.

»Was gibt's?«, fragte Jean.

Jacques erzählte ihm, wie das Élysée im Umweg über die Presse versuche, besonders indem es Druck auf Margaux ausübe, ihn, den Untersuchungsrichter, wegen der illegal bei ihm arbeitenden Chan Cui anzuschwärzen, und dass er fürchte, dies könne im Palais de Justice für Unruhe sorgen. »Hast du irgendetwas im Flurfunk gehört?«

»Nein, nichts. Du bist der Erste, der mir davon erzählt.«

»Dann hat das Ablenkungsmanöver von Margaux wohl gewirkt. Sie hat die Geschichte ganz offen gespielt und klar gemacht, weshalb das Élysée versucht, mich zu diskreditieren. Das wirft ein schlechtes Licht auf den Präsidenten, der den Kumpels in seiner Kanzlei helfen will, an der er immerhin noch beteiligt ist.«

Jacques ballte die Fäuste und biss in einen Handballen. So hatte er als Kind versucht, Zornesausbrüche zu beherrschen. So hilflos wie jetzt hatte er sich seit Langem nicht mehr gefühlt. Er hatte zwar schon häufiger erlebt, dass die Presse sich ihn als Zielscheibe auserkoren hatte. Mit Falschmeldungen waren sogar Demonstrationen gegen den Untersuchungsrichter losgetreten worden. Aber diesmal stimmten die Vorwürfe. Sie könnten ihn lähmen.

Er beruhigte sich ein wenig. Wenn er Glück hatte, würde Margaux' Taktik aufgehen und die Presse morgen früh nicht auf das Gezwitscher eingehen

»Gibt es was Neues im Fall Gina oder Irina? Habt ihr endlich mehr rausgefunden?«, fragte er.

»Noch nicht.« Jean Mahon ärgerte sich über das Wort »endlich« und sagte kühl: »Aber eine Merkwürdigkeit haben wir bei der Durchsicht ihrer Bankunterlagen bemerkt. Im Laufe der letzten fünfzehn Monate wurden neun große Beträge, jeweils um drei- oder vierhunderttausend Dollar, von einer Bank in Tiflis auf Ginas Konto bei der Crédit Agricole überwiesen und jeweils einen Tag später weitergeleitet auf ein Nummernkonto in der Schweiz. Dort kommen wir aber im Moment nicht weiter. Wir wissen noch nicht, wem es gehört.«

»Könnt ihr euch auch mal das Konto von Irina auf solche Zahlungen hin ansehen?«, fragte Jacques, der eine Eingebung hatte. Vielleicht war Geld das Motiv dafür, Gina zu quälen.

»Machen wir«, sagte Jean. »Nebenbei noch etwas anderes: Wir haben feststellen können, von wo aus Wolod die SMS an Margaux geschickt hat.« Er machte eine kurze Pause, als wollte er die Spannung erhöhen. »Aus Berlin. Und zwar, jetzt halt dich fest, aus den Koordinaten der Puschkin-Bar!«

»Verrückt! Zu unserer Zeit war er nicht in der Kneipe.

Ich hätte sein markantes Gesicht doch wiedererkannt. Es sei denn, er kam erst später, als wir schon beim Kakerlakenrennen waren.«

Jacques legte den Hörer auf, sah sich in dem nüchternen Büro um, trat ans Fenster und blickte auf einen hässlichen Parkplatz mit nur wenigen kleinen Autos. In der Mitte standen ein paar armselige Bäume und rechts und links einst weiß gestrichene Bürobauten. Besonders anheimelnd wirkte das französische Silicon Valley nicht.

Er dachte an Mara, an ihren warmen Körper, die gemütliche Suite in dem kleinen provenzalischen Hotel, das Frühstück auf der Terrasse. An die Sonnenbrille und ihre Hakennase. Und die unglaublich grünen Augen. Grün wie Gras, nicht grün wie Blätter von Olivenbäumen.

Er hob den Hörer noch einmal ab, wählte die Nummer der Telefonzentrale von Talbot und bat, mit der Leiterin des Unternehmens verbunden zu werden. Die Telefonistin stellte zu Maras Sekretärin durch. Jacques Ricou, Untersuchungsrichter aus Paris, möchte die Geschäftsführerin von Talbot sprechen. Mara Talbot. Bitte.

Mara meldete sich mit einem Lachen. Weshalb er sie nicht auf dem Mobilfone anrufe?

»Dafür gibt es einen ganz einfachen Grund«, sagte Jacques, »ich will offiziell in dein Leben eintreten. Von nun an weiß die Zentrale, weiß deine Sekretärin, wahrscheinlich bald jeder in deiner Umgebung, dass der Richter aus Paris dich angerufen hat. Und warum hat er das? Wegen der Durchsuchung bei Servtech. Also wird sich auch niemand wundern, wenn ich in deiner Nähe auftauche.«

»Neben Servtech gibt es jetzt auch noch einen weiteren Grund, weshalb die Geschäftsführerin von Talbot dich dringend sprechen muss: Es geht immer noch um meinen Onkel. Während ich in Berlin war, hat sich unsere Bank gemeldet, weil Onkel Alexis oder jemand, der sich für ihn ausgibt, seine Depots geräumt hat.«

»Um wie viel geht es da etwa?«, fragte Jacques.

»Um mehrere Millionen Euro«, sagte Mara geschäftsmäßig, »und das Merkwürdige ist, die Bank behauptet, nicht in der Lage zu sein, den Weg des Geldes verfolgen zu können.«

»Wenn du mir die Details gibst, können wir uns ja mal darum kümmern.«

»Die kannst du jederzeit haben.« Dann wandelte sich ihre Stimmlage, und fast zärtlich erkundigte sie sich: »Wann kann der Richter sich denn darum kümmern?«

»Ich fahre jetzt gleich nach Cannes zum Hafen«, in Jacques' Stimme schwang leichte Heiterkeit mit, »dort holt mich Eric mit dem Tender ab. Dann schippern wir mit seiner Jacht zwischen die Inseln und springen ins Wasser. Später verläuft unser Ritual dann so: Zuerst bekomme ich einen Rum-Punch …«

»Oder vielleicht auch zwei?«, fragte Mara vergnügt.

»Oder vielleicht auch zwei! Dann kocht Eric – er lässt Marie nämlich nicht an den Herd! Dann essen wir und plaudern, dazu trinken wir eine Flasche Rosé, mehr nicht, dann falle ich früh in die Koje. Und wenn ich morgen aufstehe, springe ich nackt ins Wasser. Freier kann ein Mensch sich nicht fühlen. Im Wasser werde ich schweben. Es ist, als würde ich fliegen. Dann frühstücke ich, lege mich in die Sonne. Und döse wieder ein. Herrlich!«

»Und in der Sonne verkokelst du!«

»Nein. Gegen Mittag meldet sich das Pflichtgefühl. Ich werde unruhig. Bekomme Hunger. Denke an den vermissten Onkel der Geschäftsführerin von Talbot, die ich jetzt schon vermisse, und mache mich auf den Weg nach Grasse.«

Die Nächste auf der Liste

Margaux stand im Stau. Und das bei dieser Hitze. Vor dem Rendezvous mit Wolod wollte sie noch schnell nach Hause fahren und duschen, sich ein wenig aufhübschen. Sie wusste, sie würde zu spät kommen. Aber was sollte es? Er würde schon warten. Sie hatte für neun Uhr einen Tisch im »Barlotti« an der Place du Marché Saint-Honoré bestellt, einer riesigen Szenelounge mit einem zehn Meter hohen offenen Innenraum. Dieser elegante Rummelplatz, auf dem Mädchen, die sich toll zurechtgemacht hatten, im Halbdunkel versuchten, aufstrebende Kerle zu beeindrucken, wäre für den russischen Testosteronbullen sicher geeigneter als die feine Bar des »Meurice«. Er hatte auch gleich eingewilligt.

In der ehrgeizigen Journalistin rangen zwei Gefühle miteinander. Mal siegte die dunkle Faszination, die von diesem Mann ausging, mal die Angst vor ihm, die andere schürten.

Mit Jacques hatte sie nur kurz gesprochen, als er sie vom Hafen in Cannes aus anrief. Da stand er am Ende der Mole, wartete auf Eric, der ihn mit dem Beiboot abholen wollte, und sagte nur, Wolods SMS an sie sei aus Berlin gesendet worden. Und zwar am Tag nach dem Mord an Irina. Das musste zwar nichts bedeuten, dachte Margaux, doch irgendetwas stimmte hier nicht. Denn als Wolod heute Mittag anrief, um sich mit ihr zu verabreden, fragte sie ihn, ob er verreist gewesen sei. Und er antwortete, ja, er sei über das Wochenende auf Cap Ferrat bei dem Prinzen gewesen. Da begann sie zu flirten, gurrte mit weicher Stimme in den

Hörer, bat ihn, sie mitzunehmen zu einem Wochenende an der Côte d'Azur und ihr ein Interview mit dem Prinzen zu vermitteln. Denn darum ging es ihr. Sie musste den Mörder von Gina finden. Und vielleicht konnte sie über den Prinzen irgendetwas erfahren, das sie weiterbringen würde. Der Schlüssel lag also bei Wolod.

Unverschämt versuchte ein Taxi, sich von rechts vor sie zu drängen, doch Margaux war gewieft und beherrschte die Kunst, jeden Zentimeter auf der Straße zu erkämpfen. Höchstens zwei Zentimeter zum Vordermann freilassen! Die Regel rechts vor links ist Unsinn. Wer zuerst zuckt, der hat verloren. Das ist im Verkehr so, aber nicht nur da.

Margaux ärgerte sich über sich selbst.

Sie wollte den kürzesten Weg nach Hause nehmen und kroch jetzt schon zwanzig Minuten die Rue de Rivoli hinunter, für die sie keine fünf Minuten eingerechnet hatte. Schließlich war Ende Juli, und in den Sommerferien gab es gewöhnlich keine Staus. Eigentlich!

Margaux' Mobilfone läutete.

Das Geräusch sagte ihr sofort, dass es ein Fremder war.

Auf ihrem Gerät hatte sie mehrere Töne gespeichert. War's die Redaktion, erklang die Titelmelodie von »All the President's Men«, weil sie wie fast jeder Journalist davon träumte, einmal einen Watergate-Skandal zu enthüllen. Für Jacques hatte sie zwischen »Marseillaise« und »Internationale« geschwankt, doch er wollte Mikis Theodorakis' Titelmelodie zu Costa Gavras Film »Z«, in dem es um einen unerbittlichen Untersuchungsrichter ging.

Jetzt war in Margaux' Auto ein altes schwarzes Telefon aus Bakelit zu hören, der Ton für alle, die nicht gespeichert waren.

»Hallo?«, meldete sich Margaux.

»Margaux?«, fragte eine Frauenstimme, die sie nicht sofort erkannte.

»Ja? Wer spricht?«

»Annie, du weißt, wir haben neulich …«

»Oh, entschuldige, ich war mit meinem Kopf gerade ganz woanders. Wie geht's dir?«

»Ça va. Es geht gut.« Annie zögerte, schien sich dann ein Herz zu fassen und sagte: »Margaux. Ich muss dich dringend sehen. Ich habe dir einiges verschwiegen. Und ich fürchte, es ist eine Sache auf Leben und Tod.«

»Annie! Das klingt aber dramatisch. Wie kommst du jetzt darauf?«

»Ich stehe noch ganz unter Schock. Ich habe eben erst erfahren, dass Irina umgebracht worden ist.«

»Ja, schrecklich«, sagte Margaux, »ich habe schon recherchiert. Und es könnte einen Zusammenhang mit dem Mord an Gina geben.«

»Es besteht einer«, rief Annie, »daran gibt es gar keinen Zweifel. Das muss ich dir alles erzählen. Ich habe dich bei unserem letzten Treffen angelogen. Und es steckt noch viel mehr dahinter, als du ahnst …«

»Wo bist du?«, fragte Margaux. Sofort spürte sie das Adrenalin in ihren Adern. »Können wir uns gleich treffen? Ich stehe im Stau in der Rue de Rivoli.«

»Das ist ja gleich hier um die Ecke!« Annie, die noch in ihrem Kosmetiksalon in der Rue Duphot saß, schlug das Bistro schräg gegenüber vor. Doch Margaux zögerte. Dieser Salon lag schließlich in dem Haus, in dem auch Wolod sein Unwesen trieb, und dem Russen wollte sie jetzt noch nicht über den Weg laufen.

Sie überlegte kurz, dann schlug sie die »Bar du Crillon« vor. Mit ihren roten Plüscharrangements, inszeniert von Sonia Rykiel, und dem vornehmen Gehabe besonders der Kellner wäre die für jemanden wie Wolod nur abschreckend.

»Da kann ich meinen Wagen dem Concierge des ›Hotel de Crillon‹ überlassen, muss nicht lange nach einem Parkplatz suchen und bin wahrscheinlich sogar noch vor dir da.«

Schon bald nachdem Annie angefangen hatte zu erzählen, unterbrach Margaux deren Redefluss für einen Moment, kramte in ihrer großen Handtasche nach ihrem schwarzen Moleskine-Heft und begann, sich Notizen zu machen.

Die Intimfriseurin schluchzte nur kurz auf und gestand, dass sie nicht nur Gina und Irina den achtzackigen Stern gezupft habe, sondern auch Magalie. Und die sei jetzt sicher in Gefahr.

Margaux legte ihre Hand auf Annies Arm, nahm mit der anderen ihr Glas und stieß mit ihr an. Ein Schluck Alkohol würde sie bestimmt beruhigen. Margaux wollte wissen, ob Annie sich erinnere, wann die Models zu ihr gekommen seien, um sich dieses besondere Muster machen zu lassen. Annie dachte kurz nach. Gina trug den achtzackigen Stern seit vielleicht zwei Jahren, so lange war sie schon mit Michail zusammen. Irina aber war erst vor sechs oder acht Monaten mit diesem speziellen Wunsch gekommen, zur gleichen Zeit wie Magalie. Und Gina ließ sich den Stern regelmäßig alle zehn Tage pflegen, während Irina erst seit vier Monaten wieder regelmäßig erschienen war. Magalie auch.

Auf Margaux' Frage, ob die Models einen Grund für diesen besonderen Wunsch angegeben hätten, antwortete Annie, ohne nachzudenken: »Alle drei den gleichen, den Wunsch eines Mannes, der damit irgendwelche Vorstellungen von acht Paradiesen verband.«

»Michail?«

Annie zögerte einen Moment. Den Namen hätten sie nie genannt, und sie war auch zu diskret, um danach zu fragen.

Oder zu diskret, um es jetzt zu sagen?

»Nein, wirklich nicht«, sagte Annie und bat noch einmal um Pardon, weil sie bei dem Abendessen mit Margaux sowohl Irina wie auch Magalie als »Sternträgerinnen« verschwiegen hatte.

Margaux schwieg einen Augenblick, dann schaute sie

Annie streng in die Augen und sagte: »Irina könnte noch leben, wenn ich es gewusst hätte. Gibt es noch irgendetwas, das du mir in diesem Zusammenhang sagen könntest? Irgendetwas, das Gina betrifft oder Irina oder Magalie? Vielleicht auch Michail.«

Annie schwieg. Sie schüttelte sichtlich betroffen den Kopf.

Dann fiel Margaux noch ein Name ein: »Oder Wolod?«

»Wieso Wolod?«, fragte Annie erstaunt, richtete sich in ihrem roten Plüschsessel auf und nahm einen Schluck aus dem Cocktailglas.

»Die Frage ist doch: Wer trägt einen Stern, und wer könnte von den Mädchen verlangt haben, sich einen zupfen zu lassen. Michail war der Freund von Gina. Aber er hat auch etwas mit Irina angefangen. Das ist belegt, spätestens seit die beiden sich im ›L'Hôtel‹ eine Nacht vergnügt haben und Michail dort fast verhaftet worden wäre. Aber wie steht es mit Magalie? Hat Michail auch eine Beziehung zu ihr? Oder hat sich vielleicht Wolod eine der Schönheiten geangelt?«

»Wie kommst du bloß auf Wolod?«, fragte Annie irritiert.

»Von Michail weiß ich, dass er auf seinem Oberkörper einen achtzackigen Stern tätowiert hat. Das ist auf den Bildern zu sehen, die auf Ginas Handy gespeichert waren. Michail kommt aus dem Osten, Wolod aber auch. Vielleicht ist es dort gang und gäbe, dass Männer, die eher auf Muskelfleisch als auf Gehirnmasse stehen, sich Sterne tätowieren lassen. Dass Wolod auch tätowiert ist, das habe ich selber gesehen. Aber bis zu seiner Brust bin ich noch nicht vorgedrungen. Und ich weiß auch nicht, ob ich das möchte.«

Annie schaute Margaux entgeistert an.

»Hast du dich mit Wolod getroffen? Ich habe ihn dir doch erst vor vier oder fünf Tagen auf der Straße vorgestellt!«

»Wir haben nur einen Drink zusammen genommen, in der Bar vom ›Meurice‹«, sagte Margaux. »Das war wohl nicht das Richtige für ihn. Jetzt aber zurück zu den Sternen. Kennst du jemanden, der wissen könnte, ob er einen achtzackigen Stern als Tattoo trägt?«

Es dauerte einen Moment, bis Annie antwortete: »Wolod hat zwei achtzackige Sterne auf der Brust. Genauer gesagt, rechts und links auf der Höhe der Schlüsselbeine, ziemlich weit außen. Und bevor du mich fragst: Ich habe es selber gesehen. Das war ein Ausrutscher. Wirklich nur ein Ausrutscher. Ich hatte gerade Grund, schlecht drauf zu sein. Und du weißt ja, wie es manchmal ist. Man braucht ein bisschen Bestätigung, man trinkt ein Glas zu viel, und bei allem, was du über Wolod sagen kannst: Er hat was. Aber es blieb wirklich bei dem einen Mal. Er war mir zu animalisch. Zu brutal. Zu sehr Kaukasus, zu wenig Paris.«

Annie lupfte die Augenbrauen, zog die Schultern zusammen und hob die Hände hoch. Was soll ich dazu sagen, drückte ihre Geste aus.

Margaux begann leise zu kichern, Annie gickelte befreit.

Die Uhr über der Tür der Bar zeigte Viertel vor neun.

»Komm«, sagte Margaux, »lass uns noch was trinken. Zum Entspannen. Das brauchen wir jetzt beide.«

Sie hob den Arm, um die Aufmerksamkeit des Barkeepers auf sich zu lenken, deutete, als er sie sah, mit dem Finger, den sie kreisen ließ, auf die Gläser. Er nickte und machte sich an seinen Flaschen zu schaffen.

Margaux nahm ihr Mobilfone, tippte eine SMS ein. »Pardon, heute nicht. Muss noch lange arbeiten. Melde mich morgen, M.«

Und dann hängte sie noch ;-* dran mit der Frage: »Weißt du, was das heißt?«

Prompt kam eine Antwort. »Schade! Und: nein, weiß nicht.«

Sie tippte: »Kuss.«

Antwort: »Versprochen?«

»Ja. M.«

Dann wählte sie die Nummer von »Régine-Models«, doch niemand hob ab. Sie legte das Telefon wieder auf den Tisch neben ihr geschlossenes Moleskine. Dann schaute sie Annie an und sagte: »Ich muss Magalie finden. Vielleicht steht sie als Nächste auf der Liste.«

Die Kathedrale von Nizza

Die Sekretärin schloss die Tür und ließ die beiden allein.

Er saß in einem alten Holzstuhl mit Armlehnen vor dem Schreibtisch, hinter dem sie trotz ihrer Sonnenbrille wie die Chefin wirkte. Jacques überlegte kurz, ob er aufstehen und sie umarmen sollte. Aber er ließ es sein.

»Na, Monsieur le Juge«, sagte Mara schmunzelnd, »ich habe den Eindruck als hätte sich dein Nasenrücken ein wenig zu sehr gerötet. Hast du dich etwa nicht eingeschmiert?«

Er fuhr sich mit dem Zeigefinger über die Nase, schüttelte den Kopf und antwortete: »Ich spüre nichts. Und in den zwei Stunden in der Sonne werde ich mich schon nicht verbrannt haben.«

»Spätestens heute Abend juckt der Sonnenbrand. Willst du vielleicht unsere Büros sehen? Nebenan liegt das von Onkel Alexis, und daran schließt das von meinem Vater an.«

Mara stand auf, schlängelte sich um ihren Tisch herum und gab Jacques, der sich aus seinem Stuhl erhoben hatte, im Vorübergehen einen flüchtigen Kuss auf den Mund. An den Wänden des weiß gestrichenen Raums hingen rechts und links zwei rechteckige Bilder, die fast bis zum Boden reichten. Knalliges Blau. Jacques warf einen Blick darauf. Doch nicht etwa Yves Klein? Doch! Blau wie der Himmel über Nizza. Die Bilder hatte Maras Großmutter in den Fünfzigern gekauft, weil sie die »Nouveaux Réalistes« unterstützen wollte. Jetzt liegt der Wert der beiden Kunstwerke bei mehreren Millionen, dachte Jacques.

»Gefallen sie dir?«

Jacques zog die Augenbrauen bewundernd hoch, nickte mehrmals schnell und stimmte brummend zu.

Mara öffnete eine schmale Seitentür und winkte ihn heran. Onkel Alexis' Arbeitsraum war etwas größer, aber er strahlte nichts von der Fröhlichkeit des Büros seiner Nichte aus. Von oben bis unten waren die Wände mit dunklem Holz getäfelt, man fühlte sich wie im Chorgewölbe einer alten Kirche. Vier Messinglampen beleuchteten kostbare Ikonen. Sie wirkten so, als wären sie in einem Museum ausgestellt.

»Huch, hier möchte ich aber nicht arbeiten«, sagte Jacques, »das sieht aus wie das Gestühl aus der russischen Kathedrale in Nizza.«

»Von wegen Kathedrale«, sagte Mara, »es gibt ein Lebenszeichen von Onkel Alexis.«

»Ist er wieder aufgetaucht, und alles wird gut?«

»Nein, das nicht. Aber heute früh hatte ich einen merkwürdigen Anruf von unserem Romanow, dem Präsidenten des russischen Kulturvereins, der die Kathedrale verwaltet. Onkel Alexis und er sind diejenigen, die dagegen kämpfen, dass Putin und die russische Regierung sich die Kirche einverleiben. Nun hat heute früh ein Bote einen Brief bei dem Romanow abgeliefert und darauf bestanden, den Umschlag persönlich auszuhändigen. Darin steckte eine Nachricht, die angeblich von Onkel Alexis stammt. Die lautet, der Romanow möge die noch von ihm, Onkel Alexis, mit notarieller Unterschrift zu versehenden Papiere wegen der Eigentumsübertragung der russischen Kathedrale in einem Umschlag bereithalten. Alexis werde sie von einem Vertrauensmann abholen lassen.«

»Das klingt verrückt. Kannst du diesen Romanow überreden, uns heute Nachmittag zu empfangen? Ich würde ihm gern ein paar Fragen stellen und mir den Brief ansehen.«

»Was kann er dir schon sagen?«

»Wer war der Bote? Kannte er ihn? Können wir die Herkunft des Briefes verfolgen? Wahrscheinlich kann er uns eine ganze Menge erzählen, was uns auf eine Spur führen könnte. Ruf ihn an!«

Mara hob den Hörer auf Onkel Alexis' Schreibtisch hoch und bat die Sekretärin, einen Termin mit dem Romanow zu vereinbaren. So schnell wie möglich. Dann öffnete sie die nächste Seitentür, die in das sehr viel geräumigere Büro ihres Vaters führte. Über wertvollen antiken Möbeln hingen Ölgemälde aus dem frühen neunzehnten Jahrhundert. Auf einer Kommode mit edlen Intarsien und goldenen Verzierungen aber posierte General de Gaulle in einem Silberrahmen neben einem frischen Blumenstrauß in einer Porzellanvase.

Jacques lachte: »Oh, den alten Herrn habe ich lang nicht mehr gesehen. Das Bild ist ja sogar mit einer Widmung versehen! Persönlich für deinen Vater? Wie alt ist der eigentlich?«

»Kurz über achtzig!«

»Und wie alt ist dann sein Bruder Alexis, der muss doch auch uralt sein.«

»Nein, die beiden sind mehr als zehn Jahre auseinander. Alexis ist ein Nachzügler gewesen. Er ist erst Anfang siebzig.«

»Dann war dein Vater aber schon ziemlich alt, als du zur Welt kamst.«

»Ja, er hat spät geheiratet. Und auch das eher durch Zufall, glaube ich. Er kommt noch jeden Morgen und schaut nach seiner Post. Und jeden Tag werden die Blumen erneuert. Auch wenn er, wie jetzt, nicht da ist. Er reist nämlich gerade mit seiner letzten Flamme auf einem Kreuzfahrtschiff durch die norwegischen Fjorde. Ihm ist es hier zu heiß.«

»Was heißt: seine letzte Flamme?«

»Seit dem Tod meiner Mutter vor bald zwanzig Jahren hat er sich jedes Jahr eine neue Dame angelacht: meist auf Kreuzfahrten! Aber er kommt in den nächsten Tagen zurück.«

Jacques sah sich um und ging zurück zum Büro von Onkel Alexis. Als er an Mara vorbeikam, zog er sie an sich und küsste sie. Sie legte kurz ihre Hände um seinen Hals, ließ ihn aber gleich wieder los.

»Du hast wirklich einen Sonnenbrand«, sagte sie und strich ihm leicht über die Nase.

Jacques drehte sich von ihr weg. »Darf ich mal einen Blick in die Schubladen werfen?«, fragte er und setzte sich auf den Stuhl, ohne eine Antwort abzuwarten.

»Da wirst du nichts finden. Ich habe den Kalender durchforstet, überall rumgeschnüffelt, aber keinen Hinweis darauf gefunden, wo er hingefahren sein könnte.«

»Wer hat denn seine Reisen gebucht?«

»Normalerweise macht das unsere Sekretärin. Aber diesmal nicht. Wir haben beim Reisebüro, direkt bei der Air France und anderen Airlines nachgefragt. Aber keine Spur. Nirgends. Vermutlich taucht er ja jetzt wieder auf. Vielleicht war er in Istanbul. Da ist er häufiger, weil wir im Südwesten der Türkei Tonnen von Rosenblüten einkaufen. Drei Tonnen ergeben ja nur einen Liter Essenz.«

Jacques fand in der mittleren Schublade eine dicke Akte, die mit zwei Bändern zugebunden war. In der Mitte stand unter den Farben der Republik »Liberté – Egalité – Fraternité« und eine Zeile tiefer »Préfecture de Nice«.

»Und was ist hier drin?« Er blätterte in den Papieren: »Gott, das ist ja ein ellenlanger Briefwechsel mit dem Präfekten. Die Unterschrift kann kein Schwein lesen. Wer sitzt eigentlich jetzt auf dem Posten?«

»Ein etwas strenger jüngerer Mann, den hat die Innenministerin geschickt, damit er hier ein wenig für Ordnung sorgt. Die vorhergehenden Präfekten haben immer ein Auge zugedrückt, wenn jemand wie der alte Bürgermeister von Nizza in Bestechungsaffären, zum Beispiel beim Bau des Stadions oder der Straßenbahn, verwickelt war.«

»Ein Enarch?« Jacques hasste Enarchen, Absolventen der

ENA, der Eliteschule für hohe Staatsbeamte. Und die Enarchen als Zöglinge des Staates, beseelt von der Größe Frankreichs, verachteten alle Normalsterblichen.

»Nee, du weißt doch. Sarko kann Enarchen nicht ausstehen, weil er selber schlecht in der Schule war. Und der hier ist schon drei Jahre im Amt. Pascal Richard heißt er.«

»Der Name sagt mir nichts«, sagte Jacques und blätterte weiter. »Weißt du, worum es bei dem ganzen Briefwechsel ging? Um die Zukunft der russischen Kathedrale?«

»Wahrscheinlich ...«

Jacques lachte plötzlich auf. Er zog einen Brief aus dem Ordner, legte ihn vor sich hin, strich ihn mit der Hand glatt und las. »Dein Onkel wollte unbedingt in die Légion d'Honneur aufgenommen werden, weil sein Bruder dort schon seit zwanzig Jahren die zweite Stufe als Offizier erklommen hat. Ich lach mich scheckig!«

»Gott, der Arme«, seufzte Mara. »Er hat immer unter dem beruflichen und gesellschaftlichen Erfolg meines Vaters gelitten. Onkel Sascha lebte eigentlich wie ein schrulliger Einsiedler.«

»Wahrscheinlich hat sich Alexis jedes Mal, wenn ein neuer Präfekt nach Nizza kam, erneut um den Orden bemüht. Und selbst Pascal Richard hat abgelehnt. Dafür muss es einen Grund geben. Kennst du diesen Richard?«

»Natürlich. Die Talbots kennen jeden hier. Ich hatte den Eindruck, er hätte mir mal ein wenig den Hof gemacht. Aber ...« Mara verzog das Gesicht, als hätte sie in eine Zitrone gebissen, und schüttelte sich. »... brrr, nee!«

»Ruf ihn an«, schlug Jacques vor. »Vielleicht können wir ihn sehen, nachdem wir bei dem Romanow waren. Was hältst du davon?«

Mara ließ sich verbinden und bat den Präfekten um ein schnelles Treffen, weil sie sich Sorgen um Onkel Sascha mache.

»Geben Sie mir die Ehre, Sie heute Abend zum Essen auszuführen«, schlug der vor, »wollen wir uns um halb neun bei Nicole treffen?«

»Wenn Sie da noch einen Tisch bekommen«, sagte Mara.

Nicole war die Patronne des Restaurants »La Petite Maison«, wo speiste, wer in Nizza Rang und Namen hatte. Aber auch aus Monaco kamen schon mal die Fürstentöchter vorbei, Bono von U2 war ein regelmäßiger Gast, und wenn er in Nizza übernachtete, dann saß auch Präsident Nicolas Sarkozy mit seiner Entourage, zu der selbst nach seiner Hochzeit mit Carla immer ein paar junge Mädchen gehörten, an einem der hinteren Tische.

»Dem Präfekten hält Nicole immer einen Tisch frei«, brüstete sich Pascal Richard. Und hatte wahrscheinlich recht.

»Dann bis heute Abend«, verabschiedete sich Mara. Den Richter aus Paris erwähnte sie nicht.

Als Mara mit Jacques im Auto über die Landstraße von Grasse nach Nizza fuhr, begann sie zu erzählen. Eine gruselige Geschichte von Entführung, Depression und Tod, ihre Familiengeschichte.

Mitte des neunzehnten Jahrhunderts zog ihr Vorfahr Jean Talbot, ein wohlhabender Tuchfabrikant aus Lothringen, nach Grasse, weil seine Frau das feuchte Klima an der Maas nicht vertrug. Er kaufte eine kleine Parfumfirma, gab ihr seinen Namen und baute sie mit Tatkraft zu einem großen Unternehmen aus.

Maras Großvater erbte Talbot-Parfum Anfang des zwanzigsten Jahrhunderts. In den Ersten Weltkrieg meldete er sich freiwillig, wurde in den ersten Kriegstagen verletzt und ausgemustert. Ende der Zwanzigerjahre heiratete er eine hoch aufgeschossene russische Prinzessin, die mit ihren Eltern 1917 während der Russischen Revolution aus Sankt Petersburg nach Nizza geflohen war. Außer ihren Preziosen und dem Namen hatte die fürstliche Familie nur ihr nacktes

Leben gerettet. Da war die Hochzeit mit einem reichen Parfumhersteller ein Segen.

Prinzessin Natalja, Maras Großmutter, die alle Natascha nannten, führte ein großes Haus und umgab sich gern mit Künstlern aus Nizza, mit Musikern, Malern, Schriftstellern. Ihren ersten Sohn, der Maras Vater wurde, nannte sie Sergej. Sie sprach nur Russisch mit dem Jungen – schließlich sei er der Abkömmling eines alten russischen Geschlechts. Jeden Sonntag musste er sie in die lange Stunden dauernde Messe der orthodoxen Kathedrale in Nizza begleiten.

Erst zehn Jahre später brachte sie einen zweiten Sohn auf die Welt: Onkel Alexander, in Frankreich Alexis genannt, in der Familie Sascha.

Die Brüder hätten gegensätzlicher nicht sein können. Und der Ältere, lange Zeit das Hätschelkind der Mutter, entwickelte Züge von Eifersucht auf das Neugeborene, den Augapfel des Vaters.

Das Familiendrama bahnte sich an, als Sascha elf Jahre alt war. An einem Sonntag.

Prinzessin Natascha hielt Hof in dem weitläufigen Familienanwesen in Grasse. Serge studierte in Paris, der kleine Sascha besuchte, wie alle Söhne der Bourgeoisie, das Lycée Fénelon in Grasse.

Es waren Sommerferien.

An jenem Sonntagvormittag begleiteten beide Söhne ihre Mutter in die russische Kathedrale. Anschließend wurde das Mittagessen in der Familienvilla in Grasse zelebriert, obwohl Sascha maulte, weil er sich mit seinem Freund Olivier treffen wollte. Aber am Sonntag gestatteten die Eltern keine Ausnahme. Am Nachmittag fragte Sascha dann den Vater, ob er ihn mit dem Auto zu seinem Freund Olivier fahren würde. Der murmelte nur etwas von Faulheit der Jugend und verwies den Sohn auf sein Fahrrad.

Abends um acht zum Diner war Sascha nicht zurück.

Prinzessin Natascha rief bei den Eltern des Freundes an.

Die zeigten sich verwundert, denn Sascha war bei ihnen nie erschienen.

Sascha war entführt worden. Das Fahrrad wurde nicht weit von zu Hause gefunden. Die Polizei schaltete die Öffentlichkeit ein, aber niemand hatte den Jungen gesehen. Die Entführer forderten ein hohes Lösegeld, das auch gezahlt wurde. Kaum aber hatten die Kidnapper das Geld erhalten, brachen sie den Kontakt ab, und Sascha blieb verschwunden. Alle vermuteten, er sei ermordet worden. Die Verzweiflung der Eltern war unbeschreiblich. Besonders der Vater litt, weil er sich unendliche Vorwürfe machte. Hätte er seinen Sohn gefahren, wäre der nicht entführt, ja nicht ermordet worden. Noch im selben Jahr brachte er sich mit dem Gewehr um.

»Aber irgendwann scheint Onkel Sascha ja wieder aufgetaucht zu sein?«, unterbrach Jacques die Geschichte.

»Ja. Ein paar Jahre später wurde Sascha wiedergefunden. Lebend«, sagte Mara. »Die Mafia hatte ihn entführt und nach Süditalien verschleppt. Vier Jahre lang lebte er in einer Camorrafamilie, bis der Clanchef und zwei seiner älteren Söhne in einem Streit von anderen Camorristi erschossen wurden. Die Polizei vermutete, die Ermordeten waren die Entführer des Kindes. Auf jeden Fall steckte man Alexis nach dem Blutbad, das er miterlebte, in ein Waisenhaus in Neapel, das unter der Kontrolle eines befreundeten Capo stand. Alexis war inzwischen fünfzehn Jahre alt und hatte genügend Gewalttaten der Mafia miterlebt, um zu wissen, dass er mit einem Fluchtversuch sein Leben aufs Spiel setzen würde.«

In Neapel gelang es ihm mithilfe eines anderen Jungen, der sein Freund geworden war, eine Botschaft an das französische Generalkonsulat zu schicken.

Als Sechzehnjähriger kam er dann zurück nach Grasse. Als Fremder.

Der ältere Bruder hatte nach dem Selbstmord des Vaters die Firma geerbt und leitete sie zusammen mit einem erfahrenen Geschäftsmann.

Die Mutter fand kaum Kontakt zu dem verloren geglaubten Sohn. In Süditalien hatte er sich grässliche Manieren angewöhnt, wie sie fand. Sein Russisch hatte er fast vergessen. Sie schickte ihn in ein Internat nach Nizza, sodass er nur die Wochenenden in der Familie verbrachte. Dann studierte er in Paris. Als er schließlich in die Firma eintrat, wo ihn sein Bruder ungern sah, zog Prinzessin Natascha in eine der rosa gestrichenen Villen auf dem Hügel oberhalb der russischen Kathedrale in Nizza.

Eine Legende will, dass sie zu jener Zeit ein Verhältnis mit Somerset Maugham hatte, der eine große Villa auf Cap Ferrat besaß. Gepasst hätte das zu ihr. Aber es stimmte wohl nicht. Ein anderes Gerücht verband die Prinzessin mit Graham Greene, der lange Zeit in Antibes nah am Hafen wohnte. Wie auch immer.

Sascha blieb immer der Kleine.

Und weil der Erstgeborene, Maras Vater, alles geerbt hatte, entstand regelmäßig Streit zwischen den Brüdern. Alexis forderte seinen Teil. Aber Maras Vater blieb stur. Inzwischen hat er die Firma auf seine Tochter überschrieben und Alexis mit den Worten abgespeist, er habe ohnehin keine Erben. Haus und Hof fielen sowieso irgendwann einmal an Mara.

»Hat Alexis nie geheiratet? Ich meine, dein Vater scheint da ja anders zu sein. Oder ist Alexis schwul?«, fragte Jacques.

»Ich glaube eher, dass alles Testosteron in dieser Familie bei meinem Vater gelandet ist. Der hat so spät geheiratet, weil er ständig unterwegs war, und Sascha hat weder Freundinnen noch einen Freund. Vielleicht ist er sexuell uninteressiert. Was ja auch seine Vorzüge hat.«

»Ach, meinst du wirklich?«, sagte Jacques und lachte.

»Na ja, zumindest wurde er wegen dieser Dinge nicht abgelenkt. So meine ich das. Deshalb kann er seine ganze Kraft für andere Ziele einsetzen. Zum Beispiel für die russische Kathedrale.«

Recherche in Nizza

Es war ein ziemlich merkwürdiger Typ, der den Brief abgeliefert hat«, sagte der Romanow, der in seinem tailliert geschnittenen Anzug wie ein erfolgreicher französischer Bourgeois aussah und so gar nichts von einem Zaren an sich hatte. »Ich hatte den Eindruck, dass er kaum Französisch verstand, jedenfalls sprach er fließend Russisch. Und zwar das Russisch von heute, nicht unseres aus der Zarenzeit. Wissen Sie«, der Nachfahre der Zarenfamilie schaute Jacques eindringlich an, »wir unterscheiden zwischen den alten Russen, die Nizza lange vor den Engländern entdeckt und mondän gemacht haben und die seit der Revolution hier im Exil leben, und den neuen Russen, deren Gold aus den Ruinen des Kommunismus stammt. Das ist der Unterschied zwischen Zivilisation und Barbarei.«

Jacques beugte sich über den Brief, der auf der gestickten Decke eines Esstisches lag. Die Anschrift auf dem Umschlag wie auch Anrede und Unterschrift waren mit blauer Tinte geschrieben. Der Text selbst war in einen Computer eingegeben und ausgedruckt worden.

Die Ankündigung von Alexis Talbot, endlich seine Unterschrift unter die notwendigen Papiere unter Aufsicht eines Notars setzen zu wollen, brachte den Romanow in Hochstimmung. Damit wäre das Problem mit der russischen Kathedrale gelöst. Das Eigentum des riesigen Kirchengeländes würde endgültig auf den russischen Kulturverein in Nizza übergehen. Und damit wäre der Anspruch des russischen Staates aufgehoben.

»Aber stammt der Brief wirklich von Alexis? Was meinen Sie?« Er zog die Augenbrauen hoch und sah Mara an.

Sie nahm die Sonnenbrille ab und beugte sich über das Papier. Dann nickte sie und sagte: »Ja, so sieht seine unleserliche Klaue aus.«

»Aber weshalb meldet er sich nicht?«, fragte der Romanow. »Wie erhalten wir die unterschriebenen Papiere zurück?«

»Wir suchen ihn auch«, sagte Jacques, »und deshalb würde es uns helfen, wenn Sie mir die Szene der Übergabe genau schildern könnten.«

»Es klingelte gegen zehn Uhr heute früh«, sagte der Romanow, »meine Haushälterin öffnete, und ein etwa dreißig Jahre alter Russe bat, mich sprechen zu dürfen. Er beharrte darauf, mir den Umschlag persönlich zu übergeben. Er war schlank, hatte ein rundliches Gesicht, ganz kurze Haare, fast eine Glatze, tief liegende Augen und war etwa eins siebzig groß. Fester Händedruck. Er verschwand sofort wieder. Ich bin ans Fenster getreten und habe gesehen, wie er aus dem Haus trat, die Beifahrertür eines großen BMW öffnete und einstieg. Als der Wagen losfuhr, hatte ich den Eindruck, dass ein zweiter BMW ihm folgte.«

»Auch ein großer? Und welche Farben? Haben Sie die Nummernschilder gesehen?«, fragte Jacques.

»Ich glaube, es waren französische Nummernschilder. Aber die neuen kann man ja kaum noch von den italienischen unterscheiden. Also wenn, dann neue französische. Und die Farben? Wenn ich mich richtig entsinne, war der erste dunkel und der zweite heller. Genau weiß ich es nicht mehr.«

Jacques überlegte. In einem schwarzen und in einem silbernen BMW waren die russischen Programmierer abgerauscht. Nummernschilder kann man leicht austauschen. Er sah Mara an.

»Du hast gesagt, dein Onkel habe den Vertrag der Servtech

in Sophia-Antipolis mit dem georgischen Unternehmer unterschrieben«, sagte Jacques, »weißt du, in welcher Beziehung er zu ihm stand? Mir kommt die verrückte Idee, dass dein Onkel wieder entführt wurde. Aber diesmal eher von der russischen Mafia.«

Jacques handelte schnell. Er rief Kommissar Jean Mahon an, dessen Wortschwall er rüde abbrach, um seine Anordnungen durchzugeben. Der Brief sollte durch die Spurensicherung auf die DNA von Onkel Alexis untersucht und die Wohnung dieses Romanow observiert werden. Der alte Russe schien sich auf das Abenteuer zu freuen. Ja, er würde das Haus nicht verlassen und sofort anrufen, wenn er wieder von dem Boten kontaktiert würde. Als Jacques bat, auch das Telefon hier im Haus überwachen zu dürfen, erhielt er einen eindeutigen Hinweis von der Police judiciaire in Nizza. Bei dieser Nummer hörten die Renseignements généraux ohnehin schon mit. Der Romanow stand wegen des Streits mit der russischen Regierung um die orthodoxe Kathedrale auf der Abhörliste des Élysée.

Als sie vor Maras Auto standen, sagte Jacques: »Du könntest mir helfen.«

»Wohin soll ich dich fahren?« Mara wedelte mit dem Autoschlüssel.

»Nein, es geht darum, wo ich arbeiten kann. Am liebsten würde ich mein Hauptquartier bei Servtech aufschlagen. Dort sitzen doch schon unsere Internetleute. Es würde alles erleichtern.«

»Kein Problem«, sagte Mara und öffnete den Wagen mit der Fernbedienung, »ihr könnt die Büros der Russen benutzen. Die stehen doch jetzt leer.«

»Dann lass uns dort hinfahren!«

Mara schaute ihn mehrmals von der Seite an, schwieg aber.

Jacques starrte aus dem Fenster. Als Mara auf die palmengeschmückte Promenade des Anglais einbog und noch schnell bei Rot über eine Ampel fuhr, griff Jacques in seine Jackentasche, holte sein Telefon hervor und drückte die Kurzwahltaste für die Festnetznummer des Büros von Jean Mahon. Der Kommissar hob sofort ab.

»Entschuldige, dass ich vorhin so kurz war«, sagte Jacques, »aber es beginnt, spannend zu werden!« Dann stieß er einen Seufzer aus.

»Ja. Hat dich Margaux schon angerufen?«, fragte Jean Mahon.

Jacques wechselte das Telefon in die andere Hand. Am rechten Ohr würde Mara nicht so gut mithören, was der Kommissar erzählte. »Nein, nicht seit gestern Abend.«

»Sie wollte offensichtlich auf eigene Faust recherchieren«, sagte Jean Mahon. »Gestern Abend hat sie sich mit Annie getroffen …«

»Wer ist noch mal Annie?«

»Die Frau, die achtzackige Sterne frisiert.« Jean schnaufte, als wollte er ein Lachen unterdrücken.

»Okay. Und worum geht's? Mach's kurz.«

»Neben Gina und Irina hat Annie noch einem dritten Model so eine Frisur gemacht. Magalie. Auch eine Freundin der beiden Ermordeten. Margaux befürchtet nun, Magalie könnte sich in Gefahr befinden, falls derselbe Kerl damit zusammenhängt. Sie hat mich allerdings erst vor einer halben Stunde angerufen. Kurz bevor du dich bei mir gemeldet hast.«

»Warum hat sie so getrödelt?«

»Sie wollte sehen, wie weit sie mit ihren eigenen Recherchen kommt. Aber bei ›Régine-Models‹ weiß niemand, wo Magalie sein könnte. Sie hat sich für drei Wochen abgemeldet. Urlaub in den Bergen. Und in die Wohnung von Magalie ist Margaux nicht reingekommen.«

»Und was macht ihr?«

»Gemach, gemach!«, versuchte Jean ihn zu beruhigen.

»Du hast mich ja erst einmal mit dem Romanow und der möglichen Entführung von Alexis Talbot aufgehalten. Aber noch etwas …«

»Was heißt ›aber noch etwas‹?«, rief Jacques so aufgebracht in das Telefon, dass Mara ihn verwundert anblickte.

»Nun unterbrich mich nicht immer! Aber noch etwas wollte ich dir sagen. Erstens haben wir auch auf den Konten von Irina diese seltsamen Buchungen aus Tiflis gefunden wie bei Gina. Allerdings floss das Geld bei Irina erst seit einigen Monaten. Immer einige Hunderttausend Dollar, die gleich am nächsten Tag wieder verschwunden sind. Auch hier ging es um Dollar, nicht um Euro. Zweitens: Wir haben vom Treppengeländer im ›L'Hôtel‹ die Fingerabdrücke von Wolod abnehmen können. Sie befanden sich auch auf dem Auto von Gina. Also dürfte da ein Zusammenhang bestehen. Vielleicht gehört Wolod zu den Männern, die sich in der Nacht, in der Gina verschwand und das Boot abgefackelt wurde, an ihrem Auto zu schaffen gemacht haben. Übrigens hat Margaux noch etwas gemeldet: Nicht nur Michail trägt einen tätowierten achtzackigen Stern, Wolod hat gleich zwei, je einen weit außen auf Höhe des Schlüsselbeins.«

Ein Hitzestoß durchfuhr Jacques. Er schwieg einen Moment.

Mara schaute angestrengt auf den Verkehr, sie war nicht auf die Autobahn gefahren, sondern folgte der Strecke über Cagnes am Meer entlang. Sie kam gut voran, obwohl viele Urlauber auf der Küstenstraße zwischen Nizza und Cannes unterwegs waren. Vor der Pferderennbahn in Cagnes bog sie rechts ab, dann an der nächsten Ampel wieder links in Richtung Villeneuve und Sophia-Antipolis.

»Auch das hat ihr Annie erzählt. Sie hatte angeblich mal einen One-Night-Stand mit ihm«, sagte Jean Mahon so nüchtern, dass Jacques glaubte, ein leicht ironischer Ton schwinge mit.

»Zwei Sterne bedeutet, dass er weit oben ist in der Hierarchie«, sagte Jacques. »Stellt Wolod unter Beobachtung, auch sein Telefon. Aber so, dass er es nicht merkt. Sucht Magalie, informiert alle Polizeiposten. Besonders an der Côte, Saint-Trop' und so, wo Models halt hinfahren. Durchsucht ihre Wohnung, versucht an ihre Bankkonten zu kommen. Ich werde Fabienne bitten, das Handy von Magalie zu orten. Vielleicht können wir das Programm der Russen mal für uns nutzen.«

»Du meinst die Georgier?«

Hätte Mara in diesem Moment nicht ihre warme Hand auf seine Linke gelegt, hätte Jacques einen rüden Fluch losgelassen. So schaltete er das Gerät aus, ohne sich zu verabschieden.

Magalie

Plötzlich krachten zwei Schüsse.

Jean Mahon fuhr hoch und schlug mit dem Kopf gegen das Dach seines Dienstwagens, er saß auf dem Beifahrersitz. Das Auto parkte vor dem Tor zum Hof des Hauses in der Rue Barbette im Marais, in dem Magalie unter dem Dach wohnte. Er telefonierte. Vier seiner Leute waren eben vorausgegangen. Sie sollten die Tür öffnen und mit der Durchsuchung beginnen. Ein Routineeinsatz.

Erschrocken legte der Kommissar sein Telefon weg. Das Tor schlug auf. Zwei kräftige Männer, einer mit dem Revolver in der rechten Hand und der andere mit einer ledernen Louis-Vuitton-Tasche, kamen herausgerannt, sahen die Polizeiwagen, machten kehrt und sausten um die Straßenecke, bevor Jean Mahon reagieren konnte.

Der Kommissar riss die Autotür auf, wurde aber von dem Gurt zurückgerissen, als er auf die Straße springen wollte. Er fluchte. Zwei seiner Leute tauchten im Torbogen auf und blieben stehen, als sie die Flüchtenden nicht mehr sahen.

»Die sind um die Ecke gerannt«, rief Jean Mahon ihnen zu, und schon spurteten sie hinterher. »Ist jemand getroffen worden?«

Nein, niemand. Als die Polizisten die enge Treppe in die vierte Etage fast hochgestiegen waren, verließen gerade zwei Männer Magalies Wohnung. Einer richtete sofort den Revolver auf die Beamten, drohte abzudrücken und befahl ihnen mit einer Gebärde, in die Wohnung zu gehen und die Tür hinter sich zu schließen. Dann schoss er zweimal auf die

Tür. Die Polizisten hörten nur noch ein Poltern, das sich schnell entfernte.

Nachdem er umfassenden Alarm ausgelöst hatte, stieg Jean Mahon die vier Treppen hoch, schnaufte, als er oben ankam, und dachte, er müsse wohl doch mehr trainieren. Der Polizeicoach hatte ihm kürzlich erklärt, Vierzigjährige müssten vier Stunden in der Woche Sport treiben, um fit zu bleiben, Fünfzigjährige fünf Stunden, Sechzigjährige sechs Stunden. Sechs Stunden! Dann müsste er morgens um sechs aufstehen, doch das konnte er sich und Isabelle nicht antun. Das gemeinsame Frühstück war seiner Frau noch heiliger als ihm. Sie redete, er las Zeitung. So sollte es bleiben.

Die Projektile steckten im Holz der Wohnungstür. Sie würden von der Spurensicherung entfernt werden. Jean Mahon sah sich um. Alles in dem kleinen Duplex war rosa oder weiß. So wie es sich ein junges Mädchen erträumt, dachte er. Er schaute die beiden Polizisten an, die auf ihn gewartet hatten. Die Wohnung bestand unten aus einem großen Wohnzimmer, einem Essbereich mit offener Küche und einem kleinen Balkon davor.

»Seid vorsichtig«, sagte der Kommissar, »achtet darauf, keine Spuren zu verwischen. Wir suchen Computer, Bankunterlagen. Und alles, was auf Beziehungen mit Männern hindeutet.« Er bewegte seine Augen durch das Zimmer, keine Bücher, keine elektronischen Geräte außer einem Fernseher und einem iPod-Spieler. Nur der iPod fehlte. Dann stieg er mit der Hand am Geländer eine steile Holztreppe nach oben in einen weiten offenen Raum unter dem Dach. Er ging zu dem Doppelbett mit unzähligen Kissen, prüfte die Matratze, überlegte, ob er sich setzen sollte, wandte sich dann aber dem kleinen Sekretär unter dem Fenster zu, auf dem Chaos herrschte. Die Schubladen lagen rausgerissen auf dem Parkett. Die Computermaus war neben das Pad gefallen. Dort hatte wohl ein Laptop gestanden. Das Stromkabel schlängelte sich verloren auf dem hellen Holz. Jean

Mahon ahnte, dass sie zu spät gekommen waren. Nur wenige Sekunden zu spät. Aber eben zu spät.

Margaux prallte fast mit Wolod zusammen, als sie in Gedanken versunken auf die Straße trat.

Einige Stunden lang hatte sie in der Agentur nach allen nur möglichen Kontakten von Magalie gesucht und, unterstützt von Headbooker Mireille, telefonisch bei Eltern, Freunden, Fotografen, sogar bei Werbekunden nach dem verschwundenen Model gefragt.

Mireille hob plötzlich mit einem Juchzen die Hand.

»Ich weiß was!«, sagte sie, schaute Margaux triumphierend an und hackte auf die Tasten ihres Keyboards. »Magalie liebt die Berge um Meribel, hat häufig im ›Meribel Pierre‹ gewohnt und sich dort mit einer Skilehrerin angefreundet.«

»Lass mich da anrufen«, sagte Margaux, »als Journalistin weiß ich, wie man Leuten etwas aus der Nase zieht.«

Nach nur drei Gesprächen hatte Margaux die Skilehrerin, die im Sommer als Bergführerin arbeitete, gefunden und dann ihrerseits Mireille das Siegeszeichen gemacht. Ja, Magalie habe sich vor zwei Tagen bei ihr gemeldet, weil sie für die nächste Zeit eine Berghütte oberhalb des Lac de Tueda mieten wolle, um von dort Bergwanderungen zu unternehmen. Na ja, einsam sollte die Hütte schon liegen. Magalie hatte angedeutet, dass sie nicht allein kommen würde und deshalb nicht gesehen werden wolle. Die Hütte stand bereit. Die Skilehrerin erwartete den Anruf von Magalie in zwei, drei Tagen.

Margaux packte Notizbuch und Stift gerade ein, als das Telefon von Mireille klingelte.

Jacques.

Mireille schaute auf und machte Margaux ein Zeichen. Bist du da? Willst du ihn sprechen?

Margaux winkte hektisch ab und legte den Zeigefinger

auf ihre Lippen. Stumm formte sie mit dem Mund den Satz: »Nichts sagen, nichts von Meribel!«

Mireille nickte.

»Nein, von Magalie haben wir noch nichts gehört«, sagte sie in das Telefon. Und antwortete auf seine nächste Frage: »Ich weiß nicht, ob wir die Bankverbindung rausgeben dürfen. Fällt das nicht unter den Datenschutz?«

Was Jacques daraufhin sagte, schien sie zu überzeugen. Jedenfalls sah sie sofort im Computer nach und las ihm die Angaben vor. Als sie eingehängt hatte, stieß sie ein »Oijoijoi« aus und sagte: »Der kann aber ganz schön heftig sein.«

»Womit hat er gedroht?«, fragte Margaux.

»Egal. Er meint, Magalie schwebe in Lebensgefahr! Eventuell steht sie auf der Liste der Leute, die Gina und Irina umgebracht haben. Er hat mich gefragt, ob ich für die Folgen die Verantwortung übernehmen wolle! Müssen wir dem Richter oder der Polizei nicht sagen, was wir von der Skilehrerin erfahren haben?«

»Lass das mal meine Sorge sein«, sagte Margaux und dachte nach. Sie könnte nach Meribel fahren und sich dort auf die Lauer legen. Vielleicht würde das Mädchen ja in Begleitung von Michail kommen? Margaux wollte helfen, ihn zu fassen. Wahrscheinlich war er der Mörder ihrer Cousine Gina. Und sie hatte Gina beschwatzt, sich weiterhin mit Michail und den Machenschaften des georgischen Unternehmens zu befassen, nur damit sie, Margaux, eine exklusive Story schreiben könnte!

Als sie vor dem Aufzug stand und wartete, überkam sie kurz ein Schaudern. Musste denn alles in ihrem Leben hinter der Jagd nach einem zweiten »Watergate« zurückstehen? Auch alle menschlichen Beziehungen? Sich selbst gegenüber begründete sie alles, was sie gerade tat, mit der Jagd nach Rechtsbrechern. Sie meinte, schon fast wie Jacques zu denken. Mit einem Vorteil allerdings. In der Recherche muss er sich strikt an Tatsachen halten. Sie, die Journalistin, aber fühlte sich freier, sie konnte Teile einer Geschichte, die sich nicht hundertprozentig beweisen ließen, einfach im Konjunktiv schreiben. Ein Urteil zu fällen, würde ihr das Publikum abnehmen.

Die Tür vom Aufzug öffnete sich. Margaux stieg ein, drückte den Knopf für das Erdgeschoss und gab sich einen Ruck. Sie würde einen Fotografen nach Meribel mitnehmen, der heimliche Einsätze gewohnt war und schnell arbeitete. Sie würde eine sensationelle Geschichte haben. Mit großem Foto auf der Titelseite.

Als sie gerade die kleine Pforte im großen Tor aufziehen wollte, wurde sie von außen aufgestoßen. Wolod stürmte, gefolgt von einem kräftigen Burschen, in den Hausflur. Schnell reichte er seinem Begleiter eine lederne Louis-Vuitton-Tasche mit ein paar russischen Sätzen, dann sah er Margaux an und grinste: »Versprochen?«

Einen winzigen Moment dauerte es, bis sie ihre Überraschung verwunden hatte. Dann erinnerte sie sich an die SMS, die sie ihm gestern Abend geschickt hatte. Kuss. Versprochen.

»Ja, natürlich!« Margaux gab ihm einen kurzen Kuss auf den Mund: »Versprochen.«

Dann griff sie ihn am Oberarm und zog ihn zur Tür. »Hast du Zeit für einen Kaffee?«

Wolod schaute auf die Uhr, sagte, er habe nur wenig Zeit, aber die nehme er sich für sie.

Als sie im Bistro an einem kleinen Tisch am Fenster saßen, ertönte auf Margaux' Handy die Melodie für Jacques. Sie nahm an, grüßte nicht, sagte nur: »Ich rufe in zehn Minuten zurück!«, und drückte sofort auf die rote Taste. Aus.

»Ich bin sehr im Stress«, sagte sie zu Wolod, »und muss für zwei oder drei Tage weg. Aber ich denke immer noch an das Treffen mit dem Prinzen, das du mir vorgeschlagen hast. Und an ein paar Tage im Gästezimmer der Villa am Meer.«

»Ich habe alles regeln können.« Wolod klatschte in die Hände. »Es ist Sommer! Alle Leute sind im Urlaub, nimm dir doch auch ein wenig Zeit. Der Prinz lädt dich am Wochenende in seine große Villa auf Cap Ferrat ein. Du wirst es genießen. Wir bestellen dir einen Flug in der Businessclass und holen dich am Flughafen Nizza ab. Sag mir nur, wann du fliegen willst!«

»Das kann ich schon selber bezahlen. Wir lassen uns von Interviewpartnern nicht einladen«, Margaux rieb ganz behutsam ihren Fuß an seinem Schienbein, »unsere Redaktion hat sich das zum Prinzip gemacht. Am Wochenende? Okay. Das könnte klappen. Ich gebe dir Bescheid, wann und wie ich komme.«

Margaux lächelte ihn an und fragte: »Holst du mich dann am Flughafen ab?«

Als Margaux Jacques zurückrief, machte er ihr Vorwürfe, weil sie die Information über Magalie von Annie so lange für sich behalten hatte. Ob sie nicht kapiere, dass es wirklich um Leben und Tod gehe. Die Untersuchungen im Falle ihrer ermordeten Cousine Gina, der ermordeten Irina und auch der noch lebenden Magalie hätten mehrere Parallelen ergeben. Angefangen mit dem achtzackigen Stern.

»Und was ich dir jetzt sage, eignet sich nicht für eine Veröffentlichung. Das muss man bei dir ja immer betonen«, sagte Jacques. »Nicht nur was Annie dir gesagt hat, deutet darauf hin, dass Gina, Irina und Magalie in das gleiche Muster passen. Noch etwas ist interessant. Ich habe über die Agentur Magalies Bankdaten erhalten. Und Fabienne ist es gelungen, über das Internet die Kontobewegungen zu überprüfen. Genau wie auf Ginas und Irinas sind auch auf ihr Konto in den letzten Monaten Hunderttausende Dollar von einer georgischen Bank überwiesen worden. Und genauso wie bei Gina und Irina ist das Geld nach kurzer Zeit wieder auf einem Nummernkonto in der Schweiz verschwunden.

Aber, wie gesagt, das darfst du nicht verwenden. Eigentlich darfst du es noch nicht einmal wissen.«

Blödmann, hättest es mir ja nicht erzählen müssen, dachte Margaux, die sich über Jacques' pedantische Art ärgerte, und sagte: »Ich komme gerade von der Agentur. Und dort habe ich eine konkrete Spur gefunden. Magalie hat sich eine Waldhütte bei Meribel gemietet …«

»Um Gottes willen, warum hast du mich nicht sofort angerufen. Oder Jean Mahon!« Jacques' Stimme klang wütend: »Es kann sich wirklich um Stunden handeln! Verstehst du nicht, dass es um das Leben eines Mädchens gehen kann. Denk nur an Gina!«

»Ich ruf dich doch direkt an! Außerdem ist Magalie noch nicht in Meribel, sondern wird dort erst in zwei oder drei Tagen erwartet!«

Sie gab Jacques die Telefonnummer der Skilehrerin.

Er fragte sie nicht, ob sie in den nächsten Tagen ans Meer käme, sie fragte ihn nicht, wie es ihm bei Eric auf dem Boot gefalle.

Für Persönliches war keine Zeit.

Margaux überlegte, ob sie nicht doch nach Meribel fahren sollte. Was die Polizei macht, ist eine Sache. Was Journalisten machen, eine zweite. Vielleicht wäre immer noch eine Geschichte drin.

»Gott sei Dank!«, sagte Kommissar Jean Mahon, nachdem er Jacques eine lange Weile zugehört hatte. »Wenigstens haben wir so eine Chance. Ich werde sofort die Polizei in Grenoble mobilisieren, die haben eine hervorragende Einsatztruppe, und dann meine besten Leute auf den Weg nach Meribel schicken. Das Kind werden wir schon schaukeln.«

Er sah auf die runde Uhr über der Tür in seinem Büro. Es war kurz nach sechs: »Schade, dass du nicht hier bist. Es ist Zeit für einen Daumen breit Bruichladdich, Jacques.«

Durch das Telefon hörte er ein leises Lachen.

La Petite Maison

Nicole trug wie immer eine schwarze Hose mit einer Hemdbluse darüber. Schlicht, aber chic. Sie goss Champagner in ein Glas und stellte es vor Mara, die zwischen dem Präfekten und Jacques saß. Das nächste reichte sie Jacques, den sie umarmt hatte, als er in das Restaurant gekommen war.

»Monsieur le Juge«, hatte sie unaufgeregt gesagt, ohne auch nur ein Lächeln anzudeuten, so als käme er jeden Tag, »wie geht's?«

Als er vor Jahren in Nizza arbeitete, war er Stammgast bei ihr gewesen. Und weil Nicole über einen wachen Blick für ihre Gäste verfügte, hatte sie damals Jacques' Interesse für eine hübsche Frau am Nachbartisch bemerkt. Sie machte ihn mit Jacqueline bekannt, die ihm zuerst über politische Freunde der Eltern einen Posten am Gericht in Créteil im Osten von Paris besorgte und ihn später heiratete. Aber das war längst Geschichte.

Jetzt nahm Nicole das dritte Glas hoch, ließ den Champagner über den Rand fließen, hielt es dem Präfekten hin, doch ehe er es ergreifen konnte, öffnete sie die Finger und ließ den Kelch auf den Boden fallen, wo er mit großem Geschepper zerschellte. Die Köpfe an den Nachbartischen fuhren herum, lautes Gelächter war zu hören. Das war Nicoles Tick, um auf sich aufmerksam zu machen. Der Präfekt bekam einen roten Kopf. Ein Kellner reichte Nicole eine frische Flöte, und noch bevor Ruhe eingekehrt war, stellte sie den Champagner vor Pascal Richard.

Der Präfekt hatte seine Verwunderung nicht gezeigt, als

Mara ihm den Untersuchungsrichter aus Paris vorstellte, vielmehr hatte er Jacques höflich und respektvoll begrüßt, wie es sich unter hohen Beamten gehörte. Während sie das Menu auswählten, verfielen sie in seichtes Geplauder. Mara und Pascal Richard lachten über den Sonnenbrand auf Jacques' Nase und Wangenknochen. »Brennt das nicht?« Nicole kam mit der Champagnerflasche und füllte nach. Der Präfekt legte eine Hand auf die Rechte von Mara, beugte sich zu ihr und sagte vertraulich, so als nehme er Jacques nicht wahr: »Wir haben uns zu lange nicht gesehen.«

Mara zog ihre Hand unter seiner hervor, langte nach dem Glas, trank einen Schluck, ergriff mit ihrer Linken die Hand von Jacques und drückte sie fest. Der Richter schaute den Präfekten mit kaum merklichem Schmunzeln in seinen Augen an.

Doch pötzlich kam Jacques, fast unhöflich schnell, zur Sache. Er erklärte dem Präfekten, dass Maras Onkel Alexis seit einiger Zeit verschwunden sei und seine Konten vor wenigen Tagen geräumt worden seien – es gehe um sehr hohe Summen. Heute früh habe dann ein Bote ein Schreiben bei dem Romanow abgegeben, dem Präsidenten des orthodoxen Kulturvereins, was vermuten lasse, dass Alexis sich nicht frei bewegen könne. Das Verschwinden von Maras Onkel hänge zudem womöglich mit dem Mord an zwei Models und einem großen Internetschwindel zusammen.

Er, der Untersuchungsrichter, folge dem Prinzip, allen, auch scheinbar abwegigen Spuren nachzugehen. Das habe sich bisher immer bewährt, selbst wenn ihn mancher deshalb für ein wenig spinnert halte. Im Schreibtisch von Alexis habe er nun die Akte mit dessen Bemühungen um die Aufnahme in die Ehrenlegion, die Légion d'Honneur, gefunden. Dreimal sei dies von drei verschiedenen Präfekten abgelehnt worden. Nun wisse er genau, was andere nur vermuteten, dass jeder, der diesen wichtigsten französischen

Orden anstrebe, erst einmal von der Polizei und auch vom Inlandsgeheimdienst überprüft wird. Für die dreimalige Ablehnung dürfte es also einen Grund geben.

Der Präfekt überlegte nur kurz, sah Mara an und sagte trocken: »Ja, es gibt einen Grund. Einen triftigen.« Dann machte er eine Kunstpause und fügte hinzu: »Die Mafia.«

Mara schob mit dem Mittelfinger ihre Sonnenbrille hoch. Sie drehte den Kopf zu Jacques, dann zu Pascal Richard. Und schwieg.

»Die Mafia?«, fragte Jacques.

»Sie wissen, wie das ist, Monsieur le Juge«, sagte der Präfekt. »Wenn jemand wegen der Légion d'Honneur durchleuchtet wird, dann sucht man nicht nach Beweisen. Da reichen schon Vermutungen. Und es gibt zahlreiche Hinweise, die es ratsam sein lassen, Alexis Talbot die Ehre, in die Legion aufgenommen zu werden, zu verweigern.«

»Können Sie das ein wenig präzisieren«, fragte Jacques, »sodass wir vielleicht dem einen oder anderen Hinweis nachgehen können?«

»Ja, das kann ich. Natürlich habe ich nicht alle Details im Kopf, die müssten wir zur Not in den Akten nachsehen, aber Alexis wurde schon vor einer ganzen Ewigkeit zum ersten Mal durchleuchtet. Seitdem haben die Geheimdienstleute immer wieder Treffen von Alexis Talbot mit Mitgliedern der Mafia registriert, und zwar sowohl in Nizza wie auch in Italien, meist in Neapel. Genauer gesagt, mit einem besonderen Mitglied der Camorra. Einem Capo, der wiederum Sohn eines Capos ist. Ob es um mehr ging als um die gemeinsam verbrachten Jugendjahre, das haben die Agenten nicht herausgefunden.«

»Sie sagen, Alexis traf diesen Capo häufiger in Neapel«, sagte Jacques. »Vielleicht hat das rein private Gründe und hängt mit der früheren Entführung von Alexis zusammen? Die Camorra hatte ihn ja wohl nach Neapel entführt und dort in ein Waisenhaus gesteckt.«

»Genau das vermuten wir auch«, sagte der Präfekt. »Ich will es mal so sagen: Schon die Entführung des jungen Alexis wirft eine Reihe von ungelösten Fragen auf. Er lebt einige Jahre in einem Dorf, das die Camorra beherrscht, aber er flieht nicht. Er sendet niemandem einen Hilferuf. Er redet auch mit niemandem über seine Herkunft. Nach einem Blutbad in seiner Camorrafamilie landet er in Neapel in einem Waisenhaus. Auch das erträgt er eine ganze Weile.«

»Gut, da war er wie alt? Vierzehn, fünfzehn Jahre?«, fragte Mara. »Da hat ein Kind doch Angst vor so einem Capo. Besonders wenn dann auch noch seine Leute vor seinen Augen ermordet werden.«

»Ja, das kann sein«, sagte Pascal Richard. »Es kann aber auch sein, dass er sich mit dem Leben in der Mafiafamilie angefreundet hat. Vielleicht war es dort spannender als bei seiner strengen, vielleicht sogar ungeliebten Mutter in Grasse. Wir halten es nicht für ausgeschlossen, dass Alexis im Alter von fünfzehn oder sechzehn auch an Morden beteiligt war. Das wäre nicht ungewöhnlich.«

»Aber warum hat er sich dann eines Tages doch beim französischen Generalkonsulat gemeldet und um Hilfe gebeten?«, fragte Mara. »Warum wollte er wieder in seine Familie nach Grasse, zu der strengen …« – sie hielt einen Moment inne und sagte dann, jedes Wort betonend – »vielleicht sogar ungeliebten russischen Mutter?«

»Wer weiß? Natürlich bleiben viele Fragen offen«, sagte der Präfekt. »Das aufzuklären ist nicht unsere Sache. Ich kann mir viele Varianten vorstellen. Vielleicht hat ein kluger Kopf bei der Camorra, na gut, das ist fast ein Widerspruch in sich, denn kluge Köpfe kann ich mir da nicht vorstellen, aber vielleicht hat doch ein pfiffiger Kopf dort vorgeschlagen, den aus der Millionärsfamilie entführten Sohn nach Grasse zurückzuschicken und ihn als eine Art U-Boot in die französische Wirtschaftswelt einzuschleusen. Ich halte alles für möglich. Beweisen können wir nichts. Aber was wir wissen, reicht für die Entscheidung, den Orden nicht zu verleihen. Stellen Sie sich vor, meine liebe Mara«, und er legte wieder seine Hand auf ihre Rechte, diesmal ließ sie ihn gewähren, »der Präsident der Republik unterschreibt die Urkunde, die Alexis Talbot zum Ritter der Ehrenlegion ernennt, und irgendwann später stellt sich heraus, Alexis hat Mafiakontakte, gehört vielleicht seit seiner Jugend der Camorra an, wer weiß was noch alles? Die Presse würde es dem Präsidenten anhängen! ›Élysée ehrt Mafiaboss‹. Ich sehe schon die Schlagzeilen. Der Präfektur geht es nur darum, das Risiko auszuschalten.«

Jacques biss sich auf die Unterlippe. Vielleicht war es zwischen Alexis und der Mafia zu einem Zerwürfnis gekommen. Es könnte ja sein, dass er deshalb jetzt wieder entführt worden war. Möglicherweise lag der Schlüssel für sein Verschwinden in Neapel, in der Zeit der ersten Entführung.

»Deshalb wäre es gut, wenn wir den Namen des Capo kennen würden«, sagte Jacques, »oder ist der geheim?«

»Kein Problem. Der heißt so wie ich.« Der Präfekt lachte.

»Nämlich?«, fragten Mara und Jacques gleichzeitig.

»Don Riccardo«, sagte Pascal Richard, »Riccardo Amato!«

Später im Auto sprachen Mara und Jacques kaum miteinander. Jeder hing seinen Gedanken nach.

Bis Jacques sagte: »Ich fahre morgen nach Neapel.«

»Ich komme mit«, sagte Mara.

»Und wo fahren wir jetzt hin?«, fragte Jacques.

»Wohin schon«, sagte Mara, »in unser Zimmer im ›Hotel du Clos‹.«

Don Riccardo

»Ausgerechnet wir sollen helfen, wo es uns so schlecht geht?«, rief ein Gefangener in den Saal.

»Du bist wohl neu hier? Wie heißt du?«, fragte Don Riccardo laut, aber ruhig. Der zu lebenslanger Haft verurteilte Capo, der während der Haftzeit in Würde weißhaarig geworden war, leitete die Sitzung gemeinsam mit dem Gefängnisdirektor, dem Kommandanten und einigen Sozialarbeitern der Gemeinschaft Sant' Egidio.

»Ja, seit vorgestern bin ich hier. Und wir sind so eng zusammengepfercht, dass man fürchten muss, sich jeden Moment bei jemandem anzustecken.«

»Dann weißt du vielleicht noch nicht, wie es bei uns im ›Hotel Poggioreale‹ zugeht«, sagte der Capo, und alle lachten, auch der Gefängnisdirektor.

Den zweitausend Insassen in diesem Hochsicherheitsgefängnis ging es besser als jedem Insassen irgendeines anderen Knasts in Italien. Die Mafia ließ ihre Soldaten nicht darben. Von der pikanten Sauce zur Nudel bis zu duftenden Rasierwassern konnten sich die Gefangenen mit Mafiageldern alles kaufen. Und von den Wohltaten der Mafia profitierten auch die Knastis, die nicht zur Camorra gehörten. Darum hieß das Zuchthaus im Volksmund »Hotel Poggioreale«.

Die Gemeinschaft Sant' Egidio stellte gerade ihre Kampagne »Gefangene in Afrika befreien« im Gefängnis vor und hatte Don Riccardo, den unangefochtenen Chef der Gefangenen, überzeugt, sich für eine solidarische Partnerschaft zwischen dem größten Gefängnis Europas und einem der größten in Afrika einzusetzen.

»Wir haben zwar Matratzen mit ausgeleierten Federn«, rief Don Riccardo in die voll besetzte Kantine. »Doch wir haben wenigstens welche. Die Gefangenen im Gefängnis Garoua in Kamerun schlafen auf dem nackten Boden. Denkt daran: Die Gabe von einem Euro macht die Seele reich. Damit können sie in Garoua Matten, Medikamente und Seife kaufen. Sie werden im Gegenzug für uns beten.«

Applaus brandete auf. Jeder Gefangene, so der Beschluss, würde pro Monat einen Euro spenden. Und allen war klar, darum würde sich keiner drücken, sonst drohte körperliche Strafe. Die Mafia berappte schließlich mehr als eine halbe Million Euro im Monat für das Wohlergehen der Gefangenen im »Hotel Poggioreale«. Und da fügte man sich den Beschlüssen des Capo.

Don Riccardo stieg mit einem Seufzer vom Podium, die Arthritis machte seinen Knochen zu schaffen, und lachend sagte er zu seinem Zellennachbarn: »Paolo, vielleicht sollten wir dafür sorgen, dass die Zelle neben dir für Berlusconi frei bleibt.«

Paolo Cirino Pominicino, ehemals Finanzminister unter Andreotti, der nun schon fünfzehn Jahre hier wohnte, verstand den Spaß: »Vielleicht bringt er ein paar Mädchen mit.«

Don Riccardo schlug ihm begeistert auf die Schulter. »Hervorragende Idee!«

Sie saßen zwar im Hochsicherheitstrakt, wo die höchste Beobachtungsstufe galt, doch das war nur deswegen so, weil dort die Einzelzellen besonders groß waren. Auf dem Weg durch die alten Gänge hielt ein Wachmann Don Riccardo an. Der Gefängnisdirektor wolle ihn noch einmal sprechen; er habe besonderen Besuch. Don Riccardo folgte dem Wächter. Besondere Besuche bedeuteten, dass ein Staatsanwalt sich mit ihm unterhalten wollte, er hatte eben viele Morde auf seinem Konto. Aber nie hatte er einen Unschuldigen getötet. Wer starb, der hatte sich gegen seinen Clan gestellt. Als aber die Staatlichen sich einmischten und er gefasst wurde, beschloss er zu reden. Er sagte nicht gegen seinen Clan aus, aber gegen korrupte Abgeordnete und Bürgermeister, Staatssekretäre und Minister. Ein gutes Dutzend brachte er mit seinen Aussagen hinter Gitter. Und seine Macht reichte auch aus dem Gefängnis so weit, um zu verhindern, dass seine Opfer ins »Hotel Poggioreale« eingewiesen wurden. Ein Zusammentreffen mit diesen Männern wollte er sich ersparen.

Mara zog mehrere Fotos aus einem Briefumschlag, dem man ansah, dass er lange in einer Kommode gelegen hatte, prüfte sie und schob einen Schnappschuss über den Tisch.

»Eines der seltenen Fotos von Onkel Sascha neben mir in unserem Garten«, sagte sie.

Don Riccardo nahm das Bild hoch, sah Mara an und lächelte.

»Erkennen Sie ihn?«, fragte sie. Jacques schwieg. Diese Taktik hatten sie verabredet. Ein Capo, der seit Jahren einsitzt, würde sich einer eleganten Frau, die nichts mit dem Justizsystem zu tun hat, eher öffnen.

»Sie sehen niedlich darauf aus«, sagte Don Riccardo. Er sah ihr in die Augen, lächelte und streckte seine Hand aus, so als bäte er um weitere Fotos.

»Hier ist eines, das vielleicht fünfzehn Jahre alt ist, da hat ihn ein Geschäftsfreund in der Türkei aufgenommen. Es gibt nur sehr wenige Aufnahmen von ihm, weil er sehr scheu ist.«

»Scheu? Ich kenne ihn ja schon lange, seit er bei uns wohnte, damals im Waisenhaus«, sagte Don Riccardo ruhig und sah sich die übrigen Bilder an, »er ist nicht scheu, sondern vorsichtig. Und ich glaube auch nicht, dass Sie seine Nichte sind.«

»Ich kann Ihnen meinen Personalausweis zeigen«, sagte Mara und griff nach ihrer Handtasche.

Doch Don Riccardo unterbrach sie: »Ein Papier beweist doch nichts.«

»Don Riccardo, wir bitten Sie um Hilfe. Denn Alexis Talbot ist seit einigen Wochen verschwunden«, mischte Jacques sich jetzt doch ein, »und vor wenigen Tagen wurden seine Konten geleert. Darauf lagen große Beträge. Eine unserer Vermutungen ist, dass er entführt worden ist. Wir können uns aber nicht erklären, von wem und warum.«

»Sie denken an die Mafia. Sonst wären Sie nicht zu mir gekommen«, lachte Don Riccardo. »Aber weshalb sollte die Mafia ihn entführen?«

»Wir wissen, dass er sich in den letzten Jahrzehnten immer wieder mit Mitgliedern der Mafia getroffen hat«, sagte Jacques. »Häufig mit Ihnen, solange Sie reisen konnten. Danach meist mit Angehörigen Ihrer Familie. Deshalb glaube ich, dass ein Schlüssel für sein Verschwinden in seiner Jugend liegt, in der Zeit, als er von der Mafia entführt worden war und trotz Zahlung des Lösegelds nicht freigelassen wurde. Nach allem, was seine Familie weiß, ist Alexis einige Zeit von einem Clan der Camorra in einem kleinen Dorf festgehalten worden. Nach einem …« Jacques suchte einen unverfänglichen Begriff und sah Don Riccardo schmunzeln, als er sagte: »… nach einem Machtwechsel steckte man Alexis in ein Waisenhaus in Neapel. Dieses Waisenhaus wurde von Ihrem Vater geleitet. Und Sie haben sich mit Alexis angefreundet. Ist das so weit richtig?«

»Fahren Sie fort«, sagte der Capo, »so kann man es sehen, wenn auch die Umstände vielleicht ein wenig anders waren, aber fahren Sie erst einmal fort.«

»Was niemand so recht weiß und was Alexis auch seiner Familie gegenüber nicht überzeugend erklärt hat, ist die Frage, wie er aus dem Waisenhaus entwischen und Kontakt mit dem französischen Generalkonsulat aufnehmen konnte. Sie scheinen ihm damals geholfen zu haben.«

»Ja, das habe ich, und es war auch gar nicht schwierig.«

Don Riccardo richtete sich auf, zog den Stuhl an den Tisch, lehnte sich auf beide Unterarme und schmatzte mit den Lippen. »Sie verstehen das nur, wenn Sie die Umstände kennen. Und darüber weiß außer mir niemand mehr irgendwas.«

Und er begann zu erläutern, was er »die Umstände« nannte.

Das von seinem Vater geführte Waisenhaus kümmerte sich hauptsächlich um Kinder, die nach mörderischen Fehden zwischen den »cosche« der Camorra, den Clans, als Waisen übrig blieben. Sie wurden als Nachwuchs der Camorra ausgebildet. Die Jungs verinnerlichten die Regeln eines Systems, das auf Hierarchie und Solidarität aufgebaut war, so als wären sie naturgegeben. Es war ganz klar, dass der leiseste Verstoß gegen eine dieser Regeln den Tod bedeutete. Ja, Don Riccardos Vater gehörte einem Clan an, aber das Heim wurde vom Staat finanziert. Und deshalb musste zumindest in unwichtigen Belangen der Bürokratie Genüge getan werden. Regelmäßig untersuchte der Amtsarzt die Waisen. Nach seinen Papieren war Alexis, der damals den Namen des Camorraclans trug, bei dem er ursprünglich untergebracht worden war, fünfzehn Jahre alt. Nachdem er untersucht worden war, nahm sich der Amtsarzt seinen Vater beiseite und erklärte, er habe den Verdacht, bei dem Jungen handele es sich um ein Kuckucksei. Er sei niemals fünfzehn, sondern eher drei- bis fünfundzwanzig Jahre alt.

Don Riccardos Vater rief seinen Clan zusammen, um herauszufinden, wer etwas über den Jungen wusste.

Allgemein war nur bekannt, dass ein Capo den Jungen vor drei oder vier Jahren in seine Familie mitgebracht hatte. Das Kind sprach damals besser Französisch als Italienisch. Aber er passte sich schnell an und ordnete sich ein. Kleinere Aufträge führte er gewissenhaft aus. Als dann der Capo und seine älteren Söhne einer Abrechnung zum Opfer fielen, schaffte man den Jungen nach Neapel in das Waisenhaus.

Der Heimleiter fragte seinen Sohn, ob er mehr über seinen Kumpel wisse. Unter Kindern vertraue man sich doch Geheimnisse an. Doch Riccardo wusste nichts Außergewöhnliches zu berichten. Also wurde der Junge vor den Clanausschuss geladen. Dort stand er zitternd und schweißgebadet vor den Männern und behauptete weiterhin steif und fest, fünfzehn Jahre alt und Waise zu sein. Und er erklärte, weshalb der Capo ihn in seine Familie aufgenommen habe: Der Capo und der damals herumstreunende, dreizehnjährige Alexis seien in Marseille von der Polizei bei einer Razzia festgenommen worden. Der Capo kam frei, weil sich Alexis als dessen Französisch sprechender Sohn ausgab und behauptete, der Vater sei italienischer Immigrant und Bauarbeiter. Deshalb stufte die Polizei beide als harmlos ein und ließ sie laufen.

Das Misstrauen gegenüber dem Jungen war mit dieser Erklärung aber nicht ausgeräumt.

Er spürte es. Und weil er miterlebt hatte, wie Misstrauen in der Camorra das Leben bedrohen konnte, bat er Riccardo um Hilfe. Er wolle sich eine neue Identität zulegen, sagte er, wegen seiner Muttersprache am besten eine französische. Hier fürchte er um seine Sicherheit, und er wolle lieber aus Neapel, am besten aus Italien, verschwinden. Riccardo zögerte einen Nachmittag lang, dann überwog die Macht des Gehorsams, und er verriet den Freund seinem Vater. Der hatte eine Idee. Die Camorra würde den Jungen in die französische Gesellschaft einschleusen und so nach einigen Jahren über einen großartigen Brückenkopf in Südfrankreich verfügen.

Don Riccardos Vater rief bei den Behörden in Paris an und erklärte, in Neapel sei ein verschrecktes Kind aufgegriffen worden, das seinen Namen nicht sagen wolle, aber Französisch spreche. Er beschrieb das Aussehen des Jungen in groben Zügen, und nach einigem Hin und Her erklärte ihm die Frau am Telefon in Paris, es könne sich um Alexis Talbot handeln, der vor einigen Jahren in Grasse von der Mafia entführt worden und trotz Zahlung eines Lösegeldes nicht zurückgekehrt sei. Der wäre jetzt sechzehn. Dann fragte sie, ob der Junge Russisch spreche. Der Heimleiter glaubte, sich verhört zu haben. Aber dann las ihm die Sachbearbeiterin aus Paris vor, der Junge stamme aus einer reichen Familie von Parfumfabrikanten in Grasse. Seine Mutter sei eine russische Prinzessin, die mit ihren Kindern stets Russisch gesprochen habe. Der Heimleiter bat darum, ihm die Unterlagen zu schicken und die Sache vertraulich zu behandeln, denn wenn es nicht der gesuchte Junge sei, wäre die Enttäuschung der Familie in Grasse zu groß.

Zwei Tage später kam ein großer Briefumschlag. Die Haarfarbe stimmte nicht ganz. Aber die Farbe der Augen passte ungefähr.

»Ich erinnere mich noch an die Verzweiflung meines Vaters«, sagte Don Riccardo, »als er tatsächlich las, der Junge spreche auch fließend Russisch. Noch größer aber war das Erstaunen, als der Junge erklärte, Russisch sei seine Muttersprache, und einen uns unverständlichen Wortschwall losließ. Alexis hat mir damals und in den Jahren danach so viel erzählt, dass ich nicht weiß, was wahr ist oder nicht. Als Märchenerzähler kann ihn niemand schlagen. Es scheint so, als habe er schon als Kind seine Identitäten wie ein Chamäleon gewechselt.«

»Vielleicht hatte er Angst zuzugeben, dass er Alexis ist«, sagte Mara. »Er hatte schließlich miterlebt, dass die erwachsenen Männer des Clans, der ihn aufgenommen hatte, erschossen wurden. Er stand unter der Fuchtel der strengen Regeln der Camorra. Das haben Sie eben selber erzählt. Da würde ich als Kind kein Wort von meiner Herkunft aus einer reichen Parfumfamilie in Grasse erzählen. Ich hätte doch nur Angst, wieder zum Spielball der Camorra zu werden!«

»Wie gut kennen Sie den, den Sie Onkel Alexis nennen?«, fragte Don Riccardo.

»Ganz gut. Obwohl er scheu ist. Mit mir als Kind konnte er überhaupt nichts anfangen, aber ich habe ihn in den letzten Jahren, seit ich das Unternehmen leite, fast täglich gesehen. Seine Villa liegt auf unserem Familiengrundstück. Sein Büro direkt neben meinem.«

»Hat er besondere Merkmale?«

Mara überlegte einen Augenblick. Dann fiel ihr ein, dass Alexis ein kleines Kreuz als Tätowierung trug.

»Dieses Merkmal stand auch in den äußerst präzisen Akten, die aus Paris gekommen waren«, sagte Don Riccardo. »Und ich selbst habe Alexis das Kreuz mit einer ziemlich dicken Nadel und Druckerschwärze eintätowiert. Ich erinnere mich noch genau, wir saßen am Fenster im Heim und überlegten lange, ob der lange Balken des Kreuzes parallel zum Daumen gestochen werden sollte. Es tat ihm so weh, dass ihm die Tränen herunterliefen. Und wenn Sie das Kreuz kennen, dann wissen Sie, wie es verläuft.«

»Ja. Ich weiß es. Aber wissen Sie es auch?«, fragte Mara.

»Der lange Balken verläuft längs zum Daumen!«

»Ja, richtig.«

»Ihre Geschichte verblüfft mich«, sagte Jacques. »Ich will nicht sagen, dass sie nicht stimmen kann. Obwohl es mir wirklich schwerfällt, daran zu glauben. Aber es geht ja nicht um Glauben, sondern um Tatsachen. Nehmen wir mal an, der Junge konnte nicht nur Französisch, sondern auch Russisch. Das ist schon ungewöhnlich genug. Jetzt gibt er sich als Alexis Talbot aus. Wahrscheinlich weil er auch Alexis Talbot war und sich nur nicht traute, es zuzugeben. Vielleicht aus Angst? Dass er Alexis war, dafür spricht doch, dass die Familie ihn aufgenommen und als Sohn wiedererkannt hat.«

»Ja. Uns hat es auch gewundert, dass alles so glatt ablief.« Don Riccardo sah Jacques ernst an. »Auf der anderen Seite war er schon seit drei Jahren verschwunden und herangewachsen. Außerdem haben Sie es bei uns nicht mit Dilettanten zu tun.«

Der Junge wurde auf seine Identität als Alexis so gut vorbereitet, wie es nur ging. Die Camorra bewies, wie schnell sie recherchieren konnte. Alles, was über die Familie Talbot und über Alexis in Grasse zu erfahren war, floss innerhalb von achtundvierzig Stunden nach Neapel. Der Selbstmord des Vaters, Fotos der Mutter und des älteren Bruders. Bilder der Villa Talbot, ein Grundriss. Namen von Hausangestellten und Fotos der Schulfreunde von Alexis. Erst dann meldete der Heimleiter der Behörde in Paris, das Kind sei tatsächlich Alexis.

Die Mutter reiste mit dem Zug, begleitet von einem Psychologen aus Nizza, an. Im französischen Generalkonsulat übergab der Heimleiter den Jungen seiner Mutter. Prinzessin Natalja war zuvor empfohlen worden, auf eine überschwängliche Begrüßung zu verzichten. Der Junge wirke gestört, rede kaum, zeige keine Gefühle, außer manchmal Zorn.

Um Alexis äußerlich ein wenig fremd wirken zu lassen, hatte der Heimleiter ihm die Haare abrasieren lassen. Angeblich wegen der Läuse. Der erste Moment wird entscheiden, hatte der Heimleiter dem Jungen eingetrichtert, bevor er ihn ins französische Generalkonsulat begleitete. Der Konsul selbst hatte die Mutter empfangen, sie dann aber mit dem Psychologen in dem vornehmen Empfangsraum allein gelassen. Ein junger Konsularbeamter führte Alexis und den Heimleiter herein. Ohne zu zögern, ging der Junge auf die Mutter zu, streckte ihr die rechte Hand respektvoll entgegen, beugte den Kopf und sagte ernst mit gesenktem Blick auf Russisch: »Dobryi Djen, patschitali mat – Guten Tag, verehrte Mutter.«

Prinzessin Natalja ergriff seine Hand, drehte sie ein wenig und sah die Tätowierung zwischen Daumen und Zeigefinger. Dann blickte sie ihm streng in die Augen.

»Moi syn – mein Sohn.«

Sie gab die Hand von Alexis frei, drehte sich im gleichen

Moment um, machte dem Psychologen ein Zeichen, stolzierte zum Ende des Saals und stellte sich vor einen großen Spiegel. Aus ihrer Handtasche kramte sie eine Schachtel hervor, zündete eine Zigarette an, ließ aber den Jungen im Spiegelbild nicht aus den Augen. Ein eiskalter Blick.

Nicht ganz uneigennützig hatte der Psychologe vorgeschlagen, Prinzessin Natalja möge mit Alexis nicht sofort nach Grasse zurückkehren, sondern es dem Jungen ermöglichen, sich in Italien unter psychologischer Betreuung langsam wieder an seine Mutter anzunähern. So bezogen sie auf Capri drei Zimmer im Hotelpalast »Quisisana«.

Der Junge wohnte in einer Kammer unterm Dach.

Die Mutter bezog eine Suite mit Meeresblick in der Beletage und der Psychologe ein angrenzendes Zimmer mit einer Tapetentür.

Abends saßen Mara und Jacques erschöpft in einem kleinen Restaurant in der Nähe des Hauptbahnhofs von Neapel. Drinnen war es kühler als draußen auf dem Trottoir.

Auf dem Tisch stand ein einfacher weißer Aschenbecher mit Werbung für Mauro. »Hier darf man wohl rauchen«, sagte Jacques.

»Wieso?«, fragte Mara. »Mauro ist doch ein Kaffee!«

»Aber Kaffee trinkt man ja nicht aus einem Aschenbecher.« Jacques zog die Augenbrauen hoch. Als er sich in dem vollen Lokal umsah, entdeckte er niemanden mit einer Zigarette.

Schweigend aßen sie ihre Nudeln. Und hingen ihren Gedanken nach.

Aus einer Karaffe goss der kurzbeinige Kellner Primitivo nach, kräftigen Rotwein aus Apulien.

Die Stimmung um sie herum war ausgelassen.

»Wann kommt dein Vater zurück?« Jacques blickte sie mit ernstem Gesicht an.

»Der müsste heute schon angekommen sein«, sagte Mara.

»Seine Kreuzfahrt endete vor drei Tagen in Le Havre, von dort wollte er noch ein paar Tage nach Paris in unsere Wohnung, und heute sollte er wieder in Grasse sein. Aber warum fragst du?«

»Ganz einfach. Wenn stimmt, was Don Riccardo behauptet, dann sind Onkel Alexis und dein Vater keine Brüder«, antwortete Jacques. »Das lässt sich aber leicht herausfinden, indem wir einen DNA-Vergleich machen. Ich halte das alles zwar für ziemlich abwegig, aber wenn es stimmt, würde ich deinen Vater gern fragen, weshalb er sich fälschlicherweise zu Alexis als seinem Bruder bekannt hat. Dafür müsste es ja einen Grund geben, und zwar einen einleuchtenden. Fällt dir dazu etwas aus eurer Familiengeschichte ein?«

Mara schüttelte ihre rote Mähne. Jetzt würde ich gern ihre grünen Augen sehen statt der Sonnenbrille, ging es Jacques durch den Kopf. Er lächelte sie an.

»Meine Phantasie reicht einfach nicht aus, um mir vorzustellen, weshalb deine Großmutter und dein Vater einen Wildfremden, der bei der Mafia lebt, als Sohn und Bruder annehmen sollten. Ich nehme eher an, dass Alexis gegenüber der Mafia nicht zugeben wollte, wer er wirklich ist. Vielleicht aus Angst, dann wieder Opfer einer Erpressung zu werden.«

»Ich weiß auch nicht, was ich davon halten soll.« Mara griff zum Weinglas, stellte es aber gleich wieder ab. »Will sich da ein ehemaliger Capo, der seit Jahren im Gefängnis sitzt und keine Bedeutung mehr hat, vielleicht aufspielen? Oder glaubt Don Riccardo wirklich, was ihm Alexis damals als Notlüge aufgetischt hat? Wenn du willst, rufe ich meinen Vater jetzt an. Ich habe mein Handy dabei.«

Jacques schüttelte nur den Kopf, weil er mit einem Mund voller Nudeln nicht reden wollte. Und als er aufblickte, sah er drei Männer zur Tür hereinkommen. Zwei, die aussahen wie dumpfe Bauern vom Land, hatten Lederjacken an. Der Dritte hatte flinke Augen und trug einen Anzug.

Er erfasste mit einem langen Blick den ganzen Raum.

Jacques fühlte sich plötzlich hellwach, legte die Gabel weg, sah sich um und machte Mara mit der rechten Hand ein Zeichen.

Ruhig.

»Nimm ganz unauffällig deine Tasche, als müsstest du auf die Toilette gehen«, flüsterte er ihr zu.

»Warum?«, fragte sie laut. Sie saß mit dem Rücken zur Tür und konnte die Männer nicht sehen.

Die Lederjacken blieben rechts und links von der offenen Tür stehen. Der Mann im Anzug hatte Jacques und Mara entdeckt und bahnte sich mühsam einen Weg zu ihnen hin.

»Ist jetzt auch egal«, sagte Jacques.

Als der Mann an den Tisch trat, schaute er ihm in die Augen. Der nickte Mara höflich zu und fragte Jacques, ob er der Richter aus Paris sei. »Signore Ricou?«

Jacques verlagerte sein Gewicht auf die Zehenspitzen, umklammerte mit der rechten Hand die Seitenstrebe seines Holzstuhls und war bereit, sofort aufzuspringen und sich zu wehren.

»Si«, sagte er knapp.

Der Mann an der Tür nickte seinen Begleitern zu, woraufhin einer nach draußen ging.

»Bitte erschrecken Sie nicht«, sagte der Mann, »ich gehöre zum Team von Anti-Mafia-Staatsanwalt Giandomenico Lepore.« Er zog einen Ausweis aus seiner Jackentasche und legte ihn vor Jacques auf den Tisch. Der nahm ihn kurz in die Hand, wusste aber nichts damit anzufangen. Solch ein Papier kann man auch fälschen. Er gab den Ausweis zurück.

»Ich bin erleichtert, Sie gefunden zu haben«, sagte der Mann, »denn wir fürchten, dass Sie in Gefahr sind. Sie waren heute Nachmittag im Gefängnis Poggioreale und haben Riccardo Amato gesprochen.«

Jacques bat ihn, sich zu setzen.

Der Mann zögerte einen Augenblick, dann zog er, nachdem er höflich um Erlaubnis gebeten hatte, vom Nachbartisch einen Stuhl heran und ließ sich darauf nieder. Wieder sah er zu Mara: »Ich will Sie nicht stören. Sie sollen in Ruhe zu Ende essen.«

Mara nickte freundlich. Jacques saß immer noch mit gespannten Muskeln am Tisch.

»Die Besuchserlaubnis haben Sie erhalten, weil Staatsanwalt Lepore Ihren Ruf kennt«, sagte der Mann, »Sie ermitteln im Fall eines verschwundenen französischen Fabrikanten. Hat Riccardo Amato Ihnen irgendetwas Konkretes sagen können, das Ihnen weiterhilft?«

»Nein, leider nicht«, sagte Jacques, weiterhin auf der Hut, »wir sind enttäuscht von unserem Besuch. Er hat ziemlichen Unsinn erzählt. Offenbar ist er überhaupt nicht mehr verdrahtet. Er kennt den Verschwundenen aus seiner Jugendzeit. Aber er weiß nichts über dessen Verbleib.«

»Es scheint aber so, dass er Ihnen zu viel erzählt hat«, sagte der Mann. »Riccardo Amato lebt nicht mehr. Zwei Stunden nachdem Sie ihn verlassen haben, wurde er in seiner Zelle erhängt aufgefunden. Er bewohnte eine Einzelzelle. Keiner will gesehen haben, was geschah. Aber Amato wirkte nicht wie ein Selbstmordkandidat.«

Mara stieß einen Schreckenslaut aus. Jacques blickte sie kurz an, aber da hatte sie sich schon wieder gefangen.

»Der Einzige, der mitgehört haben könnte, was Riccardo Amato uns gesagt hat, war ein Wächter. Den würde ich mir mal vorknöpfen«, sagte er.

»Das haben wir uns auch gedacht«, antwortete der Mann, »der Wächter hatte Dienstende, bevor der Erhängte gefunden wurde. Und was ist passiert?« Er schaute Jacques und Mara an, öffnete die Hände, zog die Schultern hoch, schob den Hals aus seinem offenen Hemdkragen hervor und sagte: »Auf dem Heimweg ist er mit seiner Vespa gegen einen Lastwagen gefahren. Tot.« Er machte eine Pause.

»Und deshalb machen wir uns Sorgen um Ihre Gesundheit.«

Jacques goss ihm Wein aus der Karaffe in ein leeres Glas. Dann winkte er dem Kellner und schrieb mit der Hand eine unsichtbare Zeile in die Luft, die internationale Geste für »die Rechnung, bitte!«.

Vor dem Lokal wurden Jacques und Mara von einem halben Dutzend Lederjacken umringt und begleitet von mehreren Polizeiwagen ins Hotel gefahren.

Um weit nach Mitternacht erst lagen sie im Bett.

Das Licht war gelöscht.

Jacques lag auf dem Rücken.

Es war immer noch heiß, das Bettlaken hatte er nur um seinen Unterleib geschlungen. Auf seiner nackten Brust balancierte er ein Glas mit lauwarmem Whisky, den er aus der Minibar geholt hatte. Leider hatte er darin keine Eiswürfel gefunden.

Mara beobachtete an der Decke Lichter, die sich durch die Fensterläden mogelten.

»Wenn man nur wüsste, ob wir gut bewacht werden«, sagte Jacques. Er nahm einen Schluck Whisky. »Im Gang stehen drei Leute. In den Zimmern rechts und links neben uns sitzen bewaffnete Männer auf den Balkonen. Und wer weiß, ob in diesem Zimmer nicht Mikrofone angebracht sind. Natürlich nur um zu hören, ob uns auch niemand überfällt. Morgen früh werden wir dann zur ersten Maschine nach Nizza gebracht. Air France fliegt direkt. Na, Gott sei Dank! Und wir werden sogar bis in die Maschine begleitet, damit nur niemand uns etwas antun kann.« Pause. »So muss sich ein Asylant fühlen, der abgeschoben wird.« Jacques gluckste zweimal, als wollte er die Ironie in seinen Worten lautmalerisch unterstreichen.

»Nur dass der Asylant Handschellen trägt«, sagte er nach einer weiteren Pause. Dann drehte er den Kopf in die Richtung, in der Mara lag. Er hörte gleichmäßige Atemzüge. Sie war eingeschlafen. Mon dieu, dachte er, so einschläfernd kann ich wirken.

Jacques lag noch lange wach und dachte über die Geschichten von Don Riccardo nach. Wer ist Alexis?

Maras Vater

Am Flughafen in Nizza trennte sich Jacques von Mara. Ihren Wagen hatte sie auf dem Platz für Kurzparker gleich am Terminal abgestellt. Während des Fluges hatten die beiden abgewogen, wie Jacques mit ihrem Vater Serge umgehen sollte. Mara würde den alten Mann sanft auf ein Treffen mit dem Untersuchungsrichter aus Paris vorbereiten und als Grund nur das Verschwinden von Alexis und die illegalen Internetgeschäfte der georgischen Firma auf den Computern des Unternehmens in Sophia-Antipolis angeben.

Jacques mietete sich einen kleinen Peugeot 206 +. »Plus« sei wichtig, betonte das unfreundliche Mädchen, das ihn bediente, das sei das neue Modell. Ihm sei das aber gleichgültig, sagte Jacques, er verzichte auf Klimaanlage und Navigationsgerät, wenn der Wagen nur billig sei, schließlich gebe er das Geld des Steuerzahlers aus. Sie lupfte nur die Augenbrauen und hielt ihn für einen Spinner, griff ostentativ zum Hörer des Telefons und vertiefte sich in ein Gespräch.

Nachdem er endlich den Vertrag auf einer Computerplatte unterschrieben hatte, dauerte es noch eine geschlagene Stunde, bis ihm der Wagen ausgehändigt wurde. In Nizza durfte man eben kein Auto am Flughafen mieten. Da herrschte immer Chaos. Er ärgerte sich besonders, als er sah, dass ein russischer Tourist in den Wagen stieg, der eigentlich für ihn bestimmt war, sich bei dem Angestellten bedankte und ihm einen braunen Schein in die Hand schob.

Wenigstens war in der Zwischenzeit Kommissar Jean Mahon aus Paris gelandet. Den hatte Jacques mitten in der

Nacht angerufen, nachdem er aufgewacht war, weil Mara sich an ihn gekuschelt hatte.

Auf der Fahrt zu den Büros von Servtech.com, wo er für sich, Fabienne und deren Helfer ein provisorisches Büro eingerichtet hatte, brachte Jacques den Kommissar auf den letzten Stand der Dinge.

»Ob Alexis Talbot der einst entführte Junge ist, das können wir schnell klären, dazu brauchen wir keinen DNA-Vergleich mit dessen älterem Bruder«, sagte Jean Mahon. »Da reichen mir fürs Erste zwei Fotos von Onkel Alexis. Eines als Kind vor der Entführung, eines danach. Dabei ist nur wichtig, dass auf beiden Bildern mindestens ein Ohr gut zu sehen ist.«

»Warum gerade ein Ohr?«, fragte Jacques.

»Ohren lassen sich wie Fingerabdrücke vergleichen. Jede Ohrmuschel ist anders. Die Ohren wachsen zwar mit einem Kind mit, aber sie verändern sich nicht. Wenn jemand abstehende Ohren hat, kann er sie operieren lassen. Aber dabei werden sie nur näher an den Kopf angelegt. Die Muschel von Alexis Talbot bleibt aber die Muschel von Alexis Talbot und ist nicht zu verwechseln mit der Muschel etwa seines Bruders. Ich habe noch von niemandem gehört, der sich die Ohrmuschel ändern ließ, nur weil er seine Identität verschleiern wollte. Wahrscheinlich hat sich das noch nicht herumgesprochen. Du hast das ja auch nicht gewusst.« Und dann grummelte der Kommissar: »Gott ist das heiß!«, löste den Sicherheitsgurt, die Elektronik piepte, was ihn nicht störte, wand sich mit Mühe aus seiner Jacke heraus, warf sie auf den Rücksitz und grummelte weiter: »Bei dieser Schweinehitze hättest du dir wenigstens einen Wagen mit Klimaanlage mieten können.«

»Mach doch das Fenster auf! Ein bisschen Wind tut dir gut. Denk an die Staatsschulden!«

»Dass ich nicht lache! Die liegen bei Billionen. Und du

glaubst doch nicht etwa, dass sie sich verringern, nur weil du mit dem kleinen Auto mal hundert Euro sparst.«

»Doch, sie verringern sich meinetwegen«, sagte Jacques mit einem überzeugten Lächeln, »oder zumindest steigen sie um hundert Euro weniger.«

Kurz vor fünf Uhr kämpfte sich Jacques allein mit dem kleinen Peugeot, auf dessen Beifahrersitz er einen kleinen Laptop in einer Aktentasche deponiert hatte, durch die steilen Gassen von Grasse. Eine hässliche Stadt, fand er, bis er die Villengegend im Westen erreichte. Er hatte Mara am Telefon gefragt, was sie davon halte, Kommissar Jean Mahon an dem Gespräch mit ihrem Vater teilnehmen zu lassen. Sie hatte abgeraten. Ihr alter Herr würde dann wahrscheinlich zu offiziell auftreten und zu viel abblocken.

Die Rue Jeanne Jugan fuhr Jacques schon langsamer hoch. Er achtete auf einen kleinen Weg, der links abgehen sollte.

Pass auf, hatte Mara am Telefon gesagt, links, gleich nach der kleinen Mündung des Chemin des Citronniers, kommt das große Eingangstor der Domaine Talbot. Er solle unbedingt diesen Haupteingang benutzen, da er ja offiziell zu ihrem Vater komme. Sie werde dort auf ihn warten.

Das Anwesen fiel nach Süden ab. Jacques konnte über die hohe Mauer aus alten Steinen nicht hinwegsehen. Nur einige hohe Palmwedel winkten über den Sims, auf dem mehrere Überwachungskameras angebracht waren. Auch das schmiedeeiserne Tor, ein wenig verrostet, war mit Blenden verkleidet, und von den hohen Torpfosten rechts und links schauten Videokameras auf ihn hinunter. Jacques stieg aus und zog an einem eisernen Klingelstrang. Er lauschte auf einen Ton, hörte aber nichts und wartete.

Langsam öffneten sich die beiden Torflügel auf einen weißen Kiesweg, der, vorbei an knorrigen Olivenbäumen auf abfallenden Terrassen, zu einem alten Haus aus Naturstein führte. Jacques stellte den kleinen Mietwagen neben einen rosa blühenden Oleanderbusch. Als die Tür seines Wagens mit einem dumpfen Geräusch zufiel, hörte er Schritte auf den Steinen und sah Mara in einem luftigen Kleid auf ihn zukommen. Mit ausgestrecktem Arm hielt sie ihm die Hand entgegen, begrüßte ihn laut und förmlich mit »Monsieur le Juge« und fügte hinzu: »Wie nett von Ihnen, dass Sie sich die Mühe machen, uns zu besuchen. Aber Sie wissen ja, mein Vater ist nicht mehr der Jüngste.«

»Mademoiselle Talbot«, bei diesen Worten zwinkerte Jacques ihr zu, »der Weg lohnt sich allein Ihretwegen.«

Bewusst sprach er Mara als »Mademoiselle« an. Er wollte sie nicht nur jünger erscheinen lassen, sondern auch dem möglicherweise mithörenden Vater andeuten, dass er sich noch an alte Gebräuche hielt.

Serge Talbot stand kerzengerade am Rande des Platzes vor dem Hause. Mit seinen pechschwarz gefärbten Haaren wirkte er weitaus jünger als achtzig. Zu einem penibel gebügelten, kurzärmligen Hemd trug er eine dunkelblaue Hose mit scharfen Bügelfalten.

Mara stellte Jacques als den Untersuchungsrichter aus Paris vor, den sie gebeten habe, den verschwundenen Onkel Alexis zu suchen, weil er bekannt sei für seine Unabhängigkeit.

»Und er gilt als unerbittlich«, sagte sie. »Er hat ja sogar dem letzten Präsidenten eine Vorladung ins Élysée geschickt!«

»Gut so, Monsieur le Juge«, sagte Serge Talbot. »Seit de Gaulle wird Frankreich nur noch von Schwachköpfen regiert!« Und er wies auf einen gusseisernen Gartenstuhl. »Setzen Sie sich in unsere Mitte, dann können Sie den Blick auf das Meer genießen.«

Jacques stellte seine Aktentasche ab und schaute sich um. Die großen Fenstertüren der Villa standen offen, im Halbdunkel erkannte er alte Möbel.

Kein anderes Haus war von hier aus zu sehen.

An Palmen und dem Olivenhain vorbei öffnete sich die Sicht auf den Hügel von Mougins und das Mittelmeer. Eine leichte Brise milderte die Hitze.

Kaffee, Tee oder schon einen Longdrink?

Jacques entschied sich für einen Eistee, ja, mit Zitrone und Eiswürfeln.

»Monsieur le Juge, ich gönne mir einen Gin Tonic, und zwar mit einem guten Schuss vom Saft der Wacholderbeeren.« Serge Talbot lächelte ihn an. Jacques erkundigte sich höflich nach der Kreuzfahrt, und der alte Mann erzählte voller Begeisterung, dass er jedes Jahr eine andere Schiffsreise unternehme. An Bord fühle er sich wie im Kino. Menschen und Landschaften tauchten am Horizont wie auf einer Leinwand auf und verschwänden wieder. Dabei würde ihm nie langweilig. Jacques musste sich beherrschen, ihn nicht zu unterbrechen und das Thema »Alexis« anzusprechen.

Als Mara die Getränke verteilt und sich gesetzt hatte, räusperte er sich, sah sie kurz an und richtete sich leicht auf: »Monsieur Talbot, Sie wissen, weshalb ich hier bin. Ihre Tochter hat die Justiz um Hilfe gebeten, da von Alexis Talbot jede Spur fehlt. Bisher haben wir keine Anhaltspunkte, wo er sich aufhalten könnte. Nach dem, was wir inzwischen herausgefunden haben, könnte es sich um eine sehr komplizierte Sache handeln. Wir schließen nicht aus, dass er entführt worden ist. Da aber keine Forderungen eingegangen sind, könnte es sogar sein, dass er erpresst werden soll. Einiges haben wir über den Mann mit dem Namen Alexis Talbot inzwischen herausgefunden. Aber das hat uns noch mehr Rätsel aufgegeben. Verzeihen Sie also, Monsieur Talbot, wenn meine Fragen auch eine weit zurückliegende Zeit betreffen.«

»Fragen Sie, Monsieur le Juge, fragen Sie.« Serge Talbot lächelte ihn gutmütig an. Seinen Gin Tonic hatte er schon zur Hälfte geleert. »Ich hoffe, ich kann Ihnen helfen.«

»Oh, ich vermute, Sie können der Justiz schon helfen«,

sagte Jacques, machte eine kurze Pause und fragte: »Als Erstes würde ich gern wissen: Wann haben Sie Ihren Bruder zum letzten Mal gesehen?«

Serge Talbot wiegte den Kopf langsam hin und her, als denke er nach, dann nahm er wieder einen Schluck und atmete tief durch.

»Das ist schon eine Weile her. Ich gehe zwar noch häufig in mein Büro, aber doch nicht mehr täglich.« Er fuhr mit dem Zeigefinger über die feuchte Außenwand seines Tonicglases. »Und Alexis verreist auch ständig, im Gegensatz zu mir allerdings dienstlich. Na gut, in seinem Alter war ich auch noch mobil. Was meinst du, Mara, fünf oder sechs Wochen wird es schon her sein, dass ich Alexis zum letzten Mal gesehen habe.«

Mara winkte ab. Das müsse schon sehr viel länger her sein. Drei oder vier Monate. Denn so lange habe auch sie Alexis nicht mehr gesehen.

»Sie sprechen von Alexis Talbot, dem das Büro zwischen Ihrem und dem Ihrer Tochter gehört«, sagte Jacques. »Ich spreche aber von Ihrem Bruder Alexis. Wann haben Sie ihn zum letzten Mal gesehen?«

»Das muss vor vier Monaten gewesen sein, das haben wir doch eben gesagt …«, fiel Mara ihm ins Wort.

»Monsieur Talbot, wann haben Sie Ihren Bruder zum letzten Mal gesehen?«, wiederholte Jacques, während er Mara mit einer kaum sichtbaren Handbewegung bremste.

Serge Talbot schien ihn nicht gehört zu haben. Er rührte sich nicht.

Ein Elsternpaar schimpfte im Garten.

Von der Straße her donnerte der Lärm eines Mopeds, dessen Auspuff aufgebohrt war.

»Monsieur Talbot«, begann Jacques noch einmal, »ich …«

Serge Talbot drehte ihm seinen Kopf zu und sagte zornig: »Ich beantworte Fragen nicht zweimal! Monsieur le Juge, was glauben Sie, wer Sie sind?«

»Vater, sei doch nicht so aggressiv!«, versuchte Mara ihn zu besänftigen. »Ich habe Monsieur Ricou gebeten, uns zu helfen. Und ich weiß, dass er inzwischen wirklich merkwürdige Dinge über Sascha herausgefunden hat. Bitte hör ihn an und hilf uns!«

Jacques zog nur leicht die Brauen hoch und atmete tief durch, ehe er zu sprechen begann.

»Monsieur Talbot, verzeihen Sie, wenn ich die Frage, die Sie bisher noch nicht beantwortet haben, zu Ihrem Unbehagen noch ein drittes Mal stelle. Und ich bitte Sie, genau auf meine Wortwahl zu achten. Wann haben Sie Ihren Bruder zum letzten Mal gesehen?«

»Vielleicht wirklich vor gut vier Monaten, wie meine Tochter meint!« Serge Talbot erhob sich und sagte, jedes Wort aus sich herausstoßend: »Monsieur le Juge, für ein Gespräch, das sich wie ein Karussell dreht, habe ich keine Muße.«

Jacques überlegte, ob er einfach sitzen bleiben sollte, doch dann stand auch er langsam auf, beugte sich zu seinem Aktenkoffer und holte den Laptop heraus.

»Sie meinen vielleicht im Ernst, unser Gespräch drehe sich wie ein Karussell«, sagte er, »weil Ihnen seit Jahrzehnten niemand diese Frage mit der Bedeutung gestellt hat, die ich meine. In meiner Frage geht es um jenen Alexis, Sascha, wenn Sie wollen, der Ihr leiblicher Bruder ist und der vor vielen Jahren entführt worden ist. Ich weiß nicht, ob Sie ihn je wiedergesehen haben.«

Jacques hielt kurz inne und nahm nur aus dem Augenwinkel wahr, wie Mara, die noch auf ihrem Stuhl saß, ihren Vater beobachtete. Er versuchte, seine Gefühle zu ordnen: In diesem Augenblick durfte er in Mara nicht die Frau sehen, mit der er die letzten Tage und Nächte verbracht hatte, mit der er sich glücklich fühlte. In diesem Garten war Mara für ihn nur die Geschäftsführerin von Talbot, die bei Untersuchungsrichter Jacques Ricou um Hilfe nachgesucht hatte.

Hilfe bei der Suche nach dem verschwundenen Onkel Alexis.

Jacques atmete noch einmal tief durch. Er hatte gelernt, so den schnellen Puls zu beruhigen und sich auf sein einzig wichtiges Ziel zu konzentrieren. Und das hieß in diesem Augenblick, Serge Talbot zu bewegen, ihm mitzuteilen, was mit seinem einst entführten Bruder Alexis geschehen war.

Er schwitzte. Die Abendsonne schien noch warm.

Ob er einen versöhnlichen Ton anschlagen sollte, um die Spannung aus dem Gespräch zu nehmen? Aber strahlte Serge Talbot nicht die Strenge eines nur auf sich bezogenen Patriarchen aus? Musste ihm der Richter nicht mit der Autorität der Justiz begegnen?

Streng, sachlich, ohne Schnörkel.

»Ihr leiblicher Bruder, der auf den Namen Alexis in der orthodoxen Kirche von Nizza getauft wurde«, sagte er, »ist nicht identisch mit dem Alexis Talbot, dessen Büro sich neben Ihrem befindet. Andersherum gesagt: Der einst entführte Sascha ist nicht die Person, die Sie als Ihren Bruder Alexis anerkannt haben, als er aus Neapel in die Familie kam. Das können wir ohne irgendwelche Zweifel beweisen.«

Maras »Nein« klang überrascht.

Ihr Vater drehte sich zu ihr und fauchte sie wütend an: »Kannst du nicht wenigstens einmal deine absurde Sonnenbrille abnehmen?«

Jacques hatte Mara nicht in das Ergebnis von Jean Mahons Ermittlungen eingeweiht.

Es schien ihr schwerzufallen, sich zu beherrschen. Doch sie sagte nichts. Offensichtlich spürte sie in Gegenwart ihres autoritären Vaters noch die bourgeoise Regel: Kinder reden nur, wenn sie gefragt werden.

Jacques sah, dass sich auf der Stirn des Alten einige Schweißtropfen bildeten. Seine Rede zeigte Wirkung.

»Nehmen Sie bitte wieder Platz.« Er hob den Laptop auf den Gartentisch und schaltete ihn an.

Mit leicht geöffneten Lippen wirkte Mara sehr erschrocken, aber Jacques konnte ihr nicht helfen. Das musste sie jetzt ertragen. Schließlich hatte sie ihn in diese Sache hineingezogen.

Das Gesicht von Serge Talbot veränderte sich, die strengen Züge hatten an Schärfe verloren, seine Augen wirkten trübe. Er setzte sich.

Jacques wartete ungeduldig, bis sich das Bild im Computer aufgebaut hatte. Er ärgerte sich. Die Justiz hinkte, was die Software betraf, wieder einmal zwei Generationen hinterher.

Um die Zeit zu überbrücken, fragte er Serge Talbot, der vor sich hinstarrte: »Besitzen Sie eigentlich Fotos Ihres Bruders aus der Zeit, bevor er entführt worden ist?«

Serge Talbot drehte seinen Kopf langsam zu ihm und sagte mit tonloser Stimme: »Mein Vater hat alle Bilder vernichtet, als Sascha trotz der Zahlung des Lösegeldes nicht zurückkam. Sascha war sein Augapfel. So nannte er ihn. Mein Augapfel. Sascha war das Nesthäkchen, das gern mit dem Vater schmuste. Vielleicht als Ersatz. Meine Mutter war sehr zurückhaltend gegenüber meinem Vater.«

»Für die Police judiciaire war es trotzdem nicht schwierig, noch vorhandene Fotos aus der Zeit vor der Entführung zu finden«, sagte Jacques. Der Laptop ließ eine elektronische Musikfolge ertönen, als Zeichen dafür, dass er bereit war. Jacques klickte ein Symbol an. Als das Schwarz-Weiß-Foto einer Schulklasse von Jungs, alle trugen Kittel als Schuluniform, auf dem Bildschirm erschien, drehte er das Notebook zu Serge Talbot und sagte: »Hier sehen Sie eine Aufnahme der Schulklasse Ihres Bruders im Lycée Fénelon. Die können Sie jederzeit aus dem Internetarchiv der Schule abrufen. So einfach ist das. Würden Sie mir zustimmen, wenn ich behaupte, dass der dritte Junge von links in der ersten Reihe Ihr Bruder ist?«

Serge Talbot drehte den Bildschirm ganz zu sich.

Mara sprang auf und beugte sich über den Rücken ihres Vaters, um auf den Bildschirm zu schauen.

Plötzlich war Jacques ein Fremder für sie.

Er hatte keinerlei Ähnlichkeit mehr mit dem Mann, mit dem sie gerade noch heute früh in Neapel aufgewacht war und den sie glücklich in ihre Arme genommen hatte. Jener Jacques war ihr vor wenigen Stunden am Flughafen von Nizza abhandengekommen.

»Ja, das könnte er sein«, sagte Maras Vater. Seine Schweißtropfen waren getrocknet. »Und was beweist das Bild nun?«

»Dieses Bild bildet die Grundlage für einen Vergleich.« Jacques tippte ein weiteres Symbol an, woraufhin ein zweites Foto auf dem Bildschirm erschien. »Diese Aufnahme von Alexis Talbot haben wir der Website Ihrer Firma entnommen. Ich gehe davon aus, dass es sich um den Vermissten handelt. Daran gibt es wohl keine Zweifel, oder?«

»Nein«, sagte Mara. »Das ist Onkel Sascha. Das Foto haben wir vor vielleicht vier oder fünf Jahren für unseren Internetauftritt machen lassen.«

»Wir haben beide Fotos zum Erkennungsdienst der Police judiciaire nach Paris geschickt«, sagte Jacques. »Selbst wenn einige Jahrzehnte zwischen den Aufnahmen liegen, können wir mit Sicherheit sagen, ob es sich um die gleiche Person handelt. Das Ergebnis haben wir schon nach kurzer Zeit erhalten. Der Alexis auf dem Klassenfoto ist nicht identisch mit dem Alexis auf der Website.«

»Abrakadabra! Was für ein sinnloses Geschwätz!« Serge Talbot trank sein Glas aus und hielt es seiner Tochter hin. »Hol mir Nachschub! Mit ein bisschen mehr Gin.« Dann schaute er Jacques mit strengem Blick in die Augen: »Die Personen ähneln sich doch. Aber zwischen beiden Aufnahmen liegen ich weiß nicht wie viele Jahre! Da altert jedes Gesicht. Obwohl Sie viel jünger sind, Monsieur le Juge, würden selbst Sie nicht mehr jeden erkennen, der mit Ihnen in die Primärschule gegangen ist.«

Mara ging mit dem leeren Glas ins Haus.

»Ja, das mag sein. Es gibt aber körperliche Merkmale, die sich nicht verändern«, sagte Jacques und blickte wieder auf den Bildschirm. »Hier sehen Sie Ausschnitte aus beiden Fotos.«

»Ja, aber ich sehe nur die Ohren. Und?«

»Jetzt schiebe ich die beiden Ohrmuscheln übereinander. Und sie decken sich nicht. Der Knorpel in der Ohrmuschel der zweiten Person ist im oberen Teil sehr viel ausgeprägter als der in der Ohrmuschel des Schülers. Und aufgrund einer großen Anzahl unterschiedlicher Ausprägungen der Ohrmuschel geht der Erkennungsdienst davon aus, dass es sich ohne Zweifel um zwei völlig verschiedene Personen handelt. Bei dem ersten Foto besteht kein Zweifel, es ist Ihr leiblicher Bruder Alexis.«

Diesmal brachte Mara mehrere Flaschen und einen silbernen Eiskübel auf einem Tablett mit.

Sie füllte ein frisches Glas fast zu einem Drittel mit Gin, gab Eis, Zitrone und Tonic hinzu und stellte es vor dem alten Mann ab.

Dann sah sie das leere Glas von Jacques: »O pardon. Wie unaufmerksam von mir, dass ich dein Glas nicht nachgefüllt habe.«

Sie errötete leicht und hoffte, ihr Vater habe nicht gehört, dass sie den Richter duzte. Zumindest überhörte er es. Jacques schüttelte nur den Kopf und wedelte mit der Hand, als wollte er sagen, macht nichts.

Sie schwiegen. Alle drei.

»Was ist nun?«, fragte Mara.

Ihr Blick ging zwischen den Männern hin und her.

»Ich habe Ihrem Vater eben bewiesen«, sagte Jacques, »dass die Person, die sich heute Alexis Talbot nennt, nicht die Person sein kann, die früher als Alexis Talbot in Grasse in die Schule gegangen ist. Sollten Sie daran zweifeln, können wir auch einen DNA-Vergleich zwischen den Brüdern machen lassen. Aber ich nehme an, das brauchen wir nicht. Das Ergebnis des Erkennungsdienstes ist schon überzeugend genug. Und das, Monsieur Talbot, bleibt der Grund für meine Frage: Wann haben Sie Ihren Bruder zum letzten Mal gesehen?«

Die Beichte

»Können Sie mir noch einmal das Klassenfoto zeigen?«, fragte Serge Talbot. Er rutschte auf die vordere Kante seines Gartenstuhls, zog den Laptop ganz zu sich hin und kippte den Bildschirm ein wenig nach oben, um gegen die Sonne besser sehen zu können. Dann stützte er einen Ellenbogen auf den Tisch und legte die Stirn in die gespreizten Finger seiner rechten Hand.

Keines seiner zurückgekämmten dunklen Haare hatte sich gelöst, nur die Kiefermuskeln des Alten schienen sich zu bewegen, und Jacques glaubte zu hören, dass seine Zähne leicht knirschten. Serge Talbot dachte konzentriert nach.

In vielen Verhören zur Geduld erzogen, wartete Jacques wie ein Pokerspieler auf den nächsten Zug seines Opfers. Ja, Serge Talbot war sein Opfer. Er musste aus ihm den wahren, triftigen Grund dafür herausoperieren, weshalb er einen fremden Menschen aus dem Waisenhaus in Neapel als seinen echten Bruder ausgab – zur Not auch mit scharfen Waffen.

Der Duft von Jasmin wehte vorbei.

Mit einem Ruck setzte sich Serge Talbot auf, schob den Laptop zurück, räusperte sich, schaute zu seiner Tochter Mara, nickte ihr mit einem flüchtigen Lächeln zu, fuhr sich kurz mit der Zunge über die Lippen, um sie zu befeuchten, und sagte: »Das Einfache darzustellen ist häufig am schwierigsten.«

Er sah starr vor sich hin, so als wollte er alles verdrängen, was seine Konzentration stören könnte. »Ich weiß nicht, inwieweit Sie unsere Familiengeschichte kennen, Monsieur le

Juge«, sagte er und fuhr, ohne eine Pause zu machen, fort: »Mein Vater, ein ruhiger und bedächtiger Mann, hat in den Zwanzigerjahren eine russische Prinzessin geheiratet, eine eher quirlige junge Frau, die ihre Bestätigung in zwischenmenschlichen Beziehungen fand. Damit begann sein Unglück. Denn diese Frau brachte in die Ehe einen Liebhaber mit, der offenbar mich gezeugt hat. Mein Vater hat das immer vermutet, und darin lag wohl auch der Grund, weshalb er mich ablehnte. Dagegen war der bald ein Jahrzehnt später geborene Alexis, der noch bis ins achte Jahr bettnässte, eindeutig sein Sohn.«

Die Sonne senkte sich langsam hinter die Hügel im Westen, während Serge mit kräftiger Stimme, vollkommen monoton, erzählte, was sich an jenem Sonntag abgespielt hatte, an dem Alexis verschwunden war.

Morgens hatte Prinzessin Natalja die beiden Jungen in die orthodoxe Kirche nach Nizza mitgenommen. Während des stundenlangen Gottesdienstes traf sie sich mit ihrem Liebhaber, Serges vermeintlichem Vater, in einem Nebengemach. Der junge Sascha erzählte davon beim Mittagessen, wohl aus kindlicher Eifersucht.

Am Nachmittag entbrannte ein heftiger Streit zwischen dem Ehepaar. Als die Söhne, durch das Geschrei aufgeschreckt, in den Salon eilten, stand ihr Vater dort mit dem Gewehr in der Hand, und sie hörten ihn kreischen: »Ich bringe ihn um, ich bringe ihn um!« Ihre Mutter schrie zurück: »Dann bringst du den Vater von Serge um!«

Serge, der damals schon studierte und stärker und größer war als sein Vater, stürzte zu ihm, und als er versuchte, die Waffe an sich zu bringen, brüllte der Vater in seiner Wut: »Dann bringe ich besser dessen Sohn um!«

Ein Schuss löste sich. Er traf den anderen Sohn.

Sascha war sofort tot.

Es wäre interessant herauszufinden, wer den Schuss wirklich ausgelöst hat, überlegte Jacques, der Vater oder eher der Sohn Serge? Der Vorfall hätte auch ein wenig anders ablaufen können. Serge entreißt dem Vater das Gewehr und erschießt »den Bettnässer« Alexis aus Eifersucht. Oder der Vater schießt auf Serge, trifft aber Alexis.

Jacques unterbrach Serge Talbot nicht mit Fragen, er wollte den Redefluss des alten Mannes nicht zum Versiegen bringen.

Mara setzte sich in ihrem Stuhl auf und versteckte sich hinter der Sonnenbrille.

Juristisch ist die Frage, wer auf wen geschossen hat, inzwischen völlig unbedeutend, ging es Jacques durch den Kopf, denn die Tat ist längst verjährt.

Alles, was an jenem Sonntag vor einer Ewigkeit geschehen ist, wird heute kein Gericht mehr beschäftigen.

Aber er musste herausfinden, wie der Tag damals zu Ende gegangen ist, damit er das Rätsel um den zweiten Alexis, den Jungen aus dem Waisenhaus in Neapel, klären könnte. Darum ging es jetzt.

Serge Talbot schwieg.

Mara wartete.

Gerade als Jacques das Schweigen mit der Frage brechen wollte, was denn mit dem Leichnam geschehen sei, erhob sich Serge Talbot, beugte sich nach vorn und fragte Mara: »Was hast du für Schuhe an? Kannst du damit laufen?«

Sie stand auf, streckte einen Fuß vor und zeigte auf ihre blauen Ballerinas: »Solange ich nicht wandern muss, geht es gut mit diesen.«

Mit einer flüchtigen Handbewegung forderte Serge Talbot den Untersuchungsrichter auf, ihm zu folgen, und steuerte eine Steintreppe an, die von der Terrasse abwärts durch den Olivenhain führte.

Die alten Stufen, einst von Olivenbauern angelegt, waren

schmal. Serge Talbot ging vorneweg und zeigte nach Osten, wo Jacques ein mit Bougainvillea bewachsenes Haus sah. Maras Haus. Einige Stufen später wies der Alte nach Westen, wo die Villa von Alexis durch die Olivenbäume zu sehen war. Mara blieb bei ihrem Vater.

»Wohin gehen wir?«, fragte Jacques.

»Warten Sie ab«, antwortete Serge Talbot. »Gleich sind wir da.«

Plötzlich verschwand er durch einen schmalen Spalt in einer sorgsam geschnittenen Zypressenhecke. Jacques folgte ihm und seiner Tochter und landete auf einem Platz, der mit großen Steinplatten belegt war. An dessen Stirnseite stand ein mit Säulen und gotischen Türmchen überladenes Minimausoleum.

Serge Talbot wandte sich an Jacques und sagte: »Diese Gruft stand schon hier, als mein Großvater das Anwesen vor mehr als hundert Jahren kaufte. Wahrscheinlich hätte er die Genehmigung gar nicht mehr erhalten, so etwas zu bauen. Er hat die Grabstätte vom Bischof von Nizza weihen lassen und für die Familie Talbot umgewidmet.«

Er öffnete das schmiedeeiserne Gitter. Die Scharniere schienen gut geölt, denn das schwere Tor schwang leicht und leise auf. Ohne auf Jacques und Mara zu achten, trat er in die Gruft. Jacques ging mit ihm. Als er bemerkte, dass Mara zögerte und draußen stehen blieb, drehte er sich um und winkte sie zu sich.

Vor einem schmalen Fenster aus buntem Kirchenglas standen ein Altar und ein gedrechseltes Holzkreuz. In die Mitte des Bodens war eine breite Marmorplatte eingelassen. Darunter lagen wohl die Toten.

»Mein Vater und ich haben Sascha in den Teppich gewickelt, auf dem er zusammengebrochen war«, sagte Maras Vater fast plaudernd, so als erzählte er von einer Kreuzfahrt. »Er hat kaum geblutet. Dann haben wir den Leichnam hierhergetragen.«

»Aber wie haben Sie ihn dann hier begraben können?«, fragte Jacques. »Den Stein können Sie doch nie allein öffnen.«

»Doch, die Platte lässt sich leicht mit diesem Flaschenzug hier heben.«

Er zeigte auf ein schweres Seil, das neben dem Eingang hing und wie ein Glockenstrang aussah. Es führte über ein Gewinde an der Decke genau über die Mitte des Steins.

»Wir haben den Sarg meines schon lange vorher verstorbenen Großvaters geöffnet und Sascha hineingelegt. Wir waren erstaunlich gefasst. Es wird der Schock gewesen sein, der alles andere ausblendete. Es ging uns nur noch darum, das Problem sachlich zu lösen.«

»Du nennst einen Mord ein ›Problem‹, Vater, so als ginge es um eine Geschäft? Ein Problem?«

Serge Talbot schaute seine Tochter plötzlich irritiert an. »Ja, wir sprachen wirklich nur von ›dem Problem‹. Als wir schmutzig wieder ins Haus kamen, sagte meine Mutter, die inzwischen den Salon aufgeräumt hatte, nur: ›Zieht die Schuhe aus, und geht euch waschen!‹ Später saßen wir zusammen und überlegten, was zu tun wäre. Dann kam die Idee auf, Sascha als verschwunden zu melden.«

»War das Ihr Vorschlag, oder wem fiel das ein?«, fragte Jacques.

»Phantasie gehörte in den Bereich meiner Mutter«, sagte Serge Talbot. »Mein Vater musste bei den Eltern von Olivier, dem engsten Freund von Sascha, anrufen und scheinheilig fragen, wo Sascha bleibe. Die Eltern von Olivier waren zu Recht erstaunt. Sascha war ja gar nicht bei ihnen gewesen. Spät am Abend meldete meine Mutter der Polizei, Sascha sei verschwunden.« Der Alte seufzte leise, setzte sich auf die Stufe vor dem Altar und redete weiter.

»Meine Eltern hielten es für klüger, mich wegzuschicken. Also fuhr ich mit dem Zug zurück nach Paris. Da studierte ich damals. Ich habe nur einmal mit meiner Mutter über das gesprochen, was danach passierte. Das war, als wir meinen Vater beerdigt hatten und ich das Erbe antrat.«

Jacques wollte nicht zu erkennen geben, dass Mara ihn längst in den ihr bekannten Teil der Familiengeschichte eingeweiht hatte. Deshalb fragte er weiter: »Und wann war das, wann ist Ihr Vater gestorben?«

»Er hat sechs Monate später Selbstmord begangen. Mit dem Gewehr.«

»Mit demselben?«

»Ja, mit demselben. Er hinterließ einen Abschiedsbrief, in dem stand, dass er das Verschwinden seines Lieblingssohns Sascha nicht verkraften könne.«

Jacques wartete darauf, dass Serge Talbot wieder etwas Abfälliges über seinen Bruder sagen würde. Tat er aber nicht.

»Die Polizei war natürlich von einer Entführung ausgegangen. Denn mein Vater hatte zu Protokoll gegeben, ihn habe am Markttag mitten im alten Grasse, nur hundert Meter vor dem Eingang zu den Büros der Parfumproduktion, ein Mann von hinten angesprochen und ihn davor gewarnt, sich umzudrehen. Er solle in zwei Tagen zwanzigtausend Dollar bereithalten, das Lösegeld. Die Polizei hat meine Eltern natürlich gewarnt, auf eigene Faust zu handeln. Daraufhin fuhr mein Vater für eine Woche in die Schweiz und behauptete, dort ein Geschäft erledigen zu müssen. Als er zurückkam, gab er zu, in Genf das Lösegeld gezahlt zu haben.«

»In solchen Fällen wird die Polizei üblicherweise argwöhnisch«, sagte Jacques.

»Mag sein. Aber mein Vater hatte einen Freund gebeten, zwanzigtausend Dollar in bar zu besorgen. Und das fand die Polizei natürlich heraus. Sollte sie ja auch. Mein Vater hat das Geld in Genf auf ein Nummernkonto eingezahlt. Das fand die Polizei nicht heraus. Sollte sie ja auch nicht. Als Sascha in den folgenden Tagen nicht freigelassen wurde, machten die Ermittler meinem Vater Vorwürfe. Wahrscheinlich hätten die Entführer das Lösegeld eingestrichen und dann seinen Sohn umgebracht und irgendwo verscharrt, um keine Zeugen zu hinterlassen.«

»Können wir das Gespräch nicht woanders weiterführen?«, fragte Jacques. »Hier ist es doch sehr düster.«

Er wollte den alten Mann wieder an den Tisch locken, auf dem sein Laptop stand. Und die winzige Kamera am oberen Rand des Geräts würde alles aufzeichnen, was Serge Talbot gestand.

Diesmal ging Mara auf der Treppe voran. Als sie wieder um den Tisch auf der Terrasse saßen, spielte sie sogar die Hausfrau, ob sie noch etwas trinken wollten. Serge bekam wieder einen Gin Tonic. Mit viel Gin. Jacques nur ein Glas Wasser. Eine leichte Brise brachte frische Luft vom Meer, und obwohl die Sonne schon untergegangen war, leuchtete der Himmel noch hellblau. Über ihnen stand der Abendstern.

Jacques machte sich an dem Laptop zu schaffen, holte das Foto des alten Alexis auf den Bildschirm und drehte ihn wieder in Richtung von Serge Talbot.

»Eines verstehe ich nicht, Vater«, sagte Mara, »Alexis war tot. Dein Vater hatte sich erschossen. Du hast das Erbe angetreten und bist in die Firma eingestiegen. War für dich und Natascha das Kapitel damit abgeschlossen?«

»Eigentlich ja.« Serge Talbot nickte. »Nur hat sich dann plötzlich der Leiter eines Waisenhauses aus Neapel gemeldet und behauptet, dort wohne ein Junge, der sich als Alexis ausgebe.«

»Mir ist vollkommen unverständlich, weshalb ihr diesen Schwindler aufgenommen habt.«

»Ich hätte es nicht getan, wenn Natascha nicht durchgedreht wäre«, sagte ihr Vater und reichte ihr schnell das leere Glas. Mara füllte es wieder, ohne ein Wort zu sagen. »Meine Mutter litt nach dem Tod meines Vaters an schweren Depressionen. Ich weiß nicht, warum. Denn eigentlich war sie –

eine verarmte russische Prinzessin im Exil – die Ehe nur aus Gründen der Versorgung eingegangen. Sie hatte sich nach dem Selbstmord meines Vaters einige Jahre lang einem Guru verschrieben, so würden wir das heute nennen. Das war ein Psychiater, der sie mit Spritzen versorgte und ihr das Geld aus der Tasche zog.«

»Du willst doch nicht sagen, dass sie abhängig war?«

»Vielleicht schon. Die beiden sind dann gegen meinen Willen nach Neapel gefahren und kamen ein paar Wochen später mit dem Betrüger zurück. Sollte ich jetzt einen Streit mit meiner Mutter anfangen, auf die Gefahr hin, dass sie durchdreht und erzählt, dass wir Sascha erschossen haben? Nein. Ich habe mich den Gegebenheiten gefügt. Ich hatte ja schon alles geerbt. Der neue Alexis würde halt mitlaufen. Ich dachte irgendwie damit zurechtzukommen.«

Mara schüttelte den Kopf, stand auf und ging zu ihrem Vater. Sie legte ihre Hand auf seine Schulter, als wollte sie ihm zeigen: Wir halten zusammen.

»Haben Sie ihn denn nie zur Rede gestellt?«, fragte Jacques. »Oder hat er Sie nie mit der Wahrheit konfrontiert? Sie leben doch jetzt schon Jahrzehnte zusammen auf einem Grundstück. Er sitzt im Büro neben Ihrem! Ist er vielleicht irgendwann auf die Idee gekommen, Sie zu erpressen?«

Jacques überlegte, wie er Serge Talbot provozieren könnte, um dem Gespräch eine andere Wendung zu geben. Er sah Mara an und fragte: »Hat dein Vater dir nie etwas davon erzählt? Oder hat Alexis irgendwann eine Andeutung gemacht?«

Sie schaute ihn entgeistert an, bewegte leise den Kopf hin und her und sagte mit scharfer Stimme: »Du ekelst mich an, wenn du so was sagst! Für wen hältst du mich? Glaubst du nicht, dass ich dir schon alles gesagt habe? Vergisst du, was wir in den letzten Tagen gemeinsam erlebt haben? Nein. Ich weiß nicht mehr als du!«

Jacques errötete. Er hätte sich wirklich anders ausdrücken

können. Mit mehr Gefühl. Eben so, wie man sich ausdrückt, wenn man ein paar Nächte miteinander verbracht hat. Ein feinfühliger Mensch hätte auch begriffen, dass die Tochter von der Beichte ihres Vaters erschüttert sein musste. Jacques schämte sich.

»Pardon«, sagte er. »Bitte verzeih mir.«

»Ach, so gut kennt Ihr euch schon?«, fragte Serge Talbot plötzlich. Er hob die Augenlider und stützte sich mit den Händen auf die Armlehnen des Gartenstuhls. »Seit wann?« Dann sprang er hoch und wollte sich auf seine Tochter stürzen. Doch Jacques stellte sich vor Mara und sagte: »Ganz ruhig. Ihre Tochter hat das Richtige getan und die Justiz um Hilfe gebeten. Als Vertreter der Justiz stehe ich vor Ihnen. Und ich weiß durch unsere Recherchen inzwischen mehr, als Sie vielleicht ahnen oder als Ihnen in den Kram passt. Lassen Sie mich mal eine Hypothese aufstellen. In Wirklichkeit haben Sie selbst Ihren leiblichen Bruder Alexis erschossen. Und wer sagt denn, dass Ihr Vater sich selbst das Leben genommen hat? Den Schusswinkel könnte man wahrscheinlich auch heute noch am Skelett berechnen. Und nun ist der zweite Alexis verschwunden. Vielleicht sollten wir in der Gruft nachsehen, ob er sich nicht auch dort aufhält!«

»Mara, ich glaube, es wird Zeit, dass du deinen Freund hinausbegleitest. Ich habe ihm nichts mehr zu sagen.«

Ein wenig zögerlich ging Serge Talbot auf sein Haus zu.

Jacques klappte gerade den Laptop zu und steckte ihn in die Aktentasche, als der alte Mann sich noch einmal umdrehte.

Kerzengerade stand er da, immer noch die tadellose Erscheinung, und sagte laut zu seiner Tochter: »Alexis hat sich vermutlich abgeseilt. Deinetwegen habe ich vor einigen Monaten mit ihm einen grundsätzlichen Streit ausgefochten. Er verlangte, in meinem Testament berücksichtigt zu werden. Ich habe es abgelehnt mit dem Hinweis, er habe keine Erben, alles würde so oder so später in deine Hände fallen. Aber er wurde bösartig. Er drohte mir und wollte mich erpressen.«

»Aber was hat er in der Hand gegen dich?«, fragte Mara. »Er kann doch nicht wissen, was mit Sascha geschehen ist.«

»Wir haben ihn aufgenommen. Er ging davon aus, dass wir wegen eines Familiengeheimnisses ein schlechtes Gewissen haben. Er ist ja nicht blöd. Er hat mir immer wieder mal gedroht«, sagte Serge Talbot. »Als er jetzt penetrant wurde, habe ich ihm meinerseits gedroht. Denn ich war ja nicht tatenlos. Seit Jahren weiß ich, wer er ist. Irgendwann einmal habe ich über eine Schweizer Bank ein Detektivbüro eingeschaltet, um die Vergangenheit eines französischen Jungen durchleuchten lassen, der in einem Waisenhaus in Neapel gelandet war und Russisch sprach. Es war eine ganz einfache Geschichte. In einem russischen Zirkus, der in Frankreich gastierte, trat eine Trapezkünstlerin auf, die einen Jungen hatte. Sie stürzte bei einer Vorstellung in der Normandie ab, und der Junge wurde in ein Kinderheim in Rouen gegeben.«

Zwei Tauben landeten zwischen den Olivenbäumen und gurrten leise. Ein friedliches Geräusch, dachte Jacques und fragte, während er die Vögel ansah: »Haben Sie die Daten dieses Kinderheims noch? Wir könnten weitere Nachforschungen anstellen.«

»Ich nehme an, dass ich den Bericht noch in meinem Banksafe habe. Der Junge blieb nicht lange in Rouen. Er begann eine Wanderschaft durch Europa und legte sich dabei immer neue Identitäten zu. Irgendwann habe ich ihn dann gewarnt: Ich kann dich wegen Identitätsdiebstahls hinter Gitter bringen. Du gibst dich immer noch als Alexis Talbot aus, und der bist du nicht. Du hast falsche Papiere. Ich kann dir alles nehmen. Und du stirbst im Gefängnis!«

Mara ging auf ihren Vater zu, doch der verschwand schnell im Haus. Drinnen war es dunkel. Die bodentiefen Fenster wurden von innen geschlossen.

Nachdem Jacques den Reißverschluss der Tasche zugezogen hatte, überlegte er, wie er sich Mara gegenüber verhalten sollte. Sie hatte in wenigen Minuten einen großen Teil ihrer Familiengeschichte verloren und damit auch ihrer Identität. Aber sie ist stark genug, dachte er, es unbeschadet zu überstehen. Trotzdem muss sie damit fertig werden, dass ihr Vater nicht der ist, den sie liebte, den sie achtete. Sein Bild entsprach nicht mehr dem, das sie sich seit ihrer Kindheit Pinselstrich für Pinselstrich gemalt hatte.

Jacques suchte nach Worten, fand keine und ärgerte sich über seine Unfähigkeit, dem Menschen, der ihm in diesem Augenblick am nächsten stand, Mitgefühl zu zeigen. Sein Freund Jérôme, der Hausarzt aus Belleville, würde sich jetzt zu ihr beugen, leise auf sie einsprechen, aber so, dass Jacques es nicht hören würde. Und wenn sie anfangen würde zu weinen, würde er seine Arme um sie legen, sie an seinen warmen Wanst drücken und trösten. Ja, verdammt. Warum bin ich so sachlich? Vielleicht, weil ich mich um so abstrakte Dinge wie Gerechtigkeit kümmere? Jérôme dagegen sorgt sich um Menschen. Die macht er glücklich, wie er sagt, und findet darin sein Glück. Glück, was bedeutet das für mich?

Langsam ging er auf Mara zu und sah sie an. Sie sagte: »Das war ziemlich hart für mich. Lass uns nicht streiten. Was hast du jetzt vor?«

»Es gibt zwei Möglichkeiten. Ich fände es schön, wenn wir uns irgendwohin zurückziehen könnten und besprechen, was das alles für das Verschwinden von Alexis dem Zweiten bedeutet.« Er machte eine kurze Pause und suchte in ihrem Gesicht nach dem, was sie fühlte. Er sah nichts, das ihm den Mut gegeben hätte, sie in den Arm zu nehmen. »Aber ich kann jetzt auch in unser provisorisches Büro in Sophia fahren und Kommissar Jean Mahon das Gespräch vorspielen, soweit die Kamera in dem Laptop alles aufgenommen hat. Und dann sehen wir weiter.«

Mara begleitete Jacques zu seinem kleinen Mietwagen. Als er die Tür geöffnet und die Tasche hineingelegt hatte, drehte er sich noch einmal zu ihr. Sie gab ihm auf die rechte und die linke Wange einen freundschaftlichen Kuss und sagte: »Triff du jetzt mal deinen Kommissar. Und dann sehen wir weiter.«

Im Adlernest

Eine dichte Wolkendecke machte die Nacht pechschwarz.

Magalie kämpfte mit dem Navigationsgerät. Gleich nach Meribel waren sie nur noch über enge Nebenstraßen gefahren und hatten versucht, große Ortschaften zu meiden, was in den Alpen nicht einfach war. Seit Stunden wirbelte Michail das Steuer hin und her, Serpentine für Serpentine, rauf und runter. Magalie zählte die Pässe schon nicht mehr, die sie überquerten. Keine Nationalstraße, auch keine Départementale, wenn irgend möglich, hatte ihr Michail eingeschärft. Manchmal fluchte sie. Mit einer Landkarte aus Papier ginge es einfacher, auf der könnte sie das Straßengewirr besser überschauen. Zweimal endete ihre Flucht oben auf einem Berg, und sie mussten umkehren.

Vor einer Stunde etwa, kurz vor Meribel, hatte Magalie bei ihrer Freundin angerufen, um sich eine Wegbeschreibung für die Berghütte geben zu lassen. Arglos hatte die Skilehrerin von dem Anruf der Journalistin aus Paris erzählt, die sich vor zwei Tagen erkundigt hatte, ob Magalie ihr wohl ein Interview geben würde.

Michail war sofort hellwach. Weder die alten Laternen und die Schaufenster der eleganten Läden mit dem gemütlichen Licht nahm er noch wahr noch die strahlend weiße Werbung für ein Pub.

Der Stau auf der Hauptstraße löste sich nur langsam auf. Michail sah sich um. Geparkt zwischen einem Bentley und einem Maserati, entdeckte er einen großen Peugeot mit ungewöhnlicher Antenne. Zwei Männer saßen vorn. Das

Nummernschild sagte ihm alles. Blau-weiß-rot und darunter das Zeichen für eine explodierende Bombe, ein runder Kreis, aus dem eine Flamme nach oben schießt. Das Symbol der Gendarmerie nationale.

Er wendete, sobald es ging, hielt beim nächsten Leclerc-Supermarkt mit Zapfsäulen, tankte voll, kaufte noch zwei große Kanister, die er auch füllte. Bei der nächsten Kreuzung bog er in Richtung Osten ab, fuhr über den Berg, und erst nach etwa fünf Kilometern lenkte er den Wagen an einer einsamen Stelle in einen Waldweg. Magalie war schwindelig geworden.

»Bei deiner Raserei werd ich ja seekrank!«, quengelte sie. »Warum müssen wir überhaupt so geheimniskrämerisch tun? Ob da eine Journalistin erscheint oder nicht, das kann doch nicht so schlimm sein. Mir macht es nichts aus, mit dir in der Zeitung zu stehen! Das ist nur gut fürs Image und weckt Träume, weil es zeigt, dass ich nicht nur ein Model, sondern auch ein Lebewesen mit Liebesleben bin.«

»Tu nicht blöder, als du bist«, fuhr Michail sie an. »Da hat sich jemand als Journalistin ausgegeben. Das kann die Polizei gewesen sein oder auch der Mörder von Gina und Irina. Beide sind hinter mir her. Und du hängst mit drin. Denn auch du hast dein Konto für die Geldtransfers zur Verfügung gestellt.«

»Hör auf!«, rief Magalie. »Warum seid ihr nur so brutal. Nur wegen dem bisschen Geld, das ihr ja sowieso anderen übers Internet klaut, wenn ich dich richtig verstanden habe.«

»Für nur 'n bisschen hättest du doch bestimmt nicht mitgemacht. Ein paar Millionen sind nicht ein bisschen«, sagte Michail, »und der Prinz regiert nun mal mit harter Hand. Dahinter steckt wahrscheinlich seine georgische Mafia. Wolod sollte die Sache regeln. Aber da ist offenbar was schiefgelaufen. Warum sind wohl Gina und Irina umgebracht worden? Willst du vielleicht auch so enden?« Er schaute sie ernst an. »Deshalb fürchte ich um mein Leben. – Und um deines.«

Er wartete, bis er keinen Verkehr auf der Straße mehr wahrnahm, und fuhr dann ohne Licht los. Erst als ihm kurz vor dem nächsten Ortseingang ein Wagen entgegenkam, schaltete er die Scheinwerfer wieder ein.

Nach einigen Stunden Fahrt versteckte Michail das Auto hinter einem Lastwagen auf einem Marktplatz. Er legte seinen Sitz nach hinten um und schlief sofort ein. Magalie sollte aufpassen, aber auch ihr fielen bald die Augen zu. Beide wurden gleichzeitig durch Motorenlärm wach, als der Lastwagen angelassen wurde. Da fuhren auch sie los. Kurz vor Peira-Cava folgte ihnen ein Motorradfahrer so lange, dass es Michail ungemütlich wurde. Erst als er rechts ranfuhr und hielt, überholte das Motorrad.

Gegen halb sechs wich die Dunkelheit, und der Verkehr nahm zu.

»In einer Stunde sind wir in Peillon«, sagte Michail und streckte sich. In dem kleinen Bergdorf hoch oben hinter Nizza hatte er sich von einer alten Bäuerin, die hier aufgewachsen war und jetzt in einem Altersheim in Cagnes-sur-Mer wohnte, für wenig Geld ein kleines Häuschen mit drei übereinanderliegenden Zimmern und einem kleinen Bad gemietet. Er nannte es sein Adlernest. Niemand wusste davon. Nur Gina hatte er im Herbst vor einem Jahr für ein paar Tage mitgenommen. Gegessen hatten sie meist am Ortseingang in der »Auberge de la Madone«, wo man auf der Terrasse sitzen und ins Tal hineinträumen konnte.

Gegen halb sieben kamen ihnen zwei Motorräder entgegen. Die Fahrer trugen schwarze Helme.

»Schau sie dir genau an!«, sagte Michail. »Die erste war eine Ducati, die zweite die FZ8 von Yamaha. Ganz neu.«

Zwei Minuten später näherte sich von hinten ein Motorrad, der Fahrer legte sich wie bei einem Rennen in die Kurven. Sein Knie berührte fast die Straßendecke. Als Michail in einer Kurve kurz die Geschwindigkeit drosselte, überholte die Maschine, sie heulte auf und war um die nächste Ecke verschwunden. Auch dieser Fahrer trug einen schwarzen Helm.

»Was war das für eine?«, fragte Michail. »War das die Ducati?«

»Puh, keine Ahnung«, antwortete Magalie.

Er verzog den Mund, schüttelte verzweifelt den Kopf und wartete einen Moment ohne Verkehr ab, um den Berg hinauf in Richtung Peille zu fahren. Dort endete die Straße in einer kleinen Siedlung auf einem Parkplatz. Als Magalie ihn erstaunt ansah, zeigte er auf einen Feldweg in der äußersten Ecke.

»Jetzt wird es ein wenig holprig«, sagte er, »aber da uns bis hierher niemand gefolgt ist, werden wir bestimmt in zwanzig Minuten heil in Peillon ankommen. Wir nehmen allerdings einen unüblichen Weg, der eigentlich zu einem kleinen Bauernhof kurz vor dem Ort führt.«

Die Strecke führte an Felsbrocken vorbei und über eingetrocknete Spurrinnen. Mehrmals schlug der Wagenboden auf, bis Michail die Fahrt auf Schritttempo drosselte.

Die Sonne stieg. Es wurde heiß.

Der Ort hockte auf einem Gebirgsvorsprung, umgeben von einer tiefen Schlucht. Die wenigen Häuser, miteinander verbunden durch kleine Treppen, türmten sich wie Schachteln bis zu einem Kirchplatz.

»Gott, wie schön«, rief Magalie. »Kitschig wie eine Postkarte.«

Michail entspannte sich bei dem Anblick. Hier fühlte er sich zu Hause und sicher. Er versteckte den Wagen hinter einer verfallenen Scheune und nahm ihre Reisetaschen aus dem Kofferraum.

»Komm. Noch hundert Meter zu Fuß, und wir sind da.«

Magalie blieb an der Mauer des Kirchplatzes stehen und schaute über die Berge. Als sie sich umdrehte, sah sie Michail eine kleine Holzpforte, deren rote Farbe verblichen war, aufschließen und in dem alten Steinhaus verschwinden. Sie blieb stehen und genoss die Morgensonne. Es war so früh, dass die Vögel noch hell sangen. Kein Motorengeräusch drang bis hierher. Einmal hörte sie in der Ferne eine Fehlzündung. Aber sonst störte nicht einmal das Geraschel von trockenen Blättern die Stille im Ort. Nach ein paar Minuten schlenderte sie zu dem Haus, schloss die Pforte hinter sich und kletterte im Dunkeln eine enge Treppe aus speckigen Steinen nach oben. Nur durch den Spalt einer offen stehenden Tür fiel gleißendes Licht.

Der Blick in den Raum ging sofort wieder durch das Fenster und verlor sich in der Ferne. Verzaubert machte Magalie zwei Schritte, als sie grob gepackt und eine Hand über ihren Mund gedrückt wurde.

Ein Mann warf eine Decke über sie. Sie wehrte sich instinktiv, bis der Druck auf ihren Hals sie ohnmächtig zusammenbrechen ließ.

Zwei Männer trugen sie schnell die wenigen Treppen zum Platz vor dem alten Brunnen am Ortsende und warfen sie in den Kofferraum eines silbernen BMW. Ein Dritter schwang sich hinter das Steuer, warf seine Waffe auf den Rücksitz und fuhr ruhig los.

Die Leiche von Michail lag neben dem Fenster mit dem Blick in die Ferne.

Die Villa des Prinzen

Der Abflug vom Flughafen Orly nach Nizza verzögert sich um mindestens vierzig Minuten. So lautete die Durchsage. Margaux nutzte die Zeit und rief Jacques an. Er war schon früh ins Meer gesprungen und lange geschwommen. Jetzt trank er mit Eric, am Heck unter einem Sonnensegel sitzend, einen Café au lait, während Marie eingefrorene Croissants aufwärmte. Oben auf dem Hügel lag die Villa, die einst Somerset Maugham bewohnt hatte und die jetzt ein russischer Milliardär für 390 Millionen erwerben wollte. Früher gehörte sie dem Agnelli-Clan.

Jacques grummelte ein wenig, weil Margaux nun doch die Einladung des russischen, nein, des georgischen Prinzen zu einem Interview angenommen hatte. Das sei wirklich nicht ungefährlich, sagte er.

»Gibt es bei euch was Neues?«, fragte sie, um von sich abzulenken.

»Gott, Fabienne und ihre Leute kommen ganz gut voran, Jean ist jetzt auch hier. Da sind absolute Profis am Werk gewesen. Von den Telefonen in den Büros aus haben sie nur unverfängliche Gespräche innerhalb Frankreichs geführt. Es gibt keinen Hinweis auf die Hintermänner.«

Von der Suche nach Alexis und dem Geständnis von Maras Vater sagte er nichts. Das Risiko, dass sie darüber berichten würde, war zu groß. »Hast du die Adresse auf Cap Ferrat? Und wie lange wirst du denn dort bleiben?«

»Nein, die Adresse habe ich nicht. Aber ich werde von Wolod am Flughafen abgeholt. Eigentlich bin ich für das ganze Wochenende eingeladen. Aber vielleicht sollte ich lieber nach dem Interview abhauen. Falls du noch auf dem Boot bei Eric und Marie bist, könnte ich zu euch stoßen.«

»Ja. Lass uns telefonieren. Bei mir verändert sich die Lage von Stunde zu Stunde«, sagte Jacques, der eher auf ein Wiedersehen mit Mara hoffte. Und dann wiederholte er: »Lass uns telefonieren, sobald du Klarheit hast.«

»Wo liegt ihr denn gerade? Immer noch in der Bucht von Cannes?«

»Nein, wir sind jetzt in der Bucht von Villefranche. Eric hat mir gerade erzählt, dass das Boot neben uns die alte Jacht von Onassis sei, auf der er es mit der Callas und Jackie Kennedy getrieben hat.«

»Uach! Ekelhaft, der Kerl mit seiner dicken Zigarre. Der stank sicher.«

»Das Boot sieht aber sehr schön aus! Es gehört jetzt einem russischen Millionär.«

»Wenn ihr in der Bucht von Villefranche seid«, sagte Margaux, »dann könnt ihr vielleicht die Villa des Prinzen sehen! Sie soll auf einem Felsen direkt am Meer liegen.«

»Es sei denn, sie liegt im Osten in Richtung Monaco. Du kannst ja mit einer Fahne winken, sobald du da bist.« Jacques lachte.

»Und ihr könntet mich dann mit dem Boot abholen!«

Als sie aufgelegt hatte, rief Jacques sofort Jean Mahon an. Er gab ihm die Ankunftszeit von Margaux' Flug durch und ordnete eine strenge Beschattung an. Der Kommissar seufzte. Heute waren so viele Leute im Einsatz, dass er die örtliche Polizei nur mit Mühe würde überreden können, auch diese Aufgabe noch zu übernehmen.

Am Telefon machten der Untersuchungsrichter und sein Kommissar Bestandsaufnahme:

Fabienne wertete immer noch die Ergebnisse der Recherchen im Internet bei Servtech.com aus.

Die Renseignements généraux und die Gendarmerie nationale überwachten alle Straßen in den Seealpen wegen des Wagens mit Michail und Magalie. Wahrscheinlich war es ein Fehler gewesen, die Skilehrerin in Meribel nur abzuhören, sie aber nicht ins Vertrauen zu ziehen. Jacques hatte geflucht, als er erfuhr, dass sie beim Telefonat mit Magalie den Anruf von Margaux erwähnt hatte. Da musste ein Kerl wie Michail ja kehrtmachen! Entweder versteckten die beiden Turtelnden sich noch in den Bergen, was jetzt im Sommer nicht schwerfiel, oder sie waren auf kleinen Wegen über die nahe Grenze nach Italien ausgewichen. In solchen Momenten wünschte Jacques sich in die Zeit von Grenzkontrollen zurück.

Die ganze Aufmerksamkeit war jetzt auf den Romanow gerichtet, der, als er am Abend zuvor gegen Mitternacht von einem Ausflug in die Oper von Monaco zurückkehrte, an seiner Tür einen Brief vorfand.

»Morgen früh gegen zehn Uhr kommt der Bote«, stand auf einer eleganten Briefkarte in der Handschrift von Alexis Talbot.

Statt das Appartement des Romanow am Abend zu observieren, hatte die örtliche Polizeizentrale kurz zuvor beschlossen, Überstunden einzusparen und den dafür vorgesehenen Einsatz abzublasen. Die Wohnung war doch leer! So lautete die Entschuldigung. Deshalb hatte niemand gesehen, wer den Brief ablieferte.

Der Romanow rief Jacques noch um Mitternacht an, und der wiederum alarmierte Jean Mahon. Vielleicht würde der Bote sie zum Versteck von Alexis Talbot führen.

Als er am Abend in seiner Koje lag, spürte Jacques, wie sehr er Mara vermisste.

Es war ein harter Tag für sie gewesen. Heute früh, als sie gemeinsam im Hotel in Neapel aufgewacht waren, hatte jede seiner Hautzellen noch jede ihrer Hautzellen geküsst. Die Erinnerung daran lag Jahrhunderte zurück. Jetzt würde sie sich vermutlich nicht einmal mehr von ihm trösten lassen. In Maras Augen wäre er vielleicht der virtuelle Täter, der Alexis getötet und in der Familiengruft verscharrt hatte. Denn er hatte den Vater dazu gebracht, die Tat zu gestehen.

Manchmal sagt man leichthin, das würde ich gern ungeschehen machen, ging es Jacques durch den Kopf, aber er wollte gar nichts ungeschehen machen. Weder ihr gemeinsames Aufwachen am Morgen in Neapel noch das Verhör von Maras Vaters am Nachmittag in Grasse. Wenn du ein Problem hast, dann handele, sagte er sich. Auch eines seiner Prinzipien. Grübeln bringt nichts, macht höchstens depressiv. Wer handelt, der nimmt sein Schicksal selbst in die Hand, ganz gleich, was dabei herauskommt.

Jacques griff zu seinem Telefon und wählte Maras Nummer. Den Anruf könnte er dem Romanow gegenüber mit der Nachricht begründen. Ihre Mailbox sprang an, er sagte: »Ich vermisse dich.«

Ein schwarzer BMW mit neuen französischen Kennzeichen hielt um zehn Minuten vor zehn vor dem Haus, in dem der Romanow wohnte. Der Mann hinter dem Steuer blieb bei laufendem Motor sitzen, während sein Beifahrer in Jeans und schwarzem T-Shirt nach fünf Minuten den Schlag öffnete, auf die Haustür zuging und den Code zum Öffnen eingab. Um Punkt zehn Uhr klopfte er an der Tür zur Wohnung des Romanow. Als der öffnete, hielt ihm der Mann, ohne ein Wort zu sagen, nur die ausgestreckte Hand hin, als wollte er sagen: Gib schon her! Der Hausherr forderte ihn höflich auf einzutreten, doch der Bote schüttelte nur den Kopf und wiederholte seine Geste.

Die observierenden Polizisten sahen den Mann im schwarzen T-Shirt mit einem dicken braunen Umschlag das Haus verlassen. Er reichte das Kuvert dem Fahrer durch das offene Fenster, sagte ein paar Worte und bog schnellen Schritts um die nächste Ecke.

Der BWM fuhr los.

Als der Fahrer in den Boulevard François Grosso einbog, folgte ihm eine junge Frau auf einer alten Vespa. Nach ein paar Kilometern fuhr er vor einem blauen Fiat mit italienischem Kennzeichen auf die Voie rapide, auf der er, gefolgt von einem Motorradfahrer und später einem kleinen zerbeulten Lieferwagen, bis zum Flughafen blieb. Der Mann stellte den Wagen am Platz für Kurzparker ab und ging in die Wartehalle. Der Lieferwagen verschwand. Der Motorradfahrer hielt außer Sichtweite und sprach über Funk mit den Kollegen im Flughafen.

Ja, sie sahen den Mann kommen.

Er ging in die Ankunftshalle, schaute auf den Monitor für Landungen, warf einen Blick auf die große Uhr, spazierte gemächlich zu einer Café-Bar, bestellte einen Espresso, riss die Zuckertüte auf, kippte die Hälfte hinein, rührte um und lehnte sich gegen die Theke. Er sah sich um, hatte aber nicht den Eindruck, als folgte ihm jemand. In der folgenden Stunde wechselte er häufig die Position. Aber er konnte nicht merken, dass er von den Kameras des Flughafens beobachtet wurde, ganz gleich, wohin er ging.

Als der Monitor anzeigte, der Flug aus Orly befinde sich im Landeanflug, machte er sich langsam auf zu den breiten Türen, aus denen die ankommenden Fluggäste herausströmten. Es war immer das gleiche Bild, fiel ihm auf. Nur wenige, meist waren es Männer, kamen gleich heraus, vielleicht nur mit einer Aktentasche in der Hand, und gingen zielbewusst zum Ausgang. Die meisten Fluggäste aber hielten nach wenigen Metern an, um sich zu orientieren. Dabei versperrten sie dann mit ihrem Gepäck den Weg für die Nachdrängenden.

Margaux trug einen kleinen Handkoffer und ihre Tasche mit dem Laptop. Sie sah ihn sofort, lächelte und sagte: »Hallo, Wolod. Nett, dass du mich abholst. Alles klar?«

»Alles klar«, sagte Wolod und gab ihr rechts und links auf

die Wangen eine Bise. Dann nahm er ihr den Koffer ab. »Wollen wir? Ich habe den Wagen gleich vor der Tür geparkt.«

»Hier ist es fast kühler als in Paris«, sagte Margaux, als Wolod auf dem Parkplatz sein Ticket in den Automaten schob und bezahlte.

»Das macht die Brise vom Meer«, sagte er. »Und du wirst sehen, in der Villa auf Cap Ferrat ist es sehr angenehm. Ich hoffe, du hast deinen Bikini dabei.«

Im Lagezentrum des Kommissariats von Nizza saßen sechs Leute an Monitoren und Telefonen und hielten Jacques und Kommissar Jean Mahon auf dem Laufenden. Im gleichen Haus residierte auch die lokale Zentrale des Inlandsgeheimdienstes.

Die verrosteten Blechläden vor den Fenstern im vierten Stock des alten Gebäudes waren fast geschlossen, um Hitze und Sonne draußen zu halten. Kaltes Neonlicht sorgte noch zusätzlich für eine fast unwirkliche Atmosphäre. In einem solch verrotteten Kommissariat hatte Jacques noch nie gearbeitet. Die Schreibtische aus hellem Holz stammten aus der Mitte des letzten Jahrhunderts. Und die grauen Monitore wirkten wie Dinosaurier. Auf dem letzten Stand der Technik waren nur der Lageplan an der Wand und die breiten HD-Bildschirme, auf denen die Bilder von den Kameras erschienen, die über das ganze Stadtgebiet verstreut waren.

Was über Funk gemeldet wurde, war aber nicht zu sehen:

»Der Fahrer des schwarzen Siebener-BMW, der bei dem Romanow die Unterlagen für Alexis Talbot abgeholt hat, ist zum Flughafen gefahren und hat dort Margaux abgeholt. Die beiden haben sich mit Wangenkuss begrüßt.«

Als er das hörte, sagte Jacques laut in den Raum hinein: »Das ist Wolod, der gefährliche Ausputzer des russischen Unternehmens. Der hat in Tschetschenien gelernt, was er heute anwendet. Und wenn Wolod zuerst die Papiere bei dem Romanow abholt und dann Margaux am Flughafen, dann besteht eindeutig eine Verbindung zwischen dem Verschwinden von Alexis Talbot und dem georgischen Prinzen.«

War Alexis Talbot als Eigentümer von Servtech.com vielleicht hinter die illegalen Geschäfte der Russen gekommen und deswegen entführt worden?

Auf Cap Ferrat bog Wolod in den Boulevard du Général de Gaulle ein. Margaux warf einen Blick auf die kleine Bucht mit den vielen Jachten, deren Eigner ihren Kapitänen befahlen, dort zu ankern, weil man im Hafen so gut essen konnte. Aber nicht nur deswegen. Auch der Blick auf die prachtvolle Villa, die in der Belle Époque von der Baronin Ephrussi de Rothschild gebaut worden war, der Nachbau eines antiken Palastes mit dem Namen Villa Kérylos [»Villa Kérylos wurde von Theodor Reinach erbaut«], oder auf das Anwesen des belgischen Königs Leopold, lockte die Besucher an. Und nach Nizza auf der einen und nach Monaco auf der anderen Seite war es gleich weit.

Die beiden Flügel des schwarzen Metalltores bei Nummer 74 des Boulevard du Général de Gaulle öffneten sich und verschluckten den schwarzen BMW. Fünf Minuten später kam ein braun gebrannter Sportler mit seinem Jeep, parkte, wie es hier üblich schien, an der Mauer zur Hügelseite der Straße, klingelte an der Villa gegenüber von Nummer 74 und verschwand auf dem Grundstück. Der Jeep, voll gestopft mit elektronischer Ausrüstung, blieb stehen. Jacques und Jean beugten sich über den Monitor, der ihnen die Bilder von der Einfahrt zu der Villa zeigten, in die Wolod und Margaux gegangen waren. Mehr allerdings auch nicht.

»Jetzt fängt die mühsame Kleinarbeit an«, sagte Jean Mahon. Unverdächtige Überflüge von Hubschraubern, die vom Flughafen Nizza nach Monaco fliegen und das Grundstück beobachten. Ein Arbeiter von France-Telecom montierte eine winzige Videokamera an einen Mast auf dem Chemin des Douaniers, der an den Felsen unten am Wasser vorbeiführte. Die Kamera zeigte den Garten und die Terrasse des Prinzen.

Jacques drängte darauf, dass eine Gruppe der GIGN, der Sondereinheit der Gendarmerie nationale, für einen möglichen Eingriff bereitstünde.

In Hochspannung zu warten nagte an seinen Nerven.

Er saß im kurzärmeligen Sommerhemd neben dem Kommissar. Ein silberner BMW war vom Grundstück aus in den Ort gefahren, eine Angestellte kaufte Gemüse und Baguettes und kehrte eine halbe Stunde später zurück.

Jacques sah auf sein Telefon. Nichts rührte sich. Er musste warten.

Auf dem Folterbrett

Mit dem Koffer in der Hand und einem dicken braunen Umschlag unter dem Arm betrat Wolod die Villa. Gerade als Margaux die Schwelle überschritt, riss jemand die Tür vom Wohnzimmer auf, und sie sah durch bodenweit geöffnete Fenster die hellblaue Bucht. Ein älterer Mann, schmal und nicht größer als Margaux, blaffte Wolod auf Russisch an, der gab ihm den braunen Umschlag und antwortete, wenig beeindruckt von dem autoritären Gehabe, auf Französisch, der Flug der Journalistin sei verspätet gewesen. Dann stellte er ihr George Batonischwili vor und fügte hinzu, der Prinz sei ein direkter Nachfahre des letzten Königs von Georgien.

Margaux hatte sich gut auf das Treffen vorbereitet: »Stammen Sie wirklich von David Batonischwili ab? Der hat doch vor zweihundert Jahren gerade mal vier Monate regiert, bis ihn die Russen abgesetzt und sich Georgien einverleibt haben?«

Der unscheinbar wirkende Mann sah sie erstaunt an, lächelte, gab ihr die Hand und sagte in akzentfreiem Französisch: »Madame, meine Hochachtung. Das Gespräch mit Ihnen wird mir ein Vergnügen sein. Aber gewähren Sie mir noch einen Augenblick mit meinem Notar. In einer halben Stunde würde ich dann gern mit Ihnen auf der Terrasse einen frischen Fisch essen. Ist Ihnen das recht? Und vielleicht ein Glas Rosé dazu genießen.«

»Gerne, ich freue mich, Monsieur Batonischwili, oder soll ich Prinz George sagen?«

»Im Gegensatz zu den Russen tragen wir den Adel nicht

mehr im Namen«, sagte George Batonischwili, »und vielleicht darf ich auch sagen: im Gegensatz zu den Franzosen. Hier scheint die Guillotine ganz umsonst gewütet zu haben.« Er kicherte und schloss die Tür hinter sich.

Margaux blickte erstaunt zu Wolod, der zuckte grinsend mit den Schultern und sagte: »Du bist wahrscheinlich die erste Journalistin der Welt, mit der er sich trifft. In Georgien sagt man, er sei bekannt als der Mensch, den niemand je gesehen hat. Er steckt viel Geld in die Politik, noch mehr unterstützt er die orthodoxe Kirche in Georgien, denn Patriarch Ilja II. kämpft für die Wiedereinführung der Monarchie in Tiflis. Aber ich kann mir nicht vorstellen, dass daraus je was wird.«

Im ersten Stock legte Wolod Margaux' Gepäck auf eine Fußbank am Ende eines breiten Bettes, dann öffnete er eine Schiebetür zu einem teuer, aber grässlich altmodisch eingerichteten Wohnzimmer.

»Das ist dein Reich für das Wochenende«, sagte er, während sie an das Fenster trat und versuchte, es zu öffnen.

»Wegen der Klimaanlage sind alle Fenster verschlossen«, sagte Wolod, »aber falls du vor dem Essen noch schwimmen willst, kannst du dich neben dem Pool in einer Kabine umziehen. Dort liegen auch Handtücher.«

»Gib mir eine halbe Stunde«, sagte Margaux. »Ich will mich eben frisch machen und auspacken. Ich weiß noch nicht, wie lange ich bleibe. Das hängt auch von dem Gespräch nachher ab.« Dann sah sie auf die Bucht, packte scheinbar aufgeregt Wolod am Arm und zeigte auf ein Schiff, das nur wenige Hundert Meter entfernt im durchsichtigen Wasser dümpelte. »Ist das nicht die ehemalige Jacht von Onassis? So sah die doch aus, wenn ich mich an alte Bilder erinnere. Churchill mit dicker Zigarre an Deck!«

»Ja, das ist sie«, sagte Wolod. »Ich glaube, die soll jetzt auch einem Russen gehören, wie fast alles hier.«

Als Wolod ging, schloss sie die Tür hinter ihm ab und

nahm ihr Mobilfone. Mit beiden Daumen tippte sie schnell eine SMS:

»Bin in der Villa. 74 Blvd Gaulle. Alles o.k. Prinz heißt George Batonischwili.«

Dann schickte sie den Text an Jacques ab mit einem Lächeln ;-) und trat noch einmal an das Fenster.

Zwischen der Jacht von Onassis und dem Felsen, auf dem die Villa stand, ankerte das Boot von Eric, nur ein Drittel so lang wie das Schiff des griechischen Reeders. Sie versuchte die Person zu erkennen, die sich auf dem Achterdeck bewegte. Es schien eine Frau zu sein. Wahrscheinlich Marie. Sie schrieb eine zweite SMS an Jacques:

»Sehe Marie aus dem Wasser aufs Boot klettern. Heute Abend? :-*.«

Margaux hatte sich die Hände gewaschen, die Nase ein wenig gepudert, Lippenstift aufgetragen und ging, nur zehn Minuten später, die Treppe nach unten. Als sie in der Diele stand und überlegte, welche Tür sie nicht öffnen sollte, um den beschäftigten Prinzen nicht zu stören, hörte sie einen Schrei, einen Schmerzensschrei, der abklang und sofort wieder anschwoll. Sie bekam eine Gänsehaut.

Da schrie eine Frau in großer Not.

Instinktiv riss Margaux die Tür auf, hinter der sie die Misshandelte vermutete. Sie sah eine Treppe, die in den Keller führte. Margaux rannte so schnell hinunter, dass sie fast stolperte. Unten sah sie, wie Wolod ein Handtuch auf das Gesicht einer Frau drückte, um deren Schreie zu ersticken. Zwei weitere Männer standen neben dieser Frau, die mit dem Kopf nach unten auf ein schräges Brett gebunden war. Einer von ihnen hielt einen Eimer so in den Händen, als wollte er daraus Wasser auf ihren Kopf gießen.

Wie ein Blitz fuhren Margaux drei Begriffe durchs Hirn: Waterboarding. Gina. Mörder.

Blind vor Wut, rannte sie auf Wolod zu und warf sich

gegen ihn. Er fiel um. Sie beugte sich über die Frau, aber da wurde sie auch schon von den beiden anderen Männern an den Armen gepackt.

Margaux erkannte das Mädchen auf dem Brett und rief: »Magalie! Magalie, halt durch!«

Und Magalie öffnete die Augen. Ohne einen Ton formten ihre Lippen den Namen Margaux. Dann schlossen sich ihre Augen wieder.

Wolod rappelte sich auf. Das Handtuch hielt er immer noch in seiner Rechten. Er schlug Margaux damit zweimal ins Gesicht. Sie zuckte vor Schmerzen und schrie: »Mörder. Du bist der Mörder von Gina! Lasst mich los. Mörder!«

Um sie zum Schweigen zu bringen, wickelte Wolod das Handtuch um ihren Kopf, blickte auf die anscheinend bewusstlose Magalie und sagte ein paar Worte auf Russisch zu den beiden Männern. Daraufhin ließ einer Margaux los und warf eine Decke über das Model auf dem Brett. Der andere drückte beide Oberarme Margaux' nach hinten und hielt sie fest. Es tat höllisch weh.

Wolod stieg vor Margaux die Kellertreppe hoch und ließ sie in ihr Zimmer im ersten Stock bringen. Während er ihre Handtasche durchsuchte und Mobilfone wie auch BlackBerry an sich nahm, machte er eine Kopfbewegung, woraufhin sein Kumpan sie in einen Sessel drückte und hinter ihr stehen blieb, beide Hände fest auf ihre Schultern gelegt.

»Du bist aber auch entsetzlich dumm!«, sagte Wolod. »Was kümmerst du dich um Dinge, die dich nichts angehen.«

»Sale brute! Gina ist meine Cousine. Du hast sie ermordet«, antwortete Margaux fast weinend. Aber sie riss sich zusammen. »Auch Gina ist gefoltert worden. Waterboarding, so wie ihr es gerade mit Magalie macht! Warum bringt ihr die Models um?«

»Ich werde dich hier einschließen. Die Fenster bestehen aus Panzerglas. Und öffnen lassen sie sich nicht. Die Tür werde ich verschließen. So dringt kein Laut nach außen«, sagte er.

Die beiden Männer gingen.

Margaux ließ nichts unversucht. Doch weder Tür noch Fenster gaben nach. Das Bad wurde von einem Ventilator belüftet und hatte sonst keine Öffnung nach draußen. Aber sie musste fliehen, das war ihr klar. Denn wer Gina und Irina ermordet, der bringt auch Magalie um. Und sie auch. Sie sah sich nach einem Telefon um. Pustekuchen, sagte sie zu sich mit Galgenhumor. Vielleicht hätte sie doch auf Annie hören sollen und auf Jacques. »Wolod ist äußerst gefährlich. Zu gefährlich für jemanden, der nur mit der Feder kämpft.« Hätte sie doch bloß mit Jacques ein Notsignal verabredet!

Sie sah zum Fenster hinaus, machte Erics Boot aus und erinnerte sich daran, wie Marie ihr einmal Signalfahnen gezeigt und erklärt hatte, wie damit Nachrichten übermittelt werden. Aber was tun ohne Signalfahnen?

Sie trat einen Schritt zurück, die Sonne brannte durch das Glas. »Und was macht man nachts?«, hatte sie Marie damals gefragt. »Da sieht man doch keine Fahnen.« Und Marie hatte geantwortet: »Nachts ist das doch viel einfacher. Da morst man mit Lichtzeichen.«

Jetzt war es Mittagszeit. Licht würde kein Mensch bemerken, selbst wenn er auf Morsezeichen mit einer Lampe achtet. Margaux schaute sich um. Im Wohnzimmer hing ein alter Spiegel über einer Kommode. Zuerst prüfte sie hinter dem Rahmen, wie er befestigt war. Er hing an einem festen Draht auf einem Haken. Margaux probierte vorsichtig, ob er nicht zu schwer wäre. Ja, er hatte Gewicht, aber er ließ sich heben. Sie schob die Kommode zur Seite, rückte einen Stuhl unter den Spiegel und hob ihn aus seiner Halterung. Dann setzte sie ihn auf dem Boden ab, verschnaufte einen Augenblick und zog ihn zum Fenster. Sie sah vorsichtig nach unten, doch die Terrasse konnte sie nicht sehen, also war auch sie vor den Blicken von unten geschützt. Sie richtete den Spiegel so aus, dass die Sonne auf ihn fiel und Reflexe an die Zimmerdecke warf.

Der Raum strahlte vor Licht. Sie fühlte sich fast geblendet.

Vorsichtig suchte sie Erics Boot als Ziel für ihre Lichtzeichen. Das Licht dürfte nicht in den Garten fallen, da könnte es jemand sehen. Also müsste sie den Spiegel so führen, dass er die Sonne zuerst nach oben reflektierte, und dann versuchen, den Strahl langsam zu senken, bis er das Boot erreichte. Im günstigsten Fall das Boot von Eric.

Plötzlich aber wurde ihr klar, dass sie ja gar keine Morsezeichen kannte!

Macht nichts. Lichtzeichen sind auch Hinweise darauf, dass etwas nicht stimmt.

Margaux bereitete alles vor.

Als sie einen Hubschrauber von Nizza aus anfliegen sah, nahm sie ihn als Zielscheibe und freute sich, als sie sah, dass ihr umgelenkter Sonnenstrahl den Piloten so blendete, dass er seine Flugbahn änderte und mit laut knatternden Rotoren über ihr verschwand. Wahrscheinlich flog er First-Class-Passagiere an die äußerste Ecke von Fontvieille, dem künstlichen Ortsteil von Monaco, wo auch der Landeplatz für Helikopter lag. Aber dann kehrte er in einem großen Bogen noch einmal zurück, und wieder versuchte Margaux, den Piloten zu blenden. Das gespiegelte Sonnenlicht blitzte für einen Sekundenbruchteil auf der Kuppel des Hubschraubers auf, bis er wieder verschwand.

Lichtzeichen senden, dabei bis Hundert zählen, dann Pause machen, das war ihr Plan. Sie legte sich fünf Minuten auf das Bett und schloss die Augen. Konzentrieren, Lichtzeichen senden und bis Hundert zählen, fünf Minuten Pause machen. Sie stellte fest, dass die Sonne wanderte. Lichtzeichen senden und bis Hundert zählen, fünf Minuten Pause machen. Sie hielt den Lichtstrahl die ganze Zeit hoch, damit er im Garten nicht gesehen werde. Deshalb traf er auch die kleine Spionagekamera nicht, die unten auf dem Chemin des Douaniers auf die Villa gerichtet war.

Wann würde Wolod wiederkommen?

Sie konnte nicht glauben, dass er sie töten würde.

Aber welchen Ausweg hatte er?

Sie hatte Magalie auf dem Folterbrett gesehen. Er wusste, dass sie ihn für den Mörder von Gina hielt. Und den von Irina. Er konnte Magalie nicht leben lassen, weil sie gegen ihn aussagen würde. Er konnte Margaux nicht leben lassen, weil sie ihn bis ans Ende der Welt oder seiner Tage verfolgen würde.

Und welche Rolle spielte der Prinz?

Wenn sie die Chance hätte, mit ihm zu reden, könnte sie vielleicht für Magalie und sich etwas aushandeln. Zeit. Wir geben ihnen Zeit zu verschwinden. Das würden die wahrscheinlich nie annehmen. Aber sie könnte es anbieten. Auf eines würde sie nie verzichten: zu schreiben, was sie erfahren und erlebt hatte. Das wäre eine ganz große Geschichte. Margaux in den Händen der georgischen Mafia.

Lichtzeichen senden, bis Hundert zählen, fünf Minuten Pause machen.

Margaux setzte sich auf das Bett. Plötzlich sprang sie auf und stemmte sich gegen die Kommode. Die würde sich leicht vor die Tür schieben lassen. Dann versuchte sie, das Bett zu bewegen. Es war zu schwer. Sie riss das Bettzeug herunter, warf die Matratzen auf den Boden und schob das Bett mit ihrem ganzen Gewicht Zentimeter für Zentimeter in Richtung Tür, um sie zu blockieren.

Sie würde Zeit gewinnen, wenn die Russen die Tür nicht öffnen könnten. Denn wenn die Fenster tatsächlich aus Panzerglas waren und sich von innen nicht öffnen ließen, würde man auch von außen nicht eindringen können. Und vielleicht würde sie bis zur Nacht aushalten. Dann könnte sie mit elektrischem Licht Zeichen geben.

Plötzlich fiel ihr ein, was doch jedes Kind schon lernt: dreimal kurz, dreimal lang, dreimal kurz.

War das nicht das Morsezeichen für SOS? Save our souls.

Ja, meine Seele! Ob die noch zu retten ist? Nicht einschlafen, nicht trödeln, wieder mit dem Spiegel Blendwerk spielen. Aber wie könnte sie mit dem Spiegel morsen? Ach, das geht eben nicht. Auch egal. Irgendjemandem würde schon auffallen, dass aus dem Fenster der Villa merkwürdige Lichtzeichen kamen. Marie, schau her! Eric, wach auf!

Bis Hundert zählen und dabei Lichtzeichen senden, fünf Minuten Pause machen.

Und was wäre, wenn auf der Jacht von Onassis Freunde von George Batonischwili säßen, von Margaux geblendet würden und den Russen im Haus Bescheid gäben? Egal. Das Risiko musste sie eingehen. Kein Leben ohne Risiko. Dann hättest du ja gleich Buchhalterin werden können. Morgens um neun in ein enges Büro, mittags in die Kantine, abends zu Hause dem Mann das Essen kochen. Nach fünf Jahren Ehe schon keinen Sex mehr. Irgendwann verschrumpeln, ins Altersheim ziehen und der Demenz in die Arme fallen. Nein, dann doch lieber ein bisschen Risiko. Okay. Ihr reichte schon das Risiko, mit dem Untersuchungsrichter Jacques Ricou befreundet zu sein.

Aber warum hatte sie sich auf das Risiko namens Wolod eingelassen? Doch nicht nur wegen eines möglichen journalistischen Coups, wegen des Interviews mit dem Prinzen, nein, das Geheimnisvolle, Hintergründige reizte sie, das von einem wie Wolod ausging. Selber schuld!

Lichtzeichen senden, fünf Minuten Pause machen.

Margaux hörte, wie sich der Schlüssel im Türschloss drehte. Dann drückte jemand mit Kraft die Klinke herunter und wollte die Tür öffnen. Sie gab nur einen kleinen Spalt nach.

»Margaux, mach auf. Wir müssen miteinander reden!«, rief Wolod.

Ihr ganzer Körper begann zu zittern. Immer stärker. Schweiß trat aus all ihren Poren, so als säße sie schon eine Viertelstunde in der heißesten aller Saunen. Mit einem Schlag war sie klitschnass und zitterte. Vielleicht vor Kälte. Oder vor Angst. Für einen Augenblick konnte sie an nichts mehr denken. Ihr Hirn funktionierte nicht mehr.

Doch plötzlich sah Margaux alles ganz klar vor sich.

Vor der Tür stand der Tod. Wolod.

Sie riss eine Matratze von dem Haufen bei der Tür, rannte mit ihr ins Bad, holte die zweite Matratze und schloss sich ein. Beide Matratzen legte sie so auf den Boden, dass sie die Tür versperrten. Darunter baute sie sich eine kleine Höhle, legte sich auf die Fliesen, merkte nicht, wie hart sie waren, und schlang die Arme um den Kopf. Was immer jetzt kommt, dachte sie, muss ich ertragen. Am besten eine Kugel. Bloß keine Schmerzen, keine Folter. Aber warum sollte man sie foltern? Ich weiß doch nichts. Aber was wusste Magalie? Was sollte Gina verraten, als sie gefoltert wurde? Durch die Matratzen und die Badezimmertür hörte sie, wie Wolod gegen die Schlafzimmertür trat und, als die nicht nachgab, anfing zu schießen.

Der Zugriff

Beide Meldungen erreichten das Lagezentrum gleichzeitig.

Der Hubschrauberpilot sah die Lichtzeichen und rief das Kommissariat von Nizza an.

Eric sah die Lichtzeichen und rief Jacques an.

Jacques alarmierte sofort die Einsatztruppe, die sechsunddreißig Minuten brauchte, bis sie die Villa stürmte.

Im ersten Stock wehrte sich Wolod mit einer kleinen Maschinenpistole. Zwei Schüsse trafen ihn am Kopf. Er war sofort tot.

Die anderen ergaben sich ohne Gegenwehr, wie der Einsatzleiter Kommissar Jean Mahon und Jacques Ricou berichteten, als sie wenige Minuten nach dem Eingriff mit einem Hubschrauber auf dem kleinen Fußballplatz in der Nähe der Villa landeten.

Ein toter, drei lebende Russen, ein alter Mann, eine Köchin.

Und ein paar Handfeuerwaffen. Mehr nicht.

Der alte Mann wies sich mit einem georgischen Diplomatenpass als George Batonischwili aus und verlangte seine sofortige Freilassung.

Margaux wurde unter ihren Matratzen im Badezimmer befreit, Magalie lag zwar nicht mehr auf dem Folterbrett, aber immer noch gefesselt auf einer Pritsche in einem Verschlag im Keller.

Von Alexis Talbot fehlte jede Spur.

Der Notar, der vormittags im Haus gewesen war, wurde, nachdem er die Villa verlassen hatte, noch auf Cap Ferrat von der Polizei angehalten und ausführlich befragt. Er gab an, Alexis Talbot persönlich zu kennen, hatte sogar dessen Ausweisnummer in seinen Unterlagen verzeichnet und behauptete, Alexis Talbot habe in seiner Gegenwart die Urkunden, betreffend die orthodoxe Kathedrale von Nizza, unterzeichnet.

Obwohl die Ausgänge der Villa ständig überwacht worden waren, hatte niemand Alexis Talbot das Grundstück verlassen sehen. Er hätte auch nicht unauffällig mit einem Boot verschwinden können. Spezialisten der Polizei klopften alle Wände der Villa auf ein Versteck hin ab. Sie suchten nach einem Geheimgang und befragten die Köchin, die den Kopf schüttelte und nur gebrochen Französisch sprach.

Die drei Russen schwiegen.

Als Jacques in die Villa kam und Margaux in einem Sessel im Wohnzimmer sitzen sah, ging er auf sie zu, nahm sie in die Arme und hielt sie fest. Sie klammerte sich für einen Moment an ihn, strich mit ihrer Hand über seinen Rücken und stieß einen tiefen Seufzer aus: »Merci, danke. Du hast auf mich aufgepasst.« Und dann wiederholte sie noch einmal: »Danke!«

»Bist du in Ordnung?«, fragte Jacques.

Margaux nickte und antwortete präzise und fast gefühllos: »Sie haben mir nichts getan. Ihr seid noch rechtzeitig gekommen. Als ich hier ankam, habe ich kurz den georgischen Prinzen gesehen und mit ihm ein paar Sätze gewechselt. Er hatte noch zu tun und wollte mit mir Mittagessen. Dann erwischte ich Wolod und seine Leute dabei, wie sie Magalie im Keller folterten. Daraufhin sperrte Wolod mich in ein Zimmer ein, aus dem ich mit einem Spiegel Lichtzeichen gesendet habe.«

»Hast du noch einen anderen älteren Franzosen gesehen?«, fragte Jacques. »Alexis Talbot? Der muss heute früh auch in dem Haus gewesen sein. Kann es sein, dass der georgische Prinz mit ihm zusammen war?«

»Warum?« Margaux schüttelte den Kopf. »Ich habe ihn nicht gesehen. Warum sucht ihr ihn?«

»Wir nehmen an, dass Alexis Talbot von den Russen entführt worden ist«, sagte Jacques. »Ihm gehört der Server, über den die Russen ihr betrügerisches System geführt haben. Der Fall, der mit Ginas Mord anfing, ist unendlich viel größer, als wir zuerst geglaubt haben. Vielleicht hat sie das bei ihren Internetrecherchen auch gemerkt. Da steckt wirklich die georgische Mafia drin. Und es geht um Millionensummen. Ich habe dir bisher nicht alles sagen können. Und kann es auch jetzt noch nicht.«

»Ich muss sofort meinen Chef anrufen! Er wird mir die erste Seite freischlagen! Gib mir eben mal dein Telefon. Wolod hat mir meines abgenommen. Habt ihr es irgendwo gefunden?« Margaux wirkte völlig überdreht.

»Jetzt mach doch mal halblang!«, sagte Jacques streng: »Ich kann dir die Geschichte nicht freigeben. Wir sind noch mittendrin. Eine Veröffentlichung könnte das Leben von Alexis Talbot gefährden!«

Margaux schaute sich um und rief einem der Polizisten zu: »Habt ihr mein Handy und meinen BlackBerry irgendwo gefunden? Der große Russe hat sie mir abgenommen.«

Der Polizist machte mit beiden Händen eine abwehrende Geste, als wisse er nichts, und eilte aus dem Zimmer. Entweder wollte er nach Margaux' Geräten suchen oder aber sich vor dem Streit zwischen den beiden aus dem Staub machen.

»Gibst du mir nun dein Telefon?«, fragte Margaux.

Jacques schaute sie an. Dann sagte er: »Nein.«

Margaux drehte sich um, sah auf einer Kommode einen weißen Apparat stehen, hob den Hörer ab, drückte auf eine Taste, lauschte und wählte schnell die Nummer ihres Chefredakteurs. Jacques riss ihr den Apparat aus der Hand und drückte auf die rote Taste.

»Du bist verrückt geworden! Du warst gerade in Lebensgefahr. Ich weiß nicht, ob dir das bewusst ist. Dich haben wir gerettet. Aber Alexis Talbot schwebt vielleicht immer noch in Lebensgefahr. Nun gib doch mal Ruhe. Dein Ehrgeiz als Journalistin muss doch vor dem Leben eines Menschen zurückstecken. Kannst du das nicht kapieren?«

Ein paar Minuten später ließ Jacques sie kurzerhand mit Magalie in einen Ambulanzwagen verfrachten und in ein Krankenhaus bringen. Dem begleitenden Polizisten gab er auf, die Journalistin nicht telefonieren zu lassen.

George Batonischwili, die drei Russen und die Köchin wurden mit einem Flugzeug der GIGN nach Paris geflogen und in das Gefängnis La Santé überführt. Jacques und Kommissar Jean Mahon begannen mit einem ersten Verhör noch in der Maschine. Doch George Batonischwili wiederholte nur, sein Diplomatenpass beweise doch, dass er gegenüber der französischen Justiz immun sei. Er habe das Recht, seinen Anwalt anzurufen. In Gegenwart ihres Chefs schwiegen die drei Russen und die Köchin. Sie schüttelten nur den Kopf, wenn sie angesprochen wurden.

»Unser Chef spricht für uns«, sagte einer der Russen, doch allein diese Worte provozierten bei George Batonischwili einen Wutausbruch. Auf Russisch gab er barsch den Befehl zu schweigen.

»Wo haben Sie ein so perfektes Französisch gelernt?«, fragte Jacques den alten Mann. »Ihre Aussprache klingt so, als wären Sie im Süden Frankreichs aufgewachsen. Allerdings deutet die gedehnte Betonung mancher Endsilben auch darauf hin, dass Sie einige Jahre in Paris gelebt haben. Vielleicht haben Sie dort studiert?«

»Ja, das ist richtig«, sagte George Batonischwili, »ich habe tatsächlich einige Jahre in Paris studiert. Mein Vater kannte Maurice Thorez sehr gut, den legendären Chef der Kommunistischen Partei in Paris. Das waren noch gloriose Zeiten. Damals hatte die Partei zwanzig Prozent der Wählerstimmen. Ich habe auch mal Plakate geklebt, denn Thorez hatte mir ein Stipendium besorgt.«

»Ach, ich dachte, Sie wären in Grasse aufgewachsen«, sagte Jacques und konzentrierte sich auf die Reaktion des Alten.

»Wie kommen Sie denn darauf? Ich bin in Tiflis zur Schule gegangen, später habe ich noch in Moskau studiert.«

»Es war nur so eine Vermutung von mir«, sagte Jacques mit einem Ton, als plaudere er vor sich hin, »ich dachte, Sie heißen Alexis Talbot.«

Immer noch keine Reaktion des Alten. Aber Jacques glaubte zu sehen, dass die Augen des Georgiers einen harten Glanz annahmen, so als müsste er auf der Hut sein und sich verteidigen.

»Vielleicht erzähle ich Ihnen, weshalb ich auf diese verwegene Idee komme«, sagte Jacques. »Alexis Talbot heißt in Wirklichkeit auch nicht Alexis Talbot, sondern ist ein in Russland geborener Junge, der mit seiner Mutter und dem Zirkus, in dem sie am Trapez auftrat, nach Frankreich kam. Bei einer Aufführung in der Normandie stürzte die Mutter ab. Der Junge kam in ein Waisenhaus in Rouen und floh. Über die Jahre nahm er ständig neue Identitäten an, bis er in einem Waisenhaus in Neapel landete. Damals war er wohl schon über zwanzig, gab sich aber als sehr viel jünger aus. Durch einen Zufall gelang es ihm, sich die Identität von Alexis Talbot zu ergaunern und sich so in eine reiche Familie von Parfumfabrikanten in Grasse einzuschleichen. Alexis Talbot könnte in Ihrem Alter sein. Er studierte in Paris, so wie Sie. Kennen Sie ihn?«

George Batonischwili sah Jacques mit trauriger Miene an und wiederholte nur den Satz: »Ich möchte meinen Rechtsanwalt sprechen. Der wird Ihnen Ihre verrückten Flausen austreiben.«

Herrenlose Milliarden

Du siehst völlig fertig aus«, sagte Mara.

»Bin ich auch«, sagte Jacques, »ich brauche dringend Urlaub.«

Das Mädchen mit den Ringen im Ohr brachte zwei Flaschen und fragte in unwirschem Ton: »Braucht ihr Gläser?«

»Nee, geht schon«, sagte Mara, und Jacques lachte: »Die ist immer so unhöflich. Ich hätte am liebsten gesagt, ja, wir brauchen Gläser, nur um sie zu ärgern.«

Ein heißer Luftzug wehte durch die Rue de Belleville. Es war inzwischen dunkel geworden.

Jacques und Mara saßen auf den alten Stühlen der »Bar Culture rapide« und tranken Al Qaida. Nicht weil er schmeckte, sondern aus Erinnerung an ihr erstes Treffen.

»Danke, dass du so schnell gekommen bist, um ihn zu identifizieren«, sagte Jacques.

»Du hattest schließlich recht mit deiner Ahnung«, sagte Mara. »Onkel Alexis hatte offenbar schon vor Jahren eine zweite Identität angenommen. Und das mit großem Erfolg. In Georgien hat er es jedenfalls zu wahnsinnig viel Geld und politischem Einfluss gebracht. Es scheint fast so, als hätte er die Machenschaften der italienischen Mafia auf Georgien übertragen.«

»Ja, das ist sehr wahrscheinlich«, sagte Jacques. »Ich nehme an, dass er sich immer wieder mit dem Camorra-Capo Riccardo getroffen hat, um den Aufbau seiner georgischen Mafia zu besprechen.«

Sie schwiegen einen Moment.

Dann fragte Jacques: »Geht es dir nahe?«

»Was? Dass Alexis nun nicht mehr da ist? Nein, eigentlich bin ich erleichtert. Ich hatte nie eine emotionale Beziehung zu ihm, auch früher nicht. Und nachdem ich jetzt vom Schicksal des echten Alexis weiß und die Geschichte meines Vaters kenne, ekele ich mich fast vor George Batonischwili. Oder wer er auch immer ist. Aber es ist doch unglaublich, wie er sich aus der Schlinge gezogen hat.«

»Ja, das ist unglaublich«, bestätigte Jacques. »Und es ist kein Wunder, dass Sarko die Untersuchungsrichter abschaffen will. Denn er kann seine Macht nur in ganz seltenen Fällen so gegen uns ausspielen.«

Als das Flugzeug aus Nizza am späten Abend gelandet und die Gefangenen im Gefängnis La Santé untergebracht worden waren, hatte sich Anwalt Michel Lipzinski gemeldet und mitgeteilt, er vertrete George Batonischwili und verlange unverzüglich dessen Freilassung. Schließlich schütze ihn seine diplomatische Immunität. Dem widersprach Jacques. Die Immunität schütze ihn überhaupt nicht, da George Batonischwili in Frankreich bei keiner diplomatischen Vertretung Georgiens akkreditiert sei.

Jacques saß zu der Zeit, weit nach Mitternacht, noch im Büro bei Kommissar Jean Mahon. Sie tranken schon ihren zweiten Whisky. In der Zwischenzeit war auch das Büro der Russen über der Modelagentur in der Rue Duphot geschlossen und alle Anwesenden verhaftet worden. Und jetzt sollten sie den Kopf des Unternehmens freilassen? Woher wusste der Anwalt, dass sein Klient verhaftet worden war? Bestimmt vom Geheimdienst, da waren sich Jean Mahon und Jacques einig.

Am nächsten Tag verfügte das Élysée über das Innenministerium die Ausweisung des georgischen Diplomaten George Batonischwili. Angeblich hatte eine sehr hochstehende Persönlichkeit aus Tiflis Staatspräsident Nicolas Sarkozy persönlich angerufen. Und da Sarkozy seine politischen Vermittlungsbemühungen zwischen Georgien und Russland nicht gefährden wollte, hatte er schnell und autoritär gehandelt, bevor auch nur die Presse Wind davon bekommen würde. Die pfeifen auf die Justiz, fluchte Jacques.

Er hatte Mara kurz nach seiner Landung in Paris angerufen und ihr von seiner Vermutung erzählt, dass der auf Cap Ferrat festgenommene George Batonischwili niemand anderes sei als der von ihr gesuchte Alexis Talbot, und sie gebeten, so schnell wie möglich zu kommen.

Sie hatte gerade noch den letzten Flug von Nizza nach Orly bekommen, aber nur, weil sie, sofort nachdem sie den Hörer hingeschmissen hatte, aufgesprungen und zum Flughafen gefahren war.

Die Gegenüberstellung fand noch in der Nacht statt.

Ja, es war Onkel Alexis. Ohne Zweifel.

Von Magalie hatte Jacques die noch fehlenden Informationen, um die Helfer von George Batonischwili wegen der Morde an Gina und Irina anklagen zu können. Die Mädchen hatten sich missbrauchen lassen. Denn Wolod hatte mit Michail ein System ausgeklügelt, wie sie das kriminelle Unternehmen von George Batonischwili ihrerseits um einige Millionen erleichtern könnten. Das fiele doch nicht auf, dachten sie, wenn von dem per Internet gestohlenen Geld von amerikanischen Konten ein wenig an sie flösse. Über die Server in Sophia lenkte Michail deshalb via Tiflis große Summen auf die französischen Konten der Mädchen und von dort auf Nummernkonten in der Schweiz. George Batonischwili aber war nicht umsonst von der italienischen Mafia geschult worden. Er kontrollierte selbst seine Kontrolleure, und so fielen die Geldbewegungen auf.

Als alles aufzufliegen drohte, verpfiff Wolod seinen Kumpel Michail, um sich zu retten. Von den Mädchen wollte er dann die Nummern der Schweizer Konten erfahren; Michail aber hatte sie nie jemandem verraten. Und so konnten die Mädchen ihm nichts sagen. Selbst nicht unter größten Qualen. Also waren mit ihm auch die Nummern der Schweizer Konten für immer verloren gegangen. Michail hatte sich verrechnet. Und Wolod auch.

»Und jetzt ist Wolod tot. Warum hat er sich nicht ergeben?«, fragte Mara.

»Wolod hat als russischer Soldat in Tschetschenien gekämpft. Ich nehme an, da ist man auf beiden Seiten gnadenlos.«

»Und was wird nun aus all dem Geld in der Schweiz? Gehört das nicht dem georgischen Unternehmen?«

»Eher den Leuten, denen es das georgische Mafiaunternehmen mittels Internetpiraterie gestohlen hat«, sagte Jacques. »Und da hat eine Schweizer Bank jetzt wieder einmal Glück. Ein paar Millionen liegen bei der auf einem Konto, das nie jemand leeren wird. Denn Michail war der einzige Gangster, der die Nummer gekannt hat. Und der ist tot. Ich frage mich, wie viele herrenlose Milliarden inzwischen in Schweizer Banken herumgeistern. Was ist schon ein Bankeinbruch gegen die Gründung einer Bank!«

»Ein guter Satz!« Mara hob bewundernd ihre Flasche.

»Stammt nur nicht von mir. Ist aber trotzdem richtig«, sagte Jacques. Sein Handy piepste. Eine SMS.

Jacques nahm das Gerät automatisch hoch.

Margaux schrieb: Wann kommst du? Eric vermisst dich. Ich auch. ;-*.

»Was Wichtiges?«, fragte Mara.

Jacques überlegte. Sollte er ehrlich sein? Mara hatte sein Leben so ausführlich recherchiert, bevor sie sich das erste Mal trafen, dass sie auch von Margaux wissen müsste. Er hob die müden Lider und schaute in ihre Sonnenbrille.

»Margaux erholt sich auf dem Boot bei Eric und Marie. Ich vermute, morgen erscheint ihr großer Artikel.«

»Und du? Was machst du jetzt?«

»Ich zahle jetzt«, sagte Jacques und zeigte auf das beleuchtete Fenster seines Wohnzimmers. »Dann gehen wir beide dort oben hin, wo du das Licht hast brennen lassen. Und eines weiß ich, was ich dann mache.«

Mara schaute ihn an.

»Ich gieße mir einen Daumen breit Whisky ein.«

PIPER

Ulrich Wickert

Die Wüstenkönigin

Der Richter in Angola. Kriminalroman. 304 Seiten.
Piper Taschenbuch

Als Untersuchungsrichter Jacques Ricou auf angesehene Männer stößt, die alle menschlichen Werte missachten, ist er entschlossen, die Verbindungen zwischen Waffenhändlern und Ölmagnaten, zynischen Politikern und skrupellosen Geheimdienstagenten mit ihren illegalen Geschäften in Angola aufzudecken. Doch je näher er sich mit dem Fall befasst, desto gefährlicher wird die Lage für ihn. Konfrontiert mit den tiefsten Niederungen der menschlichen Habgier, schlägt er selbst die Warnungen der schönen schwarzen Lyse in den Wind und fliegt nach Luanda. Und damit in den fast sicheren Tod …

»Eine packende Story, von der der Autor behauptet, sie könne ›fast‹ wahr sein.«
Der Spiegel

01/1642/02/L

PIPER

Ulrich Wickert

Der Richter aus Paris

Eine fast wahre Geschichte. 256 Seiten. Piper Taschenbuch

Intrigen, Korruption, Verrat, Mord – bei seinen Ermittlungen auf Martinique stößt Untersuchungsrichter Jacques Ricou auf Verbrechen, die im Schatten politischer Machtkämpfe seit Jahrzehnten ungesühnt blieben. Und auf die verführerische Kreolin Amadée, die in den Fall verwickelt ist. Ulrich Wickert erzählt von einem Mann, der Bedrohungen und Diffamierungen aushält, um die Schuld ehrenwerter Männer aufzudecken. Eine Geschichte, die in der Hölle der Gefangenenlager spielt und im Paradies auf Erden, der Karibik – mitreißend geschildert von einem Autor, der seine Leser zu fesseln weiß.

»Der grimmig-sympathische Richter Ricou beeindruckt selbst eingeschworene Mankell-Fans. Chapeau!«
Hajo Steinert im Focus

01/1641/02/R

PIPER

Ulrich Wickert

Gauner muss man Gauner nennen

Von der Sehnsucht nach verlässlichen Werten. 288 Seiten. Piper Taschenbuch

Ulrich Wickert, der offensive, kritische und gleichzeitig ironische Journalist, schreibt über das Land, das ihm am meisten am Herzen liegt: Deutschland. Wer sind wir Deutschen? Woher kommt unsere Identität, die doch so verschieden ist von der etwa der Franzosen, Angelsachsen oder Niederländer? Vor allem aber: Was sind die Werte, auf die es ankommt, damit Deutschland kein »Sanierungsfall« (so Kanzlerin Merkel) bleibt? Ulrich Wickert geht unserer wachsenden Sehnsucht nach Orientierung nach, kritisiert typisch deutsche Tabus und zeigt, wie alles mit einer klaren Sprache anfängt – aber dort nicht stehenbleiben darf. Die Dinge beim Namen nennen, das heißt: Ehrlichkeit im Denken, und darauf kommt es heute besonders an.

01/1729/02/L